读客

读客外国小说文库

激发个人成长

侏罗纪公园

第II部：失落的世界

【美】迈克尔·克莱顿 著
Michael Crichton
祁阿红 纪卫平 孙永明 译

文匯出版社

图书在版编目（CIP）数据

侏罗纪公园. 2，失落的世界 /（美）迈克尔·克莱顿（Michael Crichton）著；祁阿红，纪卫平，孙永明译. -- 上海：文汇出版社，2018.3

ISBN 978-7-5496-2202-3

Ⅰ. ①侏… Ⅱ. ①迈… ②祁… ③纪… ④孙… Ⅲ. ①科学幻想小说－美国－现代 Ⅳ. ①I712.45

中国版本图书馆CIP数据核字（2017）第268224号

侏罗纪公园2：失落的世界

作　　者 /（美）迈克尔·克莱顿
译　　者 / 祁阿红　纪卫平　孙永明

责任编辑 / 鲁　津
特邀编辑 / 刘昀琪　姚红成　孟汇一
封面装帧 / 谢明华　辛国栋　李子琪

出版发行 / 文匯出版社
上海市威海路755号
（邮政编码200041）
经　　销 / 全国新华书店
印刷装订 / 三河市龙大印装有限公司
版　　次 / 2018年3月第1版
印　　次 / 2018年10月第3次印刷
开　　本 / 890×1270　1/32
字　　数 / 366千字
印　　张 / 17.5

ISBN 978-7-5496-2202-3
定　　价 / 65.00元

献给卡罗琳·康格

我真正感兴趣的是，上帝在创造世界的时候是否有任何选择。

——艾伯特·爱因斯坦

在那个混沌的体制中，结构上任何微小的变化几乎会无一例外地造成行为方式上的巨大变化。复杂的、可控的行为似乎已被排除。

——斯图尔特·考夫曼

后遗症天生是无法预言的。

——伊恩·马尔科姆

前　言

诗薮

“K-T纪之交的物种灭绝”

二十世纪末，科学界出现了对物种灭绝问题的浓厚兴趣。

其实这个问题并不新鲜。早在1786年，也就是美国革命之后不久，乔治·居维叶男爵就第一次向世人说明了物种灭绝的问题。所以说，科学家接受物种灭绝的事实，比达尔文提出进化论还要早四分之三个世纪。而在达尔文之后，围绕他的理论所展开的许多争论，并没有涉及物种灭绝方面的问题。

相反，人们普遍认为，物种灭绝问题就像一辆燃油耗尽的汽车，没有多大意思。物种灭绝只是证明不适者的灭亡而已。在物种如何适应生存的问题上，人们进行了细致的研究，并展开了激烈的争论。可是对于有些物种何以灭绝，人们就很少再去想它了。对于这样的问题，有什么值得讨论的呢？然而，到了二十世纪七十年代，由于两个情况的变化，人们开始以新的方式关注起物种灭绝的问题来。

第一个情况是，人们认识到，人类不仅数量太多，而且正在以非常快的速度改变着我们这个星球——他们正在消灭这个星球上的传统居住者，砍伐热带雨林，污染空气和水源，也许还在改变全球的气候。在此过程中，许多动物正在灭绝。有些科学家惊诧地大声疾呼，另一些虽然表面平静，内心却也深感不安。地球的生态系统不堪一击到了什么程度？人类的表现是不是会最终导致其自身的灭亡？

谁也说不准。由于从来没有人对物种灭绝问题进行过有组织的研究，所以，有关其他地质年代物种灭绝速度的资料，即使有，也是一鳞半爪。于是科学家们开始仔细研究过去的物种灭绝现象，以期解答目前存在的种种令人忧虑的问题。

第二个情况是，对恐龙绝迹问题的新认识。长期以来人们一直认为，所有恐龙都是在大约6500万年前白垩纪末期这一段相对比较短的时间里绝迹的。人们对恐龙绝迹的速度问题一直争论不休，莫衷一是：有些古生物学家认为其速度之快几乎是灾难性的；另一些则认为，恐龙绝迹不是一个很快的过程，而是在1万至1000万年之间逐渐发生的。

1980年，物理学家路易斯·阿尔瓦雷茨和他的三位合作者发现，从白垩纪末到第三纪初——即所谓的K–T之交（用字母K代表白垩纪，是为了避免使它与寒武纪或其他地质年代的代字母相混淆）——的岩石中，铱元素的含量很高。地球上的铱十分稀少，可是小行星上却相当多。阿尔瓦雷茨的团队认为，K–T纪之交的岩石中铱含量极高的现象说明，当时曾经有一颗直径数英里之巨的小行星撞击过地球。他们从理论上阐述说，由这次撞击而引起的尘埃和碎片遮天蔽日，中断了植物的光合作用，造成植物和动物的死亡，从而结束了恐龙一统天下的局面。

这一富有戏剧色彩的理论引起媒体和公众的极大兴趣，进而引发了一场长达数年之久的大辩论。这颗小行星撞击地球所留下的坑在哪里？各种见解争相鸣放。过去总共有过五次大的物种灭绝时期——是不是都是由小行星撞击引起的？是不是存在着一个2600万年的灾难大循环？是不是又有一场灾难性的大碰撞将要降临地球？

十多年过去了，这些问题依然没有得到解答。激烈的争论一直持续到1993年8月。当时，一位叫伊恩·马尔科姆的反传统的数学家，在圣菲研究所每周一次的研讨会上提出，所有这些问题都无足轻重，所谓小行星撞击地球的争论，不过是"一种非常无聊、毫不相干的推测而已"。

"现在谈一谈数量问题，"马尔科姆站在讲台上，眼睛看着听众说道，"在我们这个星球上，如今有五千万种动物和植物。我们认为，物种的多样性确实浩如烟海，然而，和这个星球上曾经有过的物种数量相比，这个数字就如同小巫见大巫了。我们估计，自从有生命以来，这个星球上现有的和曾经有过的物种总数达500亿之多。这就意味着，目前这个星球上的物种只占这个总数的千分之一。百分之九十九点九的物种已经灭绝。其中因遭到大规模劫难而绝迹的，只占这个总数的百分之五。绝大部分物种都是一个一个地先后灭绝的。"

马尔科姆说，实际情况是，地球上的生命绝迹现象是连续的，其速度是基本不变的。从总体上看，一个物种在地球上存在的平均时间跨度为400万年，其中哺乳动物的存在时间只有100万年。接下来，这个物种就会灭绝。实际上，在这几百万年时间里，每个物种都经历着一个发展、昌盛并逐渐走向灭绝的模式，在地球上的生命发展史中，平均每天就有一个物种绝迹。

“这是为什么呢？”他问道，“地球上物种的400万年生命兴衰周期是什么原因造成的呢？

“答案之一是，我们并不了解我们这个星球处于怎样一种积极活动的状态。过去的5万年在地质史上不过是个短暂的瞬间，然而在这段时间里，热带雨林的面积曾经严重地缩小，后来又有所扩大。雨林并不是这个星球上亘古不变的特征，它们的历史实际上并不算太长。就在1万年之前，也就是在美洲大陆出现狩猎的人类时，曾有一股流冰一直延伸到相当于现在纽约的地方。那段时间里，许多动物灭绝了。

“地球的大部分历史已经说明，动物的生存和灭绝是和一个非常活跃的背景密切相关的。这大概可以解释百分之九十的物种灭绝的原因。如果海洋干涸或者盐分含量增加，那么海洋中的浮游生物将会全部死亡。然而像恐龙这样的复杂动物则要另当别论，因为它们已经把自身和这些变化隔离了开来，从‘隔离’的字面意义上和实际来看，都是如此。那么，复杂动物为什么也会灭绝呢？它们为什么不能适应这些变化呢？从身体方面来说，它们似乎具备生存下去的能力。它们的绝迹似乎难以解释。可是它们却绝了迹。

“我想说的是，复杂动物之所以绝迹，不是因为它们对环境的适应能力发生了变化，而是因为它们自身的行为。我认为，混沌理论（或者叫作非线性动力学）的最新发展，为解释这一现象的发生提供了诱人的启示。

“这一理论认为，复杂动物的行为有时变化非常快，而且并不总是朝着好的方向发展。这一理论认为，行为有时可能会停止对环境作出反应，从而导致物种的衰落和灭亡。它认为，动物有可能不去适应环境。这是不是恐龙绝迹的原因呢？这也许永远是个谜。但是人类对恐龙灭绝问题的兴趣绝不是偶然的。恐龙的衰亡使得哺乳动物（包括我们人类）的发展昌盛成为可能。于是我们就想知道，人类是否会重蹈恐龙的覆辙，有朝一日也走向绝迹？从深层次上来说，如果出现这种情况，那它是不是由我们自身的行为所造成的，而不是什么命中注定——不是来自天上的某个炽热的流星所造成的？此时此刻，我们还没有答案。”

接着，他笑了笑说：“不过，我倒是有几条建议。”

序 幕

“混沌边缘的生命”

圣菲研究所坐落在坎宁街上，里面的那些房子原本属于一个修道院。举行这次研讨会的地方原先是个小教堂。伊恩·马尔科姆站在讲台上，一缕阳光照在他身上。此刻他没有继续往下讲，而是戏剧性地做了个停顿。

马尔科姆今年四十岁，是研究所里的知名人物。他是研究混沌理论的先驱者之一。可是，由于去哥斯达黎加时受了重伤，他那大有前途的事业曾一度中断。实际上，好几家新闻媒体都曾报道说马尔科姆已经遇难。后来他曾经说过：“很遗憾，打断了全国各个数学系的庆祝活动，不过我只是死亡了一点点。外科医生创造了起死回生的奇迹，他们会最先这么告诉你们。现在我又回来了——你们也可以说，是我又复活了。”

马尔科姆穿着一身黑衣裳，拄着一根手杖，给人以质朴无华的感觉。在研究所里，他以“分析不落俗套、看问题有悲观倾向”闻名。他于当年8月所做的一场题为“混沌边缘的生命”的报告，最典型地反映了他的思想。他在报告中提出了他对混沌理论在进化论中的运用所作的分析。

使他非常满意的是，他的听众都具有比较渊博的知识。圣菲研究所是在八十年代中期，由一批对混沌理论的含义非常感兴趣的科学家组建起来的。这些科学家来自物理学、经济学、生物学、计算机科学等不同学科领域，他们都相信，在世界的复杂性背后有一个内在的秩序，这个秩序曾一度使科学感到困惑。但它将被混沌理论——即现在人们所熟知的复杂性理论所揭示。一言以蔽之，复杂性理论是“二十一世纪的科学”。

研究所的科学家们探究了许多复杂系统的行为——市场上的公司、人类大脑中的神经细胞、单个细胞中的酶级联反应、迁徙鸟群的行为方式——这些系统异常复杂，在电脑出现之前，要想对它们进行研究是不可能的。这项研究是前所未有的，其研究结果令人惊讶不已。

科学家们很快就注意到，复杂系统表现出某些共同的行为。他们逐步认为，这些行为是所有复杂系统的特点，他们意识到，这些行为无法用分析系统各个组成部分的方式来解释。人们长期以来一直采用的简化还原法——把手表拆开，看它是如何运行的——在复杂系统研究方面则显得无能为力，因为一些有趣的行为似乎是从各组成部分之间自发的交互作用中产生的。这种行为不是事先安排的，也不受外因引导，是自发产生的，所以这种行为被称之为“自我组织”。

“在研究进化问题时，”伊恩·马尔科姆说道，“我们对两种自我组织行为特别感兴趣。一种是适应问题。这是随处可见的。公司适应市场，脑细胞适应信号传递，免疫系统适应感染，动物适应给它们的食物。我们逐步认识到适应能力是复杂系统的特点——这也许能够解释，为什么进化会导致更为复杂的有机体的产生。”

他在讲台上变换了一下姿势，把身体的重心移到手杖上。“然而，更为重要的问题，”他说道，“是复杂系统在需要秩序和必须变化这两者之间保持平衡的方式。复杂系统往往使其自身处于我们称之为‘混沌边缘’的地方。我们可以认为，在混沌边缘有足以使生命系统产生震荡的新生事物，同时又有足以使它不至于陷入无序状态的稳定因素。这是一个冲突区，它充满动荡，充满新与旧之间的不断对抗。毫无疑问，如何找到一个平衡点是个非常棘手的问题——如果一个生命系统离这个平衡点太近，它就有陷入无序和自取灭亡的危险，但如果它离开这个边缘太远，它就变得僵化、呆板、独断专行。这两种情况都会导致它的灭亡。变化太大或太小都具有毁灭性，复杂系统只有置身于混沌边缘才能兴旺。”

他顿了顿：“所以，从其内涵上来看，物种绝迹是两种行为方式的必然结果——不是变化太大，就是变化太小。”

听众中许多人频频点头；在场的大多数研究人员对这种看法都持认同态度。混沌边缘的概念几乎成了圣菲研究所的信条。

“遗憾的是，”马尔科姆继续说道，“这一理论框架和物种灭绝的事实之间还有一道宽阔的鸿沟。我们无法证实我们的想法是否正确。化石能告诉我们的是某种动物绝迹的时间，而不是绝迹的原因。电脑模拟的价值很有限。但我们不能用活的有机体来做实验。这样我们就不得不承认，物种灭绝是无法验证也无法实验的，所以，它也许根本就不是一个科学课题。这也许可以说明，为什么这个问题一直是宗教和政治方面最激烈的争论之一。我想提醒大家，关于阿伏伽德罗常数，就没有带宗教色彩的争论，在普朗克常数、胰腺功能问题上也没有，但在物种灭绝的问题上，这种争论已经持续了两百年，我不知道它该如何解决，假如——那位先生，有什么问题？”

会场的后几排有个人举起手不耐烦地挥动着。马尔科姆皱起眉头，显然感到不快。学院里的习惯做法是，等发言的人讲完之后才让大家提问，中途打断一个人的发言是不礼貌的。“你有问题要问吗？”马尔科姆问道。

会场后排有个三十出头的年轻人站起来。“实际上，”那人说道，“是个评论。”

说话的那个人皮肤黝黑，身材瘦削，穿着卡其布衬衣和短裤，行为举止非常得体。马尔科姆认识这个姓莱文的古生物学家，他是从伯克利到这个研究所来参加暑期进修的。马尔科姆以前从来没有跟他讲过话，但知道此人颇有名气。大家公认，莱文在他这一代古生物学家中出类拔萃，在当今世界也堪称佼佼者。可是所里大多教人都不喜欢他，觉得他高傲自负、目中无人。

“你说化石无助于对物种灭绝问题的解释，”莱文说道，“这我同意。如果你认为行为是物种灭绝的原因，就更是如此了——因为从骨化石上看不出多少与行为有关的信息。但是你说行为理论是无法验证的，这我不敢苟同。事实上，它包含了一种结果。也许你还没有想到这一点。”

会场里鸦雀无声。站在讲台上的马尔科姆皱起眉头。这位著名的数学家还不习惯于听别人说他对问题考虑不周：“请问你有何高见？”

对于会场上出现的紧张气氛，莱文似乎无动于衷。“是这样，”他继续说道，“在白垩纪，地球上恐龙的分布地区很广。我们在每个大洲、每个气候带，甚至在南极，都发现了恐龙化石。如果造成它们绝迹的果真是由于它们自身的行为，而不是由于一场大灾难，或者是疾病，或者植物生命的变化，或者是人们提出的其他广义的原因，那我觉得，它们似乎不可能在所有地区都改变自己的行为方式。这反过来又意味着，在地球上很可能还残存着这些动物。那为什么不能去找它们呢？”

“可以呀，”马尔科姆冷冷地说，“如果你对此很感兴趣，如果你闲得发慌。”

“不，不，”莱文一本正经地说，“我不是在开玩笑，如果万一恐龙还没有绝迹呢？万一它们还存在，还生活在这个星球上某个与世隔绝的地方呢？”

“你在谈论的是一个失落的世界。”马尔科姆说道。会场上的人们会意地点着头。研究所里的科学家们在谈及普通的进化问题时，有一套简化的术语；子弹场、赌棍的破产、生命游戏、失落的世界、红桃皇后，黑色噪音。这些都是关于进化问题的界定非常明确的概念。可是它们都……

“不，”莱文固执地说，“我是实事求是。”

“那你就完全弄错了。”马尔科姆不以为然地摆了摆手。他转过身慢条斯理地走到黑板前面，“如果我们谈到混沌边缘的含义，可以先问问自己，生命的最小单元是什么？对生命所做的最有当代意识的定义要包括DNA。但是有两个例子告诉我们，这样的定义太狭隘。如果我们想到病毒和所谓的朊病毒，那么显而易见，生命可以脱离DNA而存在……”

坐在会场后面的莱文出神地凝视了一会儿，然后很不情愿地坐了下来，开始记笔记。

关于失落的世界的假说

讲学结束了。此时已过正午，马尔科姆一瘸一拐地在研究所的院子里走着。他身边有一位来自非洲的访问学者：年轻的野外生物学家萨拉·哈丁。几年前她在加州大学伯克利分校时，他曾受聘担任她的博士论文的校外审读，自那以后他们就相识了。

他们顶着夏季火辣辣的太阳从院子里穿过，显得很不协调：马尔科姆一身黑衣服，微弯着腰，拄着手杖，像个苦行僧；哈丁穿着T恤衫和短裤，显得年轻、结实、充满活力，她的墨镜推到了额头上，短短的黑发也连带着推了上去。她的研究领域是非洲食肉动物，如狮子和鬣狗。她第二天就要回内罗毕了。

自从马尔科姆动手术以来，他俩关系一直比较密切。哈丁是利用教师休假的时间到奥斯汀来的，马尔科姆进行过多次手术，是她一直在帮忙照料他，使他恢复了健康。曾经一度，两人之间似乎有了爱情，马尔科姆这个抱定独身主义的人似乎也产生了过小家庭生活的想法。可是后来哈丁回了非洲，马尔科姆则到圣菲来了。无论他们以前有过什么罗曼史，现在也只是朋友关系。

他们在探讨他讲座快结束时人们提出的那些问题。马尔科姆原先以为人们只会提一些意料之中的不同见解：大规模物种灭绝的问题很重要，人类得以存在要归功于白垩纪的物种灭绝，因为恐龙绝迹，使哺乳动物得以占据地球。正如一位自以为是的提问者所说："白垩纪使我们自身的具有感知能力的意识，在这个星球上兴盛起来。"

马尔科姆当即就作出了回答："你有什么理由认为人类是有感知和意识的呢？没有任何根据嘛。人类从来都不自己考虑问题，他们觉得那样做太不舒服。我们人类在很大程度上只是在重复别人说过的话——如果接触到不同意见，他们就很不高兴。人类的典型特点不是意识而是遵从，其典型结果就是宗教战争。其他动物为争抢地盘和食物而争斗，但是在人类这个独一无二的动物王国中，他们却为自己的'信念'而争斗。因为信念是行为的指南，而行为在人类的进化中又起着非常重要的作用。可是，如果我们的行为可能导致我们自身灭亡，那我觉得，就没有理由认为我们人类还有任何意识了。我们是顽固不化、自我毁灭、遵奉信念行事的人。我们的其他观点只不过是自鸣得意的自欺欺人罢了。下一个问题？"

此刻，萨拉·哈丁边走边笑地说："他们不喜欢你那种说法。"

"我承认那是在给人泼冷水。"他说道，"但那也是不得已呀。"他说着摇了摇头，"这些人是我们国家的优秀科学家，可是……也没有弄出什么吸引人的东西。顺便问一句，知道打断我讲话的那家伙的情况吗？"

"理查德·莱文？"她笑起来，"挺讨厌的，是吧？他是个举世闻名的讨厌鬼。"

马尔科姆嘟囔着说：“我看也是。”

“他很有钱，这就是问题所在。”哈丁说道，“你知道贝基布娃娃吗？”

“不知道。”马尔科姆说着看了她一眼。

“这个嘛，美国的每个小姑娘都知道，这些布娃娃有一个系列：贝基、萨莉、弗朗西丝，还有其他几个，都是美国的玩具布娃娃，莱文是那家公司的继承人。他是个自以为是的富家子弟，性情浮躁，喜欢随心所欲。”

马尔科姆点点头。“有空和我一块儿吃饭吗？”

“当然，我很……”

“马尔科姆博士！请等一下！马尔科姆博士！”马尔科姆转过身，理查德·莱文细长的身影正匆匆穿过院子朝他们跑来。

“啊，见鬼！”马尔科姆说道。

“马尔科姆博士，”莱文跑上前来说道，“你并没有认真考虑我的提议，这使我感到吃惊。”

“我怎么可能呢？”马尔科姆说道，“那是十分荒唐的。”

“是啊，可是……”

“哈丁女士和我正准备去吃午饭。”马尔科姆指了指萨拉说。

“是的，但我觉得你应当再考虑一下。”莱文有点不依不饶，“因为我认为自己的论点是成立的——恐龙仍然存在，这很有可能，甚至完全有可能。你一定知道关于哥斯达黎加那些动物的谣传吧？我相信你还到那儿去过一段时间。”

“是的，关于哥斯达黎加的情况，我可以告诉你……”

“还有刚果，”莱文继续说道，“多年以来一直有报道说，侏儒人在博坎布附近的密林深处看见了巨蜥，甚至还看见了雷龙。据说在印尼伊里安查亚的丛林里，有一种犀牛般大小的动物，也许就是残存的角龙。”

“天方夜谭，”马尔科姆说道，“纯粹是天方夜谭。至今连个影子都没有看见，既没有照片，也没有任何过硬的证据。”

“也许没有，”莱文说道，“没有证据并不等于证据不存在，我认为，很可能存在着这些尚未绝迹的动物留下的蛛丝马迹。”

马尔科姆耸耸肩说：“任何事情都是有可能的。”

“但从事实来看，它们有可能幸存下来。”莱文寸步不让地说，“我不断接到电话，说在哥斯达黎加发现了新动物，是残存下来的或者是支离破碎的。”

马尔科姆顿了顿，然后问道：“最近吗？”

“就在前不久。”

“唔，”马尔科姆说道，“果然不出我所料。”

“最近一次电话是九个月之前。”莱文说道，“当时我正在西伯利亚考察那只在冰天雪地中保存下来的小猛犸，没能及时赶回来。他们告诉我，那是一种大得畸形的蜥蜴，是在哥斯达黎加的丛林中发现的。”

“哦？后来怎么了？”

“尸体被烧掉了。”

“所以什么也没留下？”

“没有。”

“没有照片？没有证据？”

“显然也没有。”

“所以只是一番道听途说。”马尔科姆说道。

“也许是吧。不过我觉得有必要进行一次考察探险，以便弄清报道中所说的这些幸存下来的动物的情况。”

马尔科姆目不转睛地看着他：“考察探险？去寻找传说中的失落的世界？谁来出这笔费用？”

“我出。”莱文说道，“我早已开始筹划了。”

“那可能要花……”

“花多少我不在乎，”莱文说道，“事实上，幸存下来是可能的。其他门类的物种就有不少幸存下来了，所以白垩纪中的动物也许会有幸存下来的。”

“天方夜谭。”马尔科姆摇摇头又说了一遍。莱文稍事停顿，打量着马尔科姆。“马尔科姆博士，”他说道，“我不得不说，你的态度使我感到惊讶。你刚才还提出了一个论点，我现在是给你一个机会来证实你的论点。我原以为你会迫不及待地抓住这个机会呢。”

“使我感到迫不及待的日子已经一去不复返了。”

“就是你不带我去，你也……”

“我对恐龙不感兴趣。”马尔科姆说道。

“可是大家都对恐龙很感兴趣。”

“我不感兴趣。”他扶住手杖转过身，准备离开。

“顺便问一下，”莱文说道，“你在哥斯达黎加干什么了？听说你去了将近一年。”

“我躺在医院的病床上。他们让我在特护病房待了整整半年。当时我连飞机都上不了。”

“是啊，”莱文说道，“我知道你受了伤。但你先告诉我，你在那儿干了些什么？难道你当时不是在寻找恐龙？”

在明亮的阳光下，马尔科姆拄着手杖，乜斜着眼看着他说：“不是的，没那回事儿。”

他们三个人来到河对岸的瓜达卢佩餐厅，在角落里的一张小漆桌前坐下。萨拉·哈丁对着瓶子喝花冠啤酒，同时看着坐在她对面的这两个男人。看起来，莱文对能跟他们在一起感到很高兴，好像坐到这张桌子旁边就是打了胜仗。马尔科姆则像跟一个多动的孩子待得太久的父亲，显得很疲倦。

“你想知道我听到的情况吗？”莱文问道，“我听说，两年前国际遗传技术公司用基因工程的方法培育出一批恐龙，然后把它们放到哥斯达黎加的一个岛上。可是后来出了事故，许多人死于非命，那些恐龙也随即被消灭了。现在大家对这个问题都缄口不言，因为它涉及法律方面的问题，有秘而不宣的默契之类的东西。哥斯达黎加政府也不愿意因此而影响本国的旅游业。于是大家都避而不谈，这是我听到的情况。”

马尔科姆目不转睛地看着他：“你相信吗？”

“开始的时候我还不相信，”莱文说道，“可是我不断听见这方面的传闻。真是谣言四起，接连不断。都说你和艾伦·格兰特，还有其他几个人在那儿。”

“你问过格兰特了吗？”

“我问了，去年在北京的一次国际会议上。他说那纯粹是无稽之谈。”

马尔科姆慢慢地点点头。

“那是你说的吗？”莱文喝了一口啤酒，“我是说你认识格兰特，是吧？”

"不认识，从来没见过。"

莱文仔细地端详着马尔科姆的脸："这么说，没那回事了？"

马尔科姆叹了口气："你熟悉技术神话的概念吗？它最先是盖勒在普林斯顿提出的。他的基本论点就是，我们失去了所有的古老神话，什么奥菲士啦、欧律狄刻啦、珀尔修斯啦、美杜莎啦等等，所以我们就用现代技术神话来填补这个空白。盖勒列举了十多个例子，其中一个说的是，有外星人在赖特–帕特森空军基地的机库里出没；还有一个说的是，有人发明了一个可以用一加仑汽油跑一百五十英里的化油器，不少汽车公司买了他的专利后却迟迟按兵不动；还有什么俄国人在西伯利亚一个秘密基地训练儿童的超感觉力，这些儿童可以用他们的意念杀死世界上任何地方的任何人；说什么秘鲁纳斯卡地区地上的道道痕迹是外星人的飞船港；说什么艾滋病病毒是中央情报局为了消灭同性恋者而有意传播的；说什么尼古拉·特斯拉发现了一种不可思议的能源，可是他的所有记录都丢失了；还有什么在伊斯坦布尔有一幅十世纪的绘画，画的是从太空所看到的地球；还有斯坦福研究院发现有个人的身体在黑暗中能够生长……明白我说的意思了吗？"

"你是说国际遗传技术公司的恐龙是个神话？"莱文说道。

"当然是神话啦。肯定是神话嘛。你觉得用基因工程的方法能培育出恐龙吗？"

"所有的专家都跟我说不可能。"

"他们说得对。"马尔科姆说完看了哈丁一眼，似乎是想让她证实一下。她一声不吭，只顾喝她的啤酒。

其实哈丁所听见的有关这些恐龙的传闻还远远不止这些。马尔科姆手术后，由于麻醉药和镇痛药的作用，在神志不清的情况下曾说过些胡话。当时他似乎非常害怕，不停地在病床上扭动身子，嘴里还不断重复着几种恐龙的名字。哈丁曾经问过护士，护士说每次手术后他都是那样。医院的医护人员认为那是麻醉药产生的幻觉——可是哈丁却认为马尔科姆是在重新体验过去的某些恐怖的实际场景。马尔科姆称呼恐龙时使用了她所熟悉的简称，这就更增强了她的这种感觉。他把恐龙称为“猛龙”“秀颚”和“三角”，而且他好像特别害怕“猛龙”。

回到家里后，她曾问过他所说的那些胡话。他双肩一耸，说了句不太高明的笑话——“至少我没有提到别的女人，对吧？”接着就说他小时候是个恐龙迷，还说生病会使人怀旧之类的话。从整体态度来看，他是故意表现出冷淡，似乎这一切都无关紧要。她明显感到他是在避实就虚，但她不想把他逼得太厉害。再说当时她爱上了他，所以也就没有再追根究底。

现在他以询问的目光看着她，似乎是在问，她是否会说得跟他不一致。哈丁扬了扬眉毛，两眼盯着他。他这么做一定有原因，她可以等着瞧。

莱文从桌子上探身向前对马尔科姆说：“这么说，国际遗传技术公司的事完全是子虚乌有了？”

“完全是子虚乌有。”马尔科姆严肃地点点头，“完全是胡编乱造。”

三年来，马尔科姆一直在否定人们的这种猜测。现在这对他来说已经轻车熟路，不过，他此刻的疲劳却不是装的，而是真的。实际上，他在1989年夏季就担任了帕洛阿尔托的国际遗传技术公司的顾问。他为该公司到哥斯达黎加出了一趟差，结果遇上一场飞来横祸。事后，所有与那场灾祸有关的人员都辟谣说那是天方夜谭。国际遗传技术公司想尽量推卸自身的责任；哥斯达黎加政府想维护本国作为旅游天堂的名声。而那些科学家们都有约在先，同意不向外透露任何情况，事后他们都得到了慷慨的赠款，以使他们继续守口如瓶。马尔科姆这两年的全部医疗费用都由该公司承担。

与此同时，国际遗传技术公司在那个哥斯达黎加小岛上的设施已全部销毁，岛上已没有任何活着的动物了。公司还买通了斯坦福大学的著名教授乔治·巴塞尔顿。巴塞尔顿是个生物学家，经常发表文章，还经常在电视上露面，是一位公众喜爱的科技问题方面的权威。巴塞尔顿说他到那个岛上去过，对于岛上近期曾出现过绝迹动物的谣传，他总是不厌其烦地矢口否认。他以嘲弄的口吻说："剑齿虎，说得倒像是真的！"这话还真起了作用。

随着时间的推移，人们对这件事情的兴趣开始逐渐转淡。国际遗传技术公司从那以后就破了产，它在欧洲和亚洲的主要投资者因此蒙受了重大损失。虽然该公司的实物财产、房屋、实验设备等都可以逐步变卖，但公司认为它所开发的核心技术是决计不能卖的。总而言之，国际遗传技术公司的工作已经结束。

关于这家公司，已没有太多的东西可说了。

"这么说，这都是假的。"莱文说着，咬了一口绿苞米做的粉蒸肉，"跟你说句实话吧，马尔科姆博士，这样我就有底了。"

"为什么？"马尔科姆问道。

"因为这就意味着，以前不断有传闻说曾在哥斯达黎加出现的那些动物，现在可以肯定是真的了，是真的恐龙，我耶鲁大学的一位朋友在那儿。他是个野外生物学家，他说他亲眼见过，我相信他的话。”

马尔科姆耸耸肩：“我不相信在哥斯达黎加还会有什么动物出现。”

“的确，几乎有一年时间没有什么新发现了。不过如果再有发现，我是会去的。在去之前我要组建一支考察队。我花了很多时间考虑具体怎么办的问题，我想可以建造一些专用车辆，一年之内可以造成。我已经跟索恩博士谈过了。接下来我准备招募考察队员，也许会请哈丁博士参加，或者请有类似成就的博物学家参加，还要吸收一些研究生……”

马尔科姆边听边摇头。

“你觉得我是在浪费时间。”莱文说道。

“是的。”

“可是假如——仅仅是假如——再出现那类动物？”

“根本不会出现。”

“假如它们万一真的出现了呢？”莱文问道，“你有兴趣帮助我吗？帮助策划一次探险考察？”

马尔科姆饭吃完后，把盘子向旁边一推。他的两眼久久地看着莱文。“行啊。”他终于答应了，“如果万一再出现，我愿意帮助你。”

“太好了！”莱文说道，“我只要知道这些。”

外面阳光灿烂。在瓜达卢佩大街上，马尔科姆和萨拉一起朝他那辆破旧的福特牌轿车走去。莱文则钻进一辆鲜红色的法拉利，高兴地挥了挥手，然后一溜烟地把车开走了。

“你觉得这种事会发生？”萨拉·哈丁问道，“你觉得，呃，这些动物会再次出现？”

“不，”马尔科姆说道，“我敢肯定它们永远不会再出现了。”

“你的话听起来好像充满希望。”

他摇摇头，动作有些别扭地钻进车里，把那条受过伤的腿从驾驶盘下面挪过去。哈丁钻进车里，坐在他身边。他看了她一眼，转动了点火器的钥匙。他们一起回到了研究所。

她于第二天返回非洲。在其后一年半的时间里，她多多少少了解到一些莱文的准备工作情况，因为他隔一段时间就要给她打电话，询问一些有关野外作业注意事项、汽车轮胎问题，以及对野生动物最好用什么麻醉药物之类的问题。有时她还接到索恩博士的电话。索恩在制造车辆，但语气中常流露出一些苦恼情绪。

马尔科姆那边一点消息也没有，不过在她过生日的时候，他给她寄来一张生日贺卡。贺卡是一个月之后收到的，贺卡下方他草草写道：“祝你生日快乐。很高兴你离他比较远，他简直要把我气疯了。”

第一章

在远离混沌边缘的安全区域里，单体生命在慢慢地共生，但没有明显的模式。

——伊恩·马尔科姆

变种形式

天色将晚。直升机正沿着密密的丛林和海滩的交界线，贴近海岸做低空飞行。十分钟前，它从最后一个渔村上方掠过，现在下面只有无法穿越的哥斯达黎加丛林、红树沼泽和连绵不断、荒无人烟的沙石。坐在驾驶员身边的马蒂·吉提雷兹望着窗外飞速掠过的海岸线。这个地区连条路也没有，至少他一条也没看见。

吉提雷兹是个少言寡语的美国人。他今年三十六岁，蓄着胡须。作为野外生物学家，他已经在哥斯达黎加生活了八年。他最初是来研究热带雨林中犀鸟物种形成问题的，可是后来却成了北部国家公园——卡拉拉生物自然保护区的顾问，他按下机内通话按钮问驾驶员："还有多远？"

"还有五分钟，吉提雷兹先生。"

吉提雷兹转过身说："用不了多久了。"坐在直升机后排座位的那个高个子没有回答，别人跟他讲话，他甚至一点反应也没有。他只是没精打采地坐在那里，手托着腮，双眉紧锁，望着窗外。

理查德·莱文穿着晒得褪了色的野外卡其工作服，头上那顶澳大利亚软边帽向下拉得很低，脖子上挂着一副饱经风霜的双筒望远镜。尽管他这一身行头有点不登大雅之堂，可是他身上却透出一个学者那种专心致志的风度。在他向窗外看的时候，他的金丝眼镜的后面是清晰的面部轮廓和紧张而严肃的表情。

“这是什么地方？”

“这地方叫罗加斯。”

“我们已经到了最南边了？”

“是的。离巴拿马边境只有五十英里左右。”

莱文目不转睛地注视着丛林。“我看不见有道路嘛，”他说道，“那东西是怎么发现的？”

“是两个野营的人。”吉提雷兹答道，“他们是乘船来的，从这儿的沙滩上的岸。”

“是什么时候的事？”

“昨天。他们一看到那个东西，就拼命地往回跑。”

莱文点点头。他那双细长的手臂弯曲着，双手托住下巴，活像个螳螂。螳螂是他在研究生院时的绰号：一来是由于他的外表；二来是因为，如果谁跟他的意见不一致，他就恨不得一口把人家的脑袋咬下来。

吉提雷兹问道：“以前来过哥斯达黎加吗？”

“没有。第一次。”莱文答道。接着他不耐烦地摆了摆手，似乎不想谈一些无聊的小事。

吉提雷兹笑了笑。经过这么多年，莱文还是禀性难移。在科学上，他依然是个才华横溢但不讨人喜欢的人。他俩曾在耶鲁大学一起攻读研究生，后来莱文退出了博士进修，拿了个比较动物学的学位。莱文说，现在这种野外研究也许对吉提雷兹很有吸引力，但他却对此毫无兴趣。他以其特有的自命不凡的态度把吉提雷兹的工作说成是“从世界各地采集鹦鹉粪便”。

事实上，才华横溢、一丝不苟的莱文是被过去、被那个业已不复存在的世界深深地吸引着。他对那个世界进行了孜孜不倦的精细研究。他的脑子好是出了名的，他的骄傲自大、伶牙俐齿也是出了名的，他毫不掩饰自己在指出同事错误之后所流露出的得意神情。有个同事曾经这样说过他：“对于所争论的问题，莱文从来不会忘记——而且也不会让你忘记。”

野外研究工作者们不喜欢莱文，而他对他们也没有好感。他是个非常细心的人，对动物的生活了如指掌，他最大的乐趣就是研究博物馆的藏品，对物种进行重新分类，对展出的动物骨骼进行重新安排。他不喜欢风尘仆仆、处处不便的野外生活。如果让他自己选择，他是绝不会离开博物馆的。但他生活在古生物学有众多发现的伟大年代，这仿佛是命中注定。在过去二十年中所发现的恐龙化石种类比以前翻了一番，现在，每七周就能发现一个新物种。莱文在世界上享有盛名，他也因此要不停地在世界各地奔波，到处考察新的发现，向科研工作者发表他的专家见解，而那些研究人员尽管很厌烦他，但又不得不承认他们需要听听他的见解。

“你从哪儿回来的？”吉提雷兹问道。

“蒙古。”莱文答道，“我去了戈壁滩上的火焰岩，离乌兰巴托三小时的路程。”

“哦？他们发现了什么？”

“约翰·罗克斯顿收获不小。他发现了一具不完整的骨骼化石，他认为那可能是迅猛龙的新种，叫我去鉴定一下。”

“后来呢？”

莱文耸耸肩：“罗克斯顿对解剖学一窍不通。他是个热情的筹款者。如果他真的发现了什么，也只能是一筹莫展。”

“你跟他实话实说了？”

“为什么不说呢？实事求是嘛。”

“那具化石呢？”

“根本不是什么迅猛龙。”莱文说道，“跖骨就不对头，耻骨太靠近腹部，坐骨上没有适当的孔盖，长骨太轻。至于头骨……”他转动了一下眼睛，“上颚骨太厚，眼眶靠嘴太近，龙骨末端太小——哦，如此等等，不一而足。几乎没有锋利的前爪。就这么个情况。不知道罗克斯顿是怎么想的。我怀疑他实际找到的是伤齿龙，当然我还没有下肯定的结论。”

“伤齿龙？”吉提雷兹问道。

“三叠纪的一种小食肉动物——从脚到髀臼有两米，其实是一种极为普通的兽脚类恐龙。罗克斯顿的发现不是什么特别令人感兴趣的东西。当然有一个细节比较奇怪。他发现的化石含有表皮层中的东西——恐龙皮肤上的花纹印痕。这本身并不罕见。迄今为止所发现的保存完好的皮肤花纹印痕也许有十多个，但主要是在鸭嘴龙的皮肤上，像这样的以前还没有过，因为很明显，这个动物的皮肤具有一些明显特征，是我以前在恐龙身上没有见过的……”

“先生们。”驾驶员打断了他们的交谈，“前面要到胡安·费尔南德斯湾了。”

“先在它的上方盘旋一下好不好？”莱文问道。

莱文向窗外望去，面部表情再度紧张起来，忘了刚才的话还没有说完。此刻他们正在丛林上空飞行。这片向丘陵延伸的丛林连绵不断，一望无际。直升机开始带坡度转弯，在海滩上方盘旋。

“就在那儿。”吉提雷兹指着窗外说。

在下午的阳光照射下，这片空无一人的海滩就像一弯明净皎洁的月牙。他们看见海滩南边的沙石中有一团黑色的东西。从空中看，它像块岩石，或者像一大团海草。它的直径大约有五英尺，但没有特定的形状。它的四周有很多脚印。

“谁来过这儿？”莱文叹了口气问道。

“今天早些时候公共卫生部门的官员来过。”

“他们干了些什么？”他问，“他们碰它没有？或者以其他方式动过它没有？”

“我说不上来。”吉提雷兹说道。

“公共卫生部门。”莱文重复了一遍，而后摇了摇头，“他们懂什么？马蒂呀，你根本不该让他们靠近它。”

“哎呀，”吉提雷兹说道，“这个国家又不归我管。我只能尽力而为。他们当时甚至想在你来之前就把它毁掉。我至少说服他们在你来之前先别动它。当然，我不知道他们会等多久。”

“那我们最好现在就开始。”莱文说着按下麦克风的按钮，“我们还盘旋什么？天色越来越暗了。在海滩上降落吧。我想亲眼看看这个东西。”

理查德·莱文朝沙滩上那团黑色的东西跑去，挂在他脖子上的望远镜不断在他的胸前摆动。虽然还有一段距离，他已经闻到一股腐臭气。他的脑子里已经有了初步印象。那死尸有一半埋在沙里，上面密密麻麻叮了一层苍蝇。它的皮肤像充了气似的肿胀起来，这就增加了鉴别的难度。

他在离它不远的地方收住脚步，取出照相机。这时，直升机驾驶员立刻跑上来，把他的照相机向下一按："不许拍照！"

"什么？"

"对不起，先生。这儿不许拍照。"

"究竟为什么呢？"莱文问道。他转身看着吉提雷兹，这时吉提雷兹正从沙滩上跌跌撞撞地向他们跑来。"马蒂，为什么不能拍照？这可能是一个重要……"

"不许拍照。"驾驶员又说了-遍，然后一把从莱文手中夺过照相机。

"马蒂，这简直是疯了。"

"你就去做你的检查吧。"吉提雷兹说道。接着他用西班牙语对驾驶员进行解释，但驾驶员回答时显得很厉害，气呼呼的，还不时挥动着双手。

莱文无可奈何地看着他们，然后转过身。真他妈的，他心想。他们可能会无休止地争下去。他赶紧朝前走，并开始用嘴呼吸。他越走越感到臭味难闻。虽然这具尸体很大，可是他却没有看见鸟类、鼠类或其它以腐尸为食的动物来吃它。只有苍蝇——密密麻麻的苍蝇爬满了它的全身，所以他连它的轮廓也无法看清楚。

即使如此，这个动物看上去也不算小。如果不是肿胀，它的大小几乎相当于一头牛或者一匹马。那干燥的皮肤经太阳一晒已经开裂，向上翘起，露出了油汪汪的淡黄色皮下脂肪层。

太臭了！莱文不由向后退了一步，接着又硬着头皮朝前走，全神贯注地看着那具尸体。

虽然它的大小像头牛，但显然不是哺乳动物。它的皮上没有毛。皮肤原先似乎呈绿色，上面有一道道暗条花纹，表皮上分布着大小不一的多边形结节。这种形状使人想起蜥蜴的皮肤。在它身上的不同部位，这种结节大小不同，腹部的显得大些，但却不太明显。在颈部、肩部和臀部有明显的皮肤折皱——这些又很像蜥蜴。

这具尸体毕竟很大。莱文估计它原来的体重大概有100千克，约合220磅。除了印度尼西亚的科摩多巨蜥之外，世界上还没有这么大的蜥蜴。科摩多巨蜥是一种身长九英尺的食肉巨蜥，大小像鳄鱼，能吞下羊和猪，有时也吃人。可是在美洲还从来没有发现过这种巨蜥。当然，可以认为这是一种鬣蜥科动物，这种动物南美洲到处都有，而且海生鬣蜥能长得很大。即便如此，这只动物也可以算大家伙了。

莱文绕着它慢慢地走到它的头前面。不，他觉得这不是蜥蜴。它横卧着，左侧肋骨向上。它的身体有一半埋在沙子里，背部由脊柱生成的刺状突起露在沙子外面的只有几英寸。它那长长的脖子弯曲着，脑袋被压在身躯下面，像一只把头埋在翅膀下面的鸭子。他看见一条前肢，它显得弱小无力。另一侧的前肢被沙埋住。他想把它挖出来看看，但还是觉得要先拍一些照片然后再去动它。

其实，莱文越仔细观察这具尸体，越觉得应当很好地对它进行研究，因为有一点非常清楚——这是一种罕见的、也许目前还不为人所知的动物。莱文很激动，同时也很谨慎。他开始认识到这一发现的重要性，如果真的如此，那么现在要做的一项很重要的工作就是要留下记录。

海滩上，吉提雷兹还在大声跟驾驶员进行交涉。可是对方很固执，只是一个劲地摇头。

这些官僚们，莱文想想都感到十分恼火。他为什么不能拍照？这不会伤害任何东西。把这个动物的变化情况记录下来是至关重要的。

他听见了沉闷的笃笃声，抬起头来，另一架直升机在海滩上方盘旋，它的黑色阴影在沙滩上掠过。这架直升机白得像救护车，机身侧面有一些红字。不过在落日的余晖中，他看不清上面是些什么字。

他转身对着那具动物尸体。这回他注意到了，它的后腿肌肉很发达，与前肢截然不同，看来它是靠强有力的后腿保持平衡直立行走的。虽然现在已经知道有不少可以直立的蜥蜴，但是都没有这么大。他观察着这具死尸的形状，越看越觉得它不是蜥蜴。

他见天色渐晚，还有大量工作要做，于是加快了速度。对于任何一个物种，都要弄清两个非常重要的问题。第一，它是什么动物？第二，它为什么会死亡？

他站在它的大腿旁边，看见它的体表已经裂开，这无疑是被皮下胀起的气所撑破的。他仔细看了看，发现裂开的地方是个很大的口子。它沿股胫裂开，看样子很深，露出了红红的肉和白白的骨头。他不顾刺鼻的臭味以及在伤口外露的肌体组织上蠕动的白色蛆虫，因为他意识到……

“对这一切我感到遗憾。”吉提雷兹走到莱文面前说，“那个驾驶员死活不答应。”

驾驶员紧张地跟在吉提雷兹后面，然后站到他身边，仔细地观察着。

“马蒂，”莱文说道，“我真的必须拍几张照片。”

“恐怕不行了。”吉提雷兹说罢耸了耸肩。

“这很重要，马蒂。”

“很遗憾。我已尽了最大的努力。”

那架白色直升机在海滩那边徐徐降落，它的隆隆声渐渐消失，一批身穿制服的人开始走下飞机。

“马蒂，你觉得这是什么动物？”

“这个嘛，我只能瞎猜猜了。”吉提雷兹说道，“从它的块头来看，我觉得这是一种以前尚未发现过的鬣蜥，它非常大，这就不用说了，而且显然不是哥斯达黎加本地的。我猜想，它来自加拉帕戈斯群岛，或者……”

“不，马蒂，”莱文说道，“它不是鬣蜥。”

“你先听我说。”吉提雷兹说着看了驾驶员一眼，“我认为有必要告诉你，在这一地区曾出现过好几种我们不认识的蜥蜴。谁也不知道为什么。也许这与砍伐热带雨林有关，或者有什么其他原因。新的物种不断出现。几年前我就开始注意到一些无法识别的……”

“马蒂，这东西不是蜥蜴。”

吉提雷兹眨了眨眼：“你说什么？当然是蜥蜴嘛。”

“我认为不是。”莱文说道。

“也许你是看它块头大，随便说说的吧。”吉提雷兹说道，“实际上，在哥斯达黎加，我们偶尔也碰到这类变异物种……”

“马蒂，”莱文冷冷地说，“我这个人从来不信口胡言。”

“这个嘛，当然了，我不是那个意思……”

“我跟你说吧，这不是蜥蜴。”莱文说道。

“对不起，”吉提雷兹摇摇头说，“我不能同意。”

从那架白色直升机上下来的那些人集中在一起，个个都戴着白色大口罩。

“我没有要你同意。”莱文说着又转身对着那具尸体，“要想作出判断很简单。只要把它的头解剖一下，或者四肢，比方说这个大腿，我认为……”

莱文没有继续往下说。他屈身向前，靠它更近了。他仔细地看了看大腿的后面。

“怎么回事？”吉提雷兹问道。

“把你的刀给我。”

“怎么啦？”吉提雷兹问道。

“给我就是了。”

吉提雷兹从口袋里摸出小刀，把刀柄递到莱文伸开的手上。莱文两眼紧盯着那具尸体。“我想你会发现这很有意思。”

“什么？“

“沿着臀部这条线。有一个……”

突然，他们听见从海滩那边传来的叫喊声，抬头一看，只见从那架直升机上下来的人正从海滩方向朝他们跑来。他们的背上背着钢瓶，边跑边用西班牙语喊叫着。

“他们在说什么？莱文皱起眉头问道。

吉提雷兹叹了口气说：“他们要我们回去。”

“告诉他们我们正忙着呢。”莱文说着又弯下身去。

可是那些人还在不断地叫喊。突然，他们听见一阵呼啦啦的响声。莱文抬起头。暮色中他看见火焰喷射器已经点火，红色的火焰喷涌而出。他绕过尸体朝那些人跑去，同时大声喊道："不，不行啊！"

可是那些人根本不理他。

他喊道："不行，这是件无价之……"

为首的那个穿制服的人一把抓住莱文，把他重重地摔倒在沙滩上。

"你他妈的想干什么？"莱文吼叫着从地上爬起来。话音未落，他就看到已经来不及了，第一批喷出的火焰已经烧到那尸体身上，它的皮被烧焦，尸体上散发出的甲烷气噗的一声被引燃，产生蓝色的火苗，接着滚滚的浓烟冲天而起。

"住手！快住手！"莱文转身对着吉提雷兹喊道，"快让他们停下来！"

可是吉提雷兹却纹丝不动，只是愣愣地看着那具尸体。

在熊熊的烈焰中，那动物的躯干发出噼噼啪啪的爆裂声，脂肪烧得吱吱响。皮烧完之后便露出那已经烧焦的扁平肋骨组成的骨架。接着，它的躯干翻向另一侧，着了火的脖子突然竖了起来。由于皮肤被烧得缩起来，那脖子仿佛在不停地晃动。

火光之中，莱文看见一个又长又尖的拱嘴和两排食肉动物的锋利牙齿。还有那凹陷的眼窝。这个家伙此刻活像中世纪一条在烈焰中升腾的龙。

圣何塞

莱文坐在圣何塞机场酒吧的一张小桌子前，不紧不慢地喝着啤酒，等候飞往美国的班机。吉提雷兹坐在他身旁一声不吭。这种令人尴尬的沉默已经持续了好几分钟。吉提雷兹两眼看着莱文放在脚边的背包发愣，那是一只特制的墨绿色戈尔特斯面料的背包，最外面有不少专门用来放电子仪表的口袋。

“这包真不错。”吉提雷兹打破沉寂，“从哪儿弄来的？很像索恩式包。”

莱文呷了一口啤酒：“是的。”

“真不错。”吉提雷兹看着它说道，“最上面那只口袋里装的是什么？卫星电话？还是全球定位系统？伙计，他们下次还会进行刁难的，太狡猾了，肯定费了你……”

“马蒂，”莱文怒气冲冲地说，“少废话，你是告诉我，还是不告诉我？”

“告诉你什么？”

“我想知道这究竟是怎么回事。”

“理查德，你听我说，我很遗憾，如果……”

“别说了，”莱文打断他的话，“马蒂，那是那个海滩上一个非常重要的物种，可是它却给毁了。我真不明白你为什么让这种事发生。”

吉提雷兹叹了口气，他看了看坐在其他桌子边上的旅客后说道：“要绝对保密，好吗？”

“好。”

“这是这儿的一个大问题。”

“什么大问题？”

“在那片海滩上经常有……呃……变异物种出现。有好几年了。”

“变异物种？”莱文重复着这两个词，然后不相信地摇摇头。

“那是官方对这类物种的说法，”吉提雷兹说道，“在政府部门工作的人都不愿意把什么事都说得很具体。最初出现这类物种大概是五年前的事，是在靠近一个培养大豆品种的边远农业试验站的大山里发现的。”

“大豆。”莱文重复了一遍。

吉提雷兹点点头：“看来这些动物很喜欢吃这儿的大豆和某些青草，可以假设它们非常需要摄入大量的氨基酸赖氨酸，不过谁也没有真正的把握。也许它们只是喜欢吃某种庄稼。”

“马蒂，”莱文说道，“它们就是喜欢啤酒和脆饼也不与我相干，现在只有一个问题很重要：它们是从哪儿来的？”

“不得而知。”吉提雷兹回答说。

莱文没有接他的话头。过了一会儿，他又问：“其他那些动物怎么样了？”

“全都被销毁了。就我所知，自那以后，有好几年没有什么发现。可是现在好像又开始了。在过去的一年当中，我们发现了四个，其中包括你今天看到的那个。”

“怎么处理的？”

“呃，那些变异物种都毫无例外地被焚尸灭迹了，就像你所看到的那样。政府从一开始就采取一切可能的步骤封锁消息，不让任何人知道这种事。几年前，一批北美旅游者报告说，在一个叫努布拉的岛上有些异常现象。梅嫩德斯邀请了一批记者专门到岛上去看——可是带他们去的却是另外一个岛。这些记者当然不知就里。类似这种事。我是说，政府很重视这件事。”

“为什么呢？”

“他们很担心。”

“担心？为什么要担心……”

吉提雷兹把手一挥，在椅子上换了个坐姿，朝前挪了挪：“疾病，理查德。”

“疾病？”

“是的。哥斯达黎加的医疗卫生体系在世界上是数一数二的，”吉提雷兹说，“流行病学家们开始追踪一种非常讨厌的大脑炎。这种病似乎正呈上升趋势，尤其是在沿海地区。”

“大脑炎？原因是什么？病毒？”

吉提雷兹摇了摇头。“没有找到发病原因。”

“马蒂……”

“我跟你说吧，理查德，谁也不知道。它不是病毒性的，因为抗体的浓度并没有上升，白细胞的数量也没有变化。它也不是细菌性的，因为没有人培养过这种细菌。整个就是个谜。流行病学家们只知道，它所影响的似乎主要是乡村的农民，是那些跟动物打交道、跟家畜打交道的人。的确是大脑炎——让人头疼欲裂，神志不清，发高烧，说胡话。”

“必死无疑？”

“现在看来，它发病后持续大约三个星期，而后似乎就能够自愈。即便如此，政府也十分担心。这个国家要靠旅游业呢，理查德。谁也不愿意谈及尚且不为人知的疾病。”

“这么说，他们认为大脑炎跟这些变异的动物有关？”

吉提雷兹耸耸肩说：“蜥蜴能携带传播多种病毒性疾病。它们是一种已知的疾病传播媒介。所以说，这不是没有道理，也许有某种联系。”

“但是你刚才还说它不是病毒性的。”

“不管是什么，反正他们认为与那个有关。”

莱文说道：“那就更有必要弄清这些蜥蜴是从哪儿来的嘛。他们肯定已经搜索……”

“搜索？”吉提雷兹说着笑起来，“当然搜索了，他们到处搜遍了，搜了一遍又一遍。他们派出了几十个搜索组——我自己还带过几个呢。他们进行空中搜索，在丛林上方飞，在沿海岛屿上方飞。够兴师动众的。沿海岛屿相当多，这你知道，尤其是在西海岸。他们甚至还到那些由私人拥有的岛上去搜索过。”

“有私人拥有的岛吗？”莱文问道。

“有几个，三四个吧。像努布拉岛——是租给一家美国公司的，叫国际遗传技术公司，租了好几年哩。”

“你刚才说那个岛他们也去搜……”

“彻底搜了一遍。什么也没有。”

“其他岛呢？”

“呃，我想想看。”吉提雷兹说着扳起指头来，“东海岸的塔拉曼卡岛，岛上有个中世纪俱乐部。西海岸的索纳岛，租给了一家德国矿业公司。北边有莫拉桑岛，它的主人是个哥斯达黎加富豪，也许还有，我想不起来了。”

“结果发现什么没有？”

“一无所获。”吉提雷兹说道，“什么也没发现，所以他们就认为这些动物来自丛林深处，我们到目前为止也没能找到它们。”

莱文嘟囔着说：“这么说，运气还不错。”

“我知道，”吉提雷兹说道，“热带雨林作为藏身之地简直妙极了。搜索队即使从离一只大型动物十码远的地方走过，也发现不了它。连最先进的遥感技术也无济于事。因为它无法穿透那么多东西——云雾、树冠、低矮植被。热带雨林里，什么路也没有，几乎任何东西都能在里面藏身。不管怎么说，政府很失望。当然了，感兴趣的还不仅仅是政府。”

莱文猛然抬起头：“哦？”

“是啊，由于某种原因，还有不少人对这些动物也很感兴趣。”

“什么样的兴趣？”莱文小心地试探着。

“去年秋天，政府批准伯克利的一批植物学家在中央高地对丛林地区进行空中考察，那次考察进行了一个月，当时还出现了一些争议——航空燃料费用问题，或者诸如此类的问题。反正圣何塞的一位官员给伯克利打电话提出抱怨，伯克利方面回话说，他们从来没有听说过有那么一支考察队。接着，那支考察队就逃之夭夭，离开了这个国家。”

“所以谁也不知道他们是些什么人了？”

“不知道。去年冬天，两个瑞士地质学家来采集沿海气体样本。他们说，那是他们所进行的中美洲火山活动情况研究课题的一部分。沿海的岛屿都是火山岛，大部分都具有不同程度的活动性，所以看起来这是一种合理的要求，可是后来才知道，这些‘地质学家’其实是为美国一家叫生物合成公司的公司服务的。呃，他们要找的是那些岛上的大型动物。”

“为什么一家生物技术公司会对这些东西感兴趣呢？”莱文问道，“没有任何道理嘛。”

“也许在你我看来是这样。”吉提雷兹说道，“可是生物合成公司是家臭名远扬的公司，他们的研究部主任是一个叫路易斯·道奇森的家伙。”

“哦，我知道。”莱文说道，“几年前在智利进行狂犬恐水症疫苗试验的就是他。在试验中，他们让当地农民接触恐水症疫苗，但却没有把他们进行什么试验的事告诉那些农民。”

“就是他。他还在超级市场试销一种用遗传技术培育出来的土豆，但却没有说明这些土豆的品种已经被改变了。结果小孩子吃了之后发生轻微腹泻，有两个还住进了医院，后来那家公司只好买通乔治·巴塞尔顿，让他出来修复他们的形象。”

“看来大家都用得着巴塞尔顿嘛。”莱文说道。

吉提雷兹耸了耸肩：“现在向大学里的知名教授咨询也是一种时尚，这是一项交易中的一部分。巴塞尔顿是里吉斯生物教授。生物合成公司要他来帮助收拾残局，因为道奇森不是个安分守己的人物，收了他的钱为他干活的人遍布全世界。他们窃取其他公司的研究成果，通通拿来。有人说，在所有遗传技术公司中，只有生物合成公司的律师比科学家还多。”

“他们为什么会对哥斯达黎加感兴趣呢？”莱文问道。

吉提雷兹又耸了耸肩：“我不知道。可是，理查德，对待科研的态度现在整个都变了。这一点在这儿看得非常清楚。哥斯达黎加是世界上生态环境最丰富的地方之一。它具有十二个明显不同的动植物栖息繁衍的环境，物种达五十万。地球上的物种，有五分之一在这儿都能找到。多年来，哥斯达黎加一直是生物学的研究中心。我可以这么跟你说，现在的世道变了。过去来这儿的都是具有献身精神的科学家，为的是进行科学研究。他们以极大的热忱到这里来研究吼猴、波利斯坦黄蜂，或者伞形植物什么的。这些人选这个地方，因为他们喜欢，他们是肯定发不了财的。可是现在，在生物学领域里的所有东西都具有潜在价值。谁也说不准下一次会从什么地方发现什么新药，所以制药公司就对各种科研提供资助。也许鸟蛋里面就有可以防水的蛋白质；也许蜘蛛可以产生一种抑制血液凝固的肽；也许蕨类植物含蜡的表面就含有可以止痛的药物。这种情况经常发生。它足以使人们对科研的态度发生变化。人们已不再研究大自然了，他们开始在大自然中淘金。这是一种掠夺者的心态。任何新的东西，任何以前没有发现的东西，都让人不由自主地产生兴趣，因为它可能具有价值，它可能使人发大财。”

吉提雷兹把杯子里的啤酒一饮而尽，接着说：“这个世界现在颠倒过来了。事实上，很多人都想了解这些变异动物说明了什么——它们是哪儿来的。”

喇叭里开始广播莱文的航班登机的通知，他俩同时从桌子旁边站起来。吉提雷兹说道：“这些你都不会说出去的吧？我说的是你今天所看到的东西。”

“实话对你说吧，”莱文说道，“我也不知道今天看到了什么。什么都有可能。”

吉提雷兹笑了笑：“一路平安，理查德。”

“多保重，马蒂。”

离开

莱文挎上背包，朝登机厅走去。他转身向吉提雷兹挥手告别，但发现他的朋友早就走到候机楼外，挥手叫住了一辆出租车。莱文耸耸肩，然后转过身。

前面就要过海关了，旅客们正排队等着海关人员在护照上盖章。他预订的是夜间飞往旧金山的航班，途中要在墨西哥城停留较长时间。排队的人并不多。他想也许还来得及给他的办公室打个电话，给秘书琳达留个话，说他马上就要上飞机了。他觉得最好也给马尔科姆去个电话。他四下看了看，见右边靠墙有一排标着ICT字样的电话，可是电话数量不多，而且都有人在用。他想最好还是用自己背包里的那部卫星电话，于是就把背包从肩膀上放下。也许这要……

他停了一下，皱起眉头。

他再次回过头看了看那面墙。

在那儿打电话的一共有四个人。第一位是个金发女人，上身穿着三角背心，下身穿着短裤，打电话的时候，还不住地掂着手里抱着的那个晒得黑黢黢的孩子。靠近她的是个身穿猎装式夹克、留着胡子的男人，一边打电话一边不停地看手腕上那只劳力士金表。第三位是个头发花白的老年妇女，说的是西班牙语，她的两个已经长大成人的儿子站在旁边一个劲地点头。

最后一位是那个直升机驾驶员。此刻他已经脱下飞行服，穿着短袖衫，戴着领带。他面对墙站立，肩膀向前躬着。

莱文向那边挪了挪，听见那驾驶员说的是英语。他放下背包，弯下腰去，假装在调整挎包背带，实际是在听那人说话。那人依然是背朝着他。

他听见那人说道："不，不，教授，不是那样的。不是。"接着是一阵停顿。"不，"那人又开了口，"我跟你说，不是。对不起，巴塞尔顿教授，现在还不知道，是一个岛，不过是哪一个……我们要再等等，看还有没有……不，他今晚就离开。不，我想他什么也不知道。没有拍照。没有。我明白。再见。"

接着，那人快步朝机场大楼那一头的哥斯达黎加航空公司办公室走去，莱文赶紧弯下腰。

究竟是怎么回事？他心想。

是一个岛，不过是哪一个……

他们怎么知道那是一个岛？莱文也不得而知。他夜以继日地连续思考了许多天，想把所发现的情况联系起来。它们是从哪儿来的？为什么会发生这种事情？

他朝前走了几步，拐了个弯，来到一个没人看得见的地方，取出卫星电话，接着很快拔了一个旧金山的电话号码。

号码刚拔完，电话就与卫星接通。他听见响铃声，是一阵嘟嘟的声音，一个电子合成的声音说道："请拔区号。"

莱文拔了六个数字。

又是一阵嘟嘟声，电子合成的声音说道："请留下你的信息。"

"我打电话是要报告一下此行的结果。"莱文说道，"地点：你地图上标着BB-17的地方，在最南端，跟我们的设想完全吻合。我还没来得及作出准确鉴别，他们就焚尸灭迹了。我认为那是一种嗜鸟龙。你知道，这种动物是我们的单子上所没有的，这是个非常重要的发现。"

他朝四周看了看。附近没有人，谁也没有注意他。"还有，后股上有个很深的口子。这令人十分不安。"他迟疑了一下，不想说得太多，"我将送一点采集到的样本回去，要仔细研究一下，我认为还有一些人对此也很感兴趣。伊恩，反正在这儿发生的一切事情都很新鲜。有些东西销声匿迹了一年多，现在又出来了。正在出现一些新情况，我们现在还莫名其妙。"

是吗？莱文心里嘀咕着。他随即按下关闭键，关掉电话，然后把它放回背包外层的口袋。他心想，也许我们已经了解到一些情况，不过还没有弄明白。他仔细朝登机口看了看。该上飞机了。

帕洛阿尔托

深夜两点。埃德·詹姆斯把车开进了位于卡特路的玛丽·卡伦德大饭店那个几乎空了的停车场，那辆黑色宝马车停在靠入口不远的地方。透过窗玻璃，他可以看见道奇森坐在饭店的一个小包间里，双眉紧锁，显得无精打采。道奇森这个人总是哭丧着脸。此刻他正在跟身边一个身材很魁梧的人讲话，接着又看了看表。那个身材很魁梧的人是巴塞尔顿，就是那个经常在电视上露面的教授。只要巴塞尔顿在场，詹姆斯就不感到那么紧张。道奇森能让他浑身起鸡皮疙瘩。可是难道巴塞尔顿会卷入什么见不得人的勾当？这实在令人难以置信。

詹姆斯先把车子熄了火，然后扳了扳后视镜，对着镜子扣上衬衣领子，把领带向上拉拉正。他从镜子里看见了自己的尊容——一脸倦容、头发蓬松，还有那长了两天的胡子茬。他心想，自己怎么不会有一脸倦容呢？这会儿他妈的是深更半夜呀！

道奇森总是约人在深更半夜见面，而且总他妈的在这个玛丽·卡伦德大饭店。詹姆斯从来也没弄明白为什么，反正这儿的咖啡很难喝。除此而外，他还有很多不明白的地方。

詹姆斯顺手拿起那只大牛皮纸信封，下车之后，“砰”的一声把车门带上。他朝饭店门口走去，边走边摇头。连续几个星期了，道奇森每天付给他五百美元，让他监视几个科学家。开始时，詹姆斯以为这是为了获取工业情报。可是这些科学家都跟企业界毫不沾边，他们都在大学里任职，而且研究的都是些冷门专业。比方古生物学家萨特勒，研究的是史前花粉粒。詹姆斯曾在伯克利听过她一节课，简直都快睡着了，一张张幻灯片上尽是些像棉花似的灰色小球。她还喋喋不休地大谈多糖键角以及坎帕尼亚–马斯特里赫特交界期。天哪，简直让人腻透了。

他觉得付他五百块钱一天干这种事情太不值得了。他走进大门，站在灯下眨了眨眼，然后向那个小包间走去。他坐下后，朝道奇森和巴塞尔顿点点头，举起手示意女招待送杯咖啡来。

道奇森瞟了他一眼说：“我没有一整个晚上的时间。我们开始吧。”

“好。”詹姆斯说着把手放下，“好的，没问题。”他打开信封，抽出一些纸和照片，隔着桌子递给了道奇森。

“艾伦·格兰特：蒙大拿大学的古生物学家。因事外出，目前在巴黎讲学，讲的是最近在恐龙问题上的新发现，看来他对霸王龙是食尸动物有新的见解，而且……”

“没关系，”道奇森说道，“继续往下说。”

“埃伦·萨特勒·赖曼，”詹姆斯说着把照片从桌上推过去，“植物学家，以前曾参与过格兰特的一些活动。现在跟伯克利一位物理学家结了婚，有两个小孩，一男一女，她在大学里兼一部分课程。其余时间在家里，因为……”

“继续说，继续说。”

“呃，其余的人大多已经死了，唐纳德·简罗，律师，在一次出差途中死于痢疾。丹尼斯·赖德里，曾在集成电脑系统公司供职……现在也死了。约翰·哈蒙德，国际遗传技术公司的创始人……视察公司在哥斯达黎加的科研设施时死亡。当时他的孙子孙女与他生活在一起，现在孩子们到东部和他们的母亲住在一起，而且……”

“有人跟他们联系吗？国际遗传技术公司的人？”

“没有。他的孙子已经上大学，孙女在上大学预科学校。哈蒙德死后，国际遗传技术公司提出要根据第十一章给予他们保护，自那以后就一直在打官司。所有不动产最终都被拍卖了。这都是过去两个星期内的事。”

“B场地是否也在拍卖之列？”巴塞尔顿第一次开口说话。

詹姆斯一时摸不着头脑：“B场地？”

“是的。有人跟你谈过B场地的事吗？”

“没有。从来没听说过。指的是什么？”

“如果你听见有关B场地的情况，”巴塞尔顿说道，“就向我们报告。”

坐在巴塞尔顿旁边的道奇森翻了翻那些照片和数据资料，然后不耐烦地把它们推向一边，抬头看着詹姆斯问：“还有什么新情况？”

“就这些，道奇森博士。”

“就这些？”道奇森说道，“马尔科姆的情况呢？还有莱文，他们现在还是朋友吗？”

詹姆斯看了看笔记本：“我没有把握。”

巴塞尔顿皱起眉头。“没有把握？没有把握是什么意思？”

“马尔科姆在圣菲研究所见到了莱文。”詹姆斯说道，“他们在那儿有过一次谈话，那是两年前的事了。马尔科姆最近没有去圣菲研究所。他正在伯克利生物系讲学，讲的是进化论数学模式。他似乎跟莱文已经没有联系了。”

“两人闹翻了？”

“也许吧。听说他们为莱文的探险发生了争执。”

“什么探险？”道奇森欠身向前问道。

“莱文一直在筹划一次探险，大概有一年左右了。他从机动野外作业系统公司订购了一些专用车辆。那是在伍德赛德的一家小企业，是一个叫杰克·索恩的人办的。索恩专门为在野外进行科考的科学家提供各种吉普车和卡车。在非洲、四川、智利科考的科学家对他的车辆推崇备至。”

“马尔科姆知道这次探险吗？”

“肯定知道。他偶尔还到索恩那儿去，一个月左右去一次。当然了，莱文是每天都去。这也是他为什么遭到关押的原因。”

“遭到关押？”巴塞尔顿问道。

“是的。”詹姆斯说着看了看笔记，“我们来看看。二月十日。莱文因在限速十五英里的地区开到一百二十码而被捕，地点就在伍德赛德中学门前。法官扣了他的法拉利，吊销了他的驾照，并罚他去干社区服务工作。主要是让他到那所学校里去给一个班的学生上课。”

巴塞尔顿微微一笑：“理查德·莱文教中学。我还真想看看呢。”

“他干得很认真，当然，他还到伍德赛德跟索恩在一起。这种情况一直持续到他出国之前。”

“他什么时候出国的？”道奇森问道。

“两天之前。他去了哥斯达黎加。去的时间很短，今天一早就会回来。”

“他现在在哪儿？”

“我不知道。我想，呃，恐怕很难找到他。”

“为什么？”

詹姆斯有些迟疑，接着干咳了一声。“从哥斯达黎加起飞的那架班机的乘客名单上有他，可是飞机着陆后，下飞机的旅客中却没有他。我在哥斯达黎加的眼线说，飞机起飞前，他从圣何塞一家旅馆结账后离开，而且再也没有回去过。没有乘任何其他航班离开。所以说，呃，恐怕理查德·莱文是暂时失踪了。”

一阵长时间的沉默。道奇森靠在椅子上，倒抽了一口凉气。他看着巴塞尔顿，巴塞尔顿则不住地摇头。道奇森非常仔细地把桌上的一张张纸收拾好，竖起来在桌上垛了垛，垛成整整齐齐的一叠后放回牛皮纸信封，然后递给詹姆斯。

“听我说，你这个笨蛋。”道奇森说道，“现在我只要你干一件事，很简单的事。你是不是在听我说话？”

詹姆斯咽了口唾沫说：“我听着呢。”

道奇森从桌子上欠过身来说道：**“找到他！”**

伯克利

马尔科姆坐在他那间凌乱的办公室里。他的助手贝弗利进来时，他从写字台上抬起头来。跟在贝弗利后面的是快递公司来的人，手里拎了只小盒子。

“真不好意思打扰您。马尔科姆博士，您得在这些表上签字……是从哥斯达黎加来的样本。”

马尔科姆站起身，没有拄手杖就绕着写字台走过来。最近几周他一直试图不用手杖把步子迈得稳一些。他的腿有时还隐隐作痛，但他决心甩掉手杖。就连他的理疗医生辛迪——一个总是乐呵呵的女人——看见之后都说：“马尔科姆博士，过了这么多年，你突然有了新的动力。怎么回事啊？”

“哦，你知道。”马尔科姆对她说，“我总不能一辈子都依靠拐杖嘛。”

其实这根本不是他的心里话。他看到莱文对失落的世界的假说有一股痴迷的热情，而且不分昼夜，一心血来潮就打电话过来。马尔科姆开始重新审度自己的观点。他逐渐形成一种看法，认为在一个遥远的、原先没有人怀疑过的地方，可能——甚至很可能——存在着已经绝迹的动物。他持这种看法自有他的道理，不过他只对莱文略略作过一点暗示而已。

他之所以想甩掉手杖走路，是因为他认为那些绝迹的动物可能在另外一个岛上，他想从现在起就为将来能到那个岛上去做些准备。这就是他每天这样甩掉手杖走一走的真正原因。

他和莱文已经把搜索目标逐步缩小到哥斯达黎加沿海的一群岛屿上。莱文总是容易激动，而马尔科姆则一直认为那只是一种假设。

没有像诸如照片或者组织样本这类能证明有新物种存在的确切证据，马尔科姆是不会激动的。到目前为止，他还没有看到任何证据。他也说不清自己是感到失望还是感到轻松。

不管怎么说，现在莱文已经把样本送来了。

马尔科姆从送样本来的那个人手上接过带夹写字板，在最上面那张标有“送交材料／样本：生物研究”字样的表上匆匆签了个字。

送样本的人说道：“先生，您得查验一下那只盒子。”

马尔科姆看到那张纸上有一些问题，每个问题旁边都有一个小方框。样本是否活的，样本是细菌、真菌、病毒还是原生动物；样本是否属于既定研究方案中的项目；样本是否具有传染性；样本是采自农场还是动物养殖场；样本是具有繁殖能力的植物种子还是球茎；样本是昆虫还是与昆虫有关……

马尔科姆在每个方框里都勾了“否”。

“下面还有，先生。”送件人说道，接着，他朝这间办公室里四下看了看，看到那些乱七八糟堆放的各种文件，以及墙上用彩色图钉钉着的各种地图，“您这儿研究医学？”

马尔科姆翻到下面一页，在另一张表上草草签上名字。“不是。”

“还有一份，先生……”

第三张是用以证明送件人任务已经完成的回执，马尔科姆在上面也签了字。那人说了一声“再见”便告辞了。

马尔科姆突然像瘫痪了似的，甩手撑着写字台的边沿，脸部肌肉也抽搐起来。

“还疼吗？”贝弗利问道。她把盒子拿到旁边一张桌子上，把一些文件朝边上推了推，开始打开盒子。

“我没事儿。”他先是看了看写字台后面靠近他的座椅放着的手杖，接着吸了一口气，慢慢地朝那张桌子走去。

贝弗利已经把盒子的外包装打开，露出一个拳头大小的不锈钢圆盒，圆盒旋盖上贴着一个由三个叶片组成的“危险生物”标记。和这个圆盒连在一起的是一只较小的带阀的圆柱体——里面装的是制冷气体。

马尔科姆把灯拉过来照在盒子上。“我们来看看是什么东西使他那么激动。”他打开封条，然后拧开盖子。一阵嗞嗞的冒气，接着是一团薄薄的白雾。圆盒里顿时结了层白霜。

他朝里面仔细看了看，发现里面有一个小塑料包，还有一张纸。他把圆盒倒过来，把里面的东西倒在桌上。小塑料包上扣着一个绿色小塑料牌，包里有一块边缘不整齐、大约两英寸见方的绿兮兮的肉。他把它拿到灯下，用放大镜对着它仔细看了一阵，然后把它放下。他看着那绿色的皮，接着又看着那粗糙的肉。

也许吧，他心想。

也许……

“贝弗利，”他说道，“打个电话给动物园的伊丽莎白·格尔曼，告诉她，说我有件东西想请她看一看，另外告诉她，这件事要保密。”

贝弗利点点头，出去打电话了。这时只剩下他一个人。他打开随样本送来的那张卷成一小卷的纸。这是从拍纸簿上撕下来的略带黄色的纸，上面用大写字母写着：

我对了，你错了。

马尔科姆皱起眉头。这个混蛋，他在心里对自己说。“贝弗利，你给伊丽莎白打完电话，再给理查德·莱文的办公室打个电话，我要马上跟他通话。”

失落的世界

理查德·莱文把脸贴在暖和的岩石峭壁上，停下来歇口气。在他脚下五百英尺处，是波涛滚滚的大海，汹涌的波涛拍打着黑色的岩石，溅起白色的浪花，发出雷鸣般的声响。送他过来的那条小船向东驶去，此刻已成了地平线上的一个小白点儿。它必须返回，因为在这个荒无人烟的岛屿四周，没有任何安全的港湾。

现在，他们得全靠自己了。

莱文深深地吸了口气，看了看在离他脚下二十英尺的悬崖上的迭戈。迭戈年轻力壮，身上背的包里装着他们的所有器材。他满脸微笑，朝上点点头："勇敢些，先生，不远了。"

"但愿如此。"莱文说道。刚才在船上，他用望远镜观察过这段峭壁，觉得它是个向上攀登的好地方。可是实际上，这段峭壁几乎是垂直的，险峻无比，因为这一段火山岩石质地较松，脆性很大。

莱文抬起手臂，伸开五指，寻找下一个可以用手抓牢的地方。他紧贴着峭壁，几个碎裂的小石块掉下来，他的手指没抓住。他重新找了一个地方紧紧抓住，然后牵引身体向上移动。由于用力，再加上害怕，他喘得很厉害。

“只有二十英尺了，先生，”迭戈说道，“你能行的。”

“我知道我行，”莱文嘟囔着说，“不上去就完蛋。”快到顶的时候，风也大了起来，吹得他耳边呼呼直响，吹得他觉得有人在拽他的衣裳。他感到这风像是要把他从峭壁上吸走似的。他抬起头，看见长在峭壁边缘的那些浓密的植物。

就要到了，他心想，快了。

他最后一用劲，终于爬上了去。他感到精疲力竭，就势一滚，滚进了蕨类植物丛中。他气喘吁吁地朝后看了看，只见迭戈轻而易举地翻了上来，正蹲在长满青苔的草丛里乐呵呵地笑着。莱文转过脸，看着头顶上方那些巨大的蕨类植物，刚才攀登峭壁时那上气不接下气的紧张情绪正在逐渐消失。他感到两条腿火烧火燎一般。

那有什么关系——他现在上来了！终于上来了！

他看了看四周的丛林。这是一片原始森林，跟卫星照片上显示的一样，还没有受到人类的干扰。莱文不得不依靠卫星照片，因为像这样的私人岛屿的地图是弄不到的。这是太平洋上的一个孤岛，一个失落的世界。

莱文听见耳边呼呼的风声和棕榈树叶的沙沙声，感觉到从树叶上滴到他脸上的水。接着他听见另一个声音，是从远处传来的，像是鸟的叫声，但却比鸟叫深沉得多，声音也长得多。他注意听着，又听见了一次。

他听见附近哧啦一声，忙回过头。迭戈划着了一根火柴，正要把它举起来点烟。莱文马上坐起来，推开年轻人的手，同时摇了摇头，示意他不行。

迭戈皱起眉头，不明白为什么。

莱文竖起一个手指放在嘴唇上。

他指了指传来鸟叫声的方向。

迭戈表情冷漠地耸了耸肩。他觉得不以为然，认为不必大惊小怪。

莱文心想，这是因为迭戈不明白他们将要和什么东西打交道。他拉开那只墨绿背包的拉链，开始组装那支大型林德斯特拉特气步枪。这是他专门在瑞士定制的，是最新动物控制技术的结晶。他把枪筒拧到枪托上，装上弗卢格式弹夹，检查了充气状态，然后把枪递给迭戈。迭戈接过枪的时候又耸了耸肩。

与此同时，莱文从枪套里取出那把上了烤蓝的林德斯特拉特手枪，把它扣在腰里的皮带扣上。他检查了两次枪的保险机关，又把它放回枪套。接着他站起身，打手势让迭戈跟上。迭戈拉上背包拉链背到身后。

他们离开峭壁，沿小山的斜坡朝下走，衣裳很快就被四周植物上的水浸透了。他们的视野完全消失。四周是浓密的丛林植物，只能看见前方几码远的地方。那些蕨类植物的叶子大得出奇，大小相当于一个人的身体，整个植株有二十英尺高，主干上长满了粗粗的毛刺。在这些蕨类植物的上面是遮天蔽日的大树，阳光根本透不进来。在昏暗的光线中，他们在潮湿松软的地上悄然向前。

莱文不时停下来看戴在手腕上的指南针。他们正沿着一个陡坡向西，朝这个岛的腹地运动。他知道该岛是个古火山口，经过千百年日晒雨淋如今已经风化。岛上有几道山脊，都延伸到火山口底部，不过岛东边的地势尤为陡峭崎岖，十分险恶。

莱文明显感到孤独，仿佛进入了一个原始世界。他继续向下，跨过一条泥沼般的溪流，接着又向上爬。这时他感到心跳加快。在这道山脊上，植被稀疏多了。他感到一阵沁人肺腑的微风。站在这个小高地上，他可以看到数英里开外位于岛另一侧的那道黑色峭壁，从他所站的地方到那峭壁之间，是一片连绵起伏的丛林。

站在他身边的迭戈说道："妙不可言哪！"

莱文赶紧嘘了一声，让他别出声。

"可是，先生，"他用手指着前面争辩说，"现在这儿并没有别人嘛。"

莱文摇摇头，有点恼火。乘船过来的时候，他把这些要求反复跟他交待过。一旦上了岛，就不要讲话。不要搽头油，不要洒香水，不要抽烟，所有食品都用塑料袋密封。每样东西都经过精心包装。既没有气味，也不发出响声。他还一遍又一遍地跟他讲了采取这些防范措施的重要性。

现在看来，迭戈把他的话当成了耳旁风，因为他不理解。莱文很生气，用手戳了迭戈一下，再次摇了摇头。

迭戈笑着说："先生，这儿除了鸟，什么也没有。"

他的话音刚落，就听见从下面的丛林里传来一阵低沉怪异的隆隆声响。少顷，从丛林另一处传出一声回应。

迭戈瞪大了眼睛。

莱文低低地说了声："鸟？"

迭戈不吭气了，咬着嘴唇，两眼盯着那边的丛林。

他们看见南面有一个地方的树木顶端在摇晃，那一片树林像是被风刮了似的突然有了生机。但是其他地方的树木并没有摇晃。不是风的原因。

迭戈很快地在胸前画了个十字。

他们听见了更多的叫声。那些声音足足持续了一分钟，接着便是万籁俱寂。

莱文从山脊上走下来，沿着丛林中的斜坡继续向岛屿的腹地行进。

莱文快步向前，但眼睛却看着地面，防止有蛇。突然，他听见身后一声低低的口哨，回头看见迭戈正用手指着左边。

莱文拨开蕨类植物的叶子，折身返回，跟着迭戈朝南边运动。不久他们发现，泥土地上有两道平行的车辙一直通向密林深处。虽然车辙上早就长满了青草和蕨类植物，但还是不难看出这是一种老式吉普车的车辙。他们当然会顺着它走了，他知道顺着路走要快得多。

莱文打了个手势，迭戈卸下背上的背包。现在该莱文背了。他把背包背上，调整了一下背带。

他们悄然无声地沿着这条路往前走。

有些地方，那吉普车的车辙已很难辨认，因为它上面长满了丛林植物。这条路显然已多年没有人走了，丛林是随时准备卷土重来的。

莱文听见身后的迭戈在嘟囔，还轻声地骂着什么。他回过头，看见迭戈迅速把脚从地上抬起来。刚才迭戈的脚踩在一堆绿兮兮的、齐脚踝深的动物粪便上。那东西很轻，而且已经碎裂——是干的，有好长时间了，气味已然散尽。

莱文在地上仔细搜索，终于发现野兽留下的部分痕迹。这堆粪便形态完整，直径有十二厘米，无疑是某种大型食草类动物的粪便。

迭戈没有说话，但两眼却睁得老大。

莱文摇摇头，接着往前走。只要发现食草动物的痕迹，他就不必担心，至少不怎么太担心。即使如此，他的手指还是不由自主地摸了摸手枪，似乎是为了给自己壮壮胆。

他们来到一条两岸都是泥泞的溪流边，莱文停下脚步。他发现，泥泞的岸上有不少明显的三趾足留下的脚印，有些还相当大。他伸开五指去丈量其中一个脚印的尺寸，发现两边还空出好大一截。

他抬起头，看见迭戈又用手在胸前画起十字来，另一只手握着那支步枪。

他们在小溪边等着，静听着潺潺的流水声。莱文看见溪水中有个闪闪发亮的东西，就弯腰把它捞上来。这是一只玻璃试管，一端已经断了，粗细相当于一支铅笔，上面有一排刻度。他看出这是世界上任何一个实验室都在使用的小试管。他把它举起来对着亮处在手上转动。他觉得这东西很怪。一根这么细的试管能说明什么……

莱文转过身，从眼角的余光中看见有东西在动。是个很小的、褐色的东西，正从河岸的淤泥上匆匆穿过。那东西大小像只老鼠。

迭戈惊讶得轻声叫起来。转眼之间，那东西就消失在了植物丛中。

莱文向前走到溪流边的淤泥上蹲下来，仔细观察那个小动物留下的脚印。这些脚印呈三趾状，像鸟类的爪印。他在周围发现了更多的脚印，其中比较大的有几英寸见方。

这种脚印莱文以前见过，就跟在科罗拉多的珀加图瓦尔河边的小径上发现的一样。科罗拉多州留有远古时期海岸线的化石，那些化石中就有恐龙的足迹。可是眼前的足迹却是刚刚留在淤泥上的，而且是活生生的动物留下的。

莱文蹲在那儿，听见左侧传来轻轻的吱吱叫声。他扭过头，看见那边的蕨类植物在微微颤动。他纹丝不动，耐心地等着。

少顷，只见一个小动物从那些蕨类植物的叶子后面向外窥视。它的大小像老鼠，皮肤褐中带绿、光滑无毛，两只大眼睛长在那颗小脑袋的偏上部位。它向莱文发出一种连续不断的、受到刺激后的吱吱声，仿佛是想把他撵走。莱文一动也不动，连大气也不敢出。

当然，他认出了这种动物。这是一只小鼠龙，是三叠纪后期的小爬行动物。它的骨骼化石只在南美发现过。它是已知恐龙中最小的。

是恐龙。他心想。

虽然他曾料到会在这个岛上看见恐龙，但是当他真的看见一只活恐龙，尤其是像这样一只小恐龙时，他还真感到有些惊讶。他又惊又喜，目不转睛地看着它。经过这么多年，研究过这么多的化石——现在他的面前竟是一只活恐龙！

那只小鼠龙壮着胆子把身体钻出蕨叶。这时莱文发现，它比他原先想象的要长些。它的实际长度有十厘米，尾巴粗得令人难以置信。从整体上来看，它很像一只蜥蜴。他看见它身体竖直坐在两条后腿上，呼吸的时候肋骨的起伏清晰可见。它的两只前肢冲着莱文直摆，同时不断发出吱吱叫声。

莱文慢慢地、慢慢地把手伸出去。

那小家伙又吱吱叫起来，但却没有跑。莱文的手离它越来越近，它只是感到十分好奇，像其他小动物一样把脑袋歪了过来。

莱文的手已经碰到叶子了，那小东西坐在自己的后腿上，靠它那根伸开的大尾巴保持着身体的平衡。它毫无害怕的样子，竟然轻轻地走到莱文的手上，然后站在他掌心之中。他觉得它很轻很轻，几乎没有什么分量。它在他的掌心走动起来，还闻了闻莱文的手指头。莱文微微一笑，觉得很有意思。

可是小东西像受了惊吓似的，突然发出一阵吆吆声，从他的手上跳下去，窜进棕榈树之间就不见了。莱文眨了眨眼，不知道这是为什么。

这时，莱文闻到一股臭味，同时听见对面的矮树丛中沙沙作响。接着是一阵低沉的咕噜声。然后又是一阵沙沙声。

这时莱文想起，野生食肉动物常在靠近水边的地方觅食，攻击那些低头喝水、毫无防备的动物。可是等他意识到的时候已经太晚了。

他听见一声凄厉的尖叫，猛然回过头后，看见迭戈正被什么东西拽进灌木丛，只见他一边挣扎，一边拼命呼喊。灌木丛猛烈地摇晃着。莱文看见了一只大脚，脚的中趾像一个带弯的钩爪，那只脚在往回收，灌木丛在不停地摇晃。

突然间，四周的丛林中发出一阵阵令人毛骨悚然的野兽吼叫声。他看见一个很大的动物向他冲过来。理查德·莱文吓得魂不附体，转过身拔腿就跑，但又不知道该往哪儿跑，只知道这下完了。他感到一股很大的力量抓住他的背包，使他一下跪倒在淤泥上，这时他意识到，尽管他事先拟定了周密的计划，尽管他进行过精明的推理，可是偏偏祸从天降，他的这条命恐怕也难保了。

学校

“当我们考虑小行星碰撞地球，造成大规模物种灭绝这个问题的时候，”理查德·莱文说，“我们必须先问几个问题：第一，在我们这个星球上，有没有直径大于十九英里的陨坑？因为这是可能造成地球上大规模物种灭绝的最小碰撞所形成的陨坑。第二，有没有什么陨坑形成的时间，跟已知的大规模物种灭绝的时间相吻合？现在已经证明，地球上有十来个这样大小的陨坑，其中有五个的形成时间与已知的物种灭绝时间相吻合……”

在七年级那间光线幽暗的教室里，凯利·科蒂斯坐在课桌边打起哈欠来。她用双手托住下巴，极力让自己不至于睡着。这些东西她早就知道了。教室前面的电视屏幕上出现了航拍的一大片玉米地的画面，那弯曲的轮廓线依稀可见。她看出这是曼森陨坑。黑暗中传来莱文博士录在磁带上的声音：“这是爱荷华州的曼森陨坑，是六千五百万年前生成的。这个时间与恐龙灭绝的时间一致，但是我们要问，是这颗陨星造成了恐龙的灭绝吗？”

不是的，凯利心想，接着又打了个哈欠。也许是尤卡坦半岛。曼森陨坑太小了。

“我们现在的看法是，这个陨坑太小了。”莱文博士大声说道，“我们认为，就其体积而言，它太小了。目前我们考虑的是尤卡坦半岛上梅里达附近的陨坑。这似乎令人难以想象，但这次碰撞使得墨西哥湾的海水全部溅出，形成两千英尺高的巨浪冲上陆地。这种景象一定不可思议。对于这个陨坑，尤其在涉及洞状坑穴的环形结构，以及在海洋浮游生物的死亡率问题上，现在还有很大的分歧。这个问题听起来似乎很复杂，不过，现在可以先别着急，下次我们再详细谈。今天的课就上到这里。”

教室里的灯又亮起来。他们的老师孟席斯太太走到教室前面，关掉刚才用来播放这堂讲课录音的电脑。

“我非常高兴，”她说道，“莱文博士给我们制作了这个录音。他跟我说过，他可能赶不回来上这一节课。但是，等我们放完春假，下个星期返回学校的时候，他肯定会和我们在一起的。凯利，你和阿比是为莱文博士工作的，他是这么跟你们说的吗？”

凯利朝阿比看了一眼，阿比低头坐在座位上，双眉紧锁。

“是的，孟席斯太太。”凯利答道。

“好的，好了，同学们，假期中的作业是，复习整个第七章。”学生中发出一阵低低的抱怨声，“包括第二部分和第一部分后面的所有练习。返校的时候，一定要把作业做好带来。祝大家春假愉快，一周后再见。”

下课铃响了。学生们纷纷站起来，椅子发出叽哩嘎啦的响声，教室里顿时变得乱哄哄的。

阿比朝凯利身边走来，愁眉苦脸地抬头看着她。他比凯利矮一个头，是班里最矮的，也是年龄最小的。凯利跟其他七年级学生一样，今年十三岁，而阿比才十一岁。他非常聪明，已经跳了两次级，有谣传说他还要跳级，他是个小天才，尤其是在电脑方面。

阿比把笔放进他的那件系扣领白衬衫的口袋里，把鼻梁上的玳瑁架眼镜向上推了推。阿比·本顿是个黑人。他的父母亲都在圣何塞当医生。他们总是让儿子穿戴得整整齐齐，像个大学生什么的。凯利心想，像他这样下去，再过一两年就能上大学了。

凯利跟阿比站在一起，感到很别扭，同时也感到笨手笨脚。她穿的是她姐姐埃米莉的旧衣裳，是她妈妈多年前从克玛特带回来的。她甚至还得穿埃米莉那条旧短裙。它皱巴巴、脏兮兮，怎么洗也洗不干净，最后凯利拿到洗衣机里也没有洗干净。她的衣裳都是自己洗、自己熨，她母亲忙得一点空也没有，而且大部分时间都不在家。她以羡慕的眼光看着阿比那熨烫得平平整整的卡其衬衣，和他那双擦得亮亮的乐福鞋，不由叹了口气。

尽管她有点忌妒他，可是他毕竟是她唯一真正的朋友——只有他觉得她打扮得漂亮些没什么不好。凯利担心他会跳到九年级去，那样她就不大容易见到他了。

阿比走到她身边，双眉依然紧锁。他抬头看着她说："莱文博士今天怎么没有来呢？"

"不知道。"她回答说，"也许有什么事吧。"

"什么事呢？"

"我说不上来，反正有事。"

"可是他答应今天来的呀，"阿比说道，"说要带我们去野外，都安排好了的。我们都得到了家里的同意，什么都准备好了。"

"那又怎么样？我们不是还可以去嘛。"

“可他应该来的。”阿比固执地说。他这种样子凯利以前也见过。他习惯于对大人的依赖，觉得自己的父母亲就很可靠。凯利则完全没有这种感觉。

“不要紧的，阿比。”她说道，“我们直接去找索恩博士好了。”

“你觉得行吗？”

“当然了。为什么不行呢？”

阿比有些犹豫：“也许我应当先给我妈打个电话。”

“为什么？”她说道，“你知道，她肯定是会让你回家的。走吧，阿比，我们这就去吧。”

他还在犹犹豫豫，有些心神不定。阿比也许很聪明，可是只要计划好的事情稍有变动，他就会感到担忧。根据以往的经验，凯利知道如果她硬要催他，他就会发牢骚，会跟她争起来。她只好耐心地等着，等他自己拿定主意。

“好吧。”他终于说，“我们去找索恩博士。”

凯利笑了：“五分钟以后在大门口见。”

她从二楼朝下走的时候，又听见有些人起哄似的喊叫：“凯利是个书呆子，凯利是个书呆子……”

她高高地昂起头。那个傻乎乎的艾莉森和她那帮傻乎乎的朋友，又站在楼梯下面取笑她了。

“凯利是个书呆子……”

她没有答理她们，快步从她们身边走过。校长助理卡诺萨最近刚刚专门宣布不许取笑孩子们，可是她看见管宿舍的恩德斯小姐就站在附近，对这种事情却不闻不问。

“凯利是个书呆子……”她身后继续传来姑娘们的起哄声，“她是个银幕小女皇……很快就要黄……”她们一个个笑得前仰后合。

她看见阿比手里拿着一捆灰色电线，正在学校门口等她，于是加快了脚步。

她走到他面前的时候，他说道：“别理她们。”

“她们是一伙傻丫头。”

“一点儿不错。”

“我根本不在乎。”

“我知道，算了吧。”

他们身后传来那些女孩子们的咯咯笑声：“凯利……阿比……去晚会……洗个澡……学数学……”

他们走出校门，走进了明媚的阳光。学生放学的喧闹声盖过了那些姑娘们的起哄声。停车场上，黄色的校车在等着，这一段街上停满了家长来接孩子的各种汽车。孩子们走下台阶，朝各自的车子走去，一时间，挤挤擦擦，熙熙攘攘，好不热闹。

阿比猛然往下一缩，躲过了朝他头顶上呼呼飞来的一只飞碟盘。他朝马路那边看了一眼：“又是他。”

“唔，别看他。”凯利说道。

“我没看，没看。”

“记住莱文博士的话。”

“啊哟，凯利，我记得的。好了吧？”

在过去两个月里，他们时常看见停在马路对面的那辆灰色福特金牛轿车。开车的还是那个胡子乱蓬蓬的人，他此刻正坐在驾驶盘后面假装看报纸。自从莱文博士在伍德塞德中学上课以来，那个人就一直在跟踪他。凯利认为，莱文博士之所以要让她和阿比当他的小助手，主要就是因为那个人。

莱文说过，他们的任务主要是帮助他拿拿器材、复印班里用的资料、收收作业本之类的平常小事。他们觉得替莱文博士干点事是很光彩的——不管怎么说，为一个真正的科学家干点事情是非常有趣的——所以就答应了。

可是莱文一直也没有让他们帮他干多少班里的工作，所有的事情都是他自己干的。不过他倒是让他们干了不少到外面跑跑腿的小事。他告诉他们要注意避开那个长胡子的人。这一点很容易做到，因为他们是小孩子，从来也没有引起过那个人的注意。

莱文博士解释说，那个长胡子的人之所以跟踪他，是因为他上次因超速行驶被警察抓起来过，但是凯利不信。她妈妈曾因酒后开车两次被警察抓过，可是后来从来没有什么人跟踪她。她不知道这个人为什么要跟踪莱文，不过，显然莱文是在从事某种秘密的科学研究，但他又不愿意让别人发现。有一件事凯利是知道的——莱文博士对他所教的这个班并不怎么关心。他上课的内容往往都是临时拼凑、临场发挥。上课以外的时间，他常常在学校大门口徘徊，把一盘录好的讲课磁带交给他们，然后就从后门出去了。那些日子里，他们根本不知道他的行踪。

他交给他们办的跑腿差事也非常神秘。有一次，他们到斯坦福大学一位教授那儿拿来五个小塑料方块。那种塑料很轻，有点像泡沫。还有一次，他们到城里一家电子器材商店取回一个三角形的小装置，柜台后面的那个人看上去神色紧张，好像是在做什么违法的事似的。还有一次，他们取回一个看起来像是放香烟的金属筒。他们感到很好奇，就把它打开了，看见里面有四个盛着草黄色液体的密封小塑料瓶。他们看到之后感到很不安，因为那些瓶子上贴着“非常危险！致命剧毒！”字样和一个表示危险生物的国际通用三叶标志。

不过，大多数情况下，莱文给他们的任务都很普通。他常常让他们到斯坦福大学图书馆去复印各种学科方面的文件：日本的铸剑术、X光结晶学、墨西哥吸血蝙蝠、中美洲火山、厄尔尼诺洋流、山羊交配、海参的毒性、哥特式教堂的飞檐拱墙……

莱文博士从来没有解释过他为什么对这些东西有那么大的兴趣。有时候他每天都让他们去找材料，可是后来他又突然放弃某个题目，而且此后就只字不提了。接着，他们又要替他去找其他材料。

当然，他们可以从中悟出一点：很多东西都跟索恩博士替莱文博士制造的探险用的车辆有关。但是，大多数情况下，那些题目都非常神秘。

凯利有时会想，不知道那个长胡子的人根据这些情况会得出什么结论。她很想知道，那个人是不是知道一些他们所不知道的情况。不过，那个人看上去比较懒。他从来没有想到凯利和阿比在为莱文博士做事。那人此刻根本就没有看他们，而是看着学校大门方向。他们走到街的尽头，坐在一张长凳上等公共汽车。

标牌

小雪豹把瓶子从嘴里吐出来，身体向后一滚，来了个四脚朝天，并轻轻叫了一声。

“它是想得到爱抚。”伊丽莎白·格尔曼说道。

马尔科姆伸手抚摸它的肚皮。小雪豹翻过身，在他手指上咬了一口，疼得他叫了起来。

“有时候它就喜欢这样。”格尔曼说道，“多姬，你这个小坏蛋！怎么能这样对待我们尊贵的客人呢？”她抓住马尔科姆的手看了看，“皮没破，不过我们还是应当清洗一下。”

现在是下午三点，他们是在旧金山动物园的白色研究实验室里。伊丽莎白·格尔曼是这个实验室最年轻的主任。由于要汇报她所发现的情况，她推迟了下午给小雪豹喂食的时间。马尔科姆看他们喂一只小猩猩的时候，那小东西像婴儿似的往外吐。他还看了小考拉，然后才来看这只非常可爱的小雪豹。

“真对不起了。”格尔曼说着，把他带到一个水池旁边，用肥皂给他洗了洗手，“我认为你这个时候来很好，因为正式员工全都去开每周例会了。”

“为什么？”

“因为大家对你给我们的那个材料很感兴趣，伊恩。很感兴趣。”她用毛巾替他把手擦干，然后又仔细地看了一番，“我想你应该没事了。”

“你发现了什么？”马尔科姆问道。

“我得承认，这个发现很刺激。顺便告诉你一下，这是从哥斯达黎加来的。”

马尔科姆毫无表情地问道：“你说这个干什么？”

“因为现在有许多谣传，说在哥斯达黎加发现了以前未曾发现过的动物。这肯定是一种未知动物。伊恩。”

她领他走出小动物护理室，走进一个小会议室。他在一张椅子上坐下，把手杖放在桌子上。她把灯光调暗，“啪嗒”一声把幻灯机打开。“好了，这是我们开始实验之前，你的那个原始材料的特写镜头。你可以看见，它是一块动物肌体组织，已经严重坏死。它宽四厘米，长六厘米，上面拴着一个二厘米见方的塑料标牌。这块组织是用刀子割下来的，不过刀子不快就是了。”

马尔科姆点点头。

“你觉得是什么呢，伊恩？折叠小刀？”

“大概吧。”

“好吧，我们先来看这个组织样本。”她换了一张幻灯片，马尔科姆看见一张显微镜下拍的图片，“这是浅表皮层的组织切片。这一块块边缘不齐的地方是死后组织坏死对皮肤造成的破坏。不过，有趣的是它表皮细胞的排列。你将注意到染色细胞——或者叫色素细胞的密度。从切片上你可以看出，这儿的染色细胞和这儿的红色素细胞有所不同。从总的情况来看，它像是蜥蜴属或是钝喙蜥属。”

“你是说蜥蜴？”马尔科姆问道。

“是的，”她回答说，“它样子像蜥蜴——当然，这张照片上的不很像。”她指了指幕布左半边的一个地方，“你看见这儿的一个细胞剖面没有？有淡圈的这个。我们认为这是肌肉。染色细胞既可以开又可以闭，也就是说，这种动物可以改变颜色，像只变色龙。你看见这儿的一个大椭圆形没有？它的中间呈灰白色。这是股嗅腺孔，其中央部位有一种蜡状物质，目前我们正在对它进行分析。但我们认为这是只雄性动物，因为只有雄蜥蜴才有股嗅腺。”

“我明白了。”马尔科姆说道。

她换了一张大幻灯片，马尔科姆看见了一个海绵状物质的特写镜头。“往深层去，从这儿我们看见表皮下几层的结构严重变形了，因为这个动物受到梭状芽孢杆菌的感染产生了气泡，使得它全身胀气。但你可以看出它的血管——看，这儿一根——这儿还有一根——它们的四周都有平滑的肌肉纤维。这不是蜥蜴所具有的特征，也不是任何爬行动物的特征。”

“你是说它像是热血动物？”

“是的，”格尔曼说，“不一定是哺乳动物，也许是鸟类，很有可能是一只死鹈鹕之类的东西，哦，我也说不清。”

“唔……”

“不过鹈鹕的皮肤可不是这个样子。”

“是啊。”马尔科姆说道。

“也没有羽毛。”

“唔……”

“现在，”格尔曼说道，“我们已设法从血管内壁空间取出极少量血样。很少，但进行显微分析已经绰绰有余，看这个。”

又换了一张幻灯片。马尔科姆看见的是一大堆细胞，其中主要是红细胞，偶尔有几个白细胞。整个画面看上去乱糟糟的。

“这不是我的研究领域，伊丽莎白。”

“呃，我只是想给你看看最精彩的。”她说，“首先，这些是成核红细胞，是鸟类的特征，而不是哺乳动物的特征；第二，畸形血红蛋白跟其他蜥蜴的几对基本细胞大有区别；第三，变异的白细胞结构。我们没有足够的材料来进行确定，但我们认为这种动物具有异乎寻常的免疫系统。”

“这究竟是什么意思呢？”马尔科姆耸耸肩说。

“我们不知道，从样本上看不出更多的东西了。顺便问一句，你能再弄些这种样本吗？”

“也许能吧。”他说道。

“从哪儿，从B场地？”

马尔科姆显得迷惑不解。“B场地？”

“哦，是这个标牌上凸起的文字。”她换了一张幻灯片，“伊恩，我看这个标牌很有意思。在动物园里，我们一直在给动物装上标牌，所以我们对于世界上销售的普通标牌都很熟悉。谁也没有见过这种标牌。看这一张，是放大了十倍的。这个标牌实际只有拇指指甲盖大小。它的外面是一层塑料，用有特氟龙涂层的不锈钢夹固定在动物身上。这个夹子很小，是用在幼小动物身上的。你刚才看见的是一只成年动物，对吧？”

“好像是。”

“所以这个动物带上这块标牌有不少时间了，从它很小的时候就戴上了。”格尔曼说道，“从它的磨损情况来看，这种判断是有道理的。你看它上面坑坑洼洼，这就不同寻常了。这种塑料有很强的耐磨性能，是我们用来制造橄榄球帽的材料，坚硬无比，一般性的磨损不可能造成这种坑坑洼洼的情况。”

“那是怎么造成的呢？”

“几乎可以肯定是化学反应，像是接触到酸所造成的，比如气雾形式的酸。”

“像火山烟雾？”马尔科姆说道。

“有可能，尤其是从我们所了解的其他情况来看。你看这个标牌相当厚，实际上有九毫米厚。中间是空的。”

“空的？”

“是的，它是中空的。我们不想打开它，所以对它进行了X射线透视检查。看这一张。”她换了一张幻灯片，马尔科姆看见这只标牌里面是一些白线和方块。

“看来受腐蚀很严重。这再次说明可能是酸性物质的作用。这个东西是什么，已经毫无疑问了。它是一只可以发射无线电信号的标牌，伊恩。也就是说，这是一只不寻常的动物，是热血蜥蜴或者其他什么东西，是上了标牌的，而且是从生下来就有专人饲养的。这种情况使得这儿的人感到不安了。有人在饲养这种东西，你知道这是怎么回事吗？”

“我一点儿也不知道。”马尔科姆答道。

“你是个撒谎的混蛋。”伊丽莎白·格尔曼叹了口气。

“能把样本还给我吗？”马尔科姆伸出手问道。

“伊恩，我讲了这么多，你就要走？”她说道。

“样本呢？”

“我觉得你得给我一个解释。”

“我会解释的，我答应你。大约两个星期之后，我请你吃午饭。”

她把一个银箔小包朝桌上一扔，他伸手拿起来，放进自己的衣袋。“谢谢，丽莎。”他起身准备离开，“我也不愿意就此告辞，可是我得马上去打个电话。”

他朝门口走的时候，她说道：“顺便问一下，伊恩，它是怎么死的？这只动物。”

他收住脚步。“你问这个干什么？”

“因为我们在切取表皮细胞的时候，在外表皮层下面发现了几个异体细胞。别的动物身上的细胞。”

“说明什么呢？”

“这是你看到两只动物打架时候的典型情况。它们互相间有摩擦，所以细胞被挤压到表皮层里去了。”

“是的。”他说道，“尸体上有打斗的痕迹，这只动物受了伤。”

“你还应当知道，它的血管有慢性收缩症状。这只动物当时很痛苦，伊恩。不只是因为打斗中受了伤。那个伤在死后不久就消失了。我说的是长期的、慢性的痛苦。无论它生活在什么地方，它的周围环境都非常不利，非常危险。”

“我明白了。”

“所以我才要问你。一只带着标牌的动物为什么会生活得如此痛苦？”

到了动物园入口处，马尔科姆环顾四周，见没有人跟踪，就在一个公用付费电话亭里给莱文打电话。那边是自动录音电话，莱文不在。怪事，马尔科姆心想，你想找他的时候，他总是不在。大概又想去领回他那辆被扣押的法拉利车去了。

马尔科姆挂上电话，朝自己的车走去。

索恩

那家汽车修理厂在工业园区的尽头，金属卷帘大门上写着“索恩机动野外作业系统”几个大黑字。它的左侧有一扇通常出入的门。阿比按了按栅格小盒上的按钮。一个沙哑的声音说道：“走开！”

“是我们，索恩博士，是阿比和凯利。”

“哦，好的。”

“咔嚓”一声，门慢慢地打开了。他们走进去之后，发现里面是个硕大的工棚，工人们正在改装几辆汽车。空气中可以闻到乙炔、机油和油漆的气味。凯利看见正前方有一辆拆掉车顶的墨绿色福特探险者。两个工人站在梯子上，正把一块黑色的大型太阳能电池板往车顶上装。汽车发动机盖是掀开的，它的六缸发动机已被拆卸下来，工人们正给车子换装一台小型新式发动机——它看上去像个圆形鞋盒，具有铝合金的黯淡光泽。还有些人搬来一台扁平的长方形休斯牌逆变变压器，准备把它装在发动机顶部。

凯利看见右边有两辆活动房屋式的科学实验用拖车，在过去的两个星期里，索恩手下的工人一直在忙着装配这两辆拖车。它们不同于人们通常用于周末度假的那种活动房屋拖车。其中那辆大的非常豪华，大小几乎相当于一辆公共汽车，车上除了各式各样的特种科学仪器，还有可供四个人生活和睡觉的设施。这辆叫“挑战者”的拖车设计上独具匠心。它停下来之后，四面的车厢板可以向外推，这就相对增加了它的内部空间。

“挑战者”上有一个特制的折叠式通道与第二辆拖车相连。第二辆拖车比较小，拖挂在第一辆后面，上面除了实验室设备外，还有一些高技术尖端设备，不过凯利不知道它里面究竟是什么。此刻，它几乎被从顶部喷射出的瀑布般的电焊火花完全罩住了。这里是一派繁忙——车里面也有人在干活，所有的凳子、椅子及其衬垫材料都还在车子外面的地上——看来这辆车已经基本完工了。

索恩站在工棚的中央部位，大声对在那辆小拖车顶上的电焊工说道：“加油啊，伙计们！我们今天得把它干完呢！埃迪，我们走吧。”他转过身，又喊起来，“不。不，不是那样。看图纸！亨利，那根撑子不能平放，要斜放才有劲。看看图纸！”

索恩博士五十五岁，头发花白，腰粗得像木桶。要不是那副金属丝边框的眼镜，他看上去简直就像个退休的拳击运动员。凯利怎么也想象不出索恩竟然是个大学教授。他身材魁梧健壮，生性好动。

“他妈的，亨利！亨利！亨利，你听见我讲话没有？”

索恩又骂了一声，并向空中挥了挥拳头。他转过身对两个孩子说道：“这些家伙，他们就这样帮我干活。”这时，那辆福特车上发出一道闪电般的白光，冒出一股刺鼻的烟气，弯着腰在发动机盖下面干活的两个人赶紧躲开了。“我跟你们说什么来着？”

索恩大声喊道，“接地！要先接地再干！我们加的电压很高，伙计们！你们要是不当心，是要被烤糊的。”

他回过头看了看两个孩子，然后无可奈何地摇摇头。“他们根本就不懂。”他说道，“那个‘熊见怕’是很厉害的防卫系统。”

“‘熊见怕’？”

“这是莱文给它取的名字，是他开玩笑的一种方式。”索恩说道，“其实，几年前我就为黄石公园的管理人员设计过这种系统，因为那儿曾经发生过多次熊钻进拖车活动房屋的事件。只要扳一下开关，这辆车的外壳就会产生一万伏的电压。啪啪啪！再大的熊也吓得不敢沾边。这么大的电压能把这些家伙从车顶上掀下来。然后呢？由于这些人的愚昧无知，我就要吃工伤事故赔偿的官司了。”他摇摇头，“怎么样？莱文呢？”

“我们不知道。”阿比说道。

“这是什么意思啊？难道他今天没有给你们上课？”

“他今天没有来。”

索恩又骂骂咧咧起来：“可是我今天要他来看一下最后的修改方案，下一步我们就要进行野外试车了。他应当今天回来的。”

“从哪儿回来？”凯利问道。

“哦，他到野外考察去了。”索恩说道，“走之前他很激动。是我为他提供的装具——我把最新的野外作业背包借给了他。他要的东西总共四十七磅就解决问题了。他很满意，是星期一走的。已经四天了。”

“去哪儿了？”

“我怎么知道呢？”索恩说道，“他不愿意告诉我，我也就没有追问。你知道，他们这些人现在都这样。跟我打交道的科学家都神秘兮兮的。不过这也不能怪他们，他们都怕自己的成果被别人窃取，或者遭到起诉。这个现代社会呀！去年，我为去亚马孙河考察的人建造了一些设备，我们给设备加了防水功能——这在亚马孙河流域的热带雨林中是很有用的——因为电子设备一旦受潮就无法使用了，可是那位负主要责任的科学家却横遭指责，说他是滥用经费。防水！有些大学的官僚说那是‘没有必要花的一笔开支’。我跟你们说吧，这是神经病。神经有毛病啊！亨利——你听见我跟你说什么了？斜过来放！”

索恩挥动着胳膊，大步从工棚里穿过。两个孩子跟在他后面。

“嗳，嗳，看看这个，”索恩说道，“我们为他改装这些野外作业车已经有几个月了，现在终于快完成了。他要轻便的，我就给他造轻便的。他要坚固的，我就给他造坚固的——又轻便又坚固，合情合理，但是他的要求不是那么容易达到的。可是我们呢，使用了一定量的钛以及蜂碳结构，把事情办成了。他要求不使用汽油，不使用栅式蓄电池板，我们也都做到了。他终于如愿以偿了：一个坚固轻便的实验室，可以在没有汽油、没有电的地方使用。现在都做成了……我简直不敢相信。他当真没有去给你们上课？”

“没有。”凯利答道。

“这么说，他失踪了，”索恩说道，“妙哉，妙哉呀。那我们的野外试车怎么办？我们本来准备把这两辆车拉到外面去两个星期，要测试一下它们的性能。”

“我知道，”凯利说道，“我们已经得到家长的同意，一切都准备好了，我们也可以去。”

“可是现在他人不在。”索恩有点来火，“我想我应当想到这一点的。这些富家子弟，太随心所欲了，像莱文这样的家伙的确是给宠坏了。”

这时候，上面突然掉下来一个金属笼子，“哐当”一声落在他们身边的地上。索恩向旁边一跳。“埃迪！他妈的！你注意一点好不好？”

“对不起，博士，”在头顶上方椽子上的埃迪·卡尔说道，“设计要求是，在每平方英寸一万两千磅的压力之下不变形。所以我们只好这么干。”

“好吧，埃迪。不过我们人在下面的时候你可别这么干！”索恩弯下腰，看了看那只用一英寸粗细的钛合金棒制成的圈形笼子，这么个摔法它依然完好无损。它很轻，索恩一只手就把这只直径四英尺、高六英尺的笼子举了起来。它看上去像一只大鸟笼，上面有一扇可以双向开的门。门上装了一把大锁。

“这是干什么用的？”阿比问道。

“这个嘛，”索恩说道，“是那边那个东西的一部分。”他指了指工棚那一头。那地方有个工人正在堆放一些可伸缩的铝型材。“高架隐蔽所。准备在实地安装，这个台子建成后结构非常坚固，有十五英尺高。顶部还要装个遮蔽棚，也是折叠式的。”

“观察什么用的？”阿比问道，

“他没有告诉你们？”索恩问道。

“没有。”凯利答道。

“没有。”阿比也这样回答。

“唔，他也没有告诉我。”索恩摇摇头说，“我只知道他要求把一切都造得非常坚固，又要轻便又要坚固。真拿他没办法。”他叹了口气，“我没有去做学问，真是上帝保佑了。”

“我原来以为你是做学问的呢。”凯利说道。

“以前是，”索恩很痛快地说，“现在我是搞制造的。我不是耍嘴皮子的。”

了解索恩博士的同事都说他退休以后的生活非常快活。他是一位应用工程学教授，也是异型材料方面的专家。他在应用科学方面很有钻研精神，而且非常喜欢自己的学生。他在斯坦福大学讲授的最著名的课程是结构工程学101a。学生们都把这门叫作“索恩问题”，因为索恩总是不断对班里的学生提出一些在应用工程学方面具有挑战性的问题，有些问题已经成了在学生中流传的故事。例如，厕所卫生纸危机问题：索恩要求学生从胡佛塔上扔一纸箱子鸡蛋下来，但不能把鸡蛋打碎。他们只能用卷筒卫生纸的硬纸板芯子作为衬垫，结果弄得胡佛塔下面的广场上到处都是打碎的鸡蛋。

还有一次，索恩要学生制作一把供体重两百磅的人坐的椅子，但只能用棉签和线作材料。有一次，他把期末考试的答题纸吊在天花板上，然后给学生一只盛着一磅甘草的纸鞋盒以及一些牙签，让他们想办法把答题纸拿下来。

课余时间，索恩常常担任材料工程方面的法律专家证人。他是研究爆炸、飞机失事、大楼倒塌和其他灾难性事故方面的专家。与真实世界的实际接触使他更加明确地认识到，科学家需要尽可能拓宽自己的知识面。他曾经说过：“如果你不懂得历史学和心理学，你怎么能替别人搞设计呢？不可能的。虽然你的数学公式也许正确无误，可是人们可能会把它给弄得一塌糊涂。如果出现这种情况，那就等于是你把事情弄得一塌糊涂。”他讲课的时候，总要引用柏拉图、查卡·祖鲁、爱默生和庄子等人的话。

索恩是一个很受学生欢迎的教授——他提倡通才教育——可是却发现自己与潮流不合拍。学术界正朝着知识日益专业化的方向发展，使用的术语也日益令人费解。在这种气候条件之下，受到学生的欢迎被看成是知识浅薄的表现；对真实世界发生兴趣被看成是智力低下的证明，是对理论的漠不关心。最后，他被推出了大学的大门，就是因为他对庄子的兴趣。在一次系里开会的时候，他的一个同事站起来说：“某个引用神秘的中国式胡说八道的人，其实对工程一窍不通。”

一个月之后，索恩便提前退了休。他很快就办起了自己的公司。他对自己所干的这一行非常满意，可是他却和学生失去了联系。这就是他喜欢莱文的两个小助手的原因。这两个孩子很聪明，很热情。他们还比较小，学校还没有毁掉他们对学习的兴趣，他们还可以用自己的脑子。而在索恩看来，这显然说明他们还没有完成正规教育。

“杰里！”索恩大声喊车顶上的电焊工，“支撑杆要两边平衡。记住要做破坏性试验！”索恩指了指地上的一台监视器。

监视器的屏幕上，是科学试验车撞击障碍物的电脑模拟图像。首先是尾部碰撞，接着是侧面碰撞，然后是翻车碰撞的情况。每次碰撞它都安然无恙，没有受到多少损伤。这个电脑程序原本是那些汽车公司开发的，后来被放弃了。索恩把它弄到手之后对它进行了修改。“汽车公司放弃它是很自然的——因为这是个好主意。他们不想让大公司里产生什么好主意，因为那样可能会导致好产品的问世！”他叹了口气，“我们已经用这台电脑对各类车辆进行了上千次破坏性试验：设计、碰撞、修改、再碰撞。没有任何理论，只是进行试验。实际上就应当如此。”

索恩对理论的厌恶颇具传奇色彩。在他看来，理论只不过是经验的替身，而提出理论的人自己也不知道自己在说什么。“听着，杰里，杰里！如果你们这些家伙都不按图纸干，我们还要做这些模拟试验干什么？这儿的人是不是脑子都有毛病？”

“对不起，博士……”

“不要道歉。不要搞错了！”

“呃，反正我们正在进行大规模的超标建造……”

“哦？是你的决定吗？你现在还不是设计师！要按照图纸干！”

这时，走在索恩身边的阿比说道：“我为莱文博士担心。”

“真的？我不担心。”

“他从来都是非常可靠的，而且什么都安排得井井有条。”

“这倒是。”索恩说道，“可是他也会一时冲动，喜欢随心所欲。”

“也许吧。”阿比说道，“可是我觉得他总不会无缘无故就失踪的，恐怕他是遇到了麻烦。上星期他还带我们去伯克利找过马尔科姆教授。马尔科姆办公室里有一张世界地图，那地图上有……”

“马尔科姆？”索恩轻蔑地说道，“你饶了我吧。这两个难兄难弟，一路货色，一个比一个更不讲究实际。我现在最好还是把莱文找到。”他说罢转身朝办公室走去。

“你要用卫星电话？”阿比问道。

索恩停下脚步。“什么电话？”

“卫星电话，”阿比说道，“难道莱文博士走的时候没有带卫星电话？”

“他怎么会呢？”索恩说道，“你知道，最小的卫星电话也有手提箱那么大。”

“不一定吧，”阿比说道，“你可以把它造得很小。”

“可以吗？怎么造？”尽管这么说，索恩还是感到这个孩子很有意思。他还真有点讨人喜欢。

“用我们买来的VLSI通信电路板，”阿比说道，“三角形的那种。它上面有两块摩托罗拉BSN-23芯片。它们是专门为中情局开发的保密技术，因为它们可以使你……”

“嘿，嘿。”索恩打断他的话，“你这些东西是从哪儿知道的呀？关于黑客系统的事，我告诫过你……”

“别担心，我是非常小心的，”阿比说道，“不过那种通信板的事是真的，对不对？你可以用它造出一磅重的卫星电话。你造了没有？”

索恩盯着他看了半天。

“也许吧。”他说道，“那又怎么样呢？”

阿比笑了笑说：“酷啊。”

索恩的小办公室在工棚的一个角上。办公室的墙上贴了许多设计图纸，挂着有各种订单的文件夹，还有电脑制作的三维机械图。他的办公桌上散乱地放着一些电子元器件、设备分类表和一堆传真。索恩在上面翻了翻，最后找出了一个带灰色把子的小型电话。“找到了。”他拿在手上让阿比看，“很好，对吧？我自己设计的。”

凯利说道：“跟便携式电话差不多嘛。”

“是啊，可它不是便携式电话。便携式电话要使用网络，卫星电话直接跟通信卫星连接。有了这个东西，我就可以和全球任何地方通话。”他很快地在键盘上按了号码，“以前这东西还需要有个三英尺的碟形天线，后来变成一英尺的。现在什么天线也不要了，只要有这个手机就行了。我觉得这东西真不错，我们来看看他是不是会来接电话。”他按下对讲键。他们听见喇叭里传出的吡吡声。

“我知道理查德这个人，”索恩说道，“也许他不知道把电话丢在什么地方了，要么就是忘了他今天应该回来进行最后拍板。我们的工作现在基本上已经完成。你们看见我们已经到了内部支撑和装修阶段，实际上，我们已经完成，他要耽搁我们的时间了。他这个人根本不替别人着想。”

对方的电话已经接通，他们听见嘟嘟的电子铃声。“如果我打不通他的电话，我就想办法给萨拉·哈丁打电话。”

“萨拉·哈丁？”凯利抬起头问道。

“谁是萨拉·哈丁？”阿比问道。

“哦，阿比，就是那个举世闻名的年轻动物行为学家。”

萨拉·哈丁是凯利心目中的英雄，只要是关于她的文章，凯利每篇必看。萨拉·哈丁在芝加哥大学学习的时候，是个领取奖学金的穷学生，她现年三十五岁，是普林斯顿大学的助教。她很漂亮，很有主见，不墨守成规，敢于走自己的路。她选择了在野外从事科学工作的道路，独自一人生活在非洲，在那儿研究狮子和鬣狗。她的顽强是人所共知的。有一次她的路虎越野车抛了锚，她就独自一人在非洲大草原上走了二十英里。狮子向她靠近时，她就朝它们扔石块。

照片上的萨拉往往都是站在那辆越野车旁边，下身穿着短裤，上身穿卡其布衬衫，脖子上挂着望远镜。她的头发剪得很短，身体很结实，看上去既健壮又迷人，至少在凯利眼里是这样的形象，因为凯利总是研究她的照片，而且能把每个细节都记在脑子里。

“从来没有听说过她这个人。”阿比说道。

“在电脑上花的时间太多了吧，阿比？”索恩说道。

“没有哇。”阿比说道。凯利看见阿比的肩膀躬了起来，像要龟缩起来的样子。每次他觉得受到批评的时候都是这样。他有点不高兴地问：“动物行为学家？”

“是的，”索恩说道，“我知道在过去几个星期里，他跟她通了几次话。一旦这些设备到了实地，她就要去帮助他使用，给他提出些建议，或者别的什么。也许这是由于她跟马尔科姆有联系的关系吧。因为她毕竟曾经爱过马尔科姆。”

“我不相信。”凯利说道，“也许是他爱上了她……”

索恩看着她问道：“你见过她？”

“没有，但是我了解她。”

“哦。”索恩没有再说什么。他能看出凯利对英雄人物的崇拜，他表示出理解。一个小姑娘能这样羡慕萨拉·哈丁就很不错了，至少不是体育明星，也不是摇滚歌星。一个孩子崇拜想在知识上有所进取的人，实在难能可贵……

电话一直在响，可是却没有人接。

“唔。我们知道莱文的设备是完好的，”索恩说道，“电话是通的，我们现在就知道这些。”

“你能跟踪他吗？”阿比问道。

“很遗憾，不行啊。如果我们老是这样把机器开着，可能会把他那边的电池耗尽，那就意味着……”

他们听见“咔嗒”一声，接着是一个男人的声音，很清楚：“我是莱文。”

“好，好的，他在。”索恩说着点点头，按下自己手机上的键，“理查德，我是索恩。”

在对讲喇叭上，他们听见的是持续的咝咝声。接着是一声咳嗽。一个沙哑的声音说：“喂？喂？我是莱文。”

索恩按下电话上的按键：“理查德，我是索恩。你听得见吗？”

“喂？”莱文的声音从电话的另一端传来，“喂？”

索恩叹了口气说：“理查德，你要按下T字键才能发送。完毕。”

“喂？”又是一声咳嗽，而且咳得很厉害，“我是莱文，喂？”

索恩很反感地摇摇头：“他显然不知道如何使用。妈的！我仔仔细细教了他一遍。他当时肯定是心不在焉。天才从来都是心不在焉的。他们以为自己什么都会，这种东西又不是玩具。”他按下发送键，“理查德，听我说，你必须把T字键按下去才能……”

“我是莱文，喂？我是莱文。我需要帮助。”一声呻吟，“如果你能听见我讲话，快来帮助我。听着，我在岛上。我来的时候还算顺利，可是……”

先是一阵咔嗒咔嗒声，接着是一阵嗞嗞声。

“哦嗬。”索恩说道。

“怎么回事？”阿比把头凑过来问道。

“我们跟他失去联系了。”

“为什么？”

“电池问题。”索恩说道，“太快了，妈的。理查德，你在哪儿啊？”

喇叭上传来莱文的声音：“……早死了……现在……情况……十分危急……不知道……能听见我……如果你……派人来帮……”

“理查德，**告诉我们你在哪儿？**”

电话又嗞嗞地叫起来。发送效果越来越差。他们听见莱文说道：“……把我包围了，而且……很凶猛……夜晚……可以闻到它们的气味……”

“他在说什么呀？”阿比问道。

“……造成……伤害……不能……不长……求……”

接着又是一阵嗞嗞声，而且越来越弱。

突然，电话整个不响了。

索恩关掉自己的手机，接着关掉喇叭。他转身对着两个脸色煞白的孩子说道：“我们必须找到他！马上就找！”

第二章

系统在向混沌边缘发展的时候，自我组织在复杂结构中的表现。

——伊恩·马尔科姆

线索

索恩打开莱文那套公寓的门，然后打开灯，眼前的情形使得他们目瞪口呆。阿比说道:“这简直像个博物馆。”

莱文的这套双卧室住房的装饰颇具亚洲色彩，里面有各式木制橱柜和许多贵重古董。房间里到处一尘不染。大多数古董都放在塑料罩里，每件物品上都整整齐齐地贴着标签。他们慢慢地走了进去。

“他就住在这儿？”凯利问道。她觉得简直难以想象。在她看来，这套公寓似乎不是供人居住的，它简直就像仙境。她自己的房间总是那么乱七八糟。

“是的，就住这儿。”索恩说着把钥匙放进口袋，“总是这么整齐干净。所以他没有办法跟女人活在一起。他不想让任何人随便动他的东西。”

起居室的沙发是绕着一张玻璃茶几摆放的。茶几上有四垛书，每一垛都放得和茶几的边齐平。阿比看了看书的名字：《大灾难理论和紧急结构》《分子进化的演绎过程》《细胞机器人》《非线性适应方法论》《进化系统中的相变》。也有一些书比较老，从书名上看是德文。

凯利嗅了嗅房间的空气。“炉子上正烧着东西？”

“不知道。”索恩说着，走进了小餐室。靠墙的地方有一个保温板，上面有一排盖着的菜肴，一张漆得亮堂堂的木餐桌前，有个供一人用餐的地方。餐桌上摆着银餐具和雕花玻璃杯，一只碗里的汤还冒着热气。

索恩走过去，拿起放在餐桌上的一张纸。纸上写着：“龙虾汤、嫩扁豆、熏金枪鱼。”上面有一句留言，“但愿你这一次外出愉快！罗米丽亚。”

“哇。”凯利说道，“就是说，每天有人替他做饭？”

“我想是的。”索恩说道，似乎并不感到意外。他翻了翻放在保温板旁边的一叠尚未打开的信件。凯利看了看放在附近的一些传真，第一份传真来自纽黑文耶鲁大学皮博迪博物馆。她把它递给索恩并问道：“这是德文吗？”

莱文博士：

你要的文件：

《中美洲地质史研究，1922—1929》

今天已交联邦快递。

谢谢。

（签名）

蒂娜·斯克罗姆比斯（档案管理员）

“我看不懂，”索恩说道，“不过我想它是‘中美洲地质什么研究’之类。是二十年代的——不是什么新东西。”

“不知道他要这个干什么。”凯利说道。

索恩没有回答，走进了卧室。

卧室虽小，但还比较宽敞。床收拾得很整洁，上面有个黑色日式床垫。索恩打开衣柜门，看见衣架上都是熨烫过的衣服，挂放井然有序，而且多数都套着塑料薄膜。他打开衣柜最上面的抽屉，看见里面的袜子叠得很整齐，并且是按照颜色摆放的。

“我真不知道他怎么能够这样生活。”凯利说道。

“这没什么，”索恩说道，“只要有佣人就行。”他很快逐一打开其他几个抽屉看了看。

凯利走到床头柜边，那上面有几本书。最上面的那本很小，纸张老得已经发黄了，书是德文的，书名是《五种死法》。她拿起来翻了翻，看见其中有一些彩色插图，像是穿着五彩缤纷服装的阿兹特克人。她觉得这很像一本儿童插图读物。

在这本书下面放着的是有圣菲研究所暗红色封面的杂志文章：《遗传算法和启发式网络》《中美洲的地质》《任意尺寸棋盘格机器人》《国际遗传技术公司一九八九年年度报告》。电话机旁有一张匆匆写就的纸条。她认出这是莱文的笔迹。

纸条上写道：

“B场地”

Vulkanische

塔卡诺？

努布拉？

五种死法之一？

几分钟？不！！！

也许是吉提雷兹

当心

“B场地是什么？是他笔记上写着的。”凯利问道。

索恩走过去看了看。“Vulkanische，”他说道，“我想意思是‘火山的’，塔卡诺和努布拉……像是地名。如果是地名，我们可以到地图上去找找看……”

“五种死法之一是什么意思？”凯利问道。

“我对天发誓，不知道。”索恩回答说。

他们还在看那张纸条的时候，阿比走进了卧室问道：“B场地是什么？”

索恩抬起头问，“怎么啦？”

“你最好看看他的办公室。”阿比说道。

莱文把另一间卧室改成了办公室，那里也像这套公寓的其他房间一样整齐干净。办公桌上有一台盖着塑料套的电脑，还有一些堆放得整整齐齐的文件。办公桌后面是一块几乎占满一面墙的软木板。木板上有各种地图、图表、剪报、地面卫星站挂图和各种天线的照片。图板最上方是“B场地”几个大字。

在这几个字旁边有一张模糊不清、微微卷曲的照片，照片上有个身穿实验室工作大褂、戴眼镜的中国人，在丛林边一块写着“B场地”的木牌旁边站着。他的大褂扣子没扣，里面穿了一件印着字的T恤衫。

这张照片的旁边是那件T恤衫的放大照片。由于两边被白大褂挡住，所以T恤衫上的字看不全，不过还能看见一部分：

传B场

研究设

莱文清秀的笔迹批注道："国际遗传技术公司B场地研究设施？？？？在哪儿？？？"

这一行字的下面，是从国际遗传技术公司年度报告上裁下来的一页。其中有一段画了圈的文字：

国际遗传技术公司的总部设在帕洛阿尔托，在那儿有个20万平方英尺的超现代化实验室。除此之外，它在世界上还有三个野外试验基地：可以从在南美的地质实验室，获得琥珀和其他生物样品；在哥斯达黎加山区的试验农场，可以种植各种各样的珍稀植物；在哥斯达黎加以西125英里的努布拉岛上有个专用设施。

在这段文字旁边，莱文写着："没有B！谎言！"

"他真的对B场地着了迷。"阿比说道。

"我看也是，"索恩说道，"而且他觉得那一定是在某个岛上。"

索恩仔细地看着这块大图板，目光落在卫星照片上。他注意到，它们虽然被不同程度地放大，颜色失真，但大体上似乎都在同一个地理区域：一个多岩石的海岸，以及一些沿岸岛屿。那段海岸线有一段海滩，丛林已延伸到了海岸边。这可能是哥斯达黎加，但又无法下定论。实际上，像这样的地貌，世界上可能有十多个。

“他说他是在一个岛上。”凯利说道。

“是啊，”索恩耸耸肩说，“但是那不能说明什么问题。”他再次看着图板，“这里的岛屿大概有二十个，也许还要多。”

索恩看见靠近下端有一段备忘录。

B场地@$#送交* * * *各部门[ ] * * * *

记住%$#@#!避免新闻* * * * * *

哈蒙德先生希望提醒各位* * * *之后 ^ * & ^市场

* % * *长期市场销售计划* & ^ & ^ %

拟议中的度假设施的上市要求JP的

复杂技术完全不能透露宣布公开

哈蒙德先生希望提醒各部门注意

生产设备任何时候都不作为

新闻发布稿或讨论的题目话题

生产/制造设备不可以# @ # $ #

不提生产岛屿位

S岛仅作为内部

严格新闻* * * ^ % $ * *指导方针

“这简直把人的头都搞大了，”他说道，“你们看出什么名堂没有？”

阿比走过来，若有所思地看了看。

“这些缺失的字母和乱七八糟的符号，”索恩说道，“你看出它们有什么意思吗？”

“嗯。”阿比说道。他打了个响指，径直走到莱文的办公桌前，掀开盖在电脑上的塑料套后说：“我看有。”

莱文桌子上的这台电脑还是老式的，这出乎索恩的意料。这是几年前生产的电脑，又大又笨重，罩子上有好几处划痕。它的上面有行黑字：设计联想公司。在黑字下面、电源开关旁边，有一块亮闪闪的金属标牌，上面有“加州帕洛阿尔托国际遗传技术公司财产”字样。

“这是什么？”索恩同道，“莱文有这家公司的电脑？”

“是的，”阿比说道，“上星期他让我们替他买的。当时那家公司正在变卖电脑。”

“是他让你们去的？”索恩问道。

“是啊，让我跟凯利，他自己不想去。他怕有人跟踪他。”

“可是这是一台辅助设计—辅助制造电脑，还是五年前的产品。”索恩说道，这种辅助设计—辅助制造电脑是供建筑设计、绘图和机械工程技术人员使用的。“莱文要这个干什么？”

“他从来没跟我们说过，”阿比说着打开电源开关，“不过我现在知道了。”

“是吗？”

“是那备忘录。”阿比说着，用脑袋朝墙那边点了点，“你知道那东西为什么像那个样子？那是一个从电脑上恢复的文件。莱文一直在恢复这台电脑中的遗传技术公司的文件。”

阿比解释说，遗传技术公司对那天处理出售的所有电脑的硬盘都进行了格式化，为的是销毁磁盘上的敏感数据信息。可是这种辅助设计—辅助制造电脑是个例外。生产厂家给它装的是一种特殊软件，每台电脑的软件都是专用的，各有各的相关代码。这就使重新格式化变得很困难，因为每台电脑的软件都必须重新安装才行，这要花很多时间。

“所以他们就没有把它格式化？”索恩问道。

“对。”阿比说道，“他们只把目录删除后就卖了。”

“也就是说，原来的文件还在硬盘上。”

“对了。”

监视器亮起来。屏幕上出现了如下信息：

恢复文件总数：2,387

“我的妈呀！”阿比感慨地说。他身体向前，手指放在键盘上，聚精会神地看着屏幕。他按下目录键，目录就一页一页地向下翻滚。总共有上千个。

索恩说：“你准备怎么……”

“先等一会儿。”阿比打断他的话，接着很快地键入命令。

“好吧，阿比。”索恩说道。他对阿比摆弄电脑的那股傲慢样子感到好笑。他似乎忘记了自己还是个孩子，平时那种羞怯胆小的样子荡然无存，电子世界使他如鱼得水。他知道自己在电脑上有两下子。

索恩说道：“你能给我们的任何帮助都……”

“博士，”阿比说道，“得了，去，呃，我也不知道，帮帮凯利什么的。”

他转过身，继续键入命令。

猛兽

这只迅猛龙高六英尺，呈墨绿色。它摆出一副进攻的架势，肌肉发达的脖子向前弯曲伸着，张开大口，发呼哧呼哧的响声。

“你觉得怎么样，马尔科姆博士？”模型制造工蒂姆问道。

“不吓人。”马尔科姆说着从它旁边走过。他是在回办公室途中，路过生物系实验室后面这幢翼楼的。

“不吓人？”蒂姆说道。

“它们从来不像这样用两条腿支撑站着，如果给它一本书……”他从桌上抓起一个笔记本，把它放到那个动物的前臂上，“它可能就要唱圣诞颂歌了。”

“我的老天，”蒂姆说道，“我没想到它会是这么糟糕。”

“糟糕？这是对一个大型食肉动物的侮辱。我们应当能够感觉到它的迅猛、危险和力量，嘴巴要加宽加大，脖子要向下，肌肉要显露，皮肤要再绷紧些。那只腿向上抬抬。记住，猛兽不是靠嘴巴进攻——它们靠的是自己的利爪。”马尔科姆说道，“我要你把它的爪子抬高一些，要使人觉得这只利爪就要猛扑下来，撕开猎物的五脏六腑。”

“你当真这么认为？”蒂姆以怀疑的口气问道，“它会把小孩子吓坏的。”

“你是说它可能会把你吓坏吧。”马尔科姆边说边顺着过道朝前走，“还有一点：不要搞那种呼哧呼哧的声音。那声音听起来就像一个人在撒尿，要让它咆哮。猛兽就要像猛兽的样子。”

“哦哟，”蒂姆说道，“我还真不知道你会有这么多的个人感觉呢。”

“必须准确嘛，”马尔科姆说道，“你知道有准确和不准确之分。这一点跟个人的感觉没有什么关系。”他继续朝前走，显得有些激动，也不顾腿上的阵阵疼痛了。虽然模型制造者蒂姆使他感到有点恼火，但他也不得不承认，蒂姆是现代模糊派——马尔科姆称之为“愚蠢科学”——的代表。

长期以来，马尔科姆对他的科学界同行的傲慢很不以为然。他知道，他们现在还是那么傲慢，根本不认为科学发展的历史是一种思想方法。科学家们假装认为历史无关紧要，因为过去的错误已经由现代的科学发现所更正。当然，过去，他们的先驱者们也抱着与此相同的看法。他们当时就是错误的，现代科学家现在也是错误的。科学史中的种种叙述，近几十年中对恐龙的描述算得上最好的了。

要清醒地看到，在科学史上对恐龙率先有准确认识的，是近代科学家。十九世纪四十年代，理查德·欧文第一次向世人描述了在英国北部所发现的巨大骨骼化石。他把这种动物称为恐龙——意思是可怕的蜥蜴。马尔科姆认为，到现在为止，这仍然是对这种动物最准确的描述。它们的确很像蜥蜴，而且也的确很可怕。

然而自欧文以来，对恐龙的“科学”认识经历了许多变化。维多利亚时期的人认为，进化是不可避免的，所以他们认定恐龙是比较低级的动物——否则它们怎么会绝迹呢？维多利亚时期的人把恐龙描述成躯体肥大、头脑迟钝的哑巴动物——是一些大笨蛋。这种认识影响很大，以致到了二十世纪初，恐龙仍被认为是非常弱的动物，连自己的体重都支撑不住。雷龙不得不站在齐腰深的水里，不然它们的体重就会把自己的腿压断。在人们的认识中，古代地球上似乎充满了这种又弱又笨、动作迟缓的动物。

直到二十世纪六十年代，这种认识才有所改变。当时，以约翰·奥斯特罗姆为首的几个离经叛道的科学家，开始提出恐龙是一种动作迅速敏捷的热血动物的看法。这几位科学家由于大胆地对传统教条提出质疑——即使他们的看法现在看来似乎是正确的——多年来一直遭到猛烈的批评。

可是在过去十年中，由于人们对社会行为方面的问题产生了越来越浓厚的兴趣，一种新观点也就应运而生了。恐龙现在被看成是一种相互关心、在一起共同抚育后代、以群体形式生活的动物。它们是很可爱的动物，甚至很聪明。这些可爱的庞然大物之所以遭到可怕的灭顶之灾，完全是由于阿尔瓦雷茨提出的小行星撞击地球所造成的。这种愚蠢的新看法造就了像蒂姆这样的人。这些人不愿意看事物的另一面，不愿意看生活的另一面。群居的、相互合作的恐龙当然有，但还有一些则是捕猎型的——它们是凶猛无比的杀手。在马尔科姆看来，当时生命的真实情形应当表现为各种生命形式——好的和坏的、强的和弱的——之间的相互作用和相互影响。硬要说还有其他什么东西，那是没有用的。

要把小孩子吓坏，没错！马尔科姆沿着走廊向前走。他感到很恼火，不由得轻蔑地哼了一声。

实际上，马尔科姆之所以感到烦躁不安，是因为伊丽莎白·格尔曼跟他说了那块组织切片——尤其是那块标牌的事。马尔科姆深信那块标牌就意味着麻烦。

但是他不知道这件事该怎么办。

他拐过弯，从克洛维斯箭矢——美洲早期人类用作箭矢的尖石器——展厅前走过。他看见自己的办公室就在前面。他的助手贝弗利正站在办公桌后面整理文件，准备下班回家。她把几份传真交给他说："我给莱文博士办公室留了话，但他没有回音。他们好像都不知道他在哪里。"

"换换胃口去了。"马尔科姆说着叹了口气。莱文是个很难共事的人，有点反复无常，弄不清楚他下一步会干什么。他驾驶法拉利被警察拘留之后，是马尔科姆出面把他保出来的。马尔科姆迅速浏览了传真，是一些关于会议日期、复印请示之类的东西，没有多少意思。"好了，谢谢你。贝弗利。"

"哦，对了，摄影记者来过了。大约一个小时之前才走。"

"什么摄影记者？"他问道。

"是《混沌季刊》的，来拍你的办公室。"

"你说什么？"马尔科姆问道。

"他们来拍摄你的办公室，"她说道，"是有关著名数学家系列的摄影。他们还拿着你的一封信，说是……"

"我从来没有寄过什么信，"马尔科姆说道，"而且我也从来没有听说过什么《混沌季刊》。"

他走进自己的办公室，四下看了看。贝弗利急忙跟着走进来，脸上露出焦虑的神色。

“没事儿吧？丢东西了没有？”

“没有。”他说着很快四处看了看，“看来没什么问题。”他把办公桌的抽屉一只只地打开，似乎没有少什么东西。

“这我就放心了，”贝弗利说道，“因为……”

他转过身，看着房间的另一头。

那张地图！

马尔科姆的墙上有一张很大的世界地图，上面标出了所有被莱文称之为“变异物种”的发现地。根据最粗略的计算——莱文的计算——西起朗伊罗阿岛，东至加利福尼亚和厄瓜多尔，总共有十二处之多，没有几个是得到证实的。可是现在有一个组织样本已经证实了其中一个物种的存在，这就使得其他几个物种存在的可能性变大了。

“他们拍了这张地图的照片没有？”

“拍了，所有的东西全都拍了。要紧吗？”

马尔科姆看着地图，想换一个角度来看它，看看用局外人的眼光能从地图上看出什么名堂。他和莱文曾在这张地图上花过很长的时间，考虑“失落的世界”存在的可能性以及它可能存在的地点。他们已经把这种可能性集中到哥斯达黎加沿岸的五个岛屿。莱文深信其中一个岛上存在这种可能性，马尔科姆开始觉得莱文是对的，不过，他没有在这张地图上标出这几个岛屿……

“他们都是好人，”贝弗利说道，“彬彬有礼。是外国人——我觉得是瑞士人。”

马尔科姆点点头，叹了口气。他心想，见他妈的鬼去吧。这种事早晚是要传出去的。

“没关系。贝弗利。”

“真的吗？”

“真的。再见。”

“再见，马尔科姆博士。”

办公室里只剩下他一个人了。他开始给莱文打电话。电话铃响，接着是录音电话的声音，莱文还没有回来。

“理查德，你在吗？如果在，就接电话，有要事。”

他等了等，依然没有人。

“理查德，我是伊恩。听我说，我们有麻烦了，那张地图的秘密已经保不住了。那个样本我让人分析过了，理查德，我认为它已经告诉我们B场地在哪儿了，如果我……”

他听见那边电话被拿起来的咔嗒声，接着是人的呼吸声。

“理查德吗？”他说道。

“不是，”一个声音说道，“我是索恩。我想你还是赶快过来一趟吧。”

五个死岛

“这我知道。”马尔科姆说着走进莱文的公寓住房，迅速往四下看了看，“我知道他会做出这种事情来的。你知道，他这个人经常头脑发热。我跟他说过，等我们充分了解情况后再去。我应当想到这一点的。是啊，他去了。”

“是的。他去了。”

“自我中心，”马尔科姆说着摇摇头，“理查德什么都要争第一，不仅要第一个弄明白，还要第一个去那个地方。我很担心，因为他会把事情全搞砸了。这种冲动的行为，你意识到了吧，是心血来潮，是神经原处于混沌边缘。痴迷只不过是癖嗜的一种表现形式。有几个科学家是有自控力的？他们在学校里是这样教学生的：平衡不是一种很好的形态。他们忘记了，尼尔斯·玻尔不仅是个伟大的物理学家，而且还是个参加奥林匹克比赛的运动员。现在，他们个个都想当怪人，这是职业风格。”

索恩若有所思地看着马尔科姆，觉得他发现了马尔科姆身上的竞争锋芒。“你知道他去的是哪个岛？”

“不知道。”马尔科姆迈着大步在房子里到处走动，把看到的东西都记在心里，“我们上次在一起交换意见的时候，已经把目标相对集中到了五个岛上，都在南面，但是我们还没有确定是哪一个。”

索恩指着图板上的卫星图片问道：“是这儿的几个岛吗？”

“是的，”马尔科姆看了一眼后说，“它们在一起形成一个弧形，与科尔特斯湾的距离大体上都在十英里左右，被认为是无人居住的荒岛。当地老百姓称之为‘五个死岛’。”

“为什么？”凯利问道。

“有个古老的印第安传说，”马尔科姆说道，“说的是一个勇敢的武士被国王抓住后，国王赐他五种死的方式任他选择，烧死、淹死、砸死、吊死和砍头。武士说这五种他都要。所以他就从一个岛走到另一个岛，去经受不同的挑战。这有点像在新大陆上翻版的大力神的故事……”

“原来如此啊！”凯利说着跑出了房间。

马尔科姆显得茫然。

他转身对着索恩，索恩则耸了耸肩。

凯利回来的时候，手里拿着那本德文的儿童读物。她把书递给了马尔科姆。

“是的，”他说道，“德文书名是《五种死法》。有趣的是，它是德文的……”

“他有很多德文书。”凯利说道。

“真的吗？这个混蛋。他从来没有跟我说过。”

“这其中有什么奥妙？”凯利问道。

“是的，有很多奥妙，把那个放大镜给我，好吗？”

凯利把办公桌上的放大镜递给他：“这意味着什么？”

“五死岛都是古时候火山爆发形成的岛，”他说道，“这就意味着它们具有丰富的地质考察价值。二十年代的时候，德国人曾经想来开发。”他眯起眼睛看着这些图片，“啊，是的。就是这些岛，没错儿。马坦塞罗斯岛、米尔特岛、塔卡诺岛、索纳岛、佩纳岛……所有的名字都代表死亡和毁灭……好了，我想我们快要找到了。有没有云层覆盖情况的卫星光谱分析图？”

“那能帮助你找到B场地吗？”阿比问道。

“什么？”马尔科姆急忙转过身问道，“关于B场地的情况，你知道哪些？”

阿比此刻正坐在电脑前面进行操作：“什么也不知道。只知道莱文博士一直在找B场地，这也是这些文件中提到的名字。”

“什么文件？”

“我已经从这台电脑上恢复了遗传技术公司的一些文件，在搜索旧文件的时候，我发现有些地方提到了B场地……可是它们把人搞得头晕脑涨，就像这个一样。”他朝后靠在椅子上，好让马尔科姆看得见屏幕。

小结：第三十五号计划修改方案

生产B场地	
空气调节管理设备	5–7级
实验室构造	400–500CM
生物安全	PK/3–PK/5级
传送带速度	3–5米/分
圈养场地面积	13–26公顷

工作人员素质	17–18（行政管理4等）
共同协议	ET(VX)–RDT(VX)

马尔科姆皱起眉头："怪了，没有多大用处。它没有说明是哪个岛——甚至是不是在岛上都看不出来。你还弄出了什么？"

"唔……"阿比很快地按动了几个键，"我们来看看。有了。"

B场地岛屿网络节点

1区（河流）	1–8
2区（海岸）	9–16
3区（山脊）	17–24
4区（山谷）	25–32

马尔科姆说道："好的，这说明它是一个岛。B场地有个网络——什么网络呢？电脑？"

"我不知道，"阿比说道，"也许是无线电网络。"

"干什么用的呢？"马尔科姆问道，"用无线电网络来干什么呢？这个也没多大用。"

阿比耸耸肩。他把这件事当成一种挑战，于是又飞快地在键盘上操作起来。接着他说道："稍等……这儿还有一个……我来格式化一下……好！有了！"

他向旁边让了让，这样其他人可以看得清楚些。

马尔科姆看了之后说道："很好！非常好！"

B场地说明

东翼	西翼	装卸场地
实验室	装配间	入口
界外	主中心	地热汽轮机
便利店	工人住宅区	地热中心
加油站	游泳池／网球场	高尔夫击球区
经理住房	小道	输油管线
一号安全点	二号安全点	供热管缆
河码头	船库	太阳能一号
沼泽路	滨河路	山脊路
山景路	峭壁路	圈养场地

“现在有眉目了，”马尔科姆浏览了一下这个单子后说，“你能把它打印出来吗？”

“没问题，”阿比脸上露出了笑容，“它真的有用？”

“真的有用。”马尔科姆说道。

凯利看着阿比说道：“阿比，这些都是地图的图例说明。”

“我觉得是。非常清楚，对吧？”他按下一个键，把信号输入打印机。

马尔科姆仔细看了看这个图例说明，然后把注意力转向卫星所拍摄的地图上，用放大镜逐一仔细地研究起来。他的鼻子离那些照片只有几英寸。

“阿比，”凯利说道，“别那么坐着呀。快！把那张地图恢复出来！我们要的就是它！”

“不知道能不能弄出来，”阿比说道，“这是一台专用的三十二位格式……我是说不容易。”

“先别发牢骚，阿比，干起来再说。”

“没关系的，”马尔科姆说道，他从钉在图板上的卫星地图前走开，“这无关紧要。”

“无关紧要？”阿比若有所失地问道。

“是的，阿比。你可以歇一下了。根据你发现的材料，我想我们现在就可以比较有把握地找到那个岛了。”

詹姆斯

埃德·詹姆斯打了个哈欠，然后把耳塞向耳孔里推了推，因为他想把一切都听得清清楚楚。他在福特金牛轿车的驾驶座上挪了挪位置，想坐得舒服些，同时尽量想赶走自己的睡意。放在他大腿上的小磁带录音机正在转动，它的旁边是一个记事本和两个巨无霸汉堡的包装纸。他看见马路对面莱文那幢公寓三楼的房间里亮着灯。

他上个星期安放在那儿的一只窃听器工作正常。他的耳塞里传来一个男孩的声音："怎么识别？"

接着说话的是那个瘸腿的马尔科姆："验证的关键，是在一个点上交会的多条推理线。"

"什么意思啊？"那男孩问道。

"你看看这些地面卫星图。"马尔科姆说道。

詹姆斯在小本子上写下了"地面卫星"几个字。

"这些我们早就看过了。"那女孩说道。

詹姆斯觉得自己很傻，没有发现这两个孩子是替莱文干活的。他记得他们。他们都是莱文教的那个班里的学生。一个是班里个子很小的黑人孩子，另一个是有点傻乎乎的女孩。都是小孩子，也许才十一二岁。他怎么早没发现呢?

他想，这个问题现在已经不重要了。反正他正在获取情报。他把手伸到仪表板那边，把最后两根油炸薯条拿出来，也不管凉不凉，就胡乱吃了下去。

“好了，”他听见马尔科姆说，“是这个岛。莱文去的就是这个岛。”

“你这样认为？”那女孩子有点疑惑地问道，“这是……索纳岛。”

詹姆斯随即写下“索纳岛”。

“这就是我们要找的岛，”马尔科姆说道，“为什么呢？有三条理由。第一，这是个私人岛屿，所以哥斯达黎加政府没有进行彻底搜查。第二，是谁的岛？德国人的。二十年代的时候，他们拥有租借开采权。”

“所以才有这么多的德文书！”

“对了。第三，从阿比恢复出来的那个表来看——还有另外一个独立的消息来源——很显然，在B场地有火山气体。那么，哪个岛上有火山气体呢？你把放大镜拿过来自己看看就行了。结果证明只有一个岛上有。”

“你是说这儿的这个岛？”那女孩问道。

“对了。那是火山烟。”

“你怎么知道的？”

“光谱分析，看见这儿的这个尖头没有？这是云雾层中的基本成分硫。除了火山外，没有任何可以产生硫的源泉。”

“这个尖头又是什么呢？”那女孩问道。

“甲烷，”马尔科姆说道，“看来那儿有个很大的甲烷气气源。”

“那也是火山的原因吗？”索恩问道。

“也许是。火山活动会产生甲烷气，但主要是在火山爆发期间。另外一种可能性是，它可能是有机体产生的。”

“有机体？什么意思？”

“大的食草动物……”

接下来有些话詹姆斯没有听清，只听见那个男孩说：“你要不要我继续完成恢复工作？”

“不用了，”索恩说道，“那个现在已经无关紧要了，阿比。我们知道该怎么办了。我们走吧，孩子们！”

詹姆斯抬起头看了看那公寓，里面的灯正被一一关掉。

几分钟后，索恩和两个孩子走出公寓大门，坐上一辆停在马路上的吉普车走了。马尔科姆走到自己的车跟前，动作很不协调地钻进车里，朝相反的方向开去。

詹姆斯想跟踪马尔科姆，但他此刻还有件事情要做。他把车发动起来，拿起电话拨了个号码。

野外作业系统

半小时后，他们回到索恩的办公室。凯利惊讶地发现，大部分工人已经走了，场地已经清扫干净，两辆拖车和那辆探险者并排停放着，上面喷了墨绿色的漆，随时可以出动了。

“已经完成了！”

“我跟你们说过的嘛。”索恩说罢，转身对年龄二十多岁、身材魁梧的领班埃迪·卡尔说，“埃迪，我们进展到了什么程度？”

“只等包装了，博士，”埃迪说道，“有些地方的油漆还没有干，不过到早上就会干的。”

“我们不能等到早上了。我们现在就出发。”

“我们？”

阿比和凯利相互变换了一下眼色。这对他们来说也是件新鲜事情。

索恩说道：“我需要你来开其中一辆车，埃迪，我们要在午夜赶到机场。”

“我原先以为是进行野外试车……”

“没时间了，我们立即赶赴实地。”大门上的蜂鸣器响了，“可能是马尔科姆。”他按下电钮把门打开。

“你不进行野外测试了？”埃迪有点担心地说，“我想你最好还是检查一下，博士。我们作了几处修改，而且……”

“来不及了，”马尔科姆说着走了进来，“我们得马上动身。”他转身对索恩说，“我很为他担心。”

“埃迪，”索恩说道，“出境文件到了没有？”

“到了，两个星期前就到了。”

“好，去拿来。给詹金斯打个电话，叫他到机场等我们，为我们干点事务性工作，我要在四个小时之内起飞。”

“天哪，博士……”

“快去！”

凯利问道：“你们是要去哥斯达黎加？”

“是的，我们必须去救莱文。但愿还不算太晚。”

“我们跟你们一起去。”凯利说道。

“对，”阿比说道，“我们俩。”

“绝对不行，”索恩说道，“不可能的事。”

“可这是我们争取来的！”

“莱文博士跟我们的父母都说过了！”

“我们早就得到家里人同意了！”

“他们是同意了，”索恩严厉地说，“但那是到离这儿一百多英里的森林中进行的野外测试。我们这一次可不是到那个地方去，我们是去一个非常危险的地方。你们不能跟我们一起去，就这么定了。”

"可是……"

"孩子们，"索恩说道，"别惹我发脾气。我去打个电话，你们收拾收拾就准备回家去吧。"

他说罢转身就走了。

"讨厌。"凯利说了一声。

阿比朝索恩的背影伸出舌头，嘟囔着说："真混蛋。"

"马上行动，阿比。"索恩头也没回又说了一句，"你们两个都回家去吧。完毕。"

他走进办公室，然后砰地把门关上。

阿比把手插在口袋里说："没有我们的帮助，他们是搞不明白的。"

"我知道，阿比，"凯利说，"但是我们没办法让他带我们走。"

他们转身对着马尔科姆："马尔科姆博士，你能不能……"

"很遗憾，"马尔科姆说道，"我无能为力。"

"可是……"

"孩子们，不行啊，太危险了。"

他俩垂头丧气地朝被天棚上的灯光照得熠熠发亮的那几辆车走去。顶部装着黑色太阳能电池板的探险者里面装满了闪闪发亮的电子设备。看一眼这辆车就足以给他们一种探险的感觉——而且是一次他们无法参加的探险。

阿比用手遮住眼睛上方，透过窗户朝那辆大拖车里面看去。

"哇！看这个！"

“我进去看看。”凯利说着打开车门。那门又实又重，使她感到吃惊。她踩着踏板进入车里。

拖车里面是灰色装潢，装了很多电子设备。它被隔成几个小间，分别用作不同的实验室。它的主要部分是个生物实验室，里面的配备有样品盘、解剖盘，还有与监视器相连的显微镜。这间实验室里还有一些生化设备、光谱仪，以及一系列自动样品分析仪。它的隔壁是一个造价昂贵的电脑室，里面有一排处理器，还有一个电信室。所有实验设备都是微型的，而且都固定在工作台上，这些小工作台可以推进隔墙里，然后用插销插上。

“这可真酷啊。”阿比说道。

凯利没有回答，她正在仔细地看着实验室里的东西。这台拖车是莱文博士设计的，显然有专门的用途。这里面没有野外考察队要带的地质、植物、化学或许多其他方面的设备，它根本不是普通的实验室。它实际上似乎只有一个生物实验室和一个大计算机房。

生物学和电脑。

仅此而已。

建造这辆拖车是研究什么的呢？嵌进墙壁的小书架上放着一些书，这些书都是用尼龙搭扣固定的。她看了看书名：《适应性生物系统模型制作》《脊椎动物行为动力》《自然和人造系统中的适应性》《北美洲的恐龙》《预适应性和进化》……进行野外探险考察带上这些书显得非常奇怪。如果这其中有什么奥妙，那她就不得而知了。

她继续向前走，看见壁板上隔不远就有被加固的地方，深色碳素纤维制成的复合蜂房结构支撑沿壁板而上。她无意中听见索恩说过，这跟用于制造超音速战斗机的是同一种材料，重量很轻但强度很高，她注意到，所有的窗户上配的都是中间夹有细丝网的特种玻璃。

这辆拖车为什么要建造得如此坚固呢？

想到这个问题，她感到有些不安。她还记得今天早些时候给莱文博士打电话时的情形，莱文博士说他被包围了。

被什么包围了？

他还说：**我可以闻到它们的气味，尤其是夜里。**

他指的是什么？

它们又是什么呢？

她惴惴不安地朝拖车后部走去。那里有一个很舒适的小生活空间，窗户上装着方格图案的窗帘，厨房、厕所的结构十分紧凑，有四张床铺，床铺上下都有放东西的小柜，甚至还有一个简便的淋浴室，相当不错。

她从后部走进连接两辆拖车的折叠式通道，它有点像连接两节火车车厢之间的那种通道。她穿过这个很短的过渡通道，走进第二辆拖车。这辆拖车似乎主要用于存放东西，里面有备用轮胎、零配件、实验室设备、架子和柜子等，所有这些备用品都说明，这次探险考察要去很远的地方，拖车的后面甚至还挂着一辆摩托车。她想打开一些橱柜看看，可发现都锁上了。

即使在这里也有不少额外的加固支撑，这辆拖车同样建造得特别坚固。

为什么？她心里觉得纳闷。为什么要这么坚固？

“你来看看这个。”阿比说。他站在一块装在壁板上的控制面板前面。那上面有由发光二极管组成的复杂的显示系统，还有许多按钮。在凯利看来，它简直像个复杂的恒温器。

“这是干什么用的？”凯利问道。

“监控整个拖车，”阿比回答说，“你可以在这儿进行操控，控制所有系统、所有设备。你看，这是电视……”他按下一个按钮，一只监视器亮了，从上面可以看见埃迪正朝他们这边走来。

“嘿，这是什么？”阿比说道。这只显示器下方有个带安全罩的按钮，他打开安全罩，看见那按钮银光闪内，上面标着DEF三个字母。

“嘿，我敢肯定这就是他所说的‘熊见怕’防卫系统。”

没过一会儿，埃迪打开拖车的门说：“你最好别动那东西，不然电池很快就会耗完。走吧，你们刚才听见博士说什么了吧？你们该回家了。”

阿比和凯利交换了一下眼色。

“好吧，”凯利说，“我们这就走。”

他们十分勉强地离开了拖车。

他们穿过工棚，准备到索恩的办公室去跟他道别。“我希望他能让我们去。”阿比说道。

“我也是。”

“放假的时候我可不想待在家里，”他说道，“他们每天都要工作。”他指的是他的父母。

“我知道。”

凯利也不愿意回家。她真希望放春假期间去参加野外测试，因为这样就可以不待在家里，可以逃离那种不好的环境。她母亲白天在一家保险公司当录入员，晚上到丹尼斯餐厅当女招待。她母亲一天到晚忙着干活，而且新近结识的那个男人菲尔晚上经常到她们家来。姐姐埃米莉在家的时候还没什么，可是现在埃米莉要到社区大学去学护理专业，所以晚上只剩下她一个人在家。菲尔这个人有点鬼鬼祟祟的，可是她母亲喜欢菲尔，不愿意听见凯利说菲尔不好，她只是告诉凯利快快长大。

凯利走到索恩办公室的时候，心里仍然抱着一线希望，希望索恩会在最后一分钟大发慈悲。索恩背冲着他们，正在打电话。他们看见他的电脑屏幕上显示的是他们从莱文的住处拿来的那张卫星照片，索恩正在对它进行逐步放大处理。他们先敲了敲门，然后把它推开了一点。

“再见，索恩博士。”

“再见了，索恩博士。”

索恩转过身，把电话紧贴着耳朵。“再见，孩子们。”他说着还挥了挥手。

凯利犹豫了一下：“我说，我们能跟你谈一下……”

“不行。”索恩摇摇头。

“可是……”

“不行。凯利，我现在必须打这个电话，”他说道，“现在已经是非洲时间下午四点。过不了多久她就要睡觉了。”

“谁？”

“萨拉·哈丁。”

“萨拉·哈丁也来？”在门外不愿离去的凯利问道。

“我不知道。”索恩耸耸肩，“假日愉快，孩子们。一个星期以后见。谢谢你们的帮助。现在你们回家去吧。”他朝工棚那边看了看，“埃迪，孩子们要走了。把他们送出大门，然后把门锁上！再把那些文件给我拿来！收拾一下，准备跟我走！”接着他说话的语调有所改变：“是的。话务员，我还在等。”

他转过身去。

哈丁

夜视镜中看到的世界呈荧光绿色。萨拉·哈丁注视着非洲的大草原，可以看见前方高草后边布满岩石的小山丘。那些大石头上面出现了一些绿色的亮点。她心想，那也许是岩狸或者是一些小啮齿动物。

她站在吉普车上，身上穿了件长袖运动衫。她感到夜间的丝丝凉意，也感到夜视镜的分量。她听见了夜色中的狂叫声，慢慢转过头，想看看叫声是从哪儿发出的。

她知道，即使站在吉普车上，所处的位置比较高，也很难直接看到那些动物。她慢慢转向北面，看看草丛中有没有动静。她没看见什么动物。接着很快回过头，眼前的绿色世界随之迅速转动。现在她是面朝南。

她看见了。

那群野兽在向前猛跑，边跑边狂吼乱吠，似乎在准备发动攻击。整个草地都在瑟瑟乱动。她看见一只被她称之为F1的母鬣狗，F1的两只眼睛之间有道白色斑纹。它龇着牙，以鬣狗特有的侧步在奔跑。萨拉·哈丁看了看其他鬣狗，记录下它们的位置。

萨拉·哈丁在黑暗中转动夜视镜，朝鬣狗群的前方看去。她看见了它们的猎食对象——一群焦躁不安的非洲野牛正站在齐腹深的草里吼叫，并用蹄子在地上猛刨。

鬣狗的狂叫声有增无减，那声势把它们的猎物弄糊涂了。这些鬣狗在牛群中穿来穿去，想把它们的猎物分隔开来，主要是想把小牛犊和母牛隔开。非洲野牛看上去反应迟钝，显得很蠢，其实它是非洲最危险的大型哺乳动物之一。它体型庞大、强壮有力，头上有尖尖的犄角，性情极为暴躁。只要不是受伤或是生病，成年野牛是不可能败在鬣狗手下的。

鬣狗想捕食的是小牛犊。

坐在吉普车驾驶盘后面的助手梅肯纳问她："你还想再靠近一点吗？"

"不用了，这样就行。"

实际上，这个位置恰到好处。她们停吉普车的地方比较高，所以视野比较开阔。如果运气好，她就能把整个攻击模式全记录下来。她转动装在三脚架上、比她的头顶高出五英尺的摄像机，同时把解说词迅速录到磁带上。

"F1在南，F2和F5正从二十码处包抄上来。F3居中。F6向东作大幅度运动。没有看见F7。F8正向北迂回。F1径直冲过来进行骚扰。牛群在运动，在用蹄子刨地。F7出现了，冲过来了。F8从北面斜冲过来，冲出去了，又开始迂回。"

这是鬣狗的看家本领，打头阵的几只鬣狗在牛群中横冲直撞，其余的在四面实施包围，然后从侧面逼近。那些野牛弄不清攻击者的行踪。她听见惊慌之中的野牛在吼叫，牛群的密集队形阵脚已乱，队形中出现松动。它们在原地转来转去，紧张地到处看。哈丁没有看见小牛，因为它们被高草遮住了，但她可以听见它们的惨叫声。

鬣狗又冲上来了。野牛用蹄子在地上刨着，低下头摆出威胁的架势。鬣狗重新开始实施包围，狂咬狂叫，声音越来越急促。她看见那只代号F8的母鬣狗的上腭和下颌上已被血染红。但她没有看见实际的攻击。

野牛群稍向东移动之后，重新集结。有一头母兽站在牛群之外，不时向鬣狗发出阵阵怒吼。一定是它的小犊被鬣狗拖走了。

哈丁感到失望。这一切发展得如此之快——太快了——这只能说明鬣狗得手了，要么就是小牛受伤了。也许是非常小的牛犊，甚至刚出生不久；有几头母野牛的确正在产犊。她得把录像看一遍，以期把刚才发生的事重新加以组合。她想，研究夜间活动迅猛的动物，就要冒一定的危险。

毫无疑问，鬣狗抢走了一只小牛犊，现在它们全都集中到草地上的一个地方，又咬又跳。她看见F3，接着看见F5，只见它们的嘴上都是血淋淋的。这时，小鬣狗都蹿上来，嗷嗷叫着要接近猎物。成年鬣狗立即给它们让出地方，帮助它们把猎物吃到嘴。有时它们还从尸体上撕下一块肉，叼在嘴上，让小鬣狗吃。

萨拉·哈丁对它们的行为非常熟悉，近年来，她成了世界上率先研究鬣狗的专家。当她首次把所发现的情况公诸于世时，她的同行们表示不相信，甚至表现出气愤。他们以人身攻击的方式对她的研究结果提出疑问。她因为是女人而遭到攻击，因为长得漂亮而遭到攻击，因为“可能成为一个傲慢的女权主义者”而遭到攻击。她所在的那个大学提醒她别忘了她仍在任职期。同事们都摇头，但是哈丁依然一如既往。渐渐地，随着时间的推移，随着收集到的资料越来越多，她提出的有关鬣狗的观点也逐步被接受了。

看着它们争食的场面，她心想：鬣狗永远也不会成为讨人喜欢的动物。它们的形态丑陋无比：脑袋太大，身体成斜坡状；皮上的毛稀稀拉拉，还有杂色斑点；步态难看，叫声阴森恐怖，令人毛骨悚然。在钢筋水泥摩天大楼日益增多、逐渐城市化的世界上，野生动物被浪漫化，被分为崇高与卑鄙、英雄和恶棍的类型，在这个由传媒驱动的世界上，鬣狗由于其貌不扬、上不了镜头，所以不会是可爱的动物。长期以来，它们一直被列为非洲大平原上可笑的恶棍，被人们认为是不值得进行系统研究的东西。是哈丁率先开始对它们进行研究。

她的发现使人们对鬣狗另眼相看。它们是勇敢的猎手，是慈祥的父母。它们生活在一个非常复杂的群体结构之中——而且是母兽主宰制，它们那种鬼哭狼嚎般的叫声，实际上代表了一种非常复杂的交际形式。

她听见一声咆哮，从夜视镜中看见，一个狮群中打头的狮子正向这只死牛跑来。这是一只大母狮，越来越近。鬣狗冲着那只母狮大声吠叫，同时把小鬣狗带进草丛之中。没过多久，狮群就到了，它们停下来坐享鬣狗杀死的猎物。

现在狮子来了，她心想。这才是真正令人讨厌的动物。它们虽然号称百兽之王，实际上却非常卑鄙。而且……

这时她的电话铃响起来。

“梅肯纳！”她喊道。

电话铃又响了一下。现在有谁会给她打电话？

她皱了皱眉头，从夜视镜中，她看见那些母狮都抬起头来，一个个脑袋在夜色中转动。

梅肯纳伸手到仪表板下面去摸那部电话。电话又响了三声之后，他才摸到。

她听见梅肯纳说："你好，先生。是的，哈丁博士在这儿。"他把电话举起来递给她，"是索恩博士。"

她很不情愿地摘下夜视镜，然后接过电话。她很了解索恩，她的吉普车里大部分设备都是他设计的。"博士，你一定有很重要的事吧？"

"是的，"索恩说，"是为理查德的事。"

"他怎么啦？"她听出他的焦急情绪，但不明白其中的原委。近来莱文一直使她感到难以对付，他几乎每天都从加利福尼亚给她来电话，向她了解在野外跟动物打交道的经验。他提了许多关于隐蔽观察点、埋伏地点、数据报告、记录等方面的问题，简直没完没了……

"他是不是跟你谈过他想研究什么？"索恩问道。

"没有哇，"她答道，"怎么啦？"

"什么也没说过？"

"没有，"哈丁说道，"他这个人神秘兮兮的。但是我想，他大概是找到了一个动物群，可以用它来说明生物系统方面的一些问题。你知道他这个人是非常痴迷的。到底怎么啦？"

"这么说吧，萨拉，他失踪了。马尔科姆和我都认为他遇到了麻烦。我们发现他此刻被困在哥斯达黎加的一个岛上。我们现在就准备去找他。"

"现在？"她说道。

"今天晚上就走，几个小时之后我们就飞往圣何塞。伊恩和我一起去。我们想让你也一起去。”

“博士，”她说道，“即使明天早上我从塞罗尼拉飞往内罗毕，也要几乎一天的时间才能赶到。这还要看是不是顺利。我是说……”

“你自己决定，”索恩打断她的话，“我把具体情况告诉你，然后你自己看着办。”

他把详细情况向她作了说明，她记录在了拴在手腕上的一个小本子上。接着，索恩就把电话挂断了。

哈丁站在那儿，凝神看着这非洲之夜。她感到阵阵凉风吹拂着她的脸，听见黑暗中狮子争食那只死牛的吼叫声。她的工作场所在这儿。她的生命和这儿紧密相连。

“哈丁博士，”梅肯纳问道，“我们怎么办？”

“回去，”她说道，“我要去收拾行李。”

“你要走？”

“是的，”她道，“我要走。”

信息

索恩驱车直奔机场，旧金山的万家灯火在他的身后逐渐消失。坐在他旁边座位上的马尔科姆回过头，看了看跟在他们后面行驶的探险者。“这一切埃迪都知道吗？”他问道。

“是的，”索恩说，“但我不知道他是不是真相信。”

“孩子们不知道吧？”

“不知道。”索恩答道。

索恩听见寻呼机的嘀嘀声。他掏出一只小巧的黑色信使牌寻呼机，机上有一只灯在闪烁。他拨了一下显示键，把它递给马尔科姆说：“念给我听听。”

“是阿比打来的，”马尔科姆说道，“说‘旅途愉快，如果用得着我们，就来电话。如果需要我们的帮助，我们会随时效劳’。他还把他的电话号码给了我们。”

索恩笑起来：“这些孩子真叫人喜欢。他们是从来不会认输的。”接着他好像有什么心思似的，皱起了眉头，“这个信息是什么时间发的？”

“四分钟之前，”马尔科姆说道，“是通过寻呼网络打来的。”

“好的，查一查。”

他们向右一拐，径直朝机场驶去。他们看见了远处的灯光。

马尔科姆神情忧郁地看着前方说道：“我们走得这么匆忙不太明智。这样做有点不大妥当。”

索恩说道：“应该没什么问题。只要我们不把岛弄错就行了。”

“岛是没有弄错。”马尔科姆说道。

“你怎么知道？”

“有个最重要的线索，我刚才当着孩子们的面没说。几天之前，莱文看见了那种动物的一具尸体。”

“哦？”

“是的，他抓住一个机会，在官方派出的人把它烧毁之前到实地去看了。他发现那个动物是上了标牌的。他把那个标牌取下给我送来了。”

“标牌？你是说就像……”

“是的，就像生物样品上的那种。那块标牌很旧了，上面被硫酸之类的东西腐蚀得坑坑洼洼的。”

“肯定是火山的原因。”索恩说道。

“一点没错。”

“你说是个旧的？”

“有好几年了，”马尔科姆说道，“但是最有趣的发现，还是关于这只动物的死亡原因。莱文的结论是，它还活着的时候就受了伤——腿上有一道很深的口子，一直伤到骨头。”

索恩说道：“你是说，它是被另外一只恐龙弄伤的？”

“是的。”

他俩有一阵儿没说话。

“除了我们，还有谁知道这个岛？”

“我不知道，”马尔科姆回答说，“可是有人想发现这个秘密。今天就有人闯进了我的办公室，还拍了照。”

“太妙了，”索恩叹了口气，“不过，当时你也不知道这个岛在什么地方，是不是？”

“当时还真不知道。当时我还没有悟出个道道来。”

“你觉得是不是有其他人也悟出点什么了？”

“不太可能，”马尔科姆说道，“没有别人和我们在一起嘛。”

利用

路易斯·道奇森推开标有“动物区”字样的那扇门，顿时所有的狗全都叫起来。他沿着过道向前走，只见过道两旁一排排的笼子摆放得有十英尺高。这是一个很大的建筑。加利福尼亚州丘帕蒂诺生物合成公司需要有这么大的一个动物实验设施。

与道奇森并肩而行的公司总裁罗西特脸色阴沉，他用手在自己那套意大利西服的翻领上掸了掸。“我讨厌这个鬼地方，”他说道，“你为什么带我到这个地方来？”

“因为，”道奇森说道，“我们需要探讨探讨未来。”

“这地方臭气熏天。”罗西特看了看表，“说吧，路易斯。”

“我们可以到那儿谈。”道奇森把他带进一个四面有玻璃的小隔间里。这个处于中心位置的小隔间是供监管人员使用的，由于玻璃的阻隔，狗叫的声音小多了。他们隔着玻璃仍然可以看见那一排排笼子里的狗。

“事情很简单，”道奇森说着开始踱起步来，“可是我觉得很重要。”

路易斯·道奇森今年四十五岁，一副和善的面孔，已经开始谢顶。他看上去朝气勃勃、举止文雅，但是人不可以貌相——这个长着娃娃脸的道奇森是他这一代遗传学家中最冷酷无情、最咄咄逼人的。他的一生中干过不少有争议的事情：他曾经在霍普金斯大学读研究生，但由于未经食品及药品管理局许可，擅自筹备人类基因疗法而被开除。后来他到生物合成公司供职，到智利进行了一次引起很多人反感的狂犬病疫苗实验——那些目不识丁的农民成了他的实验对象，可是他根本没有把真实情况告诉他们。

每到一处，道奇森都说自己是科学家，有急事，所以不能因为那些无名之辈制定的清规戒律而耽搁时间。他自称“一切都是为了达到目的”，这实际上等于是说为了达到目的，他可以不择手段。他还是一个不知疲倦的自我推销者。在公司里，道奇森以研究学者的面目出现，然而他却并不具备进行有任何独到见解的研究工作的能力，而且从来也没有进行过什么研究。他的聪明才智基本上都用在了邪门歪道上。他想到的东西，没有一样不是已经有人先想到过的。他非常善于“开发”研究，也就是说，窃取别人的初期研究成果。在这一方面他肆无忌惮，别人也望尘莫及。多年来，他在生物合成公司是逆序工程部的负责人。从理论上来说，这个部门是研究竞争对手的产品，弄清它们是如何制造的，可实际上，“逆序工程”从事了大量窃取工业情报的活动。

罗西特不仅对道奇森不抱多大希望，而且对他也没有多少好感，总想尽量躲着他。道奇森总是想找机会冒险，企图走捷径，他的所作所为使罗西特感到不安。但是罗西特也知道，现代生物技术方面的竞争异常激烈。为了保持自身的竞争能力，任何一家公司都需要有像道奇森这样的人，道奇森干这种事堪称行家里手。

“我还是开门见山吧，”道奇森转身对罗西特说，“我认为，如果我们行动迅速，就有机会获取遗传技术公司的技术。”

罗西特叹了口气：“又来了……”

“我知道，杰夫，我知道你的心情。我承认，在这件事上有过一段历史。”

“历史？只有一个历史。那就是你失败的历史——一而再、再而三地失败。我们试过，前门后门都走过。见鬼，在遗传公司到了符合第十一章的规定准备破产时，我们曾动过脑筋，想把它买下来，因为你跟我们说有这种可能。可是后来实际根本不是那回事，日本人不愿意卖。”

“我明白，杰夫。可是我们不能忘记……”

“我不能忘记的是，”罗西特说道，“我们支付了七十五万美元给你的朋友赖德里，可是就像用肉包子打了狗。”

“可是杰夫……”

“后来我们又支付了五十万给那个叫代伊智的中介人，那笔钱也如石沉大海。我们试图获取遗传公司技术的努力全他妈的泡了汤，这是我所不能忘记的。”

“问题是，”道奇森说道，“我们作出这样一而再、再而三的努力，不是没有理由的。这项技术对于公司的前途至关重要。”

“说得好听。”

“世界在变化，杰夫。我说的是解决本公司在二十一世纪将面临的主要问题。”

“什么问题？”

道奇森指着窗外那些汪汪叫的狗："动物实验问题。我们还是面对现实吧，杰夫。我们这些年来受到的压力越来越大，说不能用动物进行实验或研究。这些年来，因这个问题而举行游行示威、静坐示威的人越来越多，我们在报上的形象也越来越坏。开始的时候还只是那些头脑简单、容易跟风的人和好莱坞的知名人物。现在简直成了一场声势浩大的运动，连大学哲学教授也指出，用猴子、狗，甚至老鼠来进行有失尊严的实验研究是没有伦理道德的。有些人甚至对我们'利用'乌贼的问题也提出了抗议，虽然这些东西在全世界的餐桌上比比皆是。我跟你说吧，这种趋势是没有尽头的。最后恐怕连我们利用细菌来生产遗传工程产品，也会遭到有些人的反对。"

"哦，真是危言耸听。"

"走着瞧吧，早晚的事。它将迫使我们关门，除非我们真的有一个人造动物。想想看吧——一种已经绝迹的动物，可是又被复活了。从任何意义上来说，它都不是一个动物。它不能有任何权利。由于它早已绝迹，所以如果它还存在，那就只能是由**我们造出来的**。是我们把它造出来的，我们要申请专利，我们拥有它。它是一个完美无缺的实验台架。我们认为，恐龙体内的酶和激素跟哺乳动物系统内的一样。将来，药物实验可以成功地在小恐龙身上进行，就像我们现在在狗和鼠身上做的实验一样——这样做不必冒多大的法律方面的风险。"

罗西特摇摇头："那是你的看法。"

"我知道。可是，杰夫，它们从根本上来说只是一种大蜥蜴而已。谁也不喜欢蜥蜴。它们跟那些有灵气的、会舔你的手、会使你伤感的狗不一样。蜥蜴没有人格。它们只是长了腿的蛇而已。”

罗西特又叹了口气。

“杰夫，我们现在所谈的是真正的自由。因为，现在所有跟活生生的动物有关的事情都与法律和道德密切相关。猎取大型动物的猎人不能打狮子或大象——这种动物，他们的祖父和父亲当年都打过，而且还站在旁边拍照留念。现在要想猎取它们，就得先填一大堆表格，申领许可证，缴纳许多费用——还有很沉重的负罪感。如今你不敢轻举妄动去打老虎，而且打了也不敢承认。在现在这个世界上，开枪打死一只老虎比开枪打死亲生父母的罪过还要严重。有人在替老虎吹喇叭抬轿子。试想一下：一个专门放养一些动物的狩猎区，也许在亚洲某个地方，有钱有势的阔佬们可以在自然环境中去猎霸王龙和三角龙。这将成为一个理想得令人难以置信的狩猎胜地。有多少猎人在墙上挂着麋鹿头的填塞标本？世界上多得很。可是有多少人能吹嘘说，他们的小酒吧上方挂着一只脾气乖戾的霸王龙的头呢？”

“你一点也不正经。”

“我是想借此说明一些问题，杰夫。这些动物是完全可以利用的，我们可以对它们为所欲为。”

罗西特从桌子边站起身，把手放在口袋里。他先是叹息，而后抬头看着道奇森问：“这些动物现在还存在？”

道奇森慢慢点点头。

“你知道它们在什么地方？”

道奇森又点点头。

“好，”罗西特说道，“那就干吧。”

他转身朝门口走去，接着停住脚步，回头看了看。“不过，路易斯，”他说道，“我要打开天窗说亮话，事情就这样定了。这可绝对是最后一次了。如果你这一次不能把这些动物弄到手。下次你就免开尊口。最后一次。明白了吗？”

“别担心，”道奇森说道，“这一次我将万无一失。”

第三章

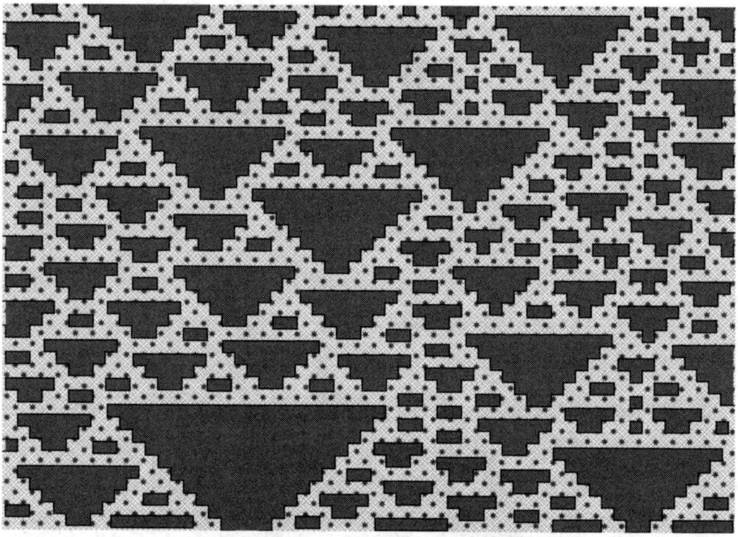

在中级阶段，系统内部快速增长的复体掩盖着即将出现的混沌。混沌的危险是存在的。

——伊恩·马尔科姆

哥斯达黎加

哥斯达黎加的科尔特斯港正下着倾盆大雨，雨点像鼓点似的打在机场旁边那个小金属棚的屋顶上。索恩浑身上下湿淋淋地站在那儿等着。一名穿着一套不合身制服的哥斯达黎加官员一遍又一遍地仔细查验他的入境文件，这个名叫罗德里格兹的二十来岁的小青年生怕出现什么差错。

索恩看着柔和晨曦中的跑道，看见那些集装箱正被装上两架大型休伊式直升机。埃迪·卡尔和马尔科姆两人站在雨中。埃迪正在大声指挥进行加固作业的工人。

罗德里格兹把文件从头到尾翻了一遍："索恩先生，根据这些文件，你是要去索纳岛……"

"对。"

"你的集装箱里只有车辆？"

"是的。科研用的车辆。"

"索纳岛是个荒凉的地方。那儿没有汽油，没有其他供应，恐怕连路都没……"

"你去过那儿？"

“我？没去过。我们这儿的人对那个地方毫无兴趣。那是个荒岛，只有岩石和丛林，连个船舶靠岸的地方都没有，除非天气条件非常好。像今天这样，人们就没法上去。”

“我明白。”索恩说道。

“我只是希望你们对于在那儿可能遇到的困难，有充分的准备。”罗德里格兹说道。

“我想我们是有准备的。”

“你们带足了汽油没有？”

索恩叹了口气。何必解释呢？“是的，带足了。”

“你们只有三个人。马尔科姆博士，你和你的助手卡尔先生？”

“是的。”

“你们只待不到一个星期？”

“是的。如果一切顺利，我们明天就能离开那个岛，那样两天就行了。”

罗德里格兹把文件又从头到尾翻看了一遍，好像要找什么隐藏的线索：“呃……”

“有什么问题吗？”索恩问道，接着看了看表。

“没有问题，先生。你是得到生物保护部部长的批准。他们有命令……”罗德里格兹犹豫了一下，“批准你们去，是破例了。”

“这是怎么回事呢？”

“详细情况我不了解。几年前在其中一个岛上出过事，从那以后，生物保护部决定，所有太平洋上的岛屿都不对旅游者开放了。”

“我们不是去旅游的。”索恩说道。

“我知道，索恩先生。”

他又把那些文件翻来覆去看了一遍。

索恩只好等着。

跑道上，集装箱已经加固完毕，正从地上被起吊起来。

“好了，索恩先生，”罗德里格兹终于在文件上盖上章，“祝你们好运！”

“谢谢你。”索恩说着把文件塞进口袋，一头钻进雨里，朝跑道方向跑去。

在离海岸三英里的地方，两架休伊式直升机穿过云层，进入清晨的阳光之中。坐在领队飞机驾驶舱里的索恩可以清楚地看见下面的海岸线。他看见在波涛起伏的蔚蓝色大海上，有五个离海岸距离各不相同的海岛——坚硬的岩石依稀可见。这些海岛相互间隔也都有数英里之遥，显然是古代火山链爆发而形成的。

索恩按下通话键：“哪个是索纳岛？”

驾驶员指着前方说：“我们把它们叫作五个死岛：米尔特岛、马坦塞罗斯岛、佩纳岛、塔卡诺岛和索纳岛。最北面那个大岛就是索纳岛。”

“你上去过吗？”

“从来没有，先生。但是我相信那儿有个降落场地。”

“你是怎么知道的？”

“几年前，有飞机往那儿飞过。我听说美国人有时候会飞到那儿去。”

“不是德国人？”

“不是，不是。自从……我也说不清楚是什么时候，就没有德国人上去了。世界大战。去的都是美国人。”

“是什么时候的事？”

“我也说不清楚。也许十来年之前吧。”

直升机转而向北，从离它最近的那个岛的上方飞过。索恩看到那个由火山形成的起伏不平的小岛上有茂密的丛林。岛上没有生命的迹象，荒无人烟。

“对当地人来说，这些岛并不是什么好的去处，”驾驶员说道，“他们说，在这儿没有什么好东西。”他说着笑了笑，“可是他们不了解情况，他们是相当迷信的印第安人。”

现在他们又飞至水面上方了，索纳岛就在前面。显而易见，它是个火山口：光秃秃的石壁，灰里透红。一个因风化而呈锥体状的岛屿。

“船在哪儿停靠？”

驾驶员指着海浪冲刷拍击悬崖峭壁的地方。“在这个岛的东边。有许多海浪冲刷形成的洞穴。当地有些人把它称作‘杰米多’岛，意思是‘呻吟岛’。那些呻吟声是洞穴里的海浪拍击声。有些洞穴一直通到岛的中间。在特定的时间，可以乘条小船钻进去，但像今天这样的天气就不行了。”

索恩想到了萨拉·哈丁。她要是来，今天晚些时候就能赶到。“我有个同事可能今天下午到，”他说道，“你能把她带过来吗？”

“很遗憾，”驾驶员说道，“我们在胡安湾还有任务，今天夜里才能回来。”

“她怎么才能上岛呢？”

驾驶员斜着眼睛看了看海面:“也许她可以乘船来。海面的情况一个时辰一个样。也许她运气好。”

“你们明天来接我们?”

“是的，索恩先生。我们明天一早就来。早上时间最理想，是因为风的原因。”

直升机从西面接近，向上拉起数百英尺，从峭壁上方飞过，进入“杰米多”岛上空。这个岛的样子看上去跟其他几个岛差不多，火山爆发形成的山脊和山谷，上面是茂密的丛林。虽然从空中看特别美，但是索恩知道，要想在岛上运动谈何容易。他朝下看去，想看看有没有道路。

直升机降低高度，在岛的中心地区上空盘旋。索恩没有看见任何房屋和道路。飞机向丛林方向下降高度。驾驶员说:“由于峭壁的关系，这儿的风很讨厌。经常刮来阵阵大风，还有向上刮的风。岛上只有一个地方可以安全降落。”他朝窗外看了看说，“喏，在那儿。”

索恩看见一块林中开阔地，上面的草很深。

“我们就在那儿降落。”驾驶员说道。

索纳岛

埃迪·卡尔站在那块开阔地上的一片高草之中，转过脸背对着那两架直升机。它们飞离地面，扬起阵阵沙尘，很快就成了两个小黑点，隆隆声也渐渐远去。

埃迪甩手遮住眼睛上方朝天上望去。“它们什么时候回来？”他的语气中充满了忧伤，

“明天早上，”索恩说道，“那时候我们已经找到莱文了。”

“至少吧，但愿能找到。”马尔科姆说道。

这时，直升机已消失在环形小山的后面。卡尔、索恩和马尔科姆一起站在这块开阔地上。他们已经感受到了早晨的热气，也感受到岛上死一般的寂静。

“这儿还真有点儿吓人。”埃迪说着，把头上的棒球帽帽檐朝下拉了拉。

埃迪·卡尔是在戴利城长大的，今年二十四岁。他一头黑发，身体非常结实，看上去膀大腰圆，肌肉发达，可是那双手却很娇嫩，手指又细又长。埃迪在摆弄机械方面很有些才能——索

恩称之为天才。他什么都能造，什么都会修。一种机械的工作原理，他只要看一看就明白了。他从社区学院一毕业，就到索恩这儿来工作，至今已经有三年了。他原本只把它当成一项临时性的工作，想挣点钱再去上学，准备拿个学位。索恩现在已经离不了他，而埃迪也打消了再去读书的念头。

此时此刻，他环顾着眼前这一片开阔的空地，做梦也没想到会到这种地方来。他是城市里长大的，习惯于城市生活中的一切，如汽车喇叭声、交通拥挤状态。这个荒岛上的寂静使他忐忑不安。

“好了，”索恩把手搭在他的肩上说，“准备干活吧。”

他们朝直升机上卸下并且放在几码开外的深草丛中的集装箱走去。

“我能帮上忙吗？”站在几码开外的马尔科姆问道。

“不用，如果你不介意，”埃迪说道，“这些箱子最好我们自己来拆。”

他们花了半个小时才把后盖板上的螺丝拧下，然后把盖板放到地上。他们钻进集装箱里，用了几分钟，就把固定车子的东西松开了。埃迪坐到探险者的驾驶盘后面，转动点火器上的钥匙。除了真空泵启动时的呼呼声，几乎听不见其他声音。

“充电情况怎么样？”索恩问道。

“满的。”

“电池没问题？”

“是啊，看来没有。”

埃迪放心了。把这些车改成电力驱动是由他负责的，但是当时很匆忙，装好后又没有进行彻底的检测。虽然与十九世纪以老古董内燃机为发动机的车辆相比，电动车辆在技术上没那么复杂，但他知道，把未经检测试车的设备拿到实地使用是一种冒险行为。

尤其是当这台设备运用了最新技术的时候。这一点他虽然嘴上没说，心里却七上八下。他和机械方面的其他许多能人一样，内心深处是保守的。他喜欢看机械的运转，无论是什么机械——在他看来，这意味着正确运用了经过证明已经被确立了的技术。遗憾的是，这一次，他的意见被否决了。

埃迪所担心的有两样东西。一个是装在车顶和发动机盖上的、由一排排八角形硅芯片组成的黑色光能电池板。这种电池板与原先那种老式电池板相比，不仅效率高，而且不容易损坏。在安装的时候，埃迪还使用了由他自己设计的特别防震装置。但是一个不容忽视的事实是，一旦这些电池板损坏，就再也无法给车辆提供动力或给电子设备提供电源，他们的所有系统都将瘫痪。

他担心的另一个东西是电池。索恩选用的是日产汽车公司的新产品锂电池。它的效率特别高，重量越大的效率越高。但是它仍处于“实验阶段”。在埃迪看来，这种说法不过是“性能不可靠”的代名词。

埃迪竭力主张要有备用电源。他主张要带一台小型汽油发电机，以防万一。他还在其他许多方面提出了不同意见，可是都被否决了。在这种情况下，他做了唯一一件能做的有理智的事：多装了几块电池板，但是他没有告诉任何人。

他想，他这么做索恩肯定知道，不过索恩只字未提。埃迪也没有说。现在他们到了这个莫名其妙的岛上，他庆幸自己这么干了，因为实际上总是天有不测风云嘛。

索恩在旁边看着埃迪把探险者从集装箱里倒着开进深深的草里。埃迪把车停放在开阔地中央，因为那儿的太阳光可以直接晒在电池板上，使它们为电池充电。

索恩坐到第一辆拖车的驾驶盘后，把车倒退出来。开一辆几乎没有声音的车子有一种奇妙的感觉。最大的响声是轮胎在集装箱金属底板上的摩擦声。一旦到了草地上，就几乎听不到任何声音了。索恩从车里钻出来，然后把两辆拖车用折叠式通道连接在一起。

最后，他转身面对那辆摩托车。摩托车也是电动的，他把它推到探险者的后部，放进网篮，再把电源线与驱动拖车的电源系统连接起来，开始充电。接着他就退了出来。“行了。”

埃迪站在这片热烘烘、静悄悄的开阔地上，朝岛的边沿望去：它的边沿就是远处那道由火山爆发形成的、环绕并高出浓密丛林的山岩。光秃秃的岩石在早晨炽热的阳光下微微发亮。那陡峭的悬崖绝壁令人望而生畏，他有一种身临绝境、插翅难逃的感觉。“人们为什么要到这种地方来呢？”

马尔科姆拄着手杖笑着说：“为了摆脱尘世间的烦恼。难道你不想摆脱一下尘世间的烦恼？”

“只要还能对付，我就不会那么干，”埃迪说道，“我这个人总喜欢待在离比萨饼屋不远的地方。你明白我的意思吧？”

“现在你离得太远了。”

索恩回到拖车后面取出两支沉甸甸的步枪。每支枪的枪筒下面都挂着两个弹夹，他把一支枪递给埃迪，另一支拿给马尔科姆看。“见过这玩意儿吗？”

“在书上见过，”马尔科姆说道，“是瑞士造的？”

“是的。林德斯特拉特式气枪。是世界上最贵的步枪。它构造简单，威力大，准确性好，可靠性强，发射的是亚音速弗卢吉尔式冲压推进飞镖弹，里面用什么化学药物都行。”索恩咔嚓一声打开弹夹，露出一排盛着草黄色液体的塑料小瓶，每个飞镖弹前端都有一根三英寸长的针头，“我们装的是浓缩的南海锥螺的毒液。这是世界上毒性最大的神经毒素，能在两千分之一秒的时间内发挥作用。这比神经传导的速度还快。动物还没有来得及感到镖针的刺痛就倒下了。”

“致命的？”

索恩点点头：“到这个岛上来可不是闹着玩儿的。记住，不要用这个东西打你的脚，否则你还没有意识到自己扣动扳机，就已经一命呜呼了。”

马尔科姆点点头：“有解药吗？”

“没有。有又有什么用？即使有，也来不及用。”

“这就使事情变简单了。”马尔科姆说着拿起枪。

“我认为应当让你们知道。”索恩说道，“埃迪，我们走吧。”

溪流

埃迪爬上探险者，索恩和马尔科姆进入拖车。没过多大一会儿，对讲机就响起来。埃迪的声音说：“博士，你在调用数据库？”

“正在调。”索恩回答说。

他把光盘放进仪表板上的插口里，一个小显示屏上出现了那个岛的图像，但大部分都被云层覆盖着。

“这有什么用？”马尔科姆说道。

“先别着急嘛，”索恩说道，“这是个系统，它将对数据进行处理。”

“什么地方来的数据？”

“雷达。”

很快，一幅卫星雷达图像就覆盖了原先那幅图。

雷达波是可以穿透云层的。索恩按下一个键，电脑对图像边缘部分进行跟踪，增加了不少细节，突出了道路系统那隐隐约约的网状结构。

“真灵啊。”马尔科姆说道，但索恩觉得马尔科姆似乎显得紧张。

“我这儿也有了。”埃迪在内部通话系统上说。

“他也可以看见跟这个一样的东西？”

“是的，从他面前的仪表板上。”

“但是我还没有全球定位系统，”埃迪焦虑的声音，“它是不是工作正常？”

“你们这些家伙，”索恩说道，“急什么嘛。它正在读光盘。中继站已经出现。”

拖车顶上有个锥形全球定位传感器，它能从头顶上方几千英里之外的轨道上运行的导航卫星上，接收无线电数据，然后确定这些车辆的位置，误差不超过几码。很快，在那个岛的图上出现了一个红叉。

“好了，”埃迪在对讲机中说道，“我看见了。看来从开阔地向北有条路。我们是往那儿去吗？”

“我想是的。”索恩说道。

从这张地图上看，这条路在岛上弯弯曲曲有好几英里长，最后到达一个几条路交会的地方。那儿似乎有房屋建筑的迹象，但还不能肯定。

“好了，博士。我们走吧。”

埃迪把车从他身边开过去，在前面开路。索恩把脚踩在加速器上，拖车嗡嗡地开动起来，跟在探险者的后面向前开。坐在他身边的马尔科姆一声不吭，只顾摆弄放在大腿上的那台笔记本电脑，一次也没有向外张望。

那片开阔地很快就被他们甩到了后边，现在他们已经进入密密的丛林。索恩前面那块面板上的指示灯亮起来，说明车子已自动转换到由电池供电，因为现在没有足够的阳光透过密林，电池板已无法供电。他们继续驱车向前。

“你的情况怎么样，博士？”埃迪问道，“还在继续充电吗？”

“是的，埃迪。”

“他好像很紧张。”马尔科姆说道。

“只是为设备担心。”

“见鬼，”埃迪说道，“是为我自己担心。”

虽然这条路上植物丛生，路况很差，他们在上面行驶还算比较顺利。大约过了十分钟时间，他们来到一条两岸有淤泥的小溪旁边。探险者刚准备开过去，却又停了下来。埃迪走到车外，从水中的石头上走过去，然后又走回来。

“怎么啦？”

“我看见一样东西，博士。”

索恩和马尔科姆从拖车上下来，站在小溪的岸边。他们听见远处传来像鸟叫一样的声音。

马尔科姆抬起头来，皱起眉头。

“是鸟？”

马尔科姆摇摇头：“不是。”

埃迪弯下腰，从淤泥中拽出一段布条，是墨绿色的戈尔特斯面料，有一条边上缝着一段皮料。“是我们做的探险包上的面料。”他说道。

“是我们替莱文做的那只包吗？”

“是的，博士。”

“你在包里放传感器了没有？”索恩问道。他们通常都在包里缝进一个定位传感器。

“放了。”

“拿来给我看看。”马尔科姆说道。他接过布条，对着亮光，若有所思地用手指摸着那只包的边。

索恩取下夹在自己皮带上的小接收器，它看上去像一只大号寻呼机。他仔细看着上面的液晶显示屏。“我收不到任何信号……”

埃迪十分注意地看着岸边的淤泥，再度弯下腰。“这儿还有一段布条……又是一段。看来那只包已经被撕得粉碎了，博士。”

他们又听见一声鸟叫似的声音，隐隐约约，非常怪异。马尔科姆朝远处望去，想看看声音是从哪儿传来的。这时他听见埃迪说：“哦嗬，我们有同伴了。”

在离拖车不远的地方，有五六只颜色鲜绿、酷似蜥蜴的动物。它们有如小鸡一般大小，欢快地吱吱啾啾叫着。它们用两条腿直立着，靠一条伸出来的大尾巴保持身体平衡。它们行走时就像鸡一样，脑袋不住地上下点着，而且像鸟一样发出独特的吱吱啾啾声，但它们的外形却像拖着长尾巴的蜥蜴。它们显得很好奇，但也很警惕，歪着小脑袋看着他们。

“这是在干什么？”埃迪问道，“是蝶螈聚会吗？”

那些绿色的蜥蜴站在那儿看着他们。从拖车下面和附近的植物丛中又钻出来几只。很快就有了十来只，全都看着他们，而且发出吱吱声。

“始秀颚龙，”马尔科姆说道，“它的学名叫三叠纪始秀颚龙。”

“你是说这些动物是……”

“是啊，它们是恐龙。”

埃迪皱起眉头，仔细地看着它们。“我没想到它们竟然这么小。”他说道。

“大多数恐龙都不大，”马尔科姆说道，“人们总以为它们很大，其实一般恐龙只有羊或者矮种马那么大。”

“这些看起来只有鸡那么大。”埃迪说道。

“是的，非常像鸡。”

“有危险吗？”索恩问道。

“没有，”马尔科姆回答说，“它们像豺一样，是一种小食尸动物，吃的是死掉的动物。不过我可不想靠近它们，它们咬你一口还是带微毒的。”

“我是不会靠近的，”埃迪说，“我看见它们身上就起鸡皮疙瘩。看上去它们倒是不害怕。”

马尔科姆也注意到了：“我想这是因为这个岛上从来就没有来过人，所以它们没有必要害怕人。”

“唔，我们来让它们怕一怕。”埃迪说着拣起一块石头。

“嘿！”马尔科姆说道，“别这样！这样做并不……”

可是埃迪的石头已经扔了出去。那块石头落在离一群始秀颚龙不远的地方，那几个小家伙一溜烟地跑掉了，可是其他的都没有动。有几个还上蹿下跳了几下，像是被惹恼了似的。它们都留在原地，啾啾地叫着，同时还把小脑袋歪过来。

“不可思议，”埃迪说着，用鼻子嗅了嗅，“你们闻到那股气味没有？”

“是的，”马尔科姆说道，“它们身上有股臭气。”

“腐臭气，对，就是那种气味，”埃迪说道，“它们身上是有一股腐臭气，就像死尸一样。我觉得很怪，一般动物害怕的时候可不是这样的。假如它们带恐水症狂犬病毒怎么办？”

“它们不带。”马尔科姆说道。

“你怎么知道？”

“因为只有哺乳动物才得恐水症。”不过虽然他嘴里这么说，心里也在犯嘀咕，怀疑自己这种说法对不对。胎生的动物才生狂犬病。这些始秀颚龙是胎生的吗？他不得而知。

这时，他们的上方传来一阵窸窸窣窣的声音。马尔科姆抬起头，看着那些树木遮天蔽日的树冠。他听见在树的高处那些枝叶中有响动，肯定是一些他还没有看见的小动物在树枝之间跳动。他听见了吱吱的叫声，那显然是动物的叫声。

“那上面的不是鸟，”索恩说道，“是猴子吗？”

“有可能，”马尔科姆说道，“不过我看不像。”

埃迪有点瑟瑟发抖：“我说我们赶快离开这儿吧。”

他回到小溪边，一头钻进探险者。马尔科姆和索恩小心翼翼地走到拖车门口。始秀颚龙没有走，只是闪开一条道。它们围在四周，激动得吱吱呀呀直叫。马尔科姆和索恩走进车里，关车门的时候特别注意，以免碰着那些小东西。

索恩坐到驾驶盘后面，启动马达。他们看见埃迪的车正越过小溪，朝斜坡的另一面开去。

“那个，呃，始秀什么的，”对讲机上传来埃迪的声音，“它们是真的，对吧？”

“哦，是的，”马尔科姆轻声说道，“当然是真的了。”

道路

索恩颇觉不安。他开始理解埃迪此刻的心情。他建造了这些车辆，但他有一种难以言状的孤独感，因为他意识到，这是在一个遥远的地方使用未经检测的设备。在此后的十五分钟里，车子在昏暗的密林中沿一条陡坡向上爬行。拖车里变得很暖，暖得有点不舒服。在他身后坐着的马尔科姆说："空调呢？"

"我可不想把电池耗尽。"

"我把车窗打开行吗？"

"你觉得行就行。"索恩说道。

马尔科姆耸耸肩："为什么不呢？"他按下一个按键，车窗玻璃自动向下，一股热气涌进车里。他回头看了看索恩："紧张了吧，博士？"

"是的，"索恩说道，"我他妈的紧张死了。"即使车窗打开了，他也感到汗水顺着前胸往下淌。

对讲机上传来埃迪的声音："我跟你说吧，博士，我们应当事先检测一下，应当照章办事。如果你对自己的车辆会不会出故障都没有把握，就不要到一个有毒鸡的地方来。"

“汽车没有问题，”索恩说，“你那儿读数怎么样？”

“高正常值，”埃迪说道，“好得很。当然我们这才走了五英里。现在是上午九点，博士。”

由于地势比刚才陡，所以那条道路顺着山势向右拐，接着又向左一弯。索恩开的是大拖车，注意力非常集中，而且集中注意力也是一种解脱。

他们前面的探险者已拐向左边，到了路的更高处。

“我没看见更多的动物嘛。”埃迪说道，似乎松了一口气。

车子拐过弯，开上了山脊，前方的道路平坦了一些。根据全球定位系统显示，他们此刻正向西北方向行驶，驶向这个岛的腹地。但他们仍然处于丛林的包围之中，四周浓密的植被像一堵堵的墙，使他们无法看得很远。

他们来到一个Y形路口。埃迪把车子开到路边停下。

索恩看见Y形的交叉处有一块褪了色的木制路牌，两边各有一个箭头。左边写的是“去沼泽”，右边写的是“去B场地”。

“伙计们，怎么走？”埃迪问道。

“去B场地。”马尔科姆说道。

“遵命。”

埃迪把探险者开上右边的岔路，索恩跟在他的后面。从道路右侧地面上冒出的含硫化物的黄色蒸汽，把附近植物的叶子全都熏白了。那蒸汽有一股十分刺鼻的浓烈气味。

“火山岛，”索恩对马尔科姆说，“跟你的预料一样。”车子开过去的时候，他们看见地上有个冒着泡泡的水塘，塘边上结了一圈黄色硬皮。

“是啊，”埃迪说道，“还是个活动的。实际上，我认为——哦，见鬼！”

埃迪那辆车的刹车尾灯突然一亮，车也随即停了下来。

为了不与埃迪那辆车发生追尾，索恩只好改变方向，结果拖车擦到了路边的丛林蕨类植物。他把车并排停在探险者旁边，看着埃迪：“埃迪呀，你他妈的能不能……”

埃迪根本没有听见他在说什么。

他目不转睛地注视着前面，嘴张得老大。

索恩转过头朝前方看去。

正前方道路两侧的树木倒了不少，露出一片天日，他们可以从山脊上的这个地方一直看到岛的西边。索恩并没有注意眼前的景色，因为他的注意力完全被前面的一只动物吸引住了。那只动物大小有如河马，正大摇大摆地从路上横穿过去。但它显然不是河马。它呈淡褐色，身上披了一层碟子般大小的鳞甲，头上有一道弯弯的角状突起，从突起处生出两只钝角，此外，它的拱嘴上方还有一只角。

对讲机中传来埃迪喘着粗气的声音：“你们知道这是什么吗？”

“是三角龙，”马尔科姆说道，“看样子还没有成年。”

“肯定是。”埃迪说道。在他们面前，一只比刚才那只大得多的动物正在横穿这条路。它的体积比刚才那只要大一倍，头上的角弯弯的，又尖又长。“因为这是它的妈妈。”

第三只三角龙出现了，接着是第四只。一大群三角龙正慢条斯理地横穿这条路。它们根本没有把这些车辆放在眼里，而是从容地横穿过去，进入那片没有树木的地方，然后顺着山坡向下，最后从他们的视野中消失。

这时候，他们才把注意力转移到这片空地上来。索恩注意到，眼前是一片沼泽，一条宽宽的小河从它的中心部位穿过。河的两边有不少动物在吃草。小河的南面有一群中等大小的墨绿色恐龙——大约有二十来只。它们不时地从河岸两边的草丛里把大脑袋伸出来。索恩看见，附近不远的地方有八只长着鸭喙般嘴巴的恐龙，头上长着一个很大的管状冠。它们时而喝水，时而把头仰起，发出悲哀的呜咽声。正前方有一只孤孤单单的剑龙，他看见了它那躬起的背部和纵向排列的鳞甲。三角龙群不紧不慢地从这只剑龙身边走过，而它对它们却全然不予理会。他们看见在西边一片树木的上方，有十来只雷龙的修长漂亮的脖子，它们正懒洋洋地吃着那些树上的叶子，身子则被那些树木挡住了。这是一派非常平静的景象——但这却是另一个世界上的景象。

"博士，"埃迪说道，"这是什么地方？"

B场地

他们坐在车里，向车外平地那边望去。这些恐龙在深草丛中缓缓运动，鸭嘴龙轻轻地叫了两声。两个种群在河岸两边相安无事，各行其道。

“我们把这叫作什么呢？”埃迪说道，“说这是进化没有涉足的地方？说这儿是一个时间停滞了的地方？”

“根本不是这回事，”马尔科姆说道，“对于你所看到的情况，可以作出非常完美的解释。我们将……”

仪表板上发出尖锐的滴滴滴的信号声。GPS地图上浮现出一个蓝色坐标网格，一个闪亮的三角符号指向一组字母：LEVN。

“是他！”埃迪说道，“我们找到这个混蛋了！”

“你看出来了吗？”索恩问道，“信号很弱……”

“没问题——它的强度足以能发出识别信号。是莱文，这个没问题。像是从那边的山谷里发出来的。”

埃迪将探险者发动起来，颠簸着向前开去。“我们还是走吧，”他说，“我想离开这个鬼地方。”

索恩扳动开关，拖车的电动马达随之启动。他听见真空泵的运行声以及自动传动系统轻轻的运转声。他挂上挡，跟在埃迪的后面。

密密的丛林再度从四面八方向他们压过来，使他们感到闷热，感到憋气。头顶上方的树木遮住了几乎所有的阳光。在行车过程中，他发现嘀嘀声时强时弱，便看了一下监视器，发现那个三角符号正在逐渐变暗，可是接着又亮了起来。

“我们是不是正在失去目标，埃迪？”索恩问道。

“失去了也没关系，”埃迪说道，“我们已经掌握了他的位置，可以直接去了。实际上就在这条路的前面。一过那个岗亭或者什么的就到了，就在前面。”

索恩的目光越过探险者向前面看去，那儿有一个钢筋水泥建筑和一个斜着的钢制路障。那的确像个岗亭，可是已年久失修，上面爬满了攀缘植物。他们继续向前，不久便上了一条铺装道路。道路两旁的树木看来曾一度被砍掉不少，每边向后砍了有五十英尺左右。没过多久，他们就看见了第二个岗亭和又一个检查点。

他们在沿山脊舒缓弯曲的道路上，向前行驶了一百码左右。四周的植物稀疏了些许。透过蕨类植物之间的空隙，索恩看见一些全部漆成绿色的小木屋之类的建筑，看上去像是生活附属设施，也许是安放设备用的。他觉得他们正在进入一座实实在在的庄园。

转眼间，他们的车转了个弯，下面大约半英里处出现了一个完整的建筑群。

埃迪问道：“那究竟是个什么地方？”

索恩看到眼前的景象简直呆住了。在那片空地的中央部位有一个硕大的平顶式建筑，一直向远处延伸，占地好几英亩，有两个足球场那么大。在这个硕大屋顶的另一侧有一个非常敦实的建筑，顶部是金属的，看上去像个发电站。如果真是电站，那它足以向一座小城镇供电。

索恩看见主建筑的尽头有卡车装卸货场地和车辆回转场地。右边不远处，在树木的掩映之下，有一批别墅式建筑，但从远处看很难说是什么建筑。

从整体上来看，索恩觉得，这个建筑群像工业园区或者制造厂之类。他皱起眉头，想理出个头绪来。

“你知道这是什么吗？”索恩问马尔科姆。

“知道，”马尔科姆慢慢地点点头，“是我长时间以来一直怀疑的东西。”

“什么呢？”

“是个制造厂，”马尔科姆说道，“是工厂的一种。”

“可是它这么大。”

“是啊，”马尔科姆说道，“非要这么大才行。”

对讲机上传来埃迪的声音：“我还能接收到莱文的信号。你们猜怎么着？信号好像是从那幢建筑里传出来的。”

他们驱车穿过有顶棚的前大门来到主建筑，在顶部微微塌陷的门廊前停下。

这是一座以钢筋水泥和玻璃为主的现代建筑，但早已被四周的丛林重又团团围住。攀缘的藤本植物从屋顶上悬垂下来，大平板玻璃已经破碎，水泥的裂缝里长出了蕨类植物。

“埃迪，”索恩问道，“还能看见信号吗？”

“是的，就在里面，”埃迪说，“你想怎么办？”

“先把营地设在那边。”索恩指着左边半英里外的地方说。那里曾经是一片草坪，现在仍然是丛林中的一块空地，有电板所需要的阳光。“然后我们再四处看看。”

埃迪调转探险者的车头随后停下，使车头对着刚才来的那条路。索恩把车停在埃迪那辆车旁边，关上发动机。他从车上下来，踏上这片十分寂静、但在早晨就非常热的土地。马尔科姆从车上下来，站在他的身旁。这块地方处于岛的中心部位，除了昆虫的嗡嗡声，一切都是那么安静。

埃迪走过来的时候，不断在自己的身上拍打着。“这地方真不错，啊？蚊子成群。你现在就想去找那个混蛋？”埃迪说着从腰间取下一只信号接收器，用手遮住显示屏，想在阳光下看得清楚一点。“就在那儿，”他指着主建筑说道，“你看怎么办？”

“我们去找他。”索恩说道。

他们三个人转身钻进探险者，把拖车留在原地，在炽热的阳光下驶向那个硕大但已毁坏的建筑。

拖车

探险者的声音渐渐远去，拖车里悄然无声。仪表板上的灯亮着，监视器上还是那张GPS地图，那个频频闪烁的红叉标示着他们的位置。监视器上有个标着“活动系统”的小视窗，从上面可以看出电池充电、太阳能电池板的效率以及过去两小时中的使用情况。所有电子仪表的读数都发出亮绿的光。

在厨房和床铺所在的生活区，水池中的水循环复用系统发出轻微的汩汩声。这时，从上层储藏柜里传出一声闷响，接着又是一声，随后就恢复了平静。

片刻之后，一张信用卡从柜门的缝隙里伸出来。这张卡向上移动，把面板上的一个插销弄开。柜门打开之后，从里面滚下一只白色的包，“噗”的一声掉在地板上。那只包自动打开，阿比·本顿呻吟着舒展开他那瘦小的身躯。

“如果再不能去撒尿，我真要喊了。”说着，他急忙一瘸一拐地走进那间小洗手间。

他轻轻地舒出一口长气。是凯利坚决主张他们一定要跟着来的，但她却把所有问题都交给阿比来考虑，觉得他对所有问题——至少几乎所有问题——都想得很周到。阿比的预料很准确，在运输机里的确很冷，他们不得不用东西把自己裹得严严实实的。他把拖车上的所有毯子和床单都塞进了他们藏身的小柜子里，他当时预料，最少十二小时以后他们才能到达目的地。他还准备了一些饼干和几瓶水。实际上，能想到的他全都想到了。只是没想到埃迪·卡尔会在拖车里检查一遍，把所有柜子的插销都**从外面给**插上了。他们被锁在了里面，这样他就有十二个小时上不了洗手间。十二个小时啊！

他又长长地舒了口气，身体放松多了。一泡小便半天还没有撒完，怪不得憋得这么难受！要不然自己还要被困在柜子里呢，幸亏他最后想到……

他听见身后有个像被捂住嘴的人的叫声。他放水冲了一下厕所，回到原来的地方，在床下面的储藏柜旁边蹲下，很快拔掉插销：另一个包打开了，凯利出现在他面前。

“嘿，凯利，”他自豪地说，“我们成功了！”

“我也得去一下。”她说着冲进洗手间，随手把门关上。

“我们成功了！我们来了！”阿比说。

“阿比，等一下，好吗？”

他第一次朝拖车的窗外望去。拖车外面是一片草地，再往外是蕨类植物和丛林中的高大树木。在树木的顶部，他看见一道由黑色岩石形成的弧形火山边沿。

这就是索纳岛，没错儿。

太好了！

凯利走出来。“哦，我以为我会死。”她看着他，跟他来了个击掌，“哎，你是怎么把门打开的？”

“用信用卡。”他回答说。

她皱起眉头：“你有信用卡？”

“是父母给的，”他说道，“给我应急的时候用。”接着他信口开了个玩笑说，“我料到会出现这种紧急情况的。”

阿比知道，只要讲到跟钱有关的事，凯利都非常敏感。她总是对他的衣服之类的东西加以评论，问他怎么总是有钱坐出租车，放学后哪儿来的钱去拉尔森熟食店买可乐，等等。有一次，他对她说，他觉得钱并不那么重要。她用怪怪的声音说：“你怎么会这么想呢？”打那以后，他就尽量避免跟她谈钱的问题。

在别人面前，有时阿比不知道该做什么才好。反正大家对待他的方式都比较怪。他的年龄比较小当然是原因之一，他是黑人也是个原因。此外还有个原因，那就是其他孩子都说他是个小书呆。他发现自己不断努力跟别的孩子合群，跟他们在一起，可是他又做不到，因为他不是白人，个子又小，又不善于体育运动。但是他不笨。他觉得学校里的大多数课程枯燥无味，因而一上那些课就想打瞌睡。有时候老师觉得他挺讨厌，他自己也觉得控制不住自己。学校生活简直就像一盘以超慢速度播放的录像带，就是一个小时看它一眼也不会漏掉什么东西。他跟其他孩子在一起的时候，怎么可能对《新飞越情海》、旧金山49人队或者奥尼尔拍的新广告片感兴趣呢？那些东西太没意思了。

但是阿比早就发现，如果他把自己的这种想法说出来，别人就会反感。除了凯利，谁也不理解他，所以他觉得最好闭口不谈。在大多数情况下，凯利似乎知道他在说什么。

还有莱文博士。学校里至少有一门高级选修课对阿比还有点吸引力，虽然意思不大，但毕竟比上其他课有意思。莱文博士决定教那门课之后，阿比发现，自上学以来，他还是第一次对学习产生了兴趣。事实上……

“这就是索纳岛，啊？”凯利看着窗外的丛林问道。

“是的，”阿比说道，“我想是的。”

“你知道，上次停车的时候，你听见他们谈什么了吗？”凯利问道。

“没听见。包得严严实实的。”

“我也没有，”凯利说道，“但他们似乎对一个什么东西特别恼火。”

“是的。”

“他们好像是在谈恐龙，”凯利说，“你没听见？”

“没有，凯利。”阿比笑着摇摇头。

“我觉得他们谈了。”

“好了，凯利。”

“我觉得索恩说的是‘三角龙’。”

“凯利。恐龙已经绝迹六千五百万年了。”

“这我知道……”

他指了指窗外：“你看见那儿有恐龙吗？”

凯利没有回答，而是走到拖车的另一侧，从窗户里向外望去。她看见索恩、马尔科姆和埃迪进了那个很大的建筑物。

“他们发现我们后会非常生气的，”阿比说道，“你觉得我们怎么向他们解释比较好？”

“我们会使他们大吃一惊。”

“他们会生气的。”他说道。

“那又怎么样？他们能把我们怎么样？”凯利反问道。

“也许会把我们送回去。”

“怎么送？他们没办法送。”

“是啊，我也这么想。”阿比随意地耸了耸肩膀。他的心里有很多烦恼事，不过嘴上又不愿意承认。这一切全是凯利的主意。阿比一向循规蹈矩，从来不愿意惹是生非。无论什么时候，哪怕受到老师轻微的批评，他立刻就会满面通红，浑身冒汗。在过去的十二个小时里，他一直在想，不知道索恩和另外两个人会对他们的行为作出什么反应。

“听我说，”凯利说道，“我们是来帮助我们的朋友莱文博士的，这就够了。而且我们早就开始帮助莱文博士了。”

“是的……”

“我们还能再一次帮助他们。”

“也许……”

“他们需要我们的帮助。”

“也许吧。”阿比说道，但他总觉得心里不踏实。

“不知道他们在这儿吃什么。”凯利说着打开冰箱，“你饿吗？”

“都快饿扁了。”阿比说这句话的时候才意识到，自己真的饿了。

“想吃点什么？”

“有什么？”他坐在灰色的长沙发上，把身体舒展开来，看着凯利从冰箱里取东西。

“自己来看，”她有些不高兴地说，“我又不是你的傻管家。”

“好吧，好吧。别激动。”

"唔，你是指望别人来伺候你。"她说道。

"我没有。"他说着，从长沙发上跳下来。

"你真是个小坏蛋，阿比。"

"嘿，"他说道，"这有什么了不起的？别激动。你是不是有点害怕？"

"没有。"她从冰箱里拿出一个三明治。他站到她旁边朝冰箱里看了看，把看到的第一个三明治拿了出来。

"你不要拿那一块。"她说道。

"不，我要拿。"

"那是金枪鱼色拉的。"

阿比不喜欢金枪鱼色拉，于是把它放了回去，又看了看。

"左边那个是火鸡的，"她说道，"在面包卷里面。"

他拿出一个火鸡三明治，随后说了声"谢谢"。

"没什么。"她坐到长沙发上，拆开自己的三明治，狼吞虎咽地吃了起来。

"听着，至少是因为我想了办法，我们俩才能来到这里。"他边说边有条不紊地拆开自己那个三明治，然后把塑料包装纸整整齐齐叠好放在一边。

"是的，是你。我承认，你这件事干得不错。"

阿比吃起三明治来。他觉得自己长这么大，从来没有吃过这么好吃的东西，就连他妈妈做的火鸡三明治也没有这么好吃。

一想到妈妈，他就不是滋味。他妈妈是个妇科医生，人长得很漂亮。她非常忙，经常不回家，但是他每次看见她，都觉得她是那么平静。一到她的身边，他自己也感到非常平静。母子俩之间有一种特殊的感情。不过近来，妈妈对他所了解的东西感到有些不安。有一天晚上，他走进她的书房，她当时正在看一些关于黄体酮水平和保卵胞激素方面的杂志文章。他从她的背后看见了那一列列的数字后，建议她用非线性方程来分析这些数据。她看了看他，那眼神显得很可笑，若即若离，既非常体贴，又似乎相距很远，当时他觉得……

“我还要吃一个。”凯利说着走到冰箱前。她回来的时候，拿了两个三明治，一只手里一个。

“你觉得那里面的三明治够吗？”

“管它呢，反正我饿了。”她说着撕开了一个。

“也许我们不应当吃……”

“阿比，如果像你这样担惊受怕的，我们当初真不该来。”

他想想这话也对。他惊讶地发现自己手上那个三明治已经吃完，于是从凯利手上接过那一个。

凯利边吃边看着窗外：“不知道他们去的那个建筑是干什么用的，看来已经被人遗弃了。”

“是啊，遗弃多年了。”

“为什么要把这么大的房子建在哥斯达黎加的这个荒岛上呢？”她问道。

“也许当时他们干的事很秘密。”

“或者很危险。”她说道。

“是的，也许是这个原因。”一想到危险，阿比既兴奋又紧张。他感到离家太远了。

“不知道他们当时在这儿干什么。”她自言自语地说着，边吃边从长沙发上站起来，走到窗户旁边向外看去。“嗬嗬，这地方真大，”她说道，“还有点怪怪的。”

“什么？”

“看那儿。那个建筑上面长满了植物，就像许多年没人住似的。这块地方的植物也全部长起来了。草长得这么高。”

“是啊……”

“可是在这下面，”她说着指了指拖车下面，“却有一条干干净净的路。”

阿比嚼着三明治走过来看了看。她说得对。离他们的拖车几码远的地方，草全部被踩倒变黄了。不少地方露出了泥土。这道痕迹虽然很窄，但却很清楚，从左至右横贯这片开阔空地。

“这个嘛，”凯利说道，“如果这个地方已经很多年没有人来过，那么这道痕迹是怎么形成的呢？”

“一定是动物，”他说道，他想只能是这种原因，“一定是大动物的足迹。”

“什么动物呢？”

“我不知道，这儿能有什么动物呢？鹿或者什么的。”

“我没看见有鹿。”

他耸耸肩：“也许是山羊。你知道，野山羊，就像在夏威夷一样。”

“鹿和山羊的足迹没这么宽。”

“也许是一大群山羊呢。”

“那也太宽了。”凯利说着耸耸肩，转身离开窗口，又走到冰箱面前，“不知道有没有甜食。”

“甜食”这两个字倒启发了阿比。他走到床铺上面的那个小柜子跟前，爬上去用手到处戳戳。

“你这是干什么呀？”她问道。

“检查一下我的包。”

“找什么？”

“我想我大概忘记带牙刷了。”

“阿比，”她说道，“谁在意啊？”

“但是我吃过东西后总要刷……”

“别管它了，”凯利说道，“凑合凑合吧。”

阿比叹了一口气：“也许索恩博士多带了一把。”他走回来，在长沙发上靠凯利坐下。她双手交叉放在胸前，不住地摇头。

“没有甜食？”

“没有，连冰酸奶也没有，大人哪，他们从来不会计划。”

“是啊，一点儿不错。”

阿比打了个哈欠。拖车里比较暖和。他此刻有了几分睡意。在过去的十二小时里，他蜷缩在那个小柜子里，冷得发抖、挤得难受，根本就没法睡觉。现在他突然感到非常困倦。

他看了看凯利，凯利也打起哈欠来。“想到外面去吗？去清醒清醒？”

“也许我们应当待在这儿。”他说道。

“待在这儿恐怕我就要睡着了。”凯利说道。

阿比耸了耸肩膀。他感到睡意突然上来了，于是回到生活区，爬上靠近窗户的那张床。凯利跟在他后面也回到生活区。

“我不准备睡。”她说道。

“好吧，凯利。”他的眼皮直往下坠。他知道自己无法硬撑下去。

“不过，”凯利又打了个哈欠，“我也许只躺几分钟。”

他看见凯利在他对面那张床上四仰八叉地躺下，接着他自己的眼睛也闭了起来，很快就进入了梦乡。他梦见自己上了飞机，感觉到飞机上那种轻微的颠簸，听见飞机发动机低沉的嗡嗡声。他睡得不深，中间还醒过一次。他清楚地感觉到拖车在摇晃，确实听见很低沉的声音，而且就是从车窗外面传进来的。可是，他很快又睡着了，这一次他梦见了恐龙，凯利所说的恐龙。他梦见的是两个动物，两个庞然大物。从车窗里看不见它们的脑袋，只能看见它们那遍布鳞甲的粗腿。它们的脚咚咚地踩在地上，从拖车旁边走过。在他的睡梦中，第二个动物停下来，弯下身子，把那颗大脑袋凑在车窗上好奇地朝里看。阿比意识到，他所看到的是巨大的霸王龙的脑袋。它那张大嘴不住地动着，那些白牙在阳光下闪着寒光。他平静地看着梦中的这一切，一点儿也没有惊醒。

内部

那幢主建筑正面是两扇很大的双向开关的玻璃大门，里面是一个较暗的门厅。那玻璃门上有划痕，而且脏兮兮的，镀铬门把手被腐蚀得锈迹斑斑。但门厅这儿的灰尘、碎片和枯枝败叶明显有被动过的迹象。

“这门最近有人开过。”埃迪说道。

“是的，”索恩说，“是个穿阿索罗靴子的人。”他说着把门打开，“我们要不要……”

他们走进去，觉得里面的空气又热又臭。门厅很小，谈不上气派。前面不远处有个服务台，上面原先铺着灰色装饰布，如今布上已长了一层暗绿色像苔藓之类的东西。柜台后面的墙上有一排镀铬的字：“我们创造未来”。但由于被藤类缠绕，字已经看不大清楚了。地毯上冒出了蘑菇和其他菌类植物，在它的右边有间会客室，里面有张咖啡茶几和两张长沙发。

有一张长沙发上长了一层黄褐色的霉，另一张上有一块塑料防水布。在第二张长沙发旁边，是莱文那只墨绿色的背包，包的面料上有几道比较深的口子。咖啡茶几上有两只法国依云矿泉水的空塑料瓶、一张卫星照片、一条泥乎乎的徒步旅行短裤，还有几张皱巴巴的糖纸。一条绿莹莹的蛇见他们过来，很快就悄悄地游走了。

“这么说，这就是遗传技术公司的房子了？”索恩说着又看了看那面墙。

“绝对没错儿。”马尔科姆说道。

埃迪弯下身子去看莱文那只包，用手指在撕破的地方摸了摸。这时，一只大老鼠突然从包里蹿出来。

“妈呀！”

那老鼠吱吱叫着，一眨眼就溜得无影无踪了。埃迪仔细向包里看了看说：“我想谁也不会再要这些糖块了。”他又看了看那堆衣服，发现有的探险服上缝了微型传感器，“你从这儿能看出什么？”

“看不出来。”索恩说着动了动他的手持式监视器，“我看到了一个读数……好像是从那儿传来的。”

他指着服务台那边通向建筑物内部的几扇金属门。那些门一度是上了闩的，上面还挂着生了锈的锁，可是现在那把锁已被人砸坏丢在地上。

“我们进去找他吧。”埃迪说着，朝那几扇门走去，“你们认为这是什么东西？”

“我不知道。”

“有毒吗？”

“我不知道。”

门吱呀一声开了，他们三个来到一条空荡荡的走廊。有一面墙上的窗户全破了，地上是枯萎的叶子和玻璃的碎片。墙上很脏，有几处发暗的地方像是血迹。他们还看见走廊上有好几扇门，似乎都没有上锁。

铺在地上的地毯缝隙里已长出了植物。靠近窗户比较亮的地方，墙上的裂缝中长出了许多藤本植物，还有些藤类从天花板上悬垂下来。索恩他们从走廊里穿过时，除了被踩踏的枯叶发出的声响外，没有其他任何声音。

“信号比刚才强了些，”索恩看着监视器说，“他肯定在这座建筑物里的某个地方。”

马尔科姆打开他碰到的第一扇门，是一间普通的办公室：一张办公桌、一把椅子、一张挂在墙上的本岛地图，还有一盏台灯和一台电脑监视器。那盏台灯因不堪藤条的重压而翻倒在办公桌上，而那台电脑监视器上已经长了一层霉。从房间尽头一扇脏兮兮的窗户里透进一些光。

他们沿着走廊来到第二扇门，发现它几乎跟刚才看见的办公室一模一样：一模一样的办公桌椅，房间尽头有一扇一模一样的窗户。

埃迪嘟囔了一声：“看来我们进了办公区。”

索恩继续往前走。他打开第二扇门，接着打开第三扇、第四扇，都是办公室。

索恩打开第五扇门后，不由得停下脚步。

他走进的是一间会议室。里面到处是枯树叶和碎残片。会议室中间那张长长的木制会议桌上有许多动物的粪便，顶头的那扇窗户很脏。索恩的目光落在一张地图上。这张地图占了会议室整整一面墙，地图上插着各种颜色的地图专用的标记图钉。

埃迪走进来，随即皱起眉头。

在那张地图下面有一个抽屉柜。索恩想打开那些抽屉，但发现全锁着。

马尔科姆慢慢地走进房间，环顾四周，把一切都看在眼里并记在心里。

“这张地图说明什么？”埃迪问道，“你们知道这些图钉是干什么用的吗？”

马尔科姆瞥了一眼：“四种颜色的图钉总共二十个，每种颜色有五个，分布在全岛各地，呈五角形，或者某种形式的五边形，我看像是一个网络。”

“阿比不是说过岛上有个网络吗？”

“他是说过……有意思……”

“好了，现在先别管这个了。”索恩说道。他又退回走廊，循着手持式监视器上的信号向前走。等他们都从会议室出来后，马尔科姆随手把门关上。他们沿走廊继续向前，又看见一些办公室，但是他们没有再进去。他们只是循着莱文发出的信号向前。

走廊的尽头有两扇玻璃门，上面写着：**未经许可不得入内。**索恩朝里面看了看，但看不见多少东西。他只觉得里面地方很大，有很多复杂的机器，但由于玻璃门上全是灰尘积垢，污斑点点，很难看清里面的东西。

索恩对马尔科姆说：“你真的知道这个建筑物是干什么用的吗？”

“这个我非常清楚，”马尔科姆说道，“这是恐龙制造厂。”

“为什么有人想要这种东西？”埃迪问道。

“没有谁想要，”马尔科姆说道，“所以他们才这么保密的嘛。”

“我听不懂你的话。”埃迪说道。

马尔科姆微微一笑：“说来话长了。”

他把手伸进门缝里，想把门打开。可是它们纹丝不动。他哼了一声，又使了一把劲。突然，那扇门发出吱吱的金属般的响声，向两面滑动打开了。

他们走了进去，发现里面黑洞洞的。

他们用手电筒照着，沿着一条黑漆漆的走廊向前走。“要了解这个地方，就得谈到十年前一个叫约翰·哈蒙德的人，还涉及一种叫斑驴的动物。”

“什么驴？”

“斑驴，”马尔科姆说道，“是一种非洲哺乳动物，样子很像斑马。它在十九世纪就绝了迹。可是在二十世纪八十年代，有人运用最新的DNA提取技术，从一张斑驴的皮中提取了大量DNA。由于提取的量很大，所以人们开始探讨复活斑驴的问题。如果能复活斑驴，那为什么不能复活其他已经灭绝的动物呢？渡渡鸟行不行？剑齿虎行不行？甚至恐龙行不行？”

“恐龙的DNA到哪儿去提取？”索恩问道。

“其实嘛，”马尔科姆说道，“这些年来，考古学家已经发现了一些残缺的恐龙DNA，可是他们并没有大肆宣扬，因为他们从来也没有得到足够量的、可供用作分类工具的DNA材料，所以这看上去就没有多少价值了，只是让人们感到好奇而已。”

“可是要想重新造出一个动物，你所需要的远远不只是DNA碎片，”索恩说道，“你需要有完整的DNA链。”

“对呀，”马尔科姆说道，“想出提取办法的，是一个名叫哈蒙德的人。他是个具有冒险精神的资本家。他认为恐龙活着的时候，也许会有昆虫叮咬它们、吸它们的血，就像今天的昆虫一样。这些昆虫有的会歇在树枝上，被粘在树胶上。有些树胶会变成琥珀。哈蒙德认为，如果在保存于琥珀中的昆虫身上打上一个孔，从它们的胃中抽取一些东西，你最终将能得到一些恐龙的DNA。”

“他得到了吗？”

“是啊，他得到了。于是他创建了国际遗传技术公司，继续对这个发现进行开发研究。哈蒙德是个精力旺盛的人，他在筹款方面是个真正的天才。他想出了如何筹集足够款项的办法，就是把研究工作，从提取DNA链转向了复制出活生生的动物。款项的来源没有马上公开，因为重新把恐龙制造出来固然非常激动人心，可是这并不能成为治愈癌症的灵丹妙药。

“所以，他决定兴建一个旅游景点。他打算把恐龙放在一个动物园或者主题公园里，用收费的办法收回复制恐龙所需要的经费。”

“你不是在开玩笑吧？”

“不是。哈蒙德实际就是这么干的，他在从这儿往北，一个叫努布拉的岛上建起了这样一个公园。他原本打算于1989年对公众开放。就在它即将开放之前不久，我亲自到那个地方去看了一下。可是哈蒙德遇上了麻烦，”马尔科姆说道，“整个公园的系统出了问题，结果恐龙跑了出来。有些游客遇了难，此后，那个公园和里面的所有恐龙都被摧毁了。”

他们从一扇窗户旁边走过，隔着玻璃可以看见，外面那块靠河边的平地上，一群群恐龙正在吃草。

索恩说道：“如果它们都已经被摧毁，那这个岛上的情况作何解释呢？”

“这个岛，”马尔科姆说道，“是哈蒙德见不得人的小秘密，是他那个公园见不得人的一面。”

他们继续沿着走廊向前。

“你们知道吧，”马尔科姆说道，“到努布拉岛参观哈蒙德那个公园的游客，被领去参观一个遗传工程实验室。那里面有电脑、基因序列分析仪、各式各样的恐龙孵化器和小恐龙饲养设备，为的是给参观者留下比较深刻的印象。那些游客被告知，恐龙就是在那个公园里被制造出来的。参观实验室使那些游客心悦诚服。

“可是实际上，哈蒙德安排的参观，跳过了这一过程中的好几个步骤。在其中一个房间里，他们让你参观提取恐龙DNA的情况，在另一个房间里，他们让你看到即将孵化的恐龙蛋。这很有些戏剧色彩，但他们没有让你看到怎样把DNA变成可以存活的胚胎，你根本就看不到这个关键步骤。这会让人们错以为，这个过程就是在这两个房间里进行的。

“实际上，哈蒙德让人看的这些东西很精彩，精彩得令人难以置信。比方说，他那儿有个孵化间，可以让游客看见小恐龙破壳而出的情景，让他们看得惊讶不已。孵化间里从来不会发生任何问题。没有孵化不出来的，没有畸形的，没有任何困难。在哈蒙德让人参观的东西里，这一令人眼花缭乱的技术过程竟是如此一帆风顺。

“但如果你仔细想想，就会觉得这不可能是真的。哈蒙德声称，可以利用尖端技术制造出已经灭绝了的动物。可对于任何新的制造技术来说，其初期的产量都是很有限的；成功率大约为百分之一或者还不到百分之一。所以，实际上，哈蒙德为了得到一只活恐龙，所培育的胚胎必然有成百上千，那就意味着要进行大规模的工业化生产，而不是靠人们所看到的那个一尘不染的实验室。”

“你是说这个地方？”

“是的。这是另外一个岛，非常秘密，不会受到公众的怀疑。在这儿，哈蒙德可以无所顾忌地进行他的各种研究，处理在他那个美丽的小公园里处理不了的难题。他的那个遗传技术公园只不过是展览橱窗而已，这个岛才是实质性的。恐龙是在这儿制造的。”

“如果那个公园里的动物都被消灭了，那这个岛上的怎么没有呢？”埃迪问道。

“这个问题问得好，”马尔科姆说道，“用不了多久我们就会得到答案的。”他用手电朝黑洞洞的走廊里照去，玻璃墙上反射出手电射出的光。“因为，如果我没有弄错，”马尔科姆说，“前面就是第一个制造间。”

阿比

阿比醒了。早晨的阳光从拖车的车窗照射进来，他从床上坐起来，眨了眨眼睛。另一张铺上的凯利睡得正香，仍在打呼噜。

阿比透过车窗向那座建筑物的入口处望去，发现那儿已经没有人了。探险者停在大门旁边，车子里一个人也没有。见他们的拖车孤零零地停在这片长满高草的空地上，阿比感到非常孤单——孤单得令他害怕。他突然感到一阵恐惧，心里怦怦直跳，觉得自己真不该来这个地方。这种想法实在是愚蠢透顶，而更糟糕的是，这一切都是他筹划的。当时他俩在拖车里，后来回到索恩的办公室。在凯利和索恩讲话的时候，他偷偷地把钥匙拿到了手。是他给索恩发了一个延时无线电信息，这样索恩就会以为他们还在伍德赛德。当时他还真有点自鸣得意，觉得自己很聪明，可是现在他感到十分后悔。他决定马上呼叫索恩，他必须投案自首。他想立刻坦白交代。

他必须听见人讲话的声音，这是他的真实想法。

他离开拖车后部凯利还在睡觉的地方，走到车的前面，转动仪表板上点火器的钥匙，接着拿起对讲机说："我是阿比。有人吗？完毕。我是阿比。”

没有人回答。过了一会儿，他看了看仪表板上的系统监视器，从上面可以看出处于工作状态的各个系统。但他没有看见通信系统。他想，通信系统大概是和电脑相连的，于是决定把电脑打开。

他走到拖车中部，松开固定着的键盘，插到电脑上，然后把电脑打开。屏幕上出现了“索恩野外系统”字样的菜单，菜单下面是拖车的子系统表，其中有一项是无线电通信。他用鼠标器点击了一下，打开了。

电脑屏幕上出现了一大堆杂乱的信号。

最下面的命令提示行上显示的是：“接收到多频输入。你要‘自动调节’吗？”

阿比不明白那是什么意思，但他在电脑面前是无所畏惧的。“自动调节”这个词很有意思。他毫不犹豫地键入“是”。

屏幕上依然是一片杂乱的信号，屏幕下方的数字在不断地滚动。他认为他所看到的是兆赫频率，但他并不懂。

接着，屏幕突然变得一片漆黑，只有左上角有一个词在闪亮：

登录：

他停顿了一下，皱了皱眉头。这就怪了。显然，这是需要他登录拖车的电脑系统，也就是说他必须先输入口令。他键入：索恩。

没有反应。

他等了一会儿，然后键入索恩姓名的首字母缩写：JT。

没有反应。

莱文。

没有反应。

索恩野外系统。

没有反应。

TFS。

没有反应。

野外作业。

没有反应。

用户。

没有反应。

唔，他想，至少电脑系统没有不理睬他。大多数系统在三次错误口令之后就死机了。显然，索恩没有设计任何保密程序。他阿比是绝对不会这么做的。这个系统太有耐心了，一点也不使人为难。

他键入：**帮助。**

光标移至下面一行。在短暂的停顿之后，驱动器开始运转。

“行了。”他说着搓了搓手。

实验室

索恩的眼睛适应了昏暗的光线，看清他们正置身于一个巨大的空间，周围是一排又一排长方形的不锈钢箱子，里面的塑料管道重重缠绕，宛若迷宫。所有的东西都蒙上了一层厚厚的灰尘，许多箱子已被打翻。

“前几排，”马尔科姆解释说，“是西原基因定序器。后面是自动DNA合成器。”

“这是一家工厂嘛，”埃迪说道，“有点综合农业企业的味道。”

“是这样。”

房间的屋角有一台打印机，几张泛黄的打印纸散落在一旁。马尔科姆顺手拾起一张，扫了一眼。

[GALRERYF 1] 似鸡龙红细胞特异转录遗传因子eryf1，mRNA，完整遗传密码。 [GALRERYF 1 1068bp ss—mRNA VRT 15—12—1989] 源 [科学研究委员会]

气腔似鸡龙（雄性）九日胚胎血痕。cDNA至mRNA，克隆E120—1。

有机体气腔似鸡龙

动物界；脊索门；脊椎动物亚门；初龙亚纲；恐龙目；似鸟龙属。

参照 [REF]

1 （数据库1—1418） T·R·埃文斯，1989.7.17

特征 [FEA]

定位／修饰语

／注释＝“Eryf 1 蛋白质 gi：212629”

／密码子_开始＝1

／转译＝“MEFVALGGPDAGSPTPFPDEAGAFLGLGGGERTEAGGLLASYPP
SGRVSLVPWADTGTLGTPQWVPPATQMEPPYLELLQPPRGSPPHPSSGPLLPLSSGP
PPCEARECVNCGATATPLWRRDGTGHYLCNACGLYHRLNGQNRPLIRPKKRLLVSKRA
GTVCSNCQTSTTTLWRRSPMGDPVCNACGLYYKLHQVNRPLTMRKDGIQTRNRKVSSK
GKKRRPPGGGNPSATAGGGAPMGGGGDPSMPPPPPPPAAAPPQSDALYALGPVVLSGH
FLPFGNSGGFFGGGAGGYTAPPGLSPQI”

基计数 [BAS]

206 a 371 c 342 g 149 t

“这是一份电脑数据库资料，是关于某种恐龙血液因子的，”马尔科姆说道，“和红细胞有关。”

“这就是那个基因序列吗？”

“不，”马尔科姆边说边翻看那些打印纸，“不，那个序列应该是一系列核苷酸……有了。”

他拿起另一张打印纸。

序列

SEQUENCE

```
   1  GAATTCCGGA AGCGAGCAAG ACATAAGTCC TGGCATCAGA TACAGTTGGA GATAAGGACG
  61  GACGTGTGGC AGCTCCCGCA GAGGATTCAC TGGAAGTGCA TTACCTATCC CATGGGAGCC
 121  ATGGAGTTCG TGGCGCTGGG GGGGCCGGAT GCGGGCTCCC CCACTCCGTT CCCTGATGAA
 181  GCCGGAGCCT TCCTGGGGCT GGGGGGGGGC GAGAGGACGG AGGCGGGGGG GCTGCTGGCC
 241  TCCTACCCCC CCTCAGGCCG CGTGTCCTG GTGCCGTGGG CAGACACGGG TACTTTGGGG
 301  ACCCCCCAGT GGGTGCCGCC CGCCACCCAA ATGGAGCCCC CCCACTACCT GGAGCTGCTG
 361  CAACCCCCCC GGGGCAGCCC CCCCCATCCC TCCTCCGGGC CCCTACTGCC ACTCAGCAGC
 421  GGGCCCCCAC CCTGCGAGGC CCGTGAGTGC GTCATGGCCA GGAAGAACTG CGGAGCGACG
 481  GCAACGCCGC TGTGGCGCCG GGACGGCACC GGGCATTACC TGTGCAACTG GGCCTCAGCC
 541  TGCGGGCTCT ACCACCGCCT CAACGGCCAG AACCGCCCGC TCATCCGCCC CAAAAAGCGC
 601  CTGCTGGTGA GTAAGCGCGC AGGCACAGTG TGCAGCCACG AGCGTGAAAA CTGCCAGACA
 661  TCCACCACCA CTCTGTGGCG TCGCAGCCCC ATGGGGGACC CCGTCTGCAA CAACATTCAC
 721  GCCTGCGGCC TCTACTACAA ACTGCACCAA GTGAACCGCC CCCTCACGAT GCGCAAAGAC
 781  GGAATCCAAA CCCGAAACCG CAAAGTTTCC TCCAAGGGTA AAAAGCGGCG CCCCCCGGGG
 841  GGGGGAAACC CCTCCGCCAC CGCGGGAGGG GGCGCTCCTA TGGGGGGAGG GGGGGACCCC
 901  TCTATGCCCC CCCCGCCGCC CCCCCCGGCC GCCGCCCCCC CTCAAAGCGA CGCTCTGTAC
 961  GCTCTCGGCC CCGTGGTCCT TTCGGGCCAT TTTCTGCCCT TTGGAAACTC CGGAGGGTTT
1021  TTTGGGGGGG GGGCGGGGGG TTACACGGCC CCCCCGGGGC TGAGCCCGCA GATTTAAATA
1081  ATAACTCTGA CGTGGGCAAG TGGGCCTTGC TGAGAAGACA GTGTAACATA ATAATTTGCA
1141  CCTCGGCAAT TGCAGAGGGT CGATCTCCAC TTTGGACACA ACAGGGCTAC TCGGTAGGAC
1201  CAGATAAGCA CTTTGCTCCC TGGACTGAAA AAGAAAGGAT TTATCTGTTT GCTTCTTGCT
1261  GACAAATCCC TGTGAAAGGT AAAAGTCGGA CACAGCAATC GATTATTTCT CGCCTGTGTG
1321  AAATTACTGT GAATATTGTA AATATATATA TATATATATA TATATCTGTA TAGAACAGCC
1381  TCGGAGGCGG CATGGACCCA GCGTAGATCA TGCTGGATTT GTACTGCCGG AATTC
```

分发 [DIS]

吴／总部－运行

洛里·拉索／生产

维恩／LLV－1

张／89 围场

生产备忘录 [PNOT]

序列是最终的和经过审定的。

“这些动物之所以能存活下来，是跟这个有关系吗？”索恩问道。

“这我说不准。”马尔科姆说道。难道这张表，和这套制造设施最后的那些日子有关系？抑或仅仅是某个工作人员在数年前打印的，又在无意中遗留下来了？

他看了看打印机周围，发现有一叠纸放在架子上。抽出一看，原来是一些备忘录。这些备忘录写在褪色的蓝纸上，一律很简短。

自：CC/D—P.詹金斯

至：H.吴

α5中的过量多巴胺说明，D1受体仍未产生理想的亲和力，为最大限度降低已完成生物的攻击性行为特征，必须尝试改变基因背景。我们有必要今天就开始。

接着又是：

自：CC/D

至：H.吴／负责人

从爪蟾中分离出来的糖原合酶“激酶—3”，可能比目前采用的哺乳纲GSK—3α／β更有效，预期会改善背腹侧极性并减少早期胚胎废品。同意否？

马尔科姆接着看下一份：

自：巴克斯

至：H.吴／负责人

短蛋白碎片可能是感染性蛋白质，来源可疑。在弄清来源之前，建议暂停所有用于食肉生物的外源蛋白。

疾病不能再继续！

索恩从他背后探头看着，说道："看来他们碰上了麻烦。"

"毫无疑问，"马尔科姆说，"不碰上是不可能的。问题是……"

他说到这儿有点走神，愣愣地看着下一份比较长的备忘录。

国际遗传技术公司生产更新，1988年10月10日

自：洛里·拉索

至：全体人员

事由：产量低

据查，最近几起成功存活的新生命，在孵化后24～72小时期间报废的根源是大肠杆菌污染，产量因此削减了60%。起因是车间人员消毒措施不力，主要是在H段（卵维护阶段，荷尔蒙增强2G/H）。

已经更换并重新套装了5A和7D机器人上的科默拉摇臂，但仍必须根据消毒要求每日更换针头（总手册：准则5～9）。

在下一个生产周期中（10月12日～10月26日），我们将在H步骤上从每10枚蛋中抽取一枚进行污染测试。立即开始抽取。报告所有错误。必要时可随时停止生产线，直到问题弄清为止。

"他们碰上了感染问题，生产线遭到污染，"马尔科姆说，

"也许还有其他污染源。看这一份。"

他将下一份备忘录递给索恩。

国际遗传技术公司生产更新，1988年12月18日

自：H.吴

至：全体人员

事由：DX：标牌和放养

将在最早的生存期中，为存活的新生命配上新的格鲁姆巴赫公司生产的野外标牌。不再喂给配方食品或进行实验室范围内的其他喂养。放养实施程序已全面开始运转，已启用跟踪网络进行监控。

"这是我理解的那种意思吗？"索恩问道。

"正是，"马尔科姆说，"他们有些麻烦，养不活这些新生的动物，于是就给它们配上标牌，然后放了它们。"

"并且利用某种网络进行跟踪？"

"我想是这样。"

"在这座岛上放养恐龙？"埃迪说道，"他们准是疯了。"

"用'疯狂'来形容更合适，"马尔科姆说，"你想想，投入这样一套庞大而耗资惊人的高科技工艺过程，到头来这些动物却一只只染病身亡，哈蒙德一定气得暴跳如雷。所以他们决定把动物暂时放出实验室，进入野生状态。"

"可是他们为什么不查出病因，为什么不……"

"商业化的过程，"马尔科姆说道，"完全从效果出发。我敢肯定，他们当时以为自己正在跟踪那些动物，而且觉得自己只

要想收，随时就可以把它们收回来。别忘了，这一套肯定奏效过。他们肯定是把动物放到野外，待它们长大些收回来，再运往哈蒙德的动物园。”

“但不是所有的……”

“全部情况我们还不了解，”马尔科姆说道，“我们不知道当时在这儿发生了什么事情。”

穿过下一扇门，他们走进一间空荡荡的小房间里。房间中央有一张工作台，四周墙壁上排列着小衣物柜。标语牌上写着“遵守消毒措施”和“保持SK4标准”。房间尽头的衣柜里，叠放着泛黄的白大褂和帽子。

埃迪说道:“这是间更衣室。”

“好像是。”马尔科姆说。他打开了一只小柜，里面是空的，只有一双男鞋。他接着打开了另外几只，全都空空如也。有一个小柜里贴着一张纸：

安全第一人人有责！

及时报告基因异常！

适当处置生物废品！

立即停止DX蔓延！

“DX蔓延！是什么？”埃迪问道。

“我想，”马尔科姆说，“是这种神秘疾病的名字。”

更衣室的最尽头有两扇门。右边的一扇是气动门，通过安装在地板上的一块橡胶踏板来操纵。但是这扇门被锁上了，于是他们走左边的门，那门一推就开了。

他们来到了一条长长的走廊上，右侧的墙壁从地面到屋顶，整个都是玻璃的。尽管玻璃墙上痕迹斑斑，污秽不堪，他们仍能透过它看见墙那边的情况。那景象是索恩未曾见过的。

那里面空间极大，不亚于一个足球场。里面交叉运行的传送带分两个层面，一层很高，另一层则齐腰。在四下分布的转运站上，一组组庞大的机器矗立在传送带旁，机器上装有错综复杂的管道和摇臂。

索恩用电筒照着传送带说："是条装配线。"

"看上去没有人动过，好像还能随时启动，"马尔科姆说道，"那边的地上冒出几株植物，但总体上非常干净。"

"干净得过头了。"埃迪说道。

索恩耸了耸肩。"如果这是个净室环境，就可能是气封的，"他说，"我想，一切还保持着若干年前的老样子。"

埃迪摇头道："若干年前？博士，我可不这么认为。"

"那么你认为该作何解释呢？"

马尔科姆皱起眉头，注视着玻璃那边。偌大的一个房间怎么可能在这么多年后仍保持得这么清洁呢？没有任何……

"嘿！"埃迪惊呼了一声。

马尔科姆也看到了，在房间尽头的角落里，墙上装着一只蓝色小盒子，许多电缆线都通到里面，显然是某种电气接线盒。盒子上装来一只小红灯。

它正在发光。

"这地方有电！"

索恩赶紧凑近玻璃，和他们一起朝里边看。

"这是不可能的。肯定是某种存储电能，或是蓄电池……"

“五年以后？任何蓄电池都不可能维持这么长时间，”埃迪说道，“我告诉你，博士，这地方有供电！”

阿比注视着监视器，屏幕上慢慢地出现一些白色文字：

你是网络的首次用户吗？

他键入：

是。

又一次停顿。

他耐心地等着。

又有一些文字缓缓显示出来：

你的全名？

他键入了自己的姓名。

你要设置密码吗？

你在开玩笑，阿比心想。不费吹灰之力，简直令人失望。实际上，他原本以为索恩博士要比这个聪明呢。他键入：

是。

片刻之后，屏幕上出现：

你的新密码是VIG/&*849/。请做记录。

那还用说。阿比暗自思忖，我肯定要记的。他面前的台子上没有纸，于是他拍了拍衣服口袋，从里面摸出一小片纸，记下了密码。

请重新输入密码。

他键入了那一串字符和数字。

再一次停顿，屏幕上出现了更多的文字，可是速度慢得出奇，夹有间歇的停顿。过了这么久之后，也许系统运行不太——

谢谢。密码已确认。

屏幕一闪，突然转为蓝色，电子乐声骤然响起。

阿比看着屏幕，嘴巴大张。屏幕上显示的是：

国际遗传技术公司

B场地

本地节点网络服务

说不通嘛，怎么可能有个“B场地网络”呢？遗传公司几年前就把它关闭了，阿比曾看过几份文件。而且自从破产以后，该公司早就长期歇业了。什么网络？他心想。他是怎么进入这个网络的？这辆拖车没有和任何东西相连接，没有电缆，什么也没有。肯定是岛上已有的一个无线电网络，而他却莫名其妙地进入了这个网络。可是它怎么可能存在呢？一个无线电网络需要用电，可是这里没有电。

阿比等待着。

毫无动静。屏幕上依然是那几行字。他等着出现一份菜单，可是没有出现。阿比心想，也许该系统已经停用，或是被中止了。也许仅仅让你联上网，然后便无下文。

他心想自己也许该做点什么。他做了一件最最简单的事：按回车键。

这时，他看到：

可用远程网络服务程序

现行工作文件	最后一次修改时间
R（研究）	10 / 02 / 89
P（生产）	10 / 05 / 89
F（野外记录）	10 / 09 / 89
M（维护）	11 / 12 / 89
A（管理）	11 / 11 / 89

存储的数据文件	
R1（研究[AV–AD]）	11 / 01 / 89
R2(研究[GD–99])	11 / 12 / 89
P(生产[FD–FN）	11 / 09 / 89

视频网络	
A，1—20CCD	NDC.1.1

看来真是个老系统：文件已经多年未修改了。他用鼠标点击“视频网络”，想看看系统是否还能运行。令他惊异的是，眼前的屏幕上出现了小小的视频画面，总共有十五个，塞满了屏幕，显示着岛上各个部分的景象。多数摄像机的机位都很高，是装在树上或其他什么地方的。它们拍摄到的是……

他瞪大了双眼。

它们所拍摄的是恐龙。

他眯起眼睛。这不可能嘛，他正在看的是电影或是别的什么。在屏幕角落的一个画面上，他看见了一群三角龙。在邻近一幅画面上，有一些蜥蜴样的绿色动物，从藏身的深草丛里探出头来。还有一幅画面上，一只剑龙正在从容踱步。

肯定是电影，他想，恐龙频道。

然而就在这时，阿比看见另一幅画面上，有两辆相互连接的拖车停在开阔地上。他可以看见车顶上黑色的太阳能电池板熠熠发光。他甚至想到透过拖车的窗户，还可以看见他自己。

哦！我的上帝。

在又一幅画面中，他看见索恩、马尔科姆和埃迪匆匆钻进那辆绿色探险者车，驱车向实验室背后开去。震惊中他意识到：

这些画面全都是真实的。

电

他们开着探险者绕到主楼背后，朝发电站方向驶去。途中，他们看见右侧有个小住宅区。索恩看见六座农舍风格的小别墅，和一座标有“经理住所”的较大建筑。显然，这些小别墅周围的环境曾经十分优雅宜人，如今却是乱草丛生，有些地方又重新被丛林侵占。在这套综合设施的中心，有一个网球场，一个排干了水的游泳池，以及一台小型加油泵，泵的后面似乎是一家小杂货店。

“不知道这里当年住了多少人。”索恩说道。

“你怎么知道现在他们都走了呢？”埃迪反问说。

“你什么意思？”

“博士——他们有电。已经过去这么多年了，总得有个解释嘛。”埃迪驱车绕过装卸货场，径直驶向正前方的发电站。

发电站是一座钢筋混凝土碉堡式建筑，没有窗户，没有特征，只是顶部有一圈用作通风设施的波纹钢。钢板通风口早已锈蚀，呈现一片均匀的锈红色，其间还夹杂着些许黄色斑块。

埃迪驾车绕厂房而行，想找到一扇门。他终于在厂房背面找到了。这是一扇沉重的钢门，门上有一条油漆剥落、字迹不清的告示——

当心：高压电，闲人莫入。

埃迪从车上跳下来，其他人紧随其后。索恩嗅了嗅空气后说:“硫黄味。”

“非常浓烈。”马尔科姆点点头说。

埃迪用力拉了拉那扇门:“伙计们，我有一种感觉……”

突然间，门哐啷一声打开了，重重撞在混凝土墙上。埃迪两眼盯着门里的黑暗深处。索恩看见许多纵横交错密集地排列的管道，一股细细的蒸汽正从地面冒出。室内的温度极高，还听见持续不断的呼呼的响声。

“我的天哪。”埃迪边说边向前走，去查看那些仪表。他发现许多仪表的读数都看不出来了，因为它们的玻璃表面上覆盖着一层厚厚的黄色物质，管道接头也镶上了黄色的硬壳。

埃迪用手指擦去一些硬壳。“不可思议。”他说道。

“是硫黄?”

“是硫黄，真是太奇怪了。”他转身对着声音传来的方向，看见一个巨大的环状通风口，里面是一台汽轮机。它的叶片呈暗黄色，正在快速旋转。

“那也是硫黄吗?”索恩问。

“不，”埃迪答道，“那肯定是黄金。这些汽轮机叶片是用金合金制成的。”

“黄金?”

“是啊。必须有很大的惰性，”他转身对索恩说，“你明白这一切都是怎么回事了吧？难以置信啊，这么小型高效。有人还真想得出来。这项技术是……”

“你说的是地热？”马尔科姆问道。

“完全正确，”埃迪说，“他们在这里发掘出一个热源，可能是天然气或蒸汽，用管道从那边的地上通过来，然后用这个热能对一个封闭环路中的水——就是那边的管道网——进行加热，用产生的蒸汽驱动汽轮机——在那儿——于是就发出电来了。无论是什么样的热源，只要是地热，腐蚀性几乎都很强。在多数情况下，维修量大得可怕，可是这座电站仍在运行。太奇妙了。”

一面墙上有个主配电盘，向整个实验室综合设施配送电源。配电盘上除了斑斑霉迹，还有多处凹痕。

“这里似乎多年不见人影了，”埃迪说道，“电网的很大一部分已经失灵，但电站本身仍在运转，真是难以置信啊。”

空气中充满了硫黄味儿。索恩咳了几声，而后走回阳光下。他抬起头看着实验室的后部，一个装卸间外观似乎完好无损，另一个则已坍塌，大楼背面的玻璃已残缺不全。

马尔科姆走到他身边说：“我琢磨着是不是有只动物撞击了大楼。”

“你认为一只动物能造成那么大的破坏？”

马尔科姆点点头：“有些恐龙重达四五十吨呢，一只大恐龙就有一群象那么重。那完全可能是一只动物造成的破坏。没错儿。你注意到那条小路了吗？在那儿。那是一条兽道，经过装卸场地，通往山下。很可能是动物所为，是的。”

索恩说道：“他们当初把那些动物放出来的时候，就没有想到这一点吗？”

“哦，他们当初肯定只打算把动物放上几星期或几个月，然后趁它们尚未成年就捕捉回来，我很怀疑他们是否想到过它们会……”

谈话被一阵喀啦喀啦的电噪音所打断，像是静电噪声，是从那辆探险者中传来的。他俩身后的埃迪露出担忧的神色，急忙朝汽车跑去。

“我就知道，”埃迪说道，“我们的通信模块要烧坏了。我就知道应该换上另一块。”他拉开探险者的门爬上副驾驶座，拿起电话，按下自动调谐钮，透过挡风玻璃，他看见索恩和马尔科姆正向汽车这边走来。

这时，频率被锁定了。一个嘶哑的声音说：“上车！”

“这是谁呀？”

“索恩博士！马尔科姆博士！上车！”

索恩走上前来，埃迪说：“博士，是那个臭小子。”

“什么？”索恩感到惊讶。

“是阿比。”

阿比在对讲机上说道：“上车！我看见它过来了！”

“他在说些什么？”索恩说着皱起眉头，“他不是不在这儿嘛。难道他在岛上？”

对讲机喀啦一响：“对，我在这儿！索恩博士！”

“见鬼！他是怎么……”

“索恩博士，**快上车**！”

索恩的脸气得铁青，捏紧拳头说：“这个小王八蛋是怎么上岛的？”他一把从埃迪手中抓过电话，“阿比，见鬼的……”

“它来了！”

埃迪说:“他在说些什么?听声音他完全是歇斯底里了。”

“我能够在电视上看见它!索恩博士!”

马尔科姆扫视了一下丛林。“也许我们应该上车。”他平静地说。

“他是什么意思啊?电视?”索恩怒不可遏。

埃迪说:“我不知道,博士。不过,如果他在拖车中能收到图像,我们也应该能看到。”他啪嗒一声打开了仪表板上的监视器,注视着逐渐亮起来的屏幕。

“那个该死的小混蛋,”索恩骂道,“我要拧断他的脖子。”

“我还以为你喜欢那孩子呢。”马尔科姆说道。

“是喜欢,但是……”

“混沌状态在起作用。”马尔科姆说着摇了摇头。

埃迪看着监视器。

“哦,见鬼。”他说了一声。

他们在仪表板那台小监视器上看到的,是一幅俯视图像:一只霸王龙健壮强大的身躯。它正沿着兽道向他们靠近。它的皮肤带有斑纹,呈红褐色,像干了的血迹。在斑驳的阳光下,它腰腿部强健的肌肉清晰可见。它行动迅疾,没有丝毫的胆怯或犹豫。

索恩两眼发直,说道:“全都上车。”

他俩慌忙爬上汽车。在监视器上,霸王龙进入了摄像机的盲区。他们坐在探险者上,已经听见它朝这边过来的声音,他们身下的地在颤抖,汽车微微摇晃起来。

索恩说:“伊恩,你认为我们该怎么办?”

马尔科姆没有答话。他呆若木鸡，目光茫然直视着前方。

“伊恩。”索恩又说道。

对讲机中又传来阿比的声音：“索恩博士。我在监视器上找不到它了。你还能看见它吗？”

“天哪。”埃迪说。

说时迟，那时快，那只霸王龙从探险者右侧的绿叶丛中飞身而出，跃入眼帘。这只动物巨大无比，足有两层楼高。它的头在他们上方高高地昂起，超出了视野之外。然而像这样的庞然大物，行动起来却迅疾敏捷，令人不可思议。

索恩瞠目结舌，静待着事态的发展。他感觉得到，随着隆隆脚步声的接近，汽车在不断地晃动。埃迪轻声呻吟起来。

然而霸王龙没有理会他们。它继续踏着迅疾的步伐，从探险者的前面一晃而过。他们还没来得及看清，它那巨大的头颅和躯体便已消失在左侧的绿树丛里，只有那根用来平衡身体的粗壮尾巴——那尾巴大约七英尺长，随着它的行进步伐在空中前后不停甩动。

这么快！索恩心想。快极了！这只巨大的动物冒出头来，挡住了视线，随即又消失了。他以前还没有见过行动如此迅速的巨大动物。现在只看见它的尾巴尖儿随着它匆匆离去的身影前后甩动着。

接着，那尾巴猛击在探险者的车头，发出“咣”的一声巨响。霸王龙止住了脚步。

他们听见丛林中传出一声低沉而犹豫的吼叫。那只尾巴又在空中甩起来，颇具试探性，很快便再一次轻轻扫过散热器罩。

这时，只见左边的树丛东倒西歪，一片沙沙声，尾巴旋即便不见了。

索恩意识到，霸王龙正在转身。

它从丛林里重新钻出，向汽车逼近，直到站在他们的正前方。它又发出一声低沉的隆隆咆哮，然后微微地左右晃动脑袋，打量着这个奇怪的新鲜玩意儿。接着，它低下头来。这时，索恩可以看见霸王龙的嘴里正叼着什么，有一个小东西的四肢悬垂在它的巨颚两旁，它的头周围苍蝇如乌云密布，嗡嗡乱飞。

埃迪低声哼了哼："哦，妈的。"

"别出声。"索恩耳语道。

霸王龙喷着粗气看着汽车。它弯得更低了，用鼻子嗅来嗅去，每嗅一下都微微地左右晃一晃脑袋。索恩意识到它是在闻散热器的气味。它朝旁边稍稍一挪，嗅了嗅轮胎，然后缓缓地抬起硕大的头。它的眼睛到了发动机罩表面以上，透过挡风玻璃盯着他们看。接着它眨了眨眼睛，眼神像爬行动物那样冷酷。

索恩明显地感到霸王龙正在对他们进行观察：它用眼睛看看这个，又看看那个，然后用粗钝的鼻子在车子侧面拱了拱，仿佛是在试试车的分量，把它当成了一个对手。索恩紧紧地握方向盘，大气都不敢出。

这时，霸王龙迅速挪开步子，走到车子前面。它转身背对着他们，把大尾巴高高抬起，向后倒着走。他们听见那尾巴在车顶上刮擦的声音。它的后腿离他们越来越近……

接着，它一屁股坐在发动机罩上。由于它的重量太大，汽车被压得翘起来，保险杠被压进了土里。起初，它只是一动不动地坐着，接着就开始轮回扭动臀部，把汽车弄得嘎吱嘎吱直响。

"搞什么鬼嘛？"埃迪说道。

霸王龙站起身，翘起的汽车向后跌落。索恩看见发动机罩上留下一摊厚厚的白色糊状物。霸王龙随即沿着那条兽道扬长而去，消失在丛林中。

不一会儿，他们看见它又出现在后方那片开阔地上，大摇大摆地穿过那片没有丛林覆盖的住地。它踏着隆隆的脚步，绕到便利店后面，从两座别墅之间穿过，又一次走出他们的视野。

索恩瞥了埃迪一眼，埃迪蓦地扭头看着马尔科姆。发现马尔科姆没有回头看那只远去的霸王龙，而是愣愣地看着前方，身体僵直。

“伊恩！”索恩喊了一声，然后碰了碰他的肩膀。

“它走了吗？”马尔科姆问。

“走了。”

伊恩·马尔科姆整个人放松了下来，双肩耷拉，头垂到了胸前，缓缓地向外吐了一口气。接着他深吸一口气，重新抬起头来。

“你不得不承认，”他说道，“那可不是天天见得到的。”

“你没事吧？”索恩问。

“没事，当然。我很好。”马尔科姆把手放在胸口，摸摸自己的心跳，“我当然很好。那毕竟还是个小家伙嘛。”

“小？”埃迪诧异地说，“你说那家伙小……”

“是啊，作为霸王龙来说，雌性的体型要大得多。霸王龙中有性别两态现象——雌性大于雄性，普遍认为捕食工作主要由雌兽承担。不过，我们可以自己来把这点弄明白。”

“等等，”埃迪说，“你凭什么肯定它是雄性？”

马尔科姆指了指汽车发动机罩，上面那白糊糊的东西现在散发出一种刺鼻的气味。“它用气味标记了领地。”

“是吗？也许雌性也能标记……”

“很可能，”马尔科姆说，“不过，仅在雄性中发现过肛门气味分泌腺。你刚才看到它是怎么干的了。”

埃迪看着发动机罩，心中颇觉不悦地说：“但愿我们能把那个东西擦掉。我是带了些溶剂，但是你知道，我没有想到会有……恐龙麝香。”

对讲机中“咔嗒”响了一下。阿比的声音：“索恩博士，是索恩博士吗？一切都正常吗？”

“正常，阿比。谢谢你。”索恩回答说。

“那你们还等什么呢，索恩博士？你们没看见莱文博士吗？”

“还没有呢。”索恩伸手去取传感器装置，发现它掉在地上了。他弯腰把它拾起。莱文的坐标已经改变。“他在移动……”

“我知道他在移动。索恩博士。”

“我在听着哪，阿比，”索恩回答完，接着问道，“等等，你怎么知道他在移动？”

“因为我能看见他，”阿比说道，“他骑着一辆自行车。”

凯利走进拖车前部，一面打着哈欠，一面把脸上的头发朝后拢了拢。“你在和谁说话呢，阿比？”她看着监视器说，“嘿，挺棒的。”

“我进了B场地网络。”他说。

“什么网络？”

“是一个无线电局域网，凯利。不知怎么搞的，它还在运行。”

“是吗？可你是怎么……”

“孩子们，”索恩在对讲机上说，“如果你们不介意，我们正在找莱文。”

阿比拿起通话器说：“他正在一条丛林小道上骑着自行车。小道又陡又窄。我想，他和霸王龙走的是同一条小道。”

“和什么走的同一条道？”凯利惊讶地问道。

索恩挂上挡，开车离开发电站，驶向工作人员住地。他经过加油站，从小别墅之间穿过，开上霸王龙刚才走的那条道。兽道相当宽，车子在上面很好开。

“我们不该让孩子们待在这儿，”马尔科姆忧心忡忡地说，“这儿不安全。”

“现在也没什么办法了。”索恩说罢，打开对讲机，“阿比，你现在看见莱文了吗？”

汽车颠簸着穿过一个旧时的花坛，绕到经理住所的背后。这是一座挺大的热带殖民地风格的两层楼房，二楼有一圈硬木阳台。和这里的其他房屋一样，它也被植被包围了。

对讲机咔嗒一响：“是的，索恩博士，我看见他了。”

“他在哪儿？”

“他跟在霸王龙后面。骑在自行车上。”

“跟在霸王龙后面。”马尔科姆叹了口气，“我真不该和他搅和在一起。”

“英雄所见略同啊。”索恩说着加大油门。汽车经过一段石砌的断墙——好像是这片住地的外围界线——之后一头扎进丛林，沿着兽道向前疾驰。

阿比在对讲机上说:“你看见他没有?”

“还没有。”

小道逐渐变窄,弯弯曲曲地向山下延伸。转过一个弯,他们突然被眼前一棵倒伏的大树挡住了去路。大树的中央部位光秃秃的,树枝被折断,上面一片树叶都没有,也许是受到大型动物反复践踏的缘故。

索恩踩下刹车,停在那棵倒伏的树前。他下车走到探险者的后面。

“博士,”埃迪说,“让我去吧。”

“不,”索恩说,“万一出了什么事,你是唯一会修理设备的人,你更重要。尤其是现在还有孩子和我们在一起。”

索恩站在车后,把摩托车从置物钩上提起,顺势往地上一放,先检查了电池电量,然后把摩托车推到汽车前面。他对马尔科姆说:“把那支步枪给我。”他把步枪接过来挎在肩上。

索恩从仪表板上取出一副耳麦戴在头上,把块状电池卡在皮带上,然后把麦克风拉到脸颊边。“你俩回到拖车里去,”索恩说,“看好两个孩子。”

“可是博士……”埃迪开口说。

“就这么办了。”索恩说着把摩托车提起,放到倒伏大树的另一侧,自己跟着也爬了过去。这时,他看见树干上有同样刺鼻的乳白色分泌物。他的双手也弄上了。于是他回头向马尔科姆投去询问的一瞥。

“是为了标出领地。”马尔科姆说道。

“好哇,”索恩说,“太好了。”他把手在裤子上擦了擦。

接着他跨上摩托车,一溜烟地开走了。

索恩沿着恐龙行走的那条兽道骑行，茂密的植物枝叶啪啪地抽打着他的肩膀和双腿。那恐龙就在前方不远处，但他还没有看见。他骑行的速度很快。

对讲机咔啦响了一下，是阿比的声音：“是索恩博士吗？我现在能看见你了。”

“好的。”索恩道。

又是“喀啦”一声：“可是我再也看不见莱文博士了。”阿比的话音里透出几分忧虑。

电动摩托车行驶起来几乎没有什么声音，尤其是在下坡时。前方，兽道分成两条岔路。索恩停下车，伏在摩托车上，仔细观察着泥泞的道路。他看见霸王龙的足迹转向了左边，同时看见自行车轮胎细细的印痕也转向了左边。

他拐上左边的岔道，放慢车速。

索恩向前骑行了十码，看见路边有被吃剩下的半条腿，已经腐烂，上面爬满了白蛆和苍蝇。在上午灼热的空气中，那股刺鼻的气味令人作呕。

他继续向前，不久便看见一个大动物的头骨，骨头上还粘着一些肉和绿色的皮肤，也是爬满了苍蝇。

他对着麦克风说：“我正从一些残缺不全的尸体旁路过……”

对讲机喀啦一响，传来马尔科姆的声音：“我怕的就是这个。”

“怕的就是什么？”

“那儿可能有个窝，”马尔科姆说，“你刚才有没有注意到霸王龙嘴里衔的死尸？尸体已经腐烂，可是它却没有把它吃掉。

十有八九是，它正在把食物拿回家。拿回一个窝里去。”

“一个霸王龙窝……”索恩说。

“要是我就会当心点。”马尔科姆说。

索恩把摩托车挂到空挡，一路向下滑。当地面开始变得平坦时，他从车上下来。这时，他感觉到脚下的土地在颤动，还听见从前方灌木丛里传来低沉的呼噜呼噜的声音，就像一只得意的大丛林猫在打呼。索恩四下张望，他没有看见莱文自行车的踪影。

他从肩上取下步枪，用汗津津的双手握得紧紧的。他又听见那呼噜声，忽高忽低。那声音有点蹊跷。他琢磨了一会儿才明白过来。

原来声源不止一个。正前方的树丛中，发出呼噜声的动物不止一头。

索恩弯腰拔起一把草，撒向空中。草被吹落到他的腿上，说明他处在下风。于是他蹑手蹑脚地穿过树丛向前摸去。

他的四周是高大浓密的蕨类植物。但是他看见前方的林中空地上透过来阳光。此刻的呼噜声很响，此外还有一种声音——一种奇怪的吱吱声，音调很高，乍听起来就像机械发出的声音，就像一只轮子在吱吱地响。

索恩一阵犹豫后，慢慢地把一片蕨叶向下压，随之凝神望去。

窝

上午的阳光下，索恩的眼前赫然耸立着两只高二十英尺的大霸王龙。它们红兮兮的皮肤很像皮革，硕大的头、粗壮的颚、锋利的巨齿，看上去无比凶残。然而不知怎的，此时这两只巨兽并没有使索恩产生任何受到威胁的感觉。它们站在一个近四英尺高、甩干泥堆砌的大圆形壁垒前，不断屈下身去，其动作小心翼翼，缓慢而又轻柔。每当它们衔着口中红肉，屈身朝里面低下头去时，下面就响起一阵迫不及待的吱吱叫声，但随即几乎立刻停下来。当成年龙再度抬起头来时，口中衔着的肉也没有了。

毫无疑问，这就是那个窝。而且马尔科姆说得不错：一只霸王龙明显比另一只大。

少顷，尖叫声复起。索恩觉得好似雏鸟的叫声。成年龙不停地埋下头去，哺喂那些他看不见的小宝贝。一块撕碎的肉掉在壁垒墙的顶部，索恩发现壁垒顶端出现一只幼小霸王龙的头，并开始向外爬。这只幼崽与火鸡一般大小，大脑袋、大眼睛，一身红色软毛乱蓬蓬的，颈子上还有一圈白色绒毛。那幼崽不停地尖叫，用虚弱的前肢笨拙地爬向肉块。刚爬到那块肉旁边，它就猛扑上去，毫不犹豫地用细小尖利的牙齿咬住那块肉大嚼起来。

吃得正欢时，它突然发出惊恐的尖叫，顺着干泥墙向下滑。说时迟那时快，母霸王龙低下头阻止了小宝贝的继续下落，然后轻轻地把它推回窝里。它那优雅的动作，照看幼崽的精心，给索恩留下深刻的印象。与此同时，那只雄霸王龙还在把肉撕成小块。两只恐龙还不停地发出呼噜声，仿佛是在宽慰它们的幼崽。

索恩在观察的同时挪了挪位置，结果一脚踩在树枝上，发出噼啪一声脆响。

两只成年龙应声抬头。

索恩纹丝不动，大气也不敢出。

霸王龙仔细观察窝的周围，全神贯注地朝各个方向看了又看。它们挺直身体，警觉地昂起头，眼睛急速地来回转动，头随之微微抖动。少顷，它们似乎放松下来，于是频频点头，相互摩擦着口鼻部。它们的这种动作似乎是某种仪式，几近舞蹈。接着，它们继续喂起幼崽来。

待它们平静之后，索恩才趁机溜开，悄悄地回到摩托车那边。他从耳麦中听见阿比低声说："索恩博士，我看不见你。"

索恩没有搭腔，而是用手指轻轻敲了敲麦克风，表示他听见了。

阿比低声道："我觉得我知道莱文博士在哪儿。就在你的左侧。"

索恩又敲了一下麦克风，然后转过身去。

在左面的蕨类植物丛中，他看见一辆生锈的自行车斜靠在一棵树上，车上有"国际遗传技术公司公用"的字样。

阿比坐在拖车里，一边看着远程视频图像，一边用鼠标在图像上点击。他的心里美滋滋的。现在他把监视器屏幕分割成四块。这是一种折中办法，既可显示多个图像，又能使画面能看得清。

其中一幅图像从上方俯视着那片隐蔽空地上的两只霸王龙。时值上午，灿烂的阳光洒在被踩踏得沾满污泥的青草地上。他看见空地中央有个泥垒的、直上直下的圆形窝。窝内有四枚足球般大小、白色带斑纹的蛋。另外还有一些蛋壳碎片和两只霸王龙幼崽，就像没长羽毛、吱吱叫的小鸟。它们坐在窝里，像雏鸟一样仰着头，张大嘴巴等待父母喂食。

凯利看着屏幕说："看它们多机灵。"接着她又补充说，"我们应该到那儿去。"

阿比没搭腔。他根本不知道自己是否想再靠近些。大人们个个摆出一副镇定自若的样子，可是阿比却发现，一想到这些恐龙，他就感到一种不可名状的惶恐。阿比一贯以为，在生活中建立了秩序才能给人以安全感，甚至把电脑显示器上的图象安排妥帖也是令人欣慰的事情。然而这座岛上充满了不可知的、不可预料的事物，不知道将会发生什么事情。这使他感到惴惴不安。

然而凯利却很兴奋。她喋喋不休地评论着霸王龙，说它们的个头有多大，牙齿的尺寸又如何。她显得热情洋溢，毫无惧色。

阿比心里挺烦她。

"我说，"她说道，"你怎么会认为你知道莱文博士在哪儿呢？"

阿比指着显示器上的霸王龙窝："你注意看。"

"我看见了。"

"不，要注意看，凯利。"

他俩注视着屏幕，发现画面稍有些移动，先是偏向左面，然后又回到中间。

“看见了吗？”阿比说道。

“那又怎么样？也许是风吹动了摄像机什么的。”

阿比摇摇头：“不，凯利，莱文在树上。是他在移动摄像机。”

“哦。”凯利没有说话，她又注意看了看，“也许你是对的。”

阿比咧嘴笑了，这是他能够指望从凯利嘴里听见的最高褒奖了。“是的，我想是的。”

“但是莱文博士在树上干什么呢？”

“也许是在调整摄像机。”

他们听见对讲机里传来索恩的呼吸声。

凯利注视着那四幅显示岛上不同地点的视频画面，接着叹了口气。“我恨不得马上就到那儿去。”

“我也是。”阿比说，可是他有些言不由衷。他朝拖车窗外瞥了一眼，看见探险者在往回开，车上坐着埃迪和马尔科姆。对他们的返回，他暗自感到高兴。

索恩站在树下，抬头向上看去。他无法透过树叶看见莱文，但知道他肯定在上面，因为莱文弄出的响声在索恩看来已经够多的了。索恩紧张地回头看了一眼被枝叶遮住的那片空地。他仍然能听见呼噜呼噜的叫声，一声接一声，持续不断。

索恩在等待。莱文到底在树上搞什么名堂？他听见头顶上的枝叶在沙沙响，接着安静下来。一声嘟囔，接着又是一阵沙沙响。

接着莱文说了一声“哦，该死”，随后是咔嚓一声响，树枝噼噼啪啪地折断，伴着一声痛苦的嗷嗷叫声。紧接着，莱文重重地落在索恩面前的地上，摔了个仰面朝天。他就地一滚，双手抱住肩头。

“他妈的！”他骂道。

莱文身穿满是泥污的卡其布服，衣服上有好几处已经撕破。他有三天没刮胡须，看上去脸色有些憔悴，还粘着不少泥。他抬头看着朝他走来的索恩，噗嗤笑起来。

“我万万没有想到会见到你，博士，”莱文说道，“不过，你的时间算得真准啊。”

索恩伸出手，莱文正要拉住它时，猛然听身后空地上霸王龙发出的震耳欲聋的咆哮声。

“哦，不好！”凯利说道。

监视器上，霸王龙显得狂躁不安。它们疾速地兜着圈子，仰天怒吼。

“索恩博士，出什么事了？”阿比问道。

他们听见对讲机里传来莱文沙哑的声音，但声音很小，听不清他在说什么。埃迪和马尔科姆走进拖车。马尔科姆朝监视器看了一眼，说：“让他们马上离开那里！”

监视器上，两只霸王龙背靠背站在那里，形成防守姿态，把幼崽护在中间。成年龙那粗壮的大尾巴搭在窝上，在幼崽头顶上方来回甩动。紧张的空气一触即发。

接着，一只成年龙狂吼一声，冲出了空地。

“索恩博士！莱文博士！快离开那儿！”

索恩一甩腿跨上摩托，抓住橡胶车把。莱文跳上后座，一把搂住他的腰。索恩听见一声令人胆寒的咆哮，扭头一看，只见一只霸王龙正拼命穿过树丛，向他们冲过来。它低着头，张着嘴全速奔跑，一副明白无误的攻击姿态。

索恩转动车把，电动马达呼地响起来，可是后轮在烂泥里打着空转，车子没有动。

“走！”莱文大喊，“走哇！”

霸王龙咆哮着狂奔而来，索恩能感到大地在震颤。巨大的咆哮声使他感到耳朵阵阵的疼。霸王龙眼看就要扑上来了。它那可怕的大脑袋奋力前伸，血盆大口张开着……

索恩用脚跟朝后一蹬，摩托车向前移动，后轮突然抓着地面，甩起一股泥浆，呼啸着冲上泥泞的小道。他加快了车速，摩托车在小路上疾驶，不停地左后晃动，险象环生。

莱文在他背后大声嚷嚷着，索恩根本就不听，他此刻的心怦怦直跳。摩托车从一道小沟上飞越时几乎失去了平衡，但索恩随即将车稳住，重新加速。他不敢回头看。他能闻到阵阵腐肉的恶臭，听见那庞然大物在追击时的喘息声……

“博士，别紧张！”莱文大叫。

索恩充耳不闻。摩托车呼啸着向山上飞驰，树枝啪啪地抽打着他们的身体，泥浆飞溅到脸上和胸口。他的车进入一道车辙，不过他很快又使它回到小路中央。他又听见一声咆哮，不过感到那声音似乎有所减弱，可是……

“博士！”莱文凑近他的耳朵喊道，“你要干什么呢？要我们的命吗？博士，我们把它甩掉了！”

索恩把摩托开到一段平坦的路上，硬着头皮回头看了一眼。莱文说得不错，他们把它甩掉了。他已看不见那只恐龙的踪影，不过还能听见它从远处发出的咆哮声。

他放慢了车速。

“别紧张！”莱文摇摇头，此刻他面如土色，惊魂未定地说，“你的车开得太可怕了，知道吗？你应该吸取教训。你在那儿差点儿送了我们的命。”

“它在攻击我们。”索恩生气地说。他很熟悉莱文的苛刻态度，但此时此刻……

“荒唐，”莱文说，“它根本就不是在攻击。”

“看起来真他妈的像是那样。”索恩说。

“不，不，”莱文说，“它不是在攻击我们。那只霸王龙是在保卫它的窝，这里有很大的差别。”

“我看不出有什么差别。”索恩说道。他停下摩托，狠狠地瞪着莱文。

“事实上，”莱文说，“如果霸王龙打定主意要追你，我们现在早就死了。可是它几乎立即就停止了。”

“是吗？”索恩说。

“毫无疑问，”莱文卖弄地说，“霸王龙的意图只是要吓跑我们，保卫它的领地。它绝不会丢下窝不守，除非我们从窝里拿走什么东西，或是骚扰它的窝。我敢肯定，现在它已回到配偶那里去孵蛋了，哪儿也不会去。”

“这么说，它还真是个好父亲。”索恩说着开始加速。

“当然是个好父亲，”莱文继续说道，“傻瓜都能看出来。没看见它有多瘦吗？它一心喂养子女，忽视了自己的营养。这种情况也许已经有几个星期了。霸王龙是一种复杂的动物，具有复杂的猎食行为，并且具有复杂的养育幼崽的行为。成年霸王龙持续几个月扮演父母的角色，我也不会觉得奇怪。比方说，教子女猎食啦、带回一些受伤的小动物让孩子们把它们吃掉啦，诸如此类的吧。弄清它究竟干些什么很有意思。我们还在这里等什么？”

索恩的耳麦喀啦喀啦响起来。马尔科姆说道：“他绝不会想到要感谢你的救命之恩的。”

索恩哼了一声：“显然不会。”

莱文说：“你在和谁说话？是马尔科姆？他也在这儿？”

“在这儿。”索恩回答说。

“他赞同我的观点吧？”莱文说。

“不完全。”索恩摇摇头。

“听我说，博士，”莱文说，“很抱歉让你受惊了。不过那大可不必。事实上，我们刚才根本没有危险，你那样开车才危险呢。”

“好，好了。”索恩胸膛里的那颗心仍在怦怦直跳。他深深地吸了口气，把车头向左一转，拐上一条较宽的小道，开始返回营地。

坐在他背后的莱文说：“非常高兴见到你，博士，真的。”

索恩没有吭声。他在密密的植被中顺着小道向下，到了山谷才开始加速。不久，他们便看见了下面空地上的拖车。

莱文说道：“好啊，你把什么都带来了。设备在运行吗？一切情况良好？”

“似乎都还可以。”

“好极了，”莱文说，“实在是好极了。”

“未必。”索恩说道。

在拖车的后窗里，凯利和阿比隔着玻璃兴高采烈地挥着手。

“你在开玩笑吧。”莱文说道。

第四章

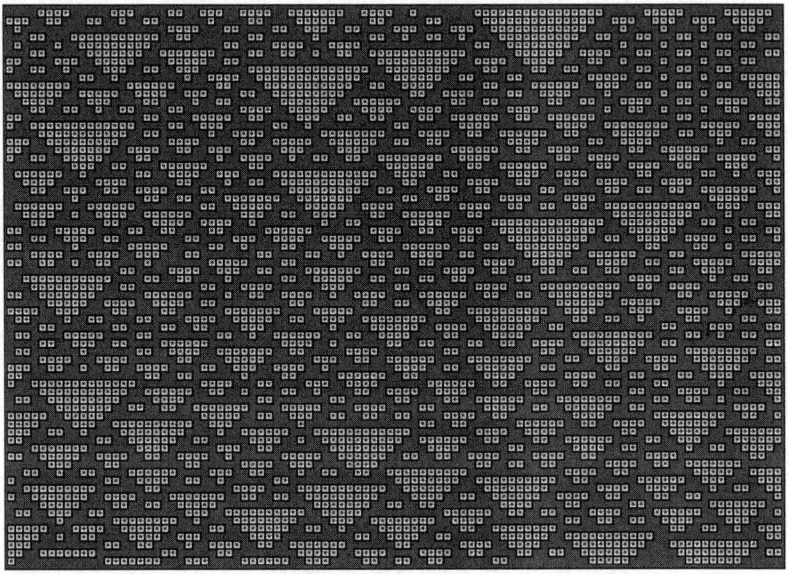

在接近混沌边缘的地方，生命元素表现出内在的冲突。这是一个不稳定的、有致命威胁的区域。

——伊恩·马尔科姆

莱文

凯利和阿比从空地上跑过来，大声喊道：“莱文博士！莱文博士！你安全了！”他们紧紧地拥抱莱文，莱文不由自主地笑了。

“博士，”莱文转过身对索恩说，“这很不明智。”

“你为什么不对他们解释呢？”索恩说道，“他们是你的学生。”

“别发火。莱文博士。”凯利说道。

“这是我们自作主张，”阿比对莱文解释说，“是我们自己来的。”

“自己来的？”莱文反问道。

“我们觉得你们需要帮助，”阿比说，“而且确实需要。”他说罢转向索恩。

索恩点点头：“对，他们是帮助了我们。”

“而且我们保证不会碍手碍脚，”凯利说，“你们该干什么只管干什么，我们只……”

“孩子们为你担心了，”马尔科姆说着走到莱文身旁，“因为他们认为你遇到了麻烦。”

“不管怎么说，那么猴急干什么呀？”埃迪说道，“我的意思是说，你建造了这些车辆，可是你一样不带就走了……”

“我实在是不得已呀。”莱文说，“他们的政府正忙于对付某种新型脑炎的蔓延，认定这与偶然被冲到那边沙滩上的恐龙尸体有关。当然，他们要毁灭在这座岛上发现的每一只动物，这种想法愚蠢透顶，不过谁也阻挡不了他们这种做法。我只好捷足先得了。机不可失啊。”

“所以你就一个人来了。”马尔科姆说。

“瞎说，伊恩。别再嘟着嘴了。我本想证明是这座岛之后，立刻就给你打电话。而且我并不是一个人来的。我有个向导，名叫迭戈，是个本地人。他向我保证说，几年前他还是个孩子的时候上过这座岛。他好像懂得很多。他领着我顺顺当当地爬上了悬崖。一切都很顺利，可是后来我们在小溪边遭到攻击，迭戈他……”

“攻击？”马尔科姆说道，“什么东西的攻击？”

“我没看清，”莱文说，“事情来得太突然。那只动物猛然把我击倒，撕坏了我的背包。接下来发生了什么我就搞不清了。可能它被背包的形状弄懵了，因为我爬起来撒腿就跑，它并没有来追我。”

马尔科姆眼睛看着他说：“算你他妈的走运，理查德。”

“是啊，我跑了很长时间。等到回头一看，丛林中只有我一个人，而且迷了路。我不知该怎么办才好，就爬上一棵大树。看来这个主意挺不错——可是在夜幕降临的时候，迅猛龙出现了。”

“迅猛龙？”阿比问。

“小型食肉动物，”莱文回答说，“基本上是兽脚类食肉恐龙的体型，口鼻部较长，双眼视觉，身高两米左右，体重约九十千克。这种小型恐龙敏捷、聪明、很难缠，成群出没。昨天夜里一共来了八只，围着我的树又蹦又跳，想逮我。整整一夜，它们又蹦又跳，不停地嚎叫……折腾得我一点也没睡着。”

“哇，真够倒霉的。”埃迪说。

“喂，”莱文没好气地说，“这可不是我的问题，如果……”

索恩插进来说：“你在树上过的夜？”

“是的，到了早晨，迅猛龙都走了。于是我从树上爬下来，开始到处转转看看。我发现了那个实验室，管它叫什么吧。很显然，他们是仓促之中放弃它的，还撇下了一些动物。我从里面穿过，发现那里还有电，这么多年了，有些系统还在运行。最重要的是，那里有一个用于安全警戒的摄像监控网络。这可是一个幸运的突破。于是我决定对那些摄像机进行检查，我正在努力工作的时候，你们这些人闯了进来……”

“等等，”埃迪打断他的话说，“我们是来救你的。”

“我不明白为什么，”莱文说，“我肯定没有让你们来。”

索恩说：“从电话上听起来，似乎你是在求我们。”

“那是个误会，”莱文说，“我那是一时心烦意乱，因为电话打不通。你把我的电话造得太复杂了，博士。问题就在这里。好吧，我们可以开始吗？”

莱文顿住了。他看着一张张愤怒的面孔。马尔科姆转身对着索恩说：“不愧是个伟大的科学家，”他说，“而且是个了不起的人。”

“听我说，”莱文说道，“我不知道你们的问题出在哪儿，要到这座岛上来进行考察是早晚的事。像这种情况下，还是越早越好。现在一切进展顺利，坦率地说，我看没有理由再继续讨论下去，现在不是斤斤计较的时候。我们还有重要的事情要做，而且我认为应该马上开始。因为上这座岛是一个千载难逢的机会，机不可失，时不再来。”

道奇森

在科尔特斯港的切斯佩利多酒吧里，路易斯·道奇森躬着腰坐在一个阴暗的角落里，慢慢地喝着啤酒。坐在他身边的乔治·巴塞尔顿是斯坦福大学里吉斯生物学教授，此刻正在津津有味地吃着一盘农家煎蛋。黄色的蛋黄流淌在绿色的调味酱汁上，道奇森一看就觉得恶心。他扭过头去，但还是听见巴塞尔顿咂嘴巴的声音，而且挺响。

酒吧里没有别人，只有几只鸡在地上咯咯叫唤。一个小男孩不时地来到门前，朝着鸡扔一把石子，然后咯咯笑着跑开。吧台上方有一台嘶嘶作响的音响设备，锈蚀的音箱里正在播放一盘猫王的老磁带。道奇森轻轻哼着“爱上了你”，尽量按捺住自己的性子。他已经在这个烂地方坐了将近一个小时了。

巴塞尔顿吃完鸡蛋，推开盘子，掏出总是随身携带的小记事本。“我说，路，”他开口说道，“我一直在考虑如何处理这件事。”

“处理什么？”道奇森有点恼火地说，“没什么可处理的，除非我们能到那个岛上去。”他边说边用一张理查德·莱文的小照片敲着吧台，然后把照片翻过来。他发现人像是倒的，又把照片正过来。

他叹了口气，看了看手表。

“路，”巴塞尔顿耐心地说道，“去那个岛并不重要。重要的是，如何将我们的发现呈献给世界。”

道奇森顿了顿。“我们的发现，”他重复道，“我喜欢这种说法，乔治。这种说法很好。我们的发现。”

“呃，这是事实，难道不是吗？”巴塞尔顿的脸上浮出和蔼的微笑，“遗传技术公司破产了，它的技术对于人类来说已经失传。一个非常非常惨重的损失，我在电视上多次说过。然而在这种情况下，任何人，只要重新找到它，就是一项新的发现。我不知道你还能把这个称作什么。正如亨利·普安卡雷所说……”

“好吧，”道奇森说，“这么说我们有了一项新发现。那又怎么样呢？召开一次新闻发布会？“

“绝对不行，”巴塞尔顿惊恐地说，“召开新闻发布会太粗俗了。我们会因此遭到各种各样的批评。不行，不行。如此重大的发现必须受到体面的礼遇，必须加以报道，路。”

“报道？”

“在文献刊物上——我想是《自然》杂志。”

道奇森乜斜着眼：“你想在科学刊物上宣布？”

“还有比这更好的办法来使它合法化吗？”巴塞尔顿说，“向我们的学术同行呈上我们的发现是名正言顺的事。当然，这将引发一场争论，但争论会包括什么内容呢？一场学术仗，教授攻击教授，报纸的科学版整整三天都是这个内容，直到被有关乳房再造的最新消息挤出版面为止。然而就在这三天中，我们已充分申明了我们的所有权。”

“你来写吗？”

“是的，”巴塞尔顿说，“我想要过些时候，登在《美国学者》，要么是《自然历史》上。一篇有关人类利益的东西，谈谈这项发现对未来的意义，还向我们陈述了历史，如此等等……”

道奇森点点头。他知道巴塞尔顿言之有理，因而再次想到自己是多么需要他，让他加入这个团队是多么明智。道奇森从未想到过公众反应，巴塞尔顿则没有想过其他别的。

“那么，很好，”道奇森说，“不过如果我们不去那座岛，一切都等于空谈。”他又看了看手表。

他听见身后一扇门打开了，他的助手霍华德·金走了进来，还带来一个身材矮胖、留着小胡子的哥斯达黎加人。此人有着一张饱经风霜的脸和一副阴沉沉的表情。

道奇森在凳子上转过身来：“这就是那个人吗？”

“是的，路。”

“他叫什么名字？”

“甘多卡。”

“甘多卡先生，”道奇森举起莱文的照片说道，“认识这个人吗？”

甘多卡才瞥了一眼就点点头说：“这是莱文先生。”

“正是他。该死的莱文先生。他什么时候在这儿的？”

“几天前。他和我的表兄迭戈一块儿去的，现在还没有回来。”

“他们上哪儿了？”道奇森问道。

“索纳岛。”

“好。”道奇森饮干了啤酒，推开酒瓶，“你有船吗？”他转脸对着金问道，“他有船吗？”

“他是个渔夫，有船。”金答道。

“一条渔船，是的。”甘多卡点点头。

“很好，我也要去索纳岛。”

“是，先生，但是今天的天气……”

“我不管什么天气，”道奇森说，“天气会转好的，我现在就要动身。”

“也许要等等……”

“现在。”

甘多卡双手一摊：“我很抱歉，先生。”

道奇森说：“把钱给他看看，霍华德。”

金打开一只公文包，里面装满了面值五千科朗的哥斯达黎加纸币。

甘多卡看了看，抽出一张纸币检查了一番，然后小心地放回去，身体稍微挪动了一下。

道奇森说：“我现在就要动身。”

“好的，先生，”甘多卡说，“你一准备好我们就出发。”

“这还差不多，”道奇森说，“到那座岛要多长时间？”

“大概要两个小时，先生。”

“好，”道奇森说道，“这就好。”

高架隐蔽所

“我们开始吧！”

莱文咔嗒一声把软钢缆挂在探险者的电动绞盘上，然后打开电源开关。钢缆在阳光下缓缓移动。

他们已搬到悬崖脚下的一片宽阔平坦的绿草地上。正午的耀眼太阳从小岛的峭壁岩石方向照射下来，下面的山谷在正午的热浪中熠熠闪亮。

不远处有一群棱齿龙。埃迪和两个孩子在进行铝制杆器件的组合安装。他们每次发出金属撞击声，这些形似瞪羚的绿色动物便从草丛中伸出头来张望。这套组件在加州曾经是有些人孜孜以求的东西，现在这些细金属杆横七竖八地摊放在草丛中，就像一套超大型的游戏棒。

“我们就要看到结果了。”莱文说着搓了搓手。

电动机运转起来后，铝制杆开始移动，慢慢被提到空中。初露出来的结构就像蛛网一般脆弱，然而索恩明白，交叉支撑杆将使它具有惊人的强度。随着支杆慢慢展开，这个框架结构达到十英尺，最后高度达到十五英尺。顶部的小屋正好处于附近树丛最低枝叶的下方，这些枝叶提供了非常严实的掩护，然而架子本身却在阳光照射下闪闪发亮。

“是这个样子吗？”阿比问。

“就是这个样子，没错。”索恩绕着它走了一圈，将锁定销一一装上，使架子竖直。

“不过它实在太亮了，”莱文说，“我们当初真应该把它做成黑色的。”

索恩说道：“埃迪，我们需要把它掩蔽起来。”

“要喷漆吗，博士？我想我带了点黑色油漆。”

莱文摇摇头：“不，那样又会有气味。用这些棕榈叶行吗？”

“行啊，完全可以。”埃迪走到附近的一片棕榈树旁，用砍刀砍下许多棕榈叶。

凯利抬起头，目不转睛地看着铝制支杆。“太棒了，这是什么呀？”她问道。

“这是高架隐蔽所，”莱文说道，“来吧。”他说着，便开始往架子上爬。

架子的顶部结构是一座小屋，屋面用间距四英尺的铝棒支撑，地板也是用铝棒铺成，铺排得比较密，间距约六英寸。但是他们的脚有从空隙中滑落的危险，所以莱文把埃迪·卡尔用绳索吊上来的第一捆棕榈铺在地板上，先将它铺垫严实，然后把剩下的棕榈叶捆绑在小屋外面，遮盖住小屋。

阿比和凯利凝神看着外面的动物。他们处于这个有利位置，能将整个峡谷尽收眼底。远处有一群雷龙在河那边游荡，北面有一群三角龙在吃草，一些长着高高顶冠的鸭嘴龙正趴在水边喝水。峡谷中传来它们低沉的、吹喇叭似的鸣叫。那声音深沉、阴森怪异，少顷，从峡谷那一侧的森林中，传来一声表示应答的鸣叫声。

“那是什么？”凯利说道。

“副栉龙，”莱文说，“它通过顶冠发出喇叭似的呜呜声，低频的声音传得很远。”

南面有一群暗绿色的动物，前额很大，弯弯地向前突出，上面长了一只多节的小角。它们的模样有几分像野牛。“你管这些叫什么呢？”凯利问道。

“问得好，”莱文说，“它们有可能是怀俄明肿头龙。很难确定，因为从来没有发现过这种动物的完整骨骼化石。它们的前额骨很厚。我们曾经找到过许多圆顶头盖骨碎片，但这是我第一次见到一个完整的动物。”

“那么那些头呢？它们有什么用？”阿比问道。

“没人知道，”莱文说，“大家都认为它们是用来相互顶撞的，用于种群内部雄性之间的争斗。争夺雌性，诸如此类吧。”

马尔科姆爬进隐蔽所。“是啊，是用来顶撞，”他没好气地说，“你们现在看到了吧。”

“好吧，”莱文说，“它们现在并没有顶撞。也许它们的繁殖季节已经结束。”

“也许它们根本就不会进行头部顶撞，”马尔科姆望着那群绿色动物说道，“我的感觉是，它们好像相当平和。”

“是啊，”莱文说，“这当然说明不了什么问题。非洲野牛在大部分时间里也显得很平和，事实上，它们通常是一动不动地呆呆地站着。尽管如此，野牛也还是凶猛难料、十分危险的动物。我们必须这样看，这种圆顶的存在一定有某种道理，即使我们现在还不太明白。”

莱文转向孩子们：“这就是为什么我们要造这个隐蔽所的原因。我们要对动物进行二十四小时昼夜不停的观察，我们要在可能的限度内完整记录它们的活动。”

“为什么？”阿比问。

“因为，”马尔科姆说，“这座小岛给我们提供了一个千载难逢的机会，来研究我们这个星球历史上最大的秘密：物种灭绝。”

“你们知道吧，”马尔科姆说，“遗传技术公司在关闭设施的时候过于匆忙，留下了一些动物，那是五六年前的事了。恐龙成熟很快，大部分种类的恐龙在四到五年之间达到成年。到目前为止，在实验室中孕育出来的第一代遗传技术公司恐龙已经发育成熟，并开始繁殖下一代，而且完全是在野生环境中进行。现在这座岛上已经形成一个完整的生态系统，大约有十几种不同的恐龙以群居的形式生活着，这可是六千五百万年来的头一次啊。”

阿比说：“那为什么说是千载难逢呢？”

马尔科姆指着平地那边：“喏，想想看吧。物种灭绝是一种难度非常大的研究课题，有十几种相持不下的理论。化石记录并不完备，而你又无法进行实验。伽利略可以爬上比萨斜塔，扔几个球来实验他的重力理论。实际上他从来没有做过，但是有可能做了。牛顿用棱镜实验他的有关光的理论；天文学家通过观察日、月食来实验爱因斯坦的相对论。实验贯穿了科学工作的全过程，但你怎么能实验物种灭绝理论呢？你办不到。”

阿比说："可是这儿……"

"是啊，"马尔科姆说，"我们这儿有一些已经灭绝了的动物种群。它们被人为地引进一个封闭的环境，以便整体从头再进化。像这样的事情在历史上绝无仅有。我们知道这些动物曾经灭绝过，但是谁也不知道为什么。"

"所以你们期待着有所发现？就在几天之内？"

"对，"马尔科姆说，"是这么回事。"

"怎么发现？你们不会指望它们再次灭绝吧？"

"你是说，就在我们眼前？"马尔科姆哈哈大笑起来，"不，不，不是那么回事。问题是，这是我们第一次不单单在研究骨头。我们在观察活生生的动物，观察它们的习性。我有一种理论。我想即使在很短的时间内，我们也会看到有关这个理论的证据。"

"什么证据？"凯利问。

"什么理论？"阿比说道。

马尔科姆朝他俩微微一笑："等着瞧吧。"

红桃皇后

雷龙冒着白日的酷热来到小河边，低头饮水时，水中倒映出它们优雅弯曲的脖颈。它们那鞭子似的长尾巴懒洋洋地前后甩动着。几只幼小的雷龙，体型比成年的小得多，在这群龙中来蹦蹦跳跳。

“很美，是不是？”莱文说道，“这种整体和谐的样子真美。”他朝旁边一靠，大声问索恩：“我的托架在哪儿？”

“上来了。”索恩说。

这时，绳索送上来一个沉甸甸的宽底座三脚架，顶上是一个环状托架，上面装了五台摄像机，悬垂的电线通到太阳能电池板上。莱文和马尔科姆动手把它架设起来。

“视频怎么了？”阿比问。

“数据进行多路传输，我们通过上行线路发回加利福尼亚。通过卫星，我们还将接入这里的安全网络。这样我们就有许多观察点了。”

“那么我们就不一定非要待在这儿啦？”

“对。”

“这就是你说的高架隐蔽所？”

“是的。至少这是萨拉·哈丁之类的科学家对它的叫法。”

索恩爬上来加入他们。这个小小的棚屋现在有点拥挤了，然而莱文似乎没有察觉到。他正全神贯注于恐龙，通过一副双筒望远镜观察散布在草地上的那些动物。

“跟我们想象的一样，”他对马尔科姆说，“空间结构。幼龙和未成年龙在群体中央，成年龙在外围保护它们。雷龙是用尾巴进行防卫的。”

“好像是这样。”

“哦，这是毋庸置疑的。”莱文说罢，叹了口气，“被证明是正确的，真令人愉快啊。”

在下面的地面上，埃迪打开圆形铝制笼子的外包装。这就是他们在加州见过的那只笼子，这笼子高六英尺，直径四英尺，是用粗一英寸的钛棒制成的。“这东西怎么弄？”埃迪问道。

“就留在下面，”莱文说，“它本来就该放在下面。”

埃迪把笼子竖着放在高架的角落里，莱文爬了下来。

“那是干什么用的？”阿比望着下面问道，“是捕捉恐龙的吗？”

“实际上，恰恰相反。”莱文将笼子固定在高架的侧面。他拉着笼子的门反复开关了几次。门上装了一把锁，他查了查锁，把钥匙留在锁孔里，上面还扣着一只正在晃动的钥匙环。

“这是一个防食肉动物的笼子，就像防鲨鱼的笼子一样，”莱文说，“如果你们在下面活动的时候发生什么意外，爬进笼子里就安全了。”

“发生什么意外？”阿比神情不安地问道。

“实际上，我认为什么也不会发生，”莱文说着又爬了上去，“因为我不相信这些动物会注意我们，或是这座小房子——一旦它被隐蔽起来。”

“你的意思是，它们不会看见它？”

“哦，它们会看见的，”莱文说，“但不会把它当回事。”

“可是如果它们闻出我们来……”

莱文摇了摇头：“我们把隐蔽所设在主风吹向我们的位置上。而且，你们可能已经注意到了，这些蕨类植物有一种独特的气味。”这是一种淡淡的、略微刺鼻的气味，几近桉树油味。

阿比还是有些焦虑：“假如它们要来吃蕨类植物呢？”

“不会的，“莱文说道，“这些是芒萁属植物，有微毒，吃了会引起口腔皮疹。实际上，有一种理论认为，它们的毒性最初是从遥远的侏罗纪开始进化来的，专门防止食草恐龙来吃它们。”

“那不是一种理论，”马尔科姆说，“那只是一种毫无根据的推测。”

“这里面也不无道理，”莱文说，“中生代的植物肯定受到了特大型恐龙的严重挑战。一群一群的巨型食草兽，每只巨兽每天要吃掉数百磅植物，几乎要将所有的植物一扫而光，除非它们进化出某种防卫手段——要么是口味极差，要么有刺激性，要么是披荆带刺，要么是有化学毒性。所以说，这些芒萁属植物可能就是在那时进化出毒性的，而且这非常有效，因为在地球的任何地方，当代的动物都不吃这种蕨类植物。这就是为什么它们如此蓬勃生长的原因。你们可能已经注意到了。”

“植物还有防卫手段？”凯利问。

“当然有哇。植物也像其他生命形式一样在进化，而且演化出自己的侵略形式、防卫形式等等。在十九世纪，多数理论都是关于动物的——弱肉强食的自然界，全是那一套。然而现今的科学家们却在思考绿色根茎的自然界。我们认识到，植物在无休止的生存斗争中已经完成了所有必要的进化，从与其他动物的共生，到向其他植物发出警告的信号机制，到全面的化学战。”

凯利皱起眉头:“发出信号？比如说呢？”

“哦，例子多的是。”莱文说道，“在非洲，刺槐树进化出又长又尖的大刺，约有三英寸长，结果却促使长颈鹿和羚羊一类的动物进化出长舌来躲过这些刺。单单靠刺是不行的。于是在进化的军备竞赛中，刺槐树接着又进化出毒性，它们开始在树叶中产生大量单宁酸，在吃了树叶的动物体内引起致命的代谢反应。这简直要了它们的命。同时刺槐树还进化出一种相互之间的化学警告系统。如果一只羚羊开始吃一片树林中的一棵树，这棵树便会向空气中释放化学乙烯，从而使林中的其他树增加树叶单宁酸的生产，在五到十分钟以内，其他的树便产生更多的单宁酸，使自己变得有毒。”

“那么羚羊怎样了？死了吗？”

“唔，现在已经死不了啦。”莱文说，“因为进化军备竞赛仍在继续。最终羚羊认识到，它们只能吃很短一段时间。一旦树木开始产生更多的单宁酸，它们就停止不吃了。而且，食草动物发展出新的战略。譬如，当一头长颈鹿吃了一棵刺槐树叶以后，便不去碰在那棵树下风的所有其他树，相反，它会接着去吃一段距离以外的另一棵树，所以说，动物已经适应了这种防卫手段。”

“在进化论里，这被称为‘红桃皇后’现象，”马尔科姆说道，“因为在《艾丽丝漫游奇境记》里，‘红桃皇后’告诉艾丽丝说，她必须竭尽全力奔跑以便留在原地。进化的螺旋发展看来就是这样。所有的生物都在飞快地进化，就是为了保持在原有的均衡之中——留在原地。”

阿比说：“这是通用的？甚至适用于植物？”

“哦，那当然，”莱文回答说，“植物是极其活跃的，有其自身的方式。例如，橡树在受到毛毛虫攻击时，会产生单宁酸和苯酚进行自卫。只要一棵树遭到侵扰，整片树林就会进入戒备状态。这是一种保护树林的方式——你也可以说，是树木之间的一种合作。”

阿比点了点头，从高架隐藏所眺望着那些雷龙——它们还在下面的小河边。

“那么，”阿比说，“这就是为什么恐龙没有吃光岛上树木的原因吗？因为这些巨大的雷龙肯定要吃掉许多植物，而且它们的脖子很长，可以吃到高处的树叶。可是这些树看上去几乎没被碰过。”

“说得很好，”莱文点头道，“我也注意到了。”

“是由于植物的防卫手段吗？”

“呃，可能是吧，”莱文说，“不过我想，对于树木为什么能保存下来的问题，可以有一种十分简单的解释。”

“怎么说？”

“你自己看吧，”莱文说，“一切近在眼前。”

阿比拿起双筒望远镜，朝恐龙群看去：“什么简单的解释呢？”

“围绕蜥脚类动物为什么长着长脖子的问题，”莱文说，“古生物学家们一直争论不休。你看见的那些动物，脖子有二十英尺长。传统的观点是，蜥脚类动物进化出长脖子，是为了吃到较小动物吃不到的高处树叶。”

“哦？”阿比问道，“是什么争论呢？”

“这个星球上的大多数动物脖子都不长，”莱文说，“因为脖子长了，唔，是件麻烦事。它会引起各种问题。结构问题：如何布置肌肉和韧带来支撑长脖子。行为问题：神经脉冲必须经过很长一段路程才能从大脑传递到身体。吞咽问题：食物必须从口腔长途跋涉到胃里。呼吸问题：空气必须通过一根长长的气管向下抽。心脏问题：心脏必须把血液向上泵送到远处的头部，否则动物就会昏厥。就进化而言，这一切都是很难办到的。”

“可是长颈鹿办到了。”阿比说。

“是啊，它们办到了，尽管长颈鹿的脖子还没有这么长。长颈鹿进化出很大的心脏，它的脖子包着一层很厚的筋膜。实际上，长颈鹿的脖子就像一只血压计的橡皮囊袖带，一直包到顶。”

“恐龙也有这种橡皮囊袖带吗？”

“不知道，我们猜想雷龙有巨大的心脏，也许重三百磅以上。然而，还有另一种办法可以解决在长脖子中泵送血液的问题。”

“哦？”

“你现在正看着哩。”莱文说道。

阿比猛一击掌：“它们不把脖子抬起来！”

“正确，”莱文说道，“至少是不常抬，或长时间不抬。当然啰，这会儿动物们正在饮水，所以脖子是向下垂的，不过，我想如果我们观察的时间再长一些，就会发现，它们昂起脖子的时间并不多。”

“这就说明它们为什么不吃树上边的叶子！”

“说得对。”

凯利皱起来眉头：“可是，如果长脖子不是用来吃东西，那它究竟为什么还要进化呢？”

莱文笑了笑说：“肯定有个充分的理由。我相信和防卫有关。”

“防卫？长脖子？”阿比瞪大了眼睛，“我不明白。”

“注意看，”莱文说，“答案其实很明显。”

阿比通过望远镜定睛看着。他对凯利说：“我最不喜欢听他说‘这很明显’。”

“我知道。”她叹了口气。

阿比朝索恩那边瞟来一眼，正好与他的目光相遇。索恩用手指摆出个“V”形，然后把一个手指向后扳，这就迫使第二个手指随着移动。这说明两根手指是连在一起的……

即便这是一种暗示，他也没有看懂。他没有看懂，于是皱起了眉头。

索恩嘟哝着说出来一个“桥”字。

阿比又往那边看，注视着那些鞭状的尾巴在那些比较小的动物头顶上前后甩动。

“我懂啦！”阿比说，“它们用尾巴进行防卫，需要长脖子来和长尾巴保持平衡。这就像是一座吊桥！”

莱文眯起眼睛看着阿比说：“你的脑子转得很快呀。”

索恩扭过头去，暗暗一笑。

“可我是对的……”阿比说。

“对，”莱文说道，“你的观点基本上正确，长脖子因为长尾巴的存在而存在。对于两只脚的兽脚亚目食肉恐龙来说，情形就不同了。可是四足动物需要一个平衡长尾巴的东西，否则动物就会翻倒。”

马尔科姆说：“实际上，这群雷龙还有更令人困惑的地方。”

“哦？”莱文问道，“是什么？”

“没有真正的成年龙，”马尔科姆说，“我们所目睹的这些动物，按我们的标准来说是庞然大物。然而，事实上，它们当中没有一个已经达到成年龙的个头。我为此感到困惑不解。”

“是吗？我一点也不觉得困惑，”莱文说，“毫无疑问，这只是因为它们还没有到完全成熟的时候。我认为雷龙比其他恐龙生长缓慢。毕竟，像大象这样的大型哺乳动物，就比体型较小的动物长得慢。”

马尔科姆摇了摇头：“这不是恰当的解释。”

“哦？那是什么呢？”

“注意看，”马尔科姆指着草地那边，“这其实是很明显的。”

孩子们哧哧地笑起来。

莱文略略表现出不悦。“显而易见，”他说，“我觉得这些物种都没有完全达到成年期。三角龙、雷龙，甚至副栉龙，都比预想的要小些。这说明有一个一成不变的因素：某种饮食因素，一座封闭的小岛产生的影响，甚至还有培育它们的方式。可是我并不认为这个问题特别突出或者令人担心。”

“也许你是对的，”马尔科姆说，“可是话又说回来了，也许你是不对的。”

科尔特斯港

“没有航班？”萨拉·哈丁问道，“你什么意思？怎么没有航班？”

现在是上午十一时。在过去十五个小时里，哈丁一直在坐飞机，其中大部分时间是在一架她碰巧赶上的从内罗毕飞往达拉斯的美军运输机上。她已经精疲力竭，感到皮肤脏兮兮的，需要冲个澡，换身衣服。然而事与愿违，她现在却在哥斯达黎加西海岸一个肮脏破旧的小镇上，与这里一个非常固执的官员争吵。外面的雨已经停了，可是天依然是灰蒙蒙的，空荡荡的机场上空云层低垂。

“我很抱歉，”罗德里格兹说，“安排不出航班来。”

“那么先前送那些男人的直升机呢？”

“是有一架直升机，没错儿。”

“在哪儿？”

“不在这儿。”

“我看得出来。可是它在哪儿？”

罗德里格兹摊开双手：“飞到圣克里斯托巴尔去了。”

“什么时候返回？”

“不知道，我想是明天，要么就是后天吧。”

“罗德里格兹先生，”她斩钉截铁地说，“今天我必须上那个岛。”

“我明白你的愿望，”罗德里格兹说，“可是我爱莫能助啊。”

“你有什么建议吗？”

罗德里格兹耸耸肩：“我提不出任何建议。”

“有没有船能送我？”

“我没听说过有什么船。”

“这儿是个港口，”哈丁说着指了指窗外，“我看见那里有各种各样的船。”

“我知道。但我不相信会有船去那些小岛，天气可是不太好啊。”

“可是如果我要是下去……”

“行啊，当然啦，”罗德里格兹叹了口气，“你当然可以去问问。”

于是，在这样一个下雨天的上午，刚过十一点，她就背着背包，走上了摇摇晃晃的木码头。码头上拴着四条船，船上散发出浓烈的鱼腥味，可是所有的船上似乎都空无一人。全部活动正集中在码头的另一头。停靠在那里的一条船要大得多。船边的码头上，有人正在捆扎一辆红色牧人牌吉普车，准备装船，同时还有几只装有给养物资的大钢桶和板条箱。

她向那辆车投去赞赏的目光——它经过特殊改装，大小可以跟最理想的越野车路虎防卫者相媲美。她心想，改装这辆吉普一定耗资巨大，只有经费充足的研究人员才能这么干。

两名头戴宽边遮阳帽的美国人站在码头上，大喊大叫，指手画脚。一台老式起重机歪歪斜斜地吊起那辆吉普，晃悠到船的甲板上方。她听见其中一人嚷着：“小心！小心！”吉普车重重地落在木头甲板上。“真该死，小心！”几名工人开始往船上搬运箱子，起重机摆回去吊那些钢桶。

哈丁走到离得最近的那人身旁，彬彬有礼地说：“对不起，不知你能否帮个忙？”

那人瞟了她一眼。他中等身材，红皮肤，五官平淡，穿着崭新的卡其科考服显得有点别扭。他一副全神贯注的样子，无暇顾及其他。

“我现在很忙，”他说着扭过头去，“曼努埃尔！看着点儿，那是敏感设备。”

“对不起打搅了，”她继续说道，“我叫萨拉·哈丁。我想……”

“你是萨拉·伯恩哈特也不关我的事，这个——曼努埃尔！该死！”那人挥舞着手臂，“你，那边去！对，就是你！把那个箱子扶正了！”

“我想去索纳岛。”她把话说完。

那人一听此话，态度完全改变了。他慢慢朝她转过身来。“索纳岛，”他说，“你不会与莱文博士有什么关系吧？”

“有关系的。”

“啊呀，我真该死。”他的脸上突然绽出热情的微笑，“真没想到啊！”他伸出手来，“我是路·道奇森，是库珀蒂诺生物合成公司的。这位是我的助手，霍华德·金。”

“你好！”另一个人点点头说。

霍华德·金比道奇森年轻一些，个头小一点，一副轮廓分明的加州人长相，很帅气。萨拉分辨出他的类型：典型的β类雄性动物，骨子里透出奴性。他对她的态度也有点怪：他挪到离她稍远的地方，好像道奇森越对她表示友好，他就越感到在她旁边不舒服。

“那边，”道奇森指着甲板那边继续说，“是我们的第三位，乔治·巴塞尔顿。”

哈丁看见一个身材粗壮的男人站在甲板上，俯身察看搬上船去的一只只箱子。他的衣袖被汗水浸透了。她问道：“你们都是理查德的朋友吗？”

“我们这会儿正是去看他，”道奇森说，“去帮他。”他欲言又止，皱起眉头看着她，“可是，呃，他没对我们说起过你……”

这时，她突然醒悟到自己在他的眼里是副什么模样：一个三十多岁的矮女人，穿着皱巴巴的衬衫、卡其布短裤和长筒靴。在乘坐了这么长时间的飞机之后，她的衣服肮脏，头发也是乱蓬蓬的。

她说：“我是通过伊恩·马尔科姆认识理查德的。伊恩是我的老朋友。”

“我明白了……”他仍然目不转睛地打量着她，好像对她还不大放心。

她不得不作出解释：“我一直在非洲，直到最后一刻我才决定上这儿来的。是索恩博士打电话给我的。”

“哦，那是那是，博士。”那人点了点头，似乎放下心来，仿佛现在一切都解释得通了。

她问道："理查德现在还好吗？"

"哦，但愿很好。因为我们正准备把这些设备给他送去。"

"你们现在就去索纳岛吗？"

"是啊，如果天气不变坏的话。"道奇森说罢，看了看天，"我们在五到十分钟之内就可以出发了。你看，欢迎你加入我们，如果你需要搭船的话，"他兴致勃勃地说，"我们可以做个伴。你的东西在哪儿？'

"我只有这个包。"她说着，拎起自己的小背包。

"轻装旅行，啊？好吧，哈丁小姐，欢迎加入我们的小队。"

他此刻显得十分坦率、十分友好，与刚才的表现相比，简直是判若两人。然而她注意到，那位姓金的英俊小生明显感到不安。金背对着她，一个劲地忙碌着，大声嚷嚷着要工人们当心最后那几只板条箱。那些箱子上标有印刷体的"生物合成公司"字样。她隐隐约约感到他是有意不朝她看。而且，到现在她还没有看清甲板上那第三个男人。这使她犹豫起来。

"你肯定没问题……"

"当然没问题！我们会很高兴的！"道奇森说，"再说了，你还能有什么其他办法去那里呢？没有飞机。直升机也不在。"

"我知道，我查过了……"

"呃，你也知道，如果你要去那个岛，最好还是和我们一起去。"

她看了一眼船上的吉普车后说："我想，博士肯定已经到了那里，还带去了他的设备。"

听见这句话，那个姓金的男人猛然警觉地转过头来，可是道奇森却不动声色地点点头说：“是的，我也这么想。我想他是昨天夜晚动身的。”

“他正是这么跟我说的。”

“对，”道奇森点头称是，“所以他已经到了，起码我希望如此。”

甲板上传来几声哇里哇啦的西班牙语。一位裹着油迹斑斑大衣的船长走出来，看着船舷外这一侧说：“道奇森先生，准备好了。”

“好，”道奇森说，“好极了。上船吧，哈丁小姐。我们起航吧！”

金

渔船冒着浓浓的黑烟，嚓嘎嚓嘎地开出港口，向公海驶去。霍华德·金感觉到轮机在脚下隆隆作响，听见木头发出的吱呀吱呀声。他在听水手们用西班牙语的大声叫喊。他回过头看着科尔特斯港，发现这座小镇已成了簇拥在岸边的一堆乱糟糟的小房子。他希望这艘该死的船能经得起风浪——因为他们已来到茫茫大海之上。

道奇森在投机取巧，又一次铤而走险。

这是金最害怕的处境。

霍华德·金认识路易斯·道奇森是将近十年前的事，当时他刚进入生物合成公司，是一位年轻的伯克利大学博士。当初他是一名颇有前途的研究员，大有征服世界的能量。他的博士论文是关于血液凝固遗传因子的。他加盟生物合成公司时，遗传因子问题正成为热门课题，似乎成了解决心脏病患者突发血栓溶解问题的一把钥匙。几家生物技术公司竞相研制新药，一来可以挽救生命，二来也好发一笔大财。

起初，金专攻一种很有希望的、被称为血凝素V5或者HGV-5

的物质。在早期实验中，它溶解血小板聚集体的速度达到惊人的程度，金一跃成为生物合成公司最有前途的年轻研究员。他的照片赫然出现在公司的年报上。他拥有了自己的实验室，并获得一笔近五十万美元的预算经费。

可是接着，在事先没有任何预兆的情况下，出现了不可收拾的难堪局面。在初步的人体实验中，HGV-5既未能溶解心肌梗塞中的血栓，也未能溶解肺栓塞中的血栓。更为糟糕的是，它还产生了严重的副作用：胃肠道出血、皮疹、神经方面的问题。在一个病人死于惊厥之后，公司中止了该项实验。几个星期之后，金便失去了他的实验室。取代他的是一名新来的丹麦研究员，此人当时正在研究苏门答腊黄水蛭的唾液提取物，前景更加被看好。

金去了一个较小的实验室。他认为自己已厌倦了血液遗传因子的研究，因而把注意力转向了镇痛药物。他掌握一种有趣的化合物，是从非洲角蟾蜍身上提取的蛋白质L异构体，似乎有麻醉作用。然而,此刻的他已失去了往日的自信。公司在审查他的工作之后，得出结论说他的研究缺乏充分的证明文件，无法取得美国食品及药物管理局的实验许可。他的角蟾蜍项目就这样被草草封杀。

当时的金三十五岁，已经经历过两次失败，他的照片再也没有上过年报。有传言说，下一次项目审查期间，公司有可能让他另谋高就。他提出的一个新研究项目立即遭到否决，那是他人生中的一段黑暗时期。

这时，路易斯·道奇森提议他们共进午餐。

道奇森在研究人员中声名狼藉，被称为“接收大员”，因为他总是接过别人做的工作，将其美化成自己的成果。早些年，金绝对不会和他搅和一起。可如今，他却跟着道奇森进了旧金山一家豪华的海鲜餐厅。

“搞研究是很难的。”道奇森同情地说。

“你说得很有道理。”金回应说。

“有困难，还有风险，”道奇森说，“事实上，有创意的研究很少能成功。可是公司方面理解吗？不理解。一旦研究失败，你就要承担责任。这不公平嘛。”

“不见得吧。”金说道。

“但这是问题的实质。”道奇森耸了耸肩，手里剔着一条软壳蟹腿。

金没有搭腔。

“我个人就不喜欢冒险，”道奇森接着说道，“开创性工作就有风险。大多数新的想法都不靠谱，大多数开创性工作都不成功。这就是现实。如果你觉得是在被迫进行开创性研究，那你的失败就在预料之中。如果你在大学里工作，就没有关系了，因为在那里，失败会受到赞扬，而成功则导致被排斥。可是在工业界……不行啊。在工业界，开创性工作不是个明智的职业选择，它只能让你陷入困境。而这正是你目前的处境，我的朋友。”

“那我该怎么办呢？”金问道。

“这个嘛，”道奇森说，“我有自己的一套科学方法。我把它称为集中研究开发。假如只有几个想法能行，何必要亲自去发现呢？太难啦。让别人去发现，让他们去冒险，让他们去争取所谓的荣誉吧。我宁可等待，然后去开发那些已经有希望苗头的想法。把好东西拿过来，把它变得更好。至少是把它充分改头换面，以便申请专利，然后我就能拥有它。它就成了我的。”

道奇森如此直言不讳地承认自己是个小偷，金对此感到十分惊讶。可是道奇森没有表现出丝毫的尴尬。金拨弄着面前的色拉说：“你告诉我这些干什么？”

“因为我在你身上看到了一样东西，”道奇森说，“我看到了勃勃的雄心。遭到挫败的雄心。我跟你说，霍华德，你未必还会失败，甚至在下一次的业绩考核时也未必被公司解聘。这样的事情真的会发生。你的孩子多大啦？”

“四岁。”金说道，

“可怕呀，没有工作，还有个小家庭，想找一份工作谈何容易。现在谁还会给你提供机会呢？到了三十五岁，一名科研人员要么已经有所建树，要么就不大可能搞出什么名堂了。我并不是认为这种说法就是对的，可他们就是这么想的。”

金知道他们就是这么想的，加利福尼亚的每一家生物技术公司都一样。

“可是霍华德，”道奇森从桌那边欠过身来，压低嗓门说道，“一个奇妙的世界正在等待你，只要你愿意换一种角度来看问题。你可以换一种完全不同的生活方式，我真觉得你应该考虑考虑我的这番话。“

两周以后，金成了道奇森的个人助理，就职于未来生物趋势部——生物合成公司就是这样来称呼其在工业间谍活动方面所作的努力。在随后的若干年里，金在生物合成公司里又一次飞黄腾达，这一次是因为道奇森喜欢他。

如今，金已拥有代表成功的全套装备：一辆保时捷、一笔抵押贷款、一次离婚、一个他在周末去探望的孩子。一切都是因为金证实了他是一名完美无缺的副手。他加班加点工作，处理繁琐的事务，使他那位花言巧语的上司不致陷于任何麻烦。在这一过程中，金逐步了解了道奇森的各个侧面：领袖魅力的一面，空想的一面，还有阴暗、残酷的一面。金对自己说，他能够对付那残酷的一面，能够对它进行制约，两年多来他已学会怎样去做了。

然而，有的时候他也没多少把握。

比如眼下。

眼下他们正乘着一只颠簸摇晃、腥臭扑鼻的渔船，离开哥斯达黎加的某个荒凉村庄，向汪洋大海中驶去。就在这节骨眼儿上，道奇森突发奇想玩起了把戏，见了这个女人，还带上她一起走。

金不清楚道奇森葫芦里卖的是什么药，但却看出他的眼睛闪闪发亮。这种眼神他过去见过几次，而每一次都让他心惊肉跳。

那个叫哈丁的女人此刻正在前甲板上，站在靠近船头处眺望大海。金看见道奇森绕着吉普走动，连忙对他招了招手。

“听着，”金说道，“我们得谈一谈。”

“当然，”道奇森随和地说，“你在想什么呢？”

他露出了微笑。那迷人的微笑。

哈丁

萨拉·哈丁注视着灰蒙蒙、阴沉沉的天空。渔船在靠近海岸的大浪中颠簸向前。水手们正手忙脚乱地把吉普车牢牢地固定在甲板上，因为有好几次它都险些松脱。她站在船头，强压住晕船的恶心。正前方，在远远的天际线上，一道低伏的黑色线段映入她的眼帘。那是他们第一次看见索纳岛。

她转身朝后看去，发现在船中部的栏杆旁，道奇森和金正挨在一起紧张地交谈。金显得忐忑不安，疾速地打着手势。道奇森则一边听一边摇头。少顷，他把手搭在金的肩膀上，看上去是在稳定那个年轻人的情绪。两个人都对吉普车周围的一片忙乱视而不见。她觉得这有点蹊跷，因为刚才他们对这些设备还那样的担惊受怕，现在却似乎无动于衷了。

至于那第三个男人，巴塞尔顿，她当然已经认出来了。在这条小渔船上见到他，她颇为惊讶。巴塞尔顿敷衍地与她握了握手，船刚驶离码头，他便到甲板下面去了，而且一直未再露面。不过大概他也晕船了。

她在继续观察的过程中，看见道奇森转身离开金，匆匆跑去监督水手们的工作。金被撇在那儿，随后就走到船尾，去检查把箱子和桶固定在甲板上的绳索。箱子上标着“生物合成公司”。

哈丁从未听说过什么生物合成公司。她很纳闷，不知伊恩和理查德究竟与它有什么联系。每当伊恩和她在一起时，他对生物技术之类的公司总是颇有微词，甚至嗤之以鼻。而这帮人看起来又不大像是朋友，他们显得太拘谨、太……反常。

随即她又想到，伊恩的确有一些古里古怪的朋友。他们总是不期而至，出现在他的公寓——日本书法家、印度尼西亚加马兰马戏团团员、身穿磨得发亮的西班牙式夹克的拉斯维加斯魔术师、认为地球是空心的诡秘的法国占星学家……还有他那些教学家朋友们。他们才真叫疯狂，或者说在萨拉眼中他们是这样。他们如此想入非非，如此醉心于他们的验证。一页又一页的验证公式，有时甚至洋洋洒洒几百页。这些对她来说太抽象了。她喜欢与泥土打交道，喜欢观察动物，喜欢体验声音和气味。这些对于她才是实实在在的。其他的一切只不过是一串理论：可能正确，也可能错误。

海浪开始猛烈地拍击船头，她朝后退了几步，不让自己给打湿。她打了个哈欠，在过去二十四小时里，她没睡多少觉。道奇森忙完了吉普车的事，朝她走来。

她问：“一切正常吗？”

“啊，是啊。”道奇森说着，露出愉快的笑容。

“你的朋友金看上去挺心烦意乱的啊。”

“他不喜欢坐船。”道奇森说完，冲着海浪点了点下巴，“不过我们正在加速航行，还有个把小时就要登岸了。”

“告诉我，”她说，“生物合成公司是怎么回事？我可从来没有听说过。”

“这是一家小公司，”道奇森说，“我们生产所谓的消费性生物制品。专门搞娱乐类和体育类的生物。比如说吧，我们曾培育过新品种的鲑鱼，以及其他供垂钓的鱼。我们正在培育新品种的狗，专门为住公寓的人培育的小型宠物犬。诸如此类的东西吧。”

她心想，这都是伊恩很讨厌的东西。“你跟伊恩熟吗？”

“哦，说来话长啦。”道奇森说。

她注意到他在闪烁其词：“多长啊？”

“要从公园的时候说起了。”

“公园？”

他点了点头：“他跟你说过他的腿是怎么受伤的吗？”

“没有，”她说道，“他对此闭口不谈，只说这件事发生在一次咨询工作过程中，当时……我不清楚，好像出了点麻烦，那是个公园吗？”

“是的，可以这么说。”道奇森说罢，把目光投向大海。少顷，他耸耸肩说：“那么你呢？你又是怎么认识他的？”

“他曾是我的学位论文阅读人之一。我是个生态学家，研究非洲草原生态系统中的大型哺乳动物，在东非，特别是食肉动物。”

“食肉动物？”

“我一直在研究鬣狗，”她说，“在这之前是狮子。”

“研究很久了吗？”

“到现在将近十年了，拿到博士学位后一直干了六年。”

“有意思，”道奇森说着点了点头，“这么说，你是从非洲一路赶过来的？”

“是啊，从坦桑尼亚的塞罗尼拉。”

道奇森茫然地点点头，视线越过她的肩膀，投向小岛：“真是想不到啊，看样子天气总算要放晴了。”

她扭头一看，只见头顶上方云层渐薄，微露出道道蔚蓝。阳光正努力穿透云层，海面上风浪渐平。她惊讶地发现小岛已靠近了许多，她可以清楚地看见那些耸立的悬崖峭壁，尽是些灰红色的火山岩，陡直险峻。

“在坦桑尼亚，”道奇森说，“你有一个很大的研究团队吧？”

“不，我一个人工作。“

“没有带学生？”他问道。

“没有。因为我的工作并不是很刺激、很吸引人。非洲热带草原的大型食肉动物多数在夜间活动，因此我的研究工作大多是在夜晚进行。”

“这难为你丈夫了。”

“哦，我还没结婚。”她微微耸了耸肩。

“真没想到啊，”他说，“毕竟，像你这么漂亮的女人……”

“我没有时间，”她很快回答了一句，接着话锋一转问道，“你们准备在哪儿靠岸？”

道奇森回头看了看，他们离小岛已经很近，可以看见冲向峭壁的海浪和高高溅起的白色浪花。他们离岛只有一两英里远了。

“这是个不寻常的岛，”道奇森说，“中美洲这一带是火山多发区。在墨西哥与哥伦比亚之间大约有三十座活火山。所有这些近海岛屿在过去都曾经是活火山，是中部火山链的一环，然而与大陆的情况不同，现在这些岛屿都成了死火山，已经有一千年左右没有喷发了。”

“这么说，我们看到的是火山口外侧？”

“一点不错。那些悬崖峭壁完全是雨水侵蚀造成的，不过海水也侵蚀了峭壁的底部。你看到的悬崖上那一块块平平的断面，就是海水冲刷形成的，大量的岩壁表面遭到侵蚀，发生劈裂后坠入海中——都是些松软的火山岩石。”

“那么你们将停靠在……”

“岛的迎风侧有几处崖壁被海浪冲刷形成了岩洞，其中有两处岩洞与岛内流出的小河连接起来了，所以船是可以进去的。”他抬手向前指了指，“看那边，你现在刚好能看见其中的一个岩洞。”

萨拉·哈丁看见悬崖底部向内凹进，形成一个不规则的洞口，洞口四周巨浪拍击，一股股白花花的羽状水柱飞溅到空中，高达五十英尺。

“你们打算把船开进那边的岩洞？”

“如果天气不变，是打算这样。”道奇森转过头来说，“别担心，情况并不像看上去的那么糟。别管它。你刚才说什么来着？是关于非洲，你是什么时候离开非洲的？”

“接到索恩博士的电话之后。他说他要和伊恩一块儿去搭救理查德，问我愿不愿意来。”

“你是怎么说的？”

“我说我要考虑考虑。”

道奇森皱了皱眉头：“你没跟他说你要来？”

“没有，因为我没拿定主意。我是说我很忙，我有自己的工作，再说路途又这么远。”

“为了一位老情人啊。”道奇森同情地点了点头。

她长叹一声：“哎，你是知道的，伊恩这个人。”

“是啊，我了解伊恩，”道奇森说，“很有个性。”

“这只是一种说法。”她说。

一阵尴尬的沉默后，道奇森清了清嗓子。“我都搞糊涂了，”他说，“你到底告诉谁说你要来了？”

“谁也没告诉，”她说，“我搭上一班飞机就来了。”

“可你的大学，你的同事们……”

她耸了耸肩：“时间来不及。再说我刚才说过，我是独自一人工作的。”她又朝小岛望去。

渔船上方是高耸的悬崖。他们离岛只有几百码了，那个岩洞此时也似乎大了许多。海浪猛烈地拍击着洞口两侧，接着被高高地溅起。她摇了摇头：“看起来相当险恶啊。”

“不必担心，”道奇森说，“看见没有？船长已经把船驶向洞口。一旦通过了洞口，我们就平安无事了。然后……就是非常激动人心的景象了。”

渔船在海浪中颠簸摇晃，东倒西歪，很不稳定。她紧紧抓住护栏。身旁的道奇森咧嘴笑了笑说：“明白我的意思吗？非常震撼，是不是？”他突然显得精神亢奋，几近焦躁不安。他绷紧身体，搓着双手：“没有必要担心，哈丁小姐，我绝不会允许任何事情发生在……”

她不明白他在说些什么，可是她还未来得及答话，船头便又一次下沉，溅起一片浪花，她不由得踉跄了两步。这时，道奇森迅速弯下身子——看起来是要来扶稳她——可是似乎出了点意外——他的身体猛撞在她的腿上，随后一抬——接着又是一股大浪劈下来，她感觉身体被扭翻，不禁失声尖叫，伸手去抓护栏。但是一切都来得太快，世界在她周围颠倒旋转，她的头猛地撞上了栏杆，旋即身子翻了个筋斗，从空中坠落下去。

她看见船体上剥落的油漆从身旁一闪而过，看见绿色的海洋冲着她扑面而来，接着她突然感到一阵刺骨的寒冷，使她周身震颤。她一头扎进汹涌翻滚的海水，沉入波涛之下，进入一片黑暗之中。

山谷

“事情进展绝对顺利，”莱文搓着手说，“必须承认，大大出乎我的预料。我高兴极了。”

他和索恩、埃迪、马尔科姆及孩子们一起站在高架隐蔽所里，俯视着谷地。正午的天气又闷又热，小观察棚里的每个人都汗流浃背。环顾四周，那绿莹莹的草地已是空空荡荡，大多数恐龙已经躲进树底下的荫凉地里去了。

唯有那群雷龙例外。它们离开树林，又回到河边喝起水来。这些巨型动物相互紧挨着聚集在水边。在附近不远处比较分散的，是那些有高高顶冠的副栉鸭嘴龙，这群体型略小的恐龙将自己置身于雷龙群的附近。

索恩揩去流进眼里的汗珠后说道：“你到底有什么可高兴的？”

“为了我们眼前所看见的一切，”马尔科姆说完，看了看手表，在笔记本上做了一项记录，“我们正在获得我所希望得到的数据，非常激动人心。”

索恩打了个哈欠，因为炎热而感到困倦：“怎么激动人心？恐龙正在喝水。这有什么可以大惊小怪的？”

“是又在喝水，”莱文纠正他说，“这是一小时内的第二次了。在中午，这种液体摄取量在很大程度上说明，这些庞然大物在温度调节方面的重大适应性变化。”

“你是说，它们大量饮水是为了保持凉爽。”索恩说道。他总是对专门术语感到不耐烦。

“对。显然如此，大量饮水。不过据我看来，它们回到河边也许完全是另一个原因。”

“是什么？”

“来，过来，”莱文指着前面说，“看这些恐龙群，看它们在空间上是如何布局的。我们看到了一种前人从未在恐龙身上看见甚至怀疑过的东西。我们看到的不是别的，而是物种间的互依现象。”

“是吗？”

“是的，”莱文说道，“雷龙群和副栉龙群待在一起。我昨天就见到它们在一起。我敢打赌，当它们出现在开阔地时，也总是在一起。毫无疑问，你是想知道这是为什么。”

“毫无疑问。”索恩说。

“这是因为，”莱文说道，“雷龙高大强壮却视力很弱，而副栉龙体型较小却视力敏锐，所以，这两种恐龙守在一起，是为了相互提供防卫，就像斑马和狒狒在非洲平原上厮守在一起一样。斑马嗅觉灵敏，而狒狒视力极好，它们在一起，要比任何一方独自行动更能有效地防范食肉动物的袭击。”

“你认为这也适用于恐龙，因为……”

“显而易见，”莱文说道，“只要观察一下它们的行为就明白了。当这两群恐龙各自独处时，总是紧紧地聚成一团，而当它们共处时，副栉龙就会放弃原先的队形分散开来，在雷龙外围绕成一圈，正如你们眼前所见。这只能意味着个体的副栉龙会受到雷龙群的保护。反之亦然。这只能是一种防食肉动物的相互防卫系统。”

他们正看着，有一只副栉龙抬起头来，凝望着河对岸，然后哀婉地、雁鸣般的叫了一声，声音深长而悦耳。其他副栉龙也纷纷抬头凝望。雷龙还在河边继续喝水，不过有一两头成年龙抬起了颀长的脖颈。

在正午的炎热中，成群的昆虫围着他们嗡嗡乱飞。索恩问道:“那么食肉动物在哪儿呢？”

“就在那边。”马尔科姆手指着河对岸不远处的一片树林。

索恩看了看，什么也没看见。

“你没看见它们？”

“没有。”

“继续看。是一些体型较小、类似蜥蜴的动物，暗褐色。是迅猛龙。”

索恩耸耸肩膀，他还是什么也没看见。站在他身旁的莱文吃起一块强化饼干来。他聚精会神地握着望远镜，随手将包装纸扔在隐蔽所的地板上。几片碎纸屑飘落到下面的泥土地上。

“味道怎么样？”阿比问。

“蛮好，有点甜味。”

“还有吗？”

莱文在衣服口袋里摸了摸，掏出一块递给他。阿比把它掰成两半，一半给了凯利。他动手撕去上面的包装纸，小心地把纸折好，放进自己的衣服口袋。

“你们意识到了吧，”马尔科姆说道，“就物种灭绝问题而言，这一点具有非常重大的意义。很明显，恐龙灭绝问题的复杂性是人们没有认识到的。”

“是吗？”阿比问道。

“想想看，”马尔科姆说，“关于物种灭绝的所有理论，依据的都是化石记录。然而从化石记录上看不出我们现在看到的这类行为。它们并没有记录种群间相互作用的复杂情况。”

“因为化石只是些骨头而已。”阿比说道。

“说得对。而骨头并不是行为。想想看，化石记录好比是一系列照片，是不断运动、不断发展的现实中一个个凝固的瞬间。看化石记录就像在翻阅一本家庭影集，你明知影集是不完整的，明知生活是在这些图片之间展开的，可是对这之间所发生的事，你却没有任何记录。你有的只是照片，于是你就对着照片研究啊、研究啊。很快，你便开始不再把影集当作一系列瞬间的记录，而是把它当成了现实本身。于是，你开始从影集的角度来解释一切，却忘记了在它背后的现实。

“而且人们往往是，”马尔科姆继续说道，“从自然事件的角度来进行思考，认为是某种外部的自然事件导致了物种灭绝。比如一颗流星撞击地球，改变了气候。或者是火山爆发改变了气候，或者是流星撞击导致火山爆发，改变了气候。要么是植被发生变化，物种遭受饥荒，因而灭绝；要么是爆发了新的疾病，导致物种灭绝；要么是出现了一种新的植物，毒死了所有的恐龙。在任何一种情况下，人们想象的都是某种外部事件。从来没有人想到动物自身可能发生变化——不在骨骼化石中，而是在它们的行为上。然而，当你看着这样一类动物，看到它们的习性是如何错综复杂地相互关联，你就会意识到，一个群体行为的改变能够轻而易举地导致物种灭绝。”

“但是群体行为为什么会改变呢？”索恩问道，“假如没有某种外部大灾变的逼迫，它们的行为为什么要改变呢？”

“实际上，”马尔科姆说道，“行为始终在变化，随时在变化。我们的星球是一个动态的、活跃的环境。气候在变化，陆地在变迁，大陆的漂移，海洋的升降，高山的崛起与风化。这个星球上的所有生物都在不断地适应这些变化。适应最快的物种就是最优秀的物种，所以才很难看出一场带来沧桑巨变的灾难，会如何导致物种灭绝，但是变化无时不在发生。”

“如此说来，”索恩说，“究竟是什么导致物种灭绝的呢？”

“肯定不单单是急剧的变化，”马尔科姆说，“事实已经清楚地告诉了我们。”

“什么事实？”

“在每一次重大的环境变迁之后，通常总有一批物种灭绝——但不是马上就灭绝，要经过几千年乃至几百万年。比方说，北美的上一次冰川作用。冰川向下延伸，气候发生骤变，可动物并没有灭亡，只是当冰川消退，人们认为万物都将复苏时，许多物种才开始灭绝。长颈鹿、老虎和猛犸正是在这个时期从美洲大陆消失的。这就是通常的模式。似乎是物种因剧变而衰弱，但过后才慢慢死亡。这是一个受到普遍认可的现象。”

“它被称为‘削弱滩头阵地’。”莱文说。

“这怎么解释？”

莱文默不作答。

“没有解释，”马尔科姆说，“这是古生物学之谜。不过，我相信复杂性理论可以告诉我们许多东西。如果真像关于混沌边缘生命的概念所说的，那么，把动物推向混沌边缘的就是这种重大变化。它使各种各样的行为趋于不稳定。而当环境恢复正常的时候，并没有真正地回归到正常。从进化论的角度来看，只是又一次重大变化。这是一种实在无法适应的重大变化，我认为各种动物都可能形成出人意料的新行为方式。我想我知道为什么恐龙……”

“那是什么？”索恩问道。

索恩正在观察树丛，看见一只恐龙跃入视野。那恐龙体型细长，凭借后肢敏捷地跳跃，靠坚硬的尾巴保持平衡。它身高六英尺，呈绿褐色，身上的暗红色条纹有点像老虎。

“那是一只迅猛龙。”马尔科姆说道。

索恩扭头对莱文说:“就是把你赶到树上去的那种恐龙吗？模样挺丑的。”

“但效率很高，”莱文说，“这种动物是构造独特的残杀机器，可以说是这个星球上有史以来最高效的捕食者。刚才出来的一只是领头的，它统领着整个恐龙群。”

索恩发现树下有动静:“还有不少哪。”

“哦，是的，”莱文说，“这一群数量很大。”他举起望远镜，细细察看，“我希望能找到它们的窝，”他说道，“我在岛上到处找也没找着。当然，它们行踪隐秘，不过即便如此……”

这时，所有副栉龙都高叫起来，同时朝雷龙群贴近。高大的雷龙显得无动于衷，离水边最近的成年龙居然还转过身去，背对着步步逼近的迅猛龙。

“难道它们一点也不在乎？”阿比说，“它们连看都不看它一眼。”

“别给蒙住了，”莱文说，“雷龙非常在乎。它们的样子也许像巨型奶牛，其实不然。它们的鞭尾长三四十英尺，有好几吨重。你看它们的尾巴甩得多快。它们用这些尾巴抽一下，就足以折断攻击者的脊梁骨。”

“这么说，转身是它们防御的一部分？”

“那还用说。现在你可以看到它们的长脖子是怎么与尾巴保持平衡的了。”

成年雷龙的尾巴极长，竟然能一直伸到河对岸。面对这些来回甩动的尾巴，在副栉龙的喧嚣声中，领头的迅猛龙转过身去。片刻之后，整个兽群开始沿着树林边缘，悄无声息地向丘陵方向走去。

“看来你是对的，”索恩说，“是尾巴把它们吓跑了。”

“你数了有多少只？”莱文问。

“不清楚。十只吧。不，等等，是十四只，也许还要多，我可能数漏了几只。”

“十四只。”马尔科姆在笔记本上草草记下。

“你想进行跟踪吗？”莱文问道。

“现在还不想。”

“我们可以坐探险者去。”

“以后再说吧。”马尔科姆说。

“我想我们有必要知道它们的窝在哪里。”莱文说，“如果我们要弄清猎食者与猎物之间的关系，伊恩，这一点可是至关重要的啊。没有比这更重要的了，而现在正是进行跟踪的大好时机……”

“以后再说吧。”马尔科姆说。他再一次看了看手表。

“你今天看手表已经不下一百次了，”索恩说道。

马尔科姆耸了耸肩。“快到午饭时间了，”他说，“顺便问一下，萨拉怎么样了？她该不是快到了吧？”

“快了，我觉得现在她随时都可能出现。”索恩说道。

马尔科姆擦去前额的汗珠。“这上面真热呀。”

“是挺热的。”

他们听见昆虫在中午阳光下发出的嗡嗡声，看见迅猛龙在悄悄退去。

“你知道，我在想，”马尔科姆说，“也许我们该回去了。”

“回去？”莱文说，“现在？我们的观察怎么办？我们还要架设其他摄像机呢，还有……”

“我不知道，也许稍事休整会有好处。”

莱文以怀疑的目光看着他，一句话也没说。

索恩和孩子们默默地看着马尔科姆。

“呃，我觉得，”马尔科姆说，“如果萨拉从非洲大老远赶来，我们就该在那儿迎接她。”他耸了耸肩，“我想这是起码的礼貌。”

索恩说道：“这个我没有想到，唔……”

“不，不，”马尔科姆急促地说，“不是那么回事。我只是，呃……你知道，说不定她还不来呢。”他忽然显得没了把握，“她说过要来吗？”

“她说她要考虑考虑。”

马尔科姆眉头一皱。“那她是要来的。如果萨拉这么说，她就会来。我了解她。好，你们怎么说，想回去吗？’

“当然不想，”莱文边说边通过望远镜向外看，“我现在说什么也不会离开这儿。”

马尔科姆转过身去：“博士，想回去吗？”

“当然，”索恩说着，擦了擦额头上的汗水，“天太热了。”

“如果我还算了解萨拉，”马尔科姆边说边从架子上往下爬，“她就要光彩照人地出现在岛上啦。”

岩洞

哈丁奋力向上挣扎，终于把头露出了水面。她看见的只有海水——她的四周是高达十五英尺的大浪。海洋的威力巨大无比，浪涛托着她忽而向前，忽而向后，她却无力抗争。她看不见渔船的踪影，四周只有浪涛滚滚的海水。她也看不见小岛，除了海水，还是海水。她极力驱赶着内心深处的恐惧。

她试图在海浪中踩水，但是脚上的靴子像铅一般死沉。她又沉了下去，再挣扎上来，抢着呼吸两口空气。她必须想办法脱掉靴子。她深吸一口气，然后把头扎进水里，试图去解靴带。她笨手笨脚地解靴带结的时候，觉得肺部在烧灼。海浪不停地将她冲过来又冲过去。

她脱下一只靴子，浮出水面深吸一口气，接着又扎入水中。她费力地去脱另一只靴子，可是她的手指却因寒冷和恐惧而变得僵硬，仿佛足足用了几个小时。终于，她的腿自由了，轻松了。她用狗爬式向前游，并喘了一口气。汹涌的浪涛把她高高托起，接着又把她抛下。她看不见小岛。恐惧再度袭上心头。她转过身体，感觉巨浪再度升腾。这时，她看见了小岛。

峭壁近在咫尺，近得令人心惊肉跳。巨浪咆哮着冲向海岸，她离岸边不超过五十码，正被海浪毫不留情地裹带着向前。等到被托至浪峰上的时候，她看见岩洞就在右侧一百码处。她想朝右边游，却无能为力。她根本无法在这拍岸狂涛之中向前游，她能感受到大海的力量，感到自己正被冲向峭壁。

由于恐惧，她的心狂跳起来。她知道顷刻间自己就要命归黄泉。一个浪峰从上面劈头盖脸地砸下来，她呛了一大口水，咳嗽起来。她的眼前一片模糊，她感到恶心和极度的恐怖。

她把头埋进水里，交替挥动手臂，双腿拼命蹬水，开始向前游。可是她毫无移动的感觉，只觉得巨浪正把她向侧面推。她不敢向上看，更加奋力地蹬水。当她抬头换气时，发现自己已稍稍地——不多，但却稍稍地——向北移动了。她离岩洞又近了些。

她受到了鼓舞，但又感到惧怕。她的力气实在太小！她的手臂和双腿因用力过猛而酸痛。她感到肺部灼热，呼吸短促，上气不接下气。她又咳了一下，赶紧再吸一口气，埋下头又继续朝前蹬。

即使埋头于水中，她依然能听见浪涛拍击悬崖时的隆隆声。她拿出全身的力气蹬水，潮流和波涛推着她忽左忽右，时前时后。希望渺茫，可她仍在拼搏。

渐渐地，肌肉的酸痛变成了一种持续的隐痛。她感到自己一生都在经受着这种疼痛。她不再去注意它了，继续向前蹬水，忘却了自己。

她感到波涛再次将她托起，于是抬头换了口气。这时，她惊讶地发现岩洞已经近在眼前，只要再奋力划上几下，就会被冲进那个洞里。她原以为岩洞周围的水流不会那么汹涌湍急，其实在洞口两侧，波涛高高涌起，冲击着高处的崖壁，然后跌落下来。那只船已全无踪影。

她再次埋下头去，使出最后一点气力拼命蹬水。她感到浑身瘫软，支撑不了多久了。她知道自己正被浪裹挟着冲向峭壁。耳边隆隆的涛声更响了。她又猛蹬了几下，突然间，一个巨浪将她托起、抬高，把她抛向峭壁。她无力抗争。她抬头看了看，只觉得眼前一片黑，漆黑。

在疲惫和疼痛中，她意识到自己进入洞里。她已经被冲进了岩洞！浪涛的轰响在空空洞洞地回荡。洞内太黑，看不见两侧的石壁。水流湍急，将她不断冲向深处，她费力地大口吸气，徒劳地用力划水。她的身体擦在岩石上，一阵钻心的灼痛，接着，她便被冲向岩洞的更深处。然而就在这时，情况有了变化，她看见洞顶方向的微弱光线，四周的海水似乎也在泛光。汹涌的波涛减弱了，她发现把头保持在水面上容易多了。她看见了前方炽热的光，明灿灿的炽热——那是岩洞的尽头。

转眼之间，惊魂不定的她已被送出洞口，进入阳光和蓝天之下。她发现自己身处一条宽阔而污浊的河流之中，河岸两旁是茂密葱茏的绿色植物。空气又热又闷，远处丛林中的鸟鸣声依稀可闻。

正前方，在河道的拐弯处，可以看见道奇森那条船的尾部，船已经系泊在岸边。她看不见一个人影，也不想看见他们。

她拿出仅剩的一点气力，蹬水游向岸边，然后抓住生长在水边的一簇密集的红树属植物。她觉得已精疲力竭，用手臂勾住一棵树的树根，仰面躺在缓缓的水流上，看着天空，不停地喘着粗气。不知过了多久，她终于觉得有些力气了，便双手交替拽着水边的红树根向前移动。她看见岸上的植被中有一个狭窄的缺口，通向一片泥泞的河岸。她从水中爬出，爬上滑溜溜的河岸。这时，她注意到烂泥地上有几个巨大的动物脚印。这是些奇特的三趾脚印，每个趾端都有一个巨大的趾甲印……

就在俯身观察的时候，她感到大地在她的手掌下震颤。她的头顶上方出现一个巨大的阴影，她抬起头，惊愕地发现一只巨型动物皮革般的灰白色腹部。她非常虚弱，无法作出反应，连仰头也做不到。

她最后一眼见到的，是落在她身边那的只皮革般的硕大的脚，还听见它踩在烂泥上的吱咯声和轻柔的鼻息声。可是突然间，疲惫向她袭来，她终于顶不住了，身子朝后一仰倒在地上，白眼一翻，昏死过去。

道奇森

在离河岸几码远的地方，路易斯·道奇森爬上专门定制的牧人牌吉普车，使劲带上了车门。霍华德·金坐在旁边的乘客座上，使劲拧着自己的双手说："你怎么能对她那么干？"

"怎么啦？"后座上的乔治·巴塞尔顿问道。

道奇森没有回答。他拧动钥匙开始点火，发动机轰隆隆地启动了。他猛地把这辆四轮驱动的车挂上挡，离开停泊在岸边的小船，驶上山坡，进入了丛林。

"你怎么能下得了手？"金怒冲冲地又说了一遍，"我说，你真该死。"

"那是个意外。"道奇森说。

"意外？是个意外？"

"是啊，就是个意外，"道奇森不动声色地说，"她是从船上掉下去的。"

"我什么也没看见。"巴塞尔顿说。

金一个劲地摇头："天哪，如果有人来调查怎么办……"

"来了又怎样？"道奇森打断他的话说，"我们在风浪很大的海面上。她站在船头，一个大浪打下来，她就被卷进了海里，她不大会游泳，我们兜着圈子找她，可是已经没有希望了。一次十分不幸的意外事故。你还担心什么呢？”

“我担心什么？”

“是啊，霍华德，你他妈的到底担心什么？”

“我亲眼看见的，看在上帝的份上……”

“不，你没看见。”道奇森说。

“我是什么也没看见。”巴塞尔顿说，“我在甲板下面，自始至终。”

“你倒好了，”霍华德·金说，“可是如果有人来调查呢？”

吉普车在土路上颠簸着驶进丛林深处。“不会有人来的，”道奇森说，“她是匆忙之中离开非洲的，也没有告诉任何人她要去哪儿。”

“你怎么知道？”金嘀咕道。

“她亲口告诉我的，霍华德。我就是这么知道的。现在把地图给我拿出来，不要再叽叽咕咕了。你跟我合伙时是知道这桩买卖的。”

“看在上帝的份上，我可不知道你要杀人。”

“霍华德，”道奇森叹了口气说，“不会出什么事的。把地图拿出来吧。”

“你怎么知道？”金说。

“因为我知道自己在干什么，”道奇森说道，“这就是原因。我可不像马尔科姆和索恩，在这个岛上的什么地方瞎转悠，在他妈的丛林里天知道搞什么鬼名堂。”

提到其他人又增加了金的烦恼。他忧心忡忡地说："没准我们会撞上他们……"

"不，霍华德，不会的。他们根本不会知道我们到这里来。我们只打算在岛上停留四个小时，记得吗？一点钟上岸，五点钟回到船上。七点钟回到港口，半夜就回到旧金山啦。砰！叭！完毕。终于，在这么多年之后，我总算要得到早该得到的东西了。"

"恐龙胚胎。"巴塞尔顿说道。

"胚胎？"金吃惊地问。

"哦，我现在对胚胎已经不感兴趣了。"道奇森说，"几年前，我曾经想把冷冻胚胎弄到手，可现在没有理由再去烦什么胚胎了。我要的是受了精的恐龙蛋。在四小时以内，我就要得到这个岛上每一种恐龙的蛋了。"

"在四小时之内怎么可能办到呢？"

"因为我已经掌握了岛上每一个恐龙孵化地点的精确位置。把地图给我，霍华德。"

金打开地图。这是小岛的大幅地形图，二英尺乘三英尺，蓝色等高线显示出了地面标高。在山谷几个较低的位置上，标有密集的红色同心圆。还有几处则标着一连串的圆圈。

"这是什么？"金问道。

"为什么不看一下说明？"道奇森说。

金把地图转过来对着自己，看了看图例。

"'西格玛数据地球资源卫星／北欧站混合频谱VSFR/FASLR/IFFVR。'然后是一串数字。不对，等等，是日期。"

"正确，"道奇森说，"是日期。"

“是飞经日期？这是一份总图，汇总了卫星几次飞经时获取的数据。”

“正确。”

金皱起眉头：“看上去像是……可见光谱，假孔径雷达，还有……是什么？”

“红外线。宽频热录像。”道奇森微笑道，“我只用了大约两小时，就把这些都搞定了。下载所有的卫星数据再加以归纳，就得到了我想要的答案。”

“明白了，”金说道，“这些红圆圈是红外信号！”

“正是，”道奇森说，“大型动物发出大信号。我获取了最近几年卫星飞经此岛的所有资料，然后标出这些热源的位置。每次越过时位置都有重合，这就形成了这些红色同心圆。这意味着，这些动物往往都在这些特定地点。为什么呢？”他转向金，“因为这些就是它们筑窝的地方。”

“对，肯定是。”巴塞尔顿说。

“也可能是它们进食的地方。”金说。

道奇森不耐烦地摇摇头。“很明显，那些圆圈不可能是进食地点。”

“为什么不可能？”

“因为这些动物平均每头重达二十吨，这就是理由。如果有一群二十吨重的恐龙，也就是说，有一群重量超过五十万磅的综合生物量在穿越森林，而许多大型动物在一天之间就要吃掉大量的植物，唯一可行的方法就是在移动中进食。对不对？”

“我想……”

“你想？看看你的周围吧，霍华德。你看到森林中有任何一片被吃得光秃秃的地方吗？没有，你看不到。它们在一个地方的树上吃几口叶子，就走开了。相信我吧，这些动物不得不边走边吃，但是它们不会移动窝点，所以这些红圈一定是筑窝的地点。”他瞥了一眼地图，“如果我没弄错，第一个窝群就在这个高地的那边，在小山另一侧。”

吉普车歪歪扭扭地穿过一片泥泞，然后吃力地朝山坡上爬去。

求偶叫声

理查德·莱文站在高架隐蔽所里，透过望远镜紧盯着恐龙群。马尔科姆已同其他人一道返回拖车去了，只留下莱文独自一人。说实在的，马尔科姆一走，莱文反倒轻松了。莱文很乐意观察这些奇异的动物，但又明白马尔科姆并不分享他这股无穷无尽的热情。实际上，马尔科姆似乎总有点心不在焉，另有所思,而且对观察工作显然缺乏耐心——他只想着分析数据，却不愿进行数据收集。

当然，在科学家中间，这是众所周知的个性差异的表现。物理学就是最好的例子。实验物理学家和理论物理学家就生活在截然不同的世界里. 他们来回传递着论文报告，却甚少共享其他东西。他们简直就像在从事不同的学科研究。

至于莱文和马尔科姆，他们在研究方式上的差异早在圣菲研究所的日子里就已显露出来。两人都对物种灭绝问题抱有浓厚兴趣，不过马尔科姆是从纯数学的观点出发，广义地探讨这一课题。他的超脱，他的不可动摇的公式，都使莱文着迷，于是他俩开始频频在午餐时进行非正式交流：莱文向马尔科姆传授古生物学，马尔科姆则向莱文传授非线性数学。他们开始得出某些令双方都感到激动的尝试性结论。然而，他们之间也开始出现分歧。他们不止一次地被请出餐厅，于是就走到赤日炎炎的瓜达卢佩大街上，再步行返回河畔，互相之间的大叫大嚷仍然没有停息，嚷得走近他们的游人都急忙躲避到街对面去了。

最终，他们的差异落到了个性问题上。马尔科姆认为莱文像个迂腐的学究，小题大做，拘泥于细枝末节，从来看不见大局，也从不去看行动的结果。而莱文则毫不犹豫地认为马尔科姆傲慢、冷漠，根本不注意细节。

“上帝存在于细节之中。”有一回莱文提醒他说。

“也许是你的上帝吧，”马尔科姆反唇相讥，“不是我的。我的上帝存在于过程之中。”

莱文站在高架隐蔽所里，心想，那正是一位数学家嘴里会说出的答案。莱文非常满意细节便是一切的说法，至少在生物学中就是如此，而他那些搞生物学的同事们最常见的失误就在于，他们对细节关注不够。

莱文本人是把全部精力都放在细节上了，他根本不会放过任何细节。就拿袭击他和迭戈的那种动物来说吧，莱文经常想起它来，一遍又一遍在脑子里回想，重新体验所发生的一连串事件。因为其中有某种困扰人的东西，有某种他不能正确把握的印象。

那只动物攻击速度很快。他起初觉得那是一种基本兽脚亚目食肉恐龙——后肢、强劲的尾巴、大大的脑壳，都没有特别之处——可就在看见那动物的瞬间，他发现它的眼眶四周有些特别，使他不禁想到萨氏肉牛属龙，是阿根廷的戈罗弗里戈群系。

除此而外，它的皮肤颜色也与众不同，似乎有点斑驳的亮绿色，可是还有某些……

他耸了耸肩。那个使他感到困惑的东西游弋在他的脑海深处，他有点捉摸不透。他就是感到把握不住。

莱文很不情愿地把注意力转向那些离雷龙不远、分散在河畔吃草的副栉龙。他听见副栉龙发出独特的、低音喇叭般的叫声。他注意到它们经常发出一种比较短促的叫声，像低沉的雁鸣。有时候，几只恐龙会同时发出这种叫声，有时候甚至相互覆盖。这似乎是用一种声音向群体表明各自的位置。接着，传来一声长长的、富有情调的喇叭似的叫声。这种声音不常听见，而且往往出自群中两只最高大的恐龙。它们高高地昂起头，发出嘹亮悠长的鸣叫。可是这种声音意味着什么呢?

站在热辣辣的阳光下的莱文，决定进行一项小小的实验。他把双手拢在嘴边，模仿着发出这种喇叭似的叫声。虽然模仿得不是很像，但是领头的副栉龙马上抬起头来，东张西望起来。接着它低低地叫了一声，回应莱文。

莱文发出第二声叫唤。

那只副栉龙又应了一声。

莱文听见了回应声感到很开心，随即在笔记本上做了记录。等他再度抬起头来，他惊讶地发现那些副栉龙正离开雷龙群，集结起来，呈单行径直朝高架隐蔽所走来。

莱文身上开始冒汗。

他做了什么了？在脑海中某个奇怪的地方，他怀疑自己刚才模仿的是求偶叫声。把一只求偶的恐龙吸引过来，这正是他求之不得的。谁知道这些动物在求偶时的行为方式呢？他越来越焦虑。眼看着它们大踏步走过来。也许他应该与马尔科姆通个话，听听他的建议。刚想到这里，他突然意识到，模仿那种叫声已经干扰了环境，引入了一个新的变量。他所做的恰恰是他对索恩说过他不想做的。当然，这只是考虑欠缺。不过这对于整体格局肯定不是非常重要的。可是马尔科姆一定会对他大发雷霆。

莱文把望远镜放低一些，继续进行观察。一阵低沉的喇叭声在空中回荡，声音响极了，简直震耳欲聋。大地开始颤抖，高架隐蔽所也因此而晃动起来，显得有些不稳。

我的上帝呀，他暗自思忖，**它们冲着我来了**。他弯下腰来，用不听使唤的手指在背包里找他的对讲机。

进化问题

拖车里，索恩把复水食物从微波炉中取出，放在盘子里，递给坐在小餐桌周围的人。大家打开包装纸，开始吃起来。马尔科姆把叉子戳进食物里："这是什么玩意儿？"

"芳草烤鸡脯。"索恩道。

马尔科姆咬了一口，摇摇头。"技术真奇妙啊！"他说，"他们真有办法，能把这东西的口味做得像硬纸板。"

他看着坐在对面的两个孩子，见他们正吃得津津有味。凯利抬眼看着他，用叉子指了指餐桌旁那个书架上的书说："有件事我不明白。"

"只有一件事吗？"马尔科姆说。

"就是有关进化的，"她说，"达尔文很早以前就写了一本书，对吗？"

"达尔文于1859年发表了《物种起源》。"马尔科姆说。

"到了今天，大家都相信他所说的，是不是？"

"我想，公正的说法是，世界上每一位科学家都同意，进化是地球生命的一种特征，"马尔科姆说道，"而且我们人的祖先也是动物。是的。”

“好吧，”凯利说，“那么，现在还有什么大题目可做呢？”

马尔科姆笑着回答说：“这个大题目是，人人都同意进化在发生，可是没有人理解它是如何进行的。这套理论中还有许多大问题没有解决。这一点正在得到越来越多科学家的承认。”

马尔科姆把餐盘推开。“这一套理论，”他说，“要追溯到一两百年以前。最早是乔治·居维叶男爵。他是当时世界上最著名的解剖学家，生活在世界学术的中心巴黎。1800年前后，出土了一些古老的骨头，居维叶意识到它们属于一些已绝迹于地球的动物。这就产生了一个问题，因为1800年的时候，大家都认为被创造出来的所有动物物种当时依然生活在这个世界上。这种看法似乎合情合理，因为当时人们认为地球的年龄只有几千岁，而且认为上帝是所有动物的造物主，是绝不会听任他造出的物种灭绝的，因此，人们一致认为物种灭绝是不可能的。面对那些挖出的骨头，居维叶苦苦思索，最终得出结论：无论是有上帝还是没有上帝，许多动物已经灭绝，而且他认为，其起因是世界范围的大灾变，比如说诺亚的洪水。”

“好吧……”

“于是，居维叶很不情愿地逐渐相信了物种灭绝的说法，”马尔科姆说，“但他从来没有接受进化的观点。居维叶认为，没有发生过进化，只是有些动物灭绝了，有些动物活下来了，但是没有什么动物发生过进化。在他看来，动物是一成不变的。后来才出了达尔文。达尔文声称动物的确在进化，那些出土的骨头实际上是现今活着的动物的祖先，不过已经绝迹了。达尔文思想的含义使许多人感到不安。他们不愿意考虑上帝的造物在发生变化的问题，也不愿意考虑他们的家族谱系中有猴子的问题。这样的问题使人难堪，觉得很没面子。争论极其激烈。但是达尔文收集了数量惊人的事实资料——他的论辩理由压倒了对方，于是，他的进化观点逐渐为科学家、并最终为世人所接受。然而问题并没有解决：进化是如何发生的？对此，达尔文没有作出满意的回答。”

“自然选择呗。”阿比说。

“是啊，这是达尔文的解释。环境产生的压力青睐某些动物，以致其后代更频繁地生育繁殖，进化就是这样发生的。然而许多人都认识到，自然选择其实并不是一种解释，而仅仅是一个定义：如果一种动物兴旺了，它就肯定被选择了。可是这种动物身上的什么东西受到了青睐？自然选择又是如何实际运作的呢？达尔文茫然不知，而且在其后五十年间也没有任何其他人知道。”

“不就是基因嘛。”凯利说。

“是啊，”马尔科姆说，“很好。我们进入了二十世纪，孟德尔的植物学研究成果被重新发现，费希尔和赖特进行了种群研究。我们很快便知道是基因控制着遗传——且不管基因是什么。记住，在本世纪前半叶，在整个第一次和第二次世界大战期间，谁也不知道基因为何物。1953年，沃森和克里克告诉我们，基因是双螺旋排列的核苷酸。真了不起。我们还知道了突变。于是，到了二十世纪末，我们就有了自然选择理论。根据这个理论，突变自发地产生于基因中，而环境则青睐那些有益的突变，进化就发生于这一选择进程之中。这样解释简单而直截了当。上帝没有起作用，并未涉及什么更高的组织原理。最后，进化只是一连串要么生存、要么灭亡的突变的结果，对不对？”

“对。”阿比说。

“可是这种观点有些问题。”马尔科姆说，“首先，有个时间问题。单个细菌——最早的生命形式——具有两千个酶。科学家已经估算出，原生浆液的酶进行任意组合要多长时间。估算结果为四百亿到一千亿年，可地球的年龄才四十亿年。所以说，单凭机缘似乎实在太慢，尤其是当我们已经知道，细菌是在地球形成四亿年之后才出现的。生命却出现得极快——这就是为什么某些科学家认为，地球上的生命必然起源于外星球。不过我认为这只是在回避问题。”

“好吧……”

“其次，还有协调的问题。假如你相信当下的理论，那么生命奇妙的复杂性就成了偶然事件的积累——串在一起的基因意外事变。然而当我们仔细观察动物时，发现似乎有许多要素肯定是同时进化的。以蝙蝠为例，它们具有回声定位功能，靠声音导航，为此，许多东西都必须进化。蝙蝠需要专门的器官来发出声音，需要专门的耳朵去接收回声，需要专门的大脑去解读声音，还需要专门的身体去俯冲、猛扑并捕捉昆虫。假如这一切不同时进化，就没有什么优势了。如果想象这一切的发生纯属偶然，那就好比想象一场飓风袭击了废品堆，就把零散的部件组装成一架能飞的波音747飞机。这是很难令人信服的。”

“不错，”索恩说，“我同意。”

“下一个问题。进化行为并不是总像一股盲目的力量在行动，有些环境生态龛还是空白。有些植物没有动物去吃，有些动物没有多少进化。鲨鱼在一亿六千万年间都没有变化。自从六千五百万年前恐龙灭绝以来，负鼠也一直没有变化。这些动物赖以生存的环境发生了巨大的变化，可它们自己却几乎保持着原样，不是一模一样，但几乎还是原样。换句话说，它们似乎没有对它们所处的环境作出响应。”

“也许它们仍然很适应。”阿比说。

“也许吧。抑或是发生了我们所不理解的事情。”

“什么呢？”

“比如影响结局的其他规则。”

索恩说：“你是说，进化是定向的？”

“不，”马尔科姆说，“那是特别创造论，是错误的。完全是谬论。我所说的是，自然选择对基因的作用可能并不能说明全部问题。那太简单了，还有其他力量在发挥作用。血红蛋白分子是一种蛋白质，就像三明治似的折叠着，里面有一个与氧结合的中心铁原子。血红蛋白在摄入和吐出氧时会膨胀和收缩，就像一个微型分子肺。现在，我们已经知道了构成血红蛋白的氨基酸顺序，可是却不知道如何将它折叠。所幸的是，我们不需要了解这一点，因为如果你制造出这种分子，它会自动地折叠起来，它会进行自我组织。结果一次又一次地表明，生物似乎具备自我组织的特性。蛋白质折叠起来，酶相互作用，细胞自行排列形成器官，器官则排列构成和谐的个体，个体自行有机地组织起来形成种群，而种群又自行组合成为一个和谐的生物圈。从复杂性理论出发，我们开始明白这种自我组织现象是如何发生的，而这又意味着什么。这意味着我们看待进化的视角发生了重大变化。”

“但是，”阿比说，“归根结底，进化肯定还是环境作用于基因的结果。”

“我认为这还不够，阿比，”马尔科姆说，“我认为还牵涉到更多东西，我认为必须有更多的东西，甚至在解释我们自己这个物种是如何产生的问题上也是。”

“大约在三百万年以前，”马尔科姆说，“一些原先生活在树上的非洲类人猿来到地面上。这些猿并无任何特别之处，他们的大脑很小，并不特别聪明。他们没有利爪或利齿作为武器，不是特别强壮，也不是特别快。他们肯定不是豹的对手。但由于身材矮小，他们开始用后肢直立，以便越过高高的野草向外看。开始就是这样的。不过是一些普通的类人猿，从草丛中探头观望而已。

“随着时间的推移，类人猿直立的时间越来越多，这就使他们能腾出手来做一些事情。像所有的猿类一样，他们会使用工具。举例说，黑猩猩会使用细树枝来捕食白蚁，诸如此类。随着时间的推移，我们的类人猿祖先开发出一些更为复杂的工具。这种刺激使他们的大脑变大了，也变复杂了。于是产生了一种螺旋式发展：更复杂的工具激发生成了更复杂的大脑，而更复杂的大脑又开发出更复杂的工具。从进化的角度来说，我们的大脑容量在激增。在大约一百万年间，我们的大脑体积增大了一倍以上。这就给我们带来了问题。”

“什么问题呢？”

“比如说出生吧，脑袋大了无法通过分娩通道，这意味着分娩时母婴双亡。这可不行。那么进化作出了什么反应呢？让人类婴儿在发育的早期阶段出生，这时他们的脑袋还很小，可以通过骨盆。这就是有袋动物的解决办法——大多数发育过程发生在母体之外。一个人类婴儿的大脑在出生后的第一年里会增大一倍，这较好地解决了出生问题，但又造成了其他问题。这意味着人类婴儿出生后很长时间都还是那么的无助。许多哺乳动物的幼崽出生后几分钟就能行走，其他的幼崽也都在几天或几周内开始行走。可是人类婴儿整整一年都不会行走，他们不能自己进食的时间还要更长。因此，大脑袋的一个代价就是：我们的祖先不得不演化出新型、稳定的社会组织，以便实现持续多年的长时期育儿阶段。这些大脑袋的、全然无助的孩子却改变了社会，不过这并不是最重要的结果。”

“还不是？”

“不是。人类婴儿出生于未成熟状态，这就意味着他们的大脑尚未发育成形。他们出生时并不具备许多与生俱来的本能行为。一个新生儿会本能地吮吸和抓握，但大致也就如此了。复杂的人类行为绝非出自本能。于是，人类社会不得不发展教育来训练孩子们的大脑，教他们如何行动。每一个人类社会都要花费大量的时间和精力，来教孩子们学习正确的行为方式。只要观察一下某个热带雨林中一个较简单的社会，就不难发现，每个孩子都出生在一个负责帮助抚育孩子的成人关系网之中。不仅有父母亲，还有祖父母、七大姑、八大姨，以及部落的其他长辈。他们有的教孩子狩猎、采集食物或编织，有的则教给孩子关于性或战争的知识，各司其职，分工明确。比方说，假如某个孩子得不到母亲的兄弟姊妹中某个人的特别指教，人们就会一起商量并指定一个替代者。因为从某种意义上说，抚育孩子是社会存在的首要原因。这便是最重要的事情，是一切工具、语言和社会结构进化所达到的顶峰。于是，终于在几百万年之后，我们的小家伙们在使用电脑了。

“假如这样的说法有道理，那么自然选择的作用又在哪里呢？是作用于人体，促使人脑增大吗？是作用于发育顺序，促使孩子早早出世吗？是作用于社会行为，促进合作和育儿吗？还是同时作用于所有这一切——人体、发育和社会行为呢？”

“同时作用于这一切。”阿比说。

“我认为是这样，”马尔科姆说，“但是其中有些部分是自发产生的，是自我组织的结果。例如，所有物种的婴儿都有一种典型的表象：眼睛大，脑袋大，面孔小，动作不协调。婴儿、狗崽和雏鸟都是如此，似乎这样可以促使所有物种的长辈们温柔体贴地对待他们。在某种意义上，你也可以说，婴儿的外表似乎自我组织了成年者的行为。而且就我们人类而言，还是件好事情。”

“这与恐龙灭绝又有什么关系呢？”索恩问道。

“自我组织原理可以起好作用，也可以起坏作用。正如自我组织可以协调变化一样，它也可以引导一个种群走向衰落，使其失去优势。在这座岛上，我希望能通过活生生的恐龙行为看见自我组织的适应性变化——它将告诉我们恐龙为什么会灭绝。事实上，我相信我们已经知道恐龙为什么灭绝了。”

对讲机响了一下。“好哇！”莱文在内部通话器中说，“我找不到更好的语言来形容了，也许你们最好还是看一看这儿正在发生什么。副栉龙正在干一件有趣的事哩，伊恩。”

“什么事？”

“你过来看吧。”

“孩子们，”马尔科姆说，“你们留在这儿观察监视器。”他按下对讲机按钮，“理查德，我们过来啦。”

副栉鸭嘴龙

理查德·莱文紧紧抓着高架隐蔽所的围栏，聚精会神地进行观察。他看见正前方一道矮坡下露出一只副栉鸭嘴龙硕大的脑袋。这脑袋有三英尺长，但是由于那个向后高高竖起的角状顶冠，这个脑袋就显得更大。

那家伙越走越近，莱文已能看清它头部的绿色斑纹。他看见了它那颀长强壮的脖颈、沉重的身躯和浅绿色的下腹。这只副栉龙身高十二英尺，和一头巨象差不多大小，它的头部几乎达到了高架隐蔽所地板的高度。它不紧不慢地朝他走来，每一步都重重地震撼着大地。片刻之后，他看见第二颗脑袋从矮坡后出现，接着是第三颗、第四颗。动物们发出喇叭似的叫声，排着一列纵队径直朝他走来。

须臾之间，领头龙已与隐蔽所齐头并肩了。莱文屏住呼吸，静候它经过。那动物转动褐色的大眼珠看着他，用深紫色的舌头舐了舐嘴唇。隐蔽所随着它的脚步在抖动。随后它走了过去，继续走向后面的丛林。不一会儿，第二只也走过去了。

第三只与构架发生了轻微的碰擦，构架轻轻摇晃起来，可是它似乎毫无察觉，继续稳步向前。其他恐龙也是一样。它们一只接一只渐渐消失在高架隐蔽所背后的茂密树林中，大地停止了颤抖。就在这时候，他发现了从高架隐蔽所旁通向丛林的兽道。

莱文舒了一口气。

他的身体缓缓松弛下来。他拿起望远镜，做了个深呼吸，镇定一下情绪。他的恐惧感渐渐消退，开始感觉好多了。

接着他思忖道：它们在干什么？它们往哪里去？因为他细想起来，觉得这些副栉龙的行为似乎极为古怪。进食时，它们聚集在一起以便防卫，行进时却变成一列纵队，打破了通常的聚集群模式，这就使每一只动物都容易受到捕食者的攻击。然而这种行为显然是有组织的。单列行进肯定有某种目的的。

可那会是什么呢？

进入丛林之后，那些动物又开始发出音延较短、低低的喇叭声。他再次觉得那是传达方位信息的某种发声，也许是为了让群体成员在穿越丛林、在位置发生变化时，能一个跟着一个行进。

可为什么要改变位置呢？

它们往哪里去？它们在干什么？

此时此刻，站在高架隐蔽所里，他肯定找不到答案。他踌躇不定，注意听着恐龙的叫声。随即，他当机立断，抬腿跨过栏杆，顺着高架快速爬下来。

炎热

萨拉·哈丁感到热烘烘、湿漉漉的，有个粗糙的、砂纸一样的东西在她脸上擦了一下。接着，她感到这粗糙的东西又在它脸上摩擦起来。她咳嗽了一声，有什么东西滴落在她的颈子上。她闻到一股怪怪的、甜滋滋的气味，有点像发酵的非洲啤酒。她的耳边响起低低的嘶嘶声。接着，那粗糙的摩擦再度开始，从脖子开始向上一直擦到脸颊。

她缓缓睁开双眼，愣愣地看着眼前的一张马脸。那马正向下看着她，眼睛大而无神，眼睑上长着柔软的睫毛。它正在用舌头舔她。她心想，这还是蛮舒服的，令人感到几分宽慰。像这样仰面躺在稀泥里，让一匹马……

这不是一匹马。

她突然发现，它的头部太窄，口鼻部太尖，比例完全不对。她扭过头，发现这个脑袋很小，但是长在一根粗得吓人的脖子上，还有一副庞大笨重的身躯……

她一骨碌爬起来，跪在地上："哦，我的天哪！"

她的突然举动惊吓了那个大家伙，它警觉地喷着粗重的鼻息，慢吞吞地走开了。它沿着泥泞的河岸走了几步，然后回过头，向她投来责备的目光。

不过，此刻她能够看清楚了：小脑袋、粗脖子、巨大而笨拙的躯体，沿背脊突起处有两排五边形的甲片，还有一条带尖刺的长尾巴。

哈丁眨了眨眼睛。

不可能呀。

糊里糊涂、眼花缭乱之中，她开始在大脑中搜索这个动物的名称，总算从遥远的儿时记忆中找到了。

剑龙。

这是一头该死的剑龙。

震惊之余，萨拉想起了那间白得耀眼的病房，当时她去探视神志昏迷的马尔科姆，听见他嘟哝着几种恐龙的名字。她以前就一直有怀疑，即便此时此刻面对一只活恐龙，她的第一反应还是觉得这肯定是某种骗局。她眯起眼睛仔细看着它，想找出它皮肤上的缝合线，或皮肤下面的机械接头。可是它的皮肤上天衣无缝，它的动作有机而统一，那双眼睛还慢慢地眨了眨。接着，那剑龙转过头离开她向水边走去，用粗糙的大舌头舔起水来。

那舌头呈深蓝色。

怎么会这样呢？由于静脉血而呈深蓝色？它是冷血动物吗？不，它的动作太平稳协调了，它具有热血动物的十足信心与漫不经心。蜥蜴和两栖动物好像都十分关注周围的温度，而这家伙根本不那样。它站在荫凉处，舔舐着凉水，毫不在乎。

她低头看了看身上的衬衣，泡沫状的唾液正从脖子上往下淌。它刚才把口水流在她身上了。她用手指蘸了蘸，是温热的。

它是热血的，没错儿。

一只剑龙。

她凝视着。

剑龙的皮肤上有卵石花纹肌理，但不像两栖动物那样披着鳞片，她觉得倒是更像犀牛的皮肤，或是非洲疣猪。不过它全身无毛，也没有猪那种鬃毛。

剑龙行动缓慢，神态平和而愚笨。她觉得也许它确实很笨，于是又看了看它的头部。它的头盖骨与马的相比要小得多，与自身的体重相比也小得可怜。

她吃力地站起身来，呻吟了一声。她浑身疼痛，四肢和肌肉都酸痛不已，双腿也在打战。她吸了一口气。

几码开外，剑龙停下来瞥了她一眼，注意到她的直立姿态。见她没有动，它重又变成漫不经心的样子，再度饮起河水来。

“真是活见鬼。”她说道。

她看了看手表。才下午一点三十分，烈日依然高挂在头顶上方。她无法利用太阳来确定方向，而且下午的阳光灼热无比。她决定最好还是步行，想办法找到马尔科姆和索恩。她赤着脚，忍着肌肉酸痛，步履僵硬地离开了小河，向丛林走去。

走了半个小时后，她感到口干舌燥。不过，在非洲大草原上，她已练就了长时间不饮水的能力。她继续向前，毫不在意自身的不适。在接近一道山脊顶部时，她来到了一条兽道旁。那是一条穿越丛林的宽宽的泥泞小路，在小道上行走要省力些，于是她沿着它走了大约十五分钟。这时，从前面传来一阵兴奋的狺吠。她想到了狗，便小心翼翼地朝前走。

片刻之后，从灌木丛中的几个方向同时传来很大的咔嚓咔嚓声。说时迟那时快，一只高约四英尺、形似蜥蜴的深绿色动物以惊人的速度窜出灌木丛，尖叫着从她上方一跃而过。她本能地蹲下身子，还未及缓过气，又一只动物冲出来，疾速从她身边窜过。霎时间，整整一群动物在她的四面八方飞奔而过，发出恐惧的嗷叫。接着，有一只蹭到了她，把她撞得栽倒在泥潭里。另一些动物跟了上来，在她四周蹿上跳下，横冲直撞。

她看见小道前方几英尺处一棵大树伸出的低垂枝条。她不假思索，一下蹦起来，抓住树枝荡了上去。她刚刚爬到安全的地方，一只生着利爪的恐龙就从她下方的泥潭飞奔过去，追击那些疯狂逃窜的绿色动物。这只动物远去时，她看见它有六英尺高，躯体呈深色，皮肤上有老虎般的红色斑纹。过了一会儿，出现了第二只这样的斑纹动物，接着是第三只——一群食肉动物发出嘶嘶的咆哮声，在那些绿色恐龙身后穷追不舍。

由于多年的野外经历，她不知不觉地数起这些动物的数量来。这些带斑纹的捕猎动物有十只。这使她兴趣陡生，不过她想数字说明不了什么。最后一头捕猎者远去之后，她便跳到地上，匆匆尾随过去。她突然想到这样做也许很愚蠢，但还是被好奇心征服了。

她跟着虎斑恐龙爬上一个山坡。还未到坡顶，她就从一片嗷叫和咆哮声中听出它们已经逮到了一只。她从坡顶俯视着它们实施猎杀的场面。

这与她在非洲见过的猎杀场面不同。在塞罗尼拉草原上的猎杀，有一套组织方式，在相当程度上是可预见的，而且几乎可以说是很庄重的。狮子或鬣狗是最大的捕食者，靠近猎物的尸体，与其幼崽一同进食。守住外层的是兀鹫和秃鹳，耐心等着轮到它们的时候，再往外则是豺和其他小型食肉动物。它们小心谨慎地围在四周，待大型食肉动物吃完后，它们才能进前吃食。不同的动物享用不同的部位：鬣狗和兀鹫吃骨头，豺则一口一口把尸体吃得干干净净。这便是享用猎物所遵循的模式，那些动物极少为食物而发生争夺或厮杀。

可是眼前，她看到的是乱哄哄的一片，是一派争食的狂暴。那些带斑纹的捕食者一齐扑向那倒毙的动物，狂怒地撕着尸体上的肉，还不时停下来相互咆哮和搏杀一番。它们的争斗凶狠残暴。有一个捕食者狠狠地咬了身边同伴，在它身上留下深深的伤痕；这时，另外几只也立即扑上来猛咬它，逼得它一瘸一拐地逃开了。它喘着气，流着血，伤势严重。它被逼出来之后就实施报复，猛咬了另一个家伙的尾巴，给受害者造成严重创伤。

有一只未成年的捕食者，个头大概只有那些成年动物的一半。它一直在拼命往前挤，也想抢一块肉，可那些家伙根本就不给它让位。相反，它们狂怒地冲着它咆哮、吼叫，吓得它不得不敏捷地往后跳，以避开那些成年食肉动物锋利的獠牙。哈丁没有看见幼崽。这是一群凶残的成年动物的天下。

她看着这些头上和身上血迹斑斑的大型食肉动物，发现在它们的身体两侧和颈部布满了纵横交错的愈合伤疤。它们显然是迅猛、聪明的动物，然而却争斗不休。难道它们的社会组织就进化成这个样子吗？倘若果真如此，倒是十分罕见。

很多种动物都为食物、领地及交配而争斗，但只是炫耀和形式上的挑衅，很少出现严重的伤害。当然也有例外。当雄性河马为争夺雌性而打斗时，往往都会使其他雄性受到重创。然而无论如何，眼前的场面都是她见所未见、闻所未闻的。

她看见那只退到屠杀场外围的受伤的家伙又悄悄挤到前面，咬了另一只成年动物一口。被咬者狂叫一声，猛扑过来，用长长的利爪狠狠一劈。刹那间，那受伤者被开了膛，一圈圈灰白的肠子从宽宽的裂口中流了出来。只见它惨叫着倒在地上，立即有三只成年兽掉头扑向这具新倒下的躯体，开始贪婪地撕下并吞噬它身上的肉。

哈丁闭上双眼，扭过头去。这是一个全然不同的世界，一个她毫不理解的世界。她头晕目眩地回头下山，小心翼翼、悄然无声地离开那个血淋淋的现场。

声音

福特探险者在丛林小路上静静地向前滑行，他们正从山脊上的兽道驶向下方山谷中的高架隐蔽所。

是索恩在驾驶。他对马尔科姆说：“你刚才说你知道恐龙为什么会灭绝……”

“嗯，我很有把握，”马尔科姆说，“基本情况再简单不过了。”他在座位上挪了挪，“恐龙出现在三叠纪，大约两亿两千八百万年之前。在整个侏罗纪及随后的白垩纪中，它们的繁殖数量激增。在大约一亿五千万年的时间里，它们是这个星球上占主导地位的生命形式，这段时间很漫长啊。”

“想想我们，到地球上才三百万年。”埃迪说。

“我们还是不要太得意，”马尔科姆说，“有些弱小的猿猴已经存在了三百万年，我们还没有。可以确认的人类在这个星球上的时间只有三万五千年，”他说道，“那指的是自从我们的祖先在法国和西班牙的洞穴里作壁画，描绘狩猎场面以乞求捕猎成功以来所经过的时间。三万五千年，在地球的历史上算得了什么。我们不过是初来乍到的。”

“是这样……”

“当然了，即使是在三万五千年前，我们就已经在使物种灭绝了。洞穴人杀了那么多的猎物，以致许多动物在几个大陆上都绝了迹。欧洲曾经有过狮子和老虎；洛杉矶曾经有过长颈鹿和犀牛。真他妈的，一万年前，土著美洲人的祖先就把身披长毛的猛犸象捕尽杀绝了。这不是什么新鲜事，人类的这种倾向……”

“伊恩。”

“好吧，这是事实，尽管你们这些现代傻瓜认为这一切都是全新的……”

“伊恩，你刚才是在谈论恐龙。”

“是啊，恐龙，不管怎么说，在这个星球上的一亿五千万年期间，恐龙非常兴旺，到了白垩纪，已经出现了二十一个主要种群。其中的几个种群，如圆顶龙和法布尔龙，当时已经灭绝。不过绝大多数恐龙群在整个白垩纪仍然十分活跃。随后，突然之间，在大约六千五百万年以前，所有恐龙种群都灭绝了，只有鸟类留存了下来。那么好吧，问题是——那是怎么回事？”

“我以为你知道呢。”索恩说。

“不。我的意思是，刚才那是什么声音？你们听见什么了吗？”

“没有。”索恩回答说。

“停车。”马尔科姆说。

索恩把车停下，然后熄了火。

他们摇下车窗，中午的闷热空气扑面而来，几乎没有一丝风。他们十分专心地听了一会儿。

索恩耸耸肩膀：“我什么也没听到。你认为你……”

“嘘——”马尔科姆说。他用一只手捂住耳朵，然后把头探出车窗，侧耳细听。不一会儿，他把头缩进车窗说道：“我敢发誓，我刚才听见了发动机的声音。”

“发动机？你是说内燃机吗？”

“正是，”他指着东面说，“听起来好像是从那边传来的。”

他们又听了一会儿，还是没有听见。

索恩摇了摇头：“我无法想象这里会有汽油发动机，伊恩。这里没有汽油。”

对讲机咔嗒响了一下。“马尔科姆博士吗？”说话的是在拖车里的阿比。

“是我，阿比。”

“这里还有什么人？这个岛上？”

“你是什么意思？”

“打开你的监视器。”

索恩打开仪表板上的监视器，他们看见从一台安全摄像机上传过来的图像。图像上是狭长陡峭的东部山谷深处，他们看见树木掩蔽下的暗处有个山坡，一根树枝挡住了不少镜头。不过图像上毫无动静，一片沉寂，没有任何活动的迹象。

“你看见什么了，阿比？”

“注意观察。”

索恩看见树丛中有卡其服一闪，接着又一闪。他意识到那是一个人，正沿着丛林陡坡三步两滑地朝下走。短小精悍的身材，一头短短的黑发。

“真是活见鬼啦。”马尔科姆微笑着说。

“你知道那是谁了？”

“当然，是萨拉。”

“哎哟，我们最好去接她一下。”索恩伸手拿过对讲机，按下按钮，“理查德。”他说道。

没有回答。

“理查德，你听见了吗？”

没有回答。

马尔科姆叹了口气：“太棒啦。他不回答。可能决定去散步了。从事他的研究……”

“我担心的就是这个，”索恩说，“埃迪，从挂钩上取下摩托车，去看看莱文在做什么，带上林德斯特拉特式步枪，我们去接萨拉。”

兽道

莱文沿着兽道，在幽暗的丛林中越走越深。前方什么地方，副栉龙冲撞着穿行于丛林中的蕨类植物和棕榈树丛中，弄出巨大的响声。他现在总算明白它们为什么要鱼贯而行了：因为要穿越热带雨林的茂密植被别无他法。

它们的叫声一刻也没有停止过，但是莱文听出其特征产生了变化——音调更高，更为兴奋。他快步向前，拨开比他人还高的湿漉漉的棕榈树叶，走到被踏平的小道上。他耳听前方恐龙的叫声的同时，开始闻到一股特别的气味，刺鼻且酸中带甜。他觉得这种怪味越来越浓。

然而就在前方，有什么事发生了，这一点毫无疑问。副栉龙的叫声变得短促，几近犬吠。他听出其中的某种惶恐不安。是什么能让这些十二英尺高、三十英尺长的庞然大物惶恐不安呢？

他完全被好奇心战胜了。他在丛林中奔跑起来，不断推开棕榈叶，时而跳过倒伏的树干。前方的绿叶丛中传来阵阵嘶嘶声，一阵哗啦啦的响声，接着有一只副栉龙发出深长低沉、喇叭似的鸣叫。

埃迪·卡尔骑着摩托车来到高架隐蔽所前，把车停下来。他发现莱文不在，就低头查看隐蔽所四周的地面，发现地上深深地印着许多动物足迹。这些足迹很大，直径约两英尺，好像一直通向隐蔽所背后的丛林中。

他仔细搜寻，发现还有些新踩的靴印，是阿索罗牌的鞋底。他认出那是莱文的。有几处靴印踩乱了动物足印的边缘，这就是说靴印是后踩上去的，而且也是往丛林方向去的。

埃迪·卡尔诅咒着。他最不愿做的就是进入那片丛林。想到这一点他就感到毛骨悚然。但是他还有选择吗？他必须把莱文找回来。他心想，那家伙真的要惹出麻烦来了。他从肩上取下步枪，横搭在摩托车把手上，然后转动手柄。摩托车静静地向前，驶入幽暗之中。

莱文激动得心怦怦直跳。他拨开浓密的植被，从最后一棵高大的棕榈树旁走过。他突骤收住脚步。一只副栉龙的尾巴就在他前面，都快甩到他的头顶上了。它的屁股朝着他，一股混浊的尿液从它的耻骨处喷出，溅洒了一地。莱文急忙向后一跳，避开那股尿流。他看见在他近前的这只动物那边，有一片林间空地。那空地已被无数只动物的脚踏得平平的。这群副栉龙分散在空地的不同位置上，正在同时撒尿。

他心想，原来它们是来大小便的。这太有意思了，真是意想不到。

许多当代的动物，包括犀牛和鹿，都喜欢在特定的地点排泄大小便，而在很多情况下，动物群体的行为是协调一致的。大小便的行为通常被看作是一种标出领地的方法。然而不管是何缘由，从来没有人想到过恐龙会有这种行为方式。

莱文继续观察着，只见副栉龙撒完尿后，各自朝一旁挪动了几英尺，然后开始排便，而且依然是统一行动。每只副栉龙都排出一大堆稻草色的粪便，其间它们都发出低低的喇叭鸣声，同时排出大量的肠胃气，使空气中弥漫着甲烷的气味。

在他身后，一个声音耳语道："非常精彩！"

他一回头，看见埃迪·卡尔骑在摩托车上。他在莱文的面前摆手说："恐龙在放屁。最好别在这附近划火柴。要不然你会把这个地方炸翻的……"

"嘘……"莱文生气地摇摇头，而后又转向副栉龙。这种时候可不能让一个傻乎乎的臭小子给搅了。有几头动物垂下头，去舔那一洼洼尿液。他想它们无疑是想回收损失掉的营养，也许是盐，或者是荷尔蒙，或者是某种按季节需要的东西，要么就是……

莱文慢慢向前移动。

他们对这些动物知之甚少，就连它们生活中最基本的事实都不知道：它们如何进食，如何排泄，如何睡眠和繁殖。在这些久已消失的动物中，曾经进化出不计其数的错综复杂、相互关联的行为。现在要想了解它们，可能要几十位科学家作出毕生的努力。不过，这种情况可能永远不会发生。他所希望的只是能做出几个猜测，几个浮光掠影地触及它们复杂生活的演绎推论。

在喇叭般的叫声中，副栉龙向森林的更深处走去，莱文准备尾随它们。

"莱文博士，"埃迪轻轻地说，"上摩托车！快！"

莱文没有搭理他。那些大型动物刚刚离去，他就看见几十只绿色小恐龙蹦了出来，吱吱叫着跳进那片空地。他立即意识到它们是什么：三叠纪始秀颚龙，小型食腐动物，费拉斯于1913年在巴伐利亚首次发现。莱文瞪大了双眼，简直看得入了迷。他对这种动物当然十分熟悉，但毕竟只是通过模型了解，因为世界上任何地方都没有始秀颚龙的完整骨骼化石。奥斯特罗姆的研究最完整，但他的研究对象却是一具残缺不全的骨骼。奥斯特罗姆的描述没有提及这只动物的尾巴、脖子和前肢的情况。现在他的眼前就是始秀颚龙，形体完整，像一群鸡似的活蹦乱跳。他看见始秀颚龙开始吞噬那些新鲜粪便，饮用残留的尿液。难道这就是食腐动物日常行为的一部分吗？

莱文没有把握……

他慢慢朝前移动，想看个仔细。“莱文博士！”埃迪悄声提醒道。

有趣的是，始秀颚龙只吃新鲜的粪便，而不去碰那些空地上随处可见的干结残粪。无论它们从粪便中摄取的是什么营养物，这东西肯定只存在于新鲜粪便之中。这使人联想到会随着时间而退化的某种蛋白质或荷尔蒙。也许他应该取一份新鲜的样品进行化验，他把手伸进衬衣口袋，抽出一只小塑料袋。他走到始秀颚龙中间，它们似乎对他的存在无动于衷。

他在最近的一个粪堆旁蹲下，慢慢地伸出手去。

“莱文博士！”

他恼火地回头看来一眼。就在这当儿，一只始秀颚龙跳过来，在他手上咬了一口。另一只则蹿上他的肩膀，在他耳朵上咬了一口。莱文疼得哇地大叫一声，站起身来。那只始秀颚龙忙蹦到地上，惊惶地逃开了。

“他妈的！”他骂道。

埃迪把车骑过来说：“够了，快坐到这该死的摩托上来。我们离开这儿。”

窝

红色牧人牌吉普车停了下来，从他们走的这条兽道继续向前，穿过植物丛就是一片林中空地。这条宽阔泥泞的小道是巨型动物的脚踩出来的，泥沼中深深的大足印清晰可见。

他们听见从空地那边传来低回的、雁鸣般的声音，仿佛是一只大鹅的叫声。

道奇森说："好了，把箱子递给我。"

金没有答话。

巴塞尔顿说："什么箱子？"

道奇森两眼盯着空地。"你身边的座位上有只黑箱子，还有一组电池。拿来给我。"他说道。

巴塞尔顿嘟囔了一声："好沉啊。"

"那是因为里面有锥形磁铁。"道奇森伸手向后接过箱子。那箱子是用经阳极化处理的黑色金属制成，大小有如鞋盒，不过其端部是一个喇叭形锥体。箱底装了手枪式手柄。道奇森把一个电池组扣在腰带上，把插头插入箱子，然后抓住手柄把箱子拎起来。箱子背面有一个旋钮，正朝着他，还有一个刻度盘。

道奇森问："电池充电了吗？"

"已经充好了。"金说。

"好吧，"道奇森说，"我先过去，进入窝区。我把箱子调好，赶走那些动物。你们跟在我后面，一旦动物跑开，你们就一人从窝里取一枚蛋，然后你们就离开，把蛋拿回车上。我最后一个返回，之后我们就一起开车离开。明白了吗？"

"明白。"巴塞尔顿说。

"行，"金说，"这是哪种恐龙？"

"我他妈的一无所知，"道奇森说着爬下车去。"再说了，是什么恐龙都一样，只要照程序做就行了。"他轻轻关上车门。

其他两个人也悄悄下了车，沿着潮湿的小道前行。他们的脚踩得烂泥唧唧响，空地上的声音还在继续。道奇森听了之后，觉得那里好像有许多动物。

他拨开最后一簇蕨类植物，看见了它们。

这是一处大型窝点，有大约四五个矮土墩，上面盖满了草。这些土墩大概七英尺宽，三英尺深。土墩周围有二十只米色的成年龙——这是一个恐龙群，围绕着窝点。这些成年龙身材高大，足有三十英尺长，十英尺高，全都发出雁鸣般的叫声，还不断喷着鼻息。

"哦，我的上帝呀。"巴塞尔顿瞪大了眼睛。

道奇森摇了摇头。"它们是慈母龙，"他悄声道，"这回可是小菜一碟啦。"

慈母龙是由古生物学家杰克·霍纳定名的。霍纳之前的科学家们推断，恐龙像大多数爬行动物一样，是弃蛋不孵的。这种推断符合以前关于恐龙是冷血爬行动物的说法。人们认为恐龙像爬行动物一样离群索居；博物馆壁画上的恐龙，每一种难得超过一只——这儿一头雷龙，那儿一头剑龙或三角龙，在茫茫沼泽中行走。但是霍纳在蒙大拿荒原上的考古发现却提供了明白无误的证据，表明至少有一种鸭嘴龙有过复杂的筑窝和哺育行为。霍纳将这种行为体现在他为这类动物取的名字中：慈母龙，意即“好妈妈蜥蜴”。

道奇森看着这些慈母龙，发现它们不愧为体贴入微的父母。那些成年龙围着土窝转，小心翼翼地把脚落在浅浅的土墩之外。米色慈母龙属于鸭嘴恐龙，巨大的脑袋上伸出又宽又扁的口鼻部，非常像鸭子的喙。

它们衔起一口口青草，扔在土墩里的恐龙蛋上。他知道，这是一种调节蛋温的方法。假如这些庞然大物坐在蛋上孵，一定会把蛋压碎的。它们在蛋上铺一层草，以便蓄热并使蛋处于较为恒定的温度下，一刻不停地忙着。

“它们真大呀。”巴塞尔顿说。

“不过是些超大型奶牛罢了。”道奇森说。尽管慈母龙体型庞大，却是食草动物，而且具有奶牛那种略显愚笨的温顺脾性。“准备好了吗？我们出发吧。”

他像拿枪一样提起箱子，向前走了几步，在恐龙面前亮相。

道奇森估计慈母龙见到他时会作出很大反应，结果却什么也没有。它们好像都没有注意到他。有一两只成年龙朝这边望了望，呆滞的目光落在他身上，接着便转向了别处。它们继续把草扔在蛋上。那些蛋呈苍白色，椭圆形，将近两英尺长，大小相当于鸵鸟蛋的两倍，有海滨浴场的小号浮水气球那么大。现在还没有孵化出幼崽。

金和巴塞尔顿跨了出来，和他并排站在空地上。慈母龙依然对他们视而不见。

“奇事啊。”巴塞尔顿说。

“对我们来说是好事儿。”道奇森说。他打开箱子的旋钮。

一种连续不断刺耳的高频尖啸声响彻空地。慈母龙顿时转向声音方向，昂起头，发出雁鸣般的嘶叫。它们显得焦虑不安，大惑不解。道奇森扭动刻度盘，啸声越发高了，几乎能穿破耳膜。

慈母龙频频点着头，开始躲开这不堪忍受的声音，都聚到空地那头去了。有几只被吓得尿起尿来，有几只抛开窝逃进了树丛。它们十分焦虑，无奈地远远待着。

“动手吧。”道奇森说。

金走到最近的窝里，嘟哝着搬起一枚恐龙蛋。这么大的蛋，他的双臂几乎抱不拢。慈母龙冲着他嘶叫，却没有一只敢过来。接着，巴塞尔顿也走进窝里抱起一枚蛋，跟在金后面走回汽车。

道奇森一边往回退，一边举起箱子对着那些成年龙。退到空地边缘时，他才关掉声音。

慈母龙立即返身，频频高叫着。回到窝边后，那些成年龙似乎已忘却了刚刚发生的事情。不一会儿工夫，它们就不叫了，重又开始往蛋上扔草。它们全然没有理会道奇森，所以他得以离开空地，沿兽道返回。

道奇森向汽车走去的时候，心里在想：愚蠢的家伙。巴塞尔顿和金正在把蛋放入车子后备箱里那只大聚苯乙烯泡沫塑料容器，小心地将泡沫衬垫塞在蛋的四周。他俩都像孩子一样咧着嘴笑起来。

“太惊人啦！”

“真棒！真精彩！”

“我对你们说什么来着？”道奇森说，“一点不费事。”他瞥了一眼手表，“照这样的速度，我们要不了四个小时就大功告成了。”

他爬上车，坐在方向盘后的座位上，启动了发动机。巴塞尔顿在后座上落座。金则坐在乘客座上，顺手掏出地图。

“去下一个目标。”道奇森说道。

高架隐蔽所

“我跟你说，没事儿的。”莱文不耐烦地说。他汗流浃背地站在闷热的高架隐蔽所铝制顶棚下。“看，连皮都没破。”他伸出手来。在始秀颚龙刚才咬过的皮肤上有一块半圆形的红齿印，仅此而已。

埃迪在他身旁说道：“是啊。不过，你的耳朵有点流血。”

“我什么感觉也没有，不会太严重的。”

“是不严重。”埃迪说着打开了一个急救包，“不过最好让我给你清洗一下。”

“我还是想，”莱文说，“继续我的观察。”恐龙离他不足四分之一英里远，他能看得很清楚。在中午静止的空气中，他能听见它们的呼吸声。

他能够听见它们的呼吸声。

假如这个年轻人能让他一个人待着，他是能听见的。

“听着，”莱文说，“我知道自己在这里做什么。你在一项十分有趣和成功的实验快要结束时插了进来。实际上，我通过模仿恐龙的叫声，把它们唤到了我的跟前。”

“真的吗？”埃迪说。

“是真的。那就是它们被引入丛林的首要原因。我几乎没有想过要你来协助……”

“问题是，”埃迪说，“你的耳朵上沾染了一些恐龙的脏东西，还有几处小伤口。我这就给你清洗一下。”他用一块药棉蘸满了消毒剂，“可能会有点刺痛。”

“我不在乎，我还有其他……哦！”

“别动，”埃迪说，“只需要一小会儿。”

“完全是多此一举。”

“只要你站着不动，马上就好……好啦。”他拿开药棉。莱文看见上面有褐色斑迹和一丝淡红。正如他所料，伤得很轻，他伸手摸了摸耳朵，一点也不痛。

莱文眯起眼睛望着那片平地，埃迪在一旁收拾急救箱。

“好家伙，这上头真热。”埃迪说。

“是啊。”莱文耸了耸肩。

“萨拉·哈丁到了，我想他们已经把她接回拖车了。你现在想回去吗？”

“我想不出有什么理由。”莱文道。

“我只是觉得，也许你要向她问个好什么的。”埃迪说。

“我的工作在这儿。”莱文说着，把望远镜举到眼前。

“这么说，”埃迪道，“你是不想回去了？”

“做梦都不会想。”莱文透过望远镜凝视着前面，“一百万年不会想。六千五百万年也不想。”

拖车

凯利·科蒂斯见着淋浴间的水流声。她觉得不可思议，愣愣地看着随便扔在床上满是泥污的衣服、西装短裤和卡其布短袖衬衫。

真是萨拉·哈丁穿的衣服。

她实在忍不住了，于是伸手摸了摸。她注意到织物磨损得很厉害，纽扣是重新缝上去的，和衣服不配，衣服口袋附近还有几道泛红的痕迹。她认为一定是血迹。她伸手朝下摸了摸织物……

“凯利！”

萨拉在淋浴间里喊她。

她还记得我的名字。

“嗳。”凯利应道，声音里有几分紧张。

“有洗发水吗？”

“我来找找看，哈丁博士。”凯利一边说，一边急急忙忙地拉开手边的抽屉。男士们都到隔壁房间去了，留下她一个人陪着洗澡的萨拉。凯利把抽屉一个个拉开，接着又把它们一个个关上，显得手忙脚乱。

“听着，”萨拉喊道，“要是找不到就算了。”

“我在找呢……”

“有没有餐具洗涤剂？”

凯利顿了顿，洗碗池旁放着一只绿色塑料瓶。“有的，哈丁博士，可是……”

“把它给我。都是同样的东西，我不在乎。”萨拉的手从浴帘后伸出来，凯利把塑料瓶递了过去，“叫我萨拉。”

“好的，哈丁博士。”

“萨拉。”

“好的，萨拉。”

萨拉·哈丁是个挺不错的人。很随和，很平常。

凯利如醉如痴地坐在厨房的座位上，两只脚晃悠着，等着看哈丁博士——萨拉——还需要什么东西。她听见萨拉哼起“我要把那男人从我头发里洗掉”。不一会儿，淋浴喷头关掉了，她伸出手抓过挂钩上的浴巾，接着便裹着浴巾走了出来。

萨拉用手指梳理着短发，似乎那就是她给予外表的全部关注了。“感觉好多了。好家伙，这可是一座豪华式野外活动房啊。博士干得真漂亮。”

“是的，”她说，“挺好的。”

她朝凯利微笑着：“你多大了，凯利？”

“十三岁。”

“这么说，上八年级了？”

“七年级。”

“七年级。”萨拉若有所思地说。

凯利说：“马尔科姆博士给你留了几件衣服。他说他想你穿会合身的。”她指着一条干净的短裤和一件T恤衫。

“这些都是谁的？”

“我想是埃迪的吧。”

萨拉拿起来看了看：“也许能凑合。”

她拿着衣服绕过拐角，走进寝室区，开始穿衣服。她问凯利：“长大以后你打算干什么？”

“我不知道。”凯利说。

“回答得很好。”

“是吗？”凯利的母亲总是在敦促她去打点零工，以便决定她将如何度过自己的一生。

“是的，”萨拉说，“没有哪个聪明人在二十或三十岁以前知道自己想要干什么。”

“哦。”

“你喜欢学习什么呢？”

“实际上，唔，我喜欢数学。”她的话音中有几分愧疚。

萨拉肯定从她的语气中听出了什么，因为她说：“数学有什么不好？”

“呃，女孩子这方面不行。我是说，你是知道的。”

“不，我不知道。”萨拉语调平淡地说道。

凯利感到惶恐。她和萨拉一直相处得挺热乎，现在却感到那股热乎劲正在凉下去，就像是在一位不赞同的老师面前答错了问题似的。她决定什么也不说了，默默等待着。

很快，萨拉就穿着埃迪那又肥又大的衣服走了出来，坐下来开始穿靴子。她的动作很平常，实实在在。“你是什么意思，女孩子学不好数学吗？”

“呃，大家都是这么说的。”

“大家都有谁呢？”

“我的老师们。”

萨拉叹息一声。“好极了，”她摇着头说道，“你的老师们……”

“别的孩子都管我叫书呆子。就那个意思吧，你知道的。”凯利脱口而出。她不敢相信自己正在对萨拉·哈丁说这番话。除了看过一些文章和图片外，凯利对她几乎并不了解。可是她真的就在这里，跟萨拉谈这些私人的事情。所有这些令她感到不安的事情。

萨拉笑呵呵地说：“好啊，如果他们那么说，你的数学就一定很棒啦，嗯？”

“我想是这样。”

她微笑道：“那太好了，凯利。”

“可问题是，男孩子都不喜欢女孩子太聪明。”

萨拉的眉毛往上一扬：“是这样吗？”

“嗯，大家都这么说……”

“比如说？”

“比如说我妈。”

“唔。她大概不知道自己是在说什么吧。”

“我不知道，”凯利承认道，“实际上，我妈尽跟些傻男人约会。”

“所以她很可能是错的？”萨拉在系靴带的时候，瞥了凯利一眼。

“我想是的。”

“这个嘛，根据我的经验，有的男人喜欢聪明的女人，有的就不喜欢。这跟世界上的其他事情一样，”她站起来，“你知道乔治·沙勒吗？”

“当然啦。他研究熊猫。”

“对。是熊猫，在那以前是雪豹、狮子和大猩猩。他是二十世纪最重要的动物研究专家——你知道他是怎么工作的吗？”

凯利摇摇头。

“去野外考察之前，乔治总是把他研究对象的所有相关文字材料统统看一遍。通俗书籍、报刊报道、科学论文，所有的一切。然后他才亲自去现场观察这种动物。你知道他往往会发现什么吗？”

她摇摇头，不敢乱说。

“他发现，所有相关论著或论述几乎都是错的。就说大猩猩吧，黛安·福西想到要研究山地大猩猩的时候，乔治已研究了十年了。他发现，人们相信的有关大猩猩的说法不是夸大其词，就是错误理解，或者完全是想入非非——比如说，去考察大猩猩的时候不能带女人，因为大猩猩会强暴她们。错了。一切……全都……错了。”

萨拉系好靴带，站起身来。

“所以说，凯利，即使在你这样小的年纪，有些东西不妨也要学一学。在你的一生中，人们会告诉你这样那样的事情。可是在大多数时候——可以说，在百分之九十五的情况下，他们要告诉你的东西都是错误的。”

凯利一言不发。听罢这番话，她感到莫名其妙的灰心丧气。

“这是人生的事实，”萨拉说，“人类的头脑里塞满了错误信息，因此很难弄清应该相信谁。我知道你心里的感受。”

“你知道吗？”

“当然，我妈妈过去总是说我将一事无成，”她微笑着，“有几位教过我的教授也这么说。”

“是真的吗？似乎不大可能。”

“哦，是真的，”萨拉说道，“事实上……”

她们听见从拖车的另一端传来马尔科姆的声音：“不！不！这些白痴！他们会毁掉一切的！”

萨拉立即转身，走了过去。凯利连忙从座位上跳下来，跟在她后边。

男人们全都挤在监视器旁。一个个七嘴八舌的，显得心烦意乱。“这很糟糕，”马尔科姆说，“太糟糕了！”

索恩说：“那是辆吉普车吗？”

“他们有一辆红色吉普。”哈丁走上前来看着说。

“那么就是道奇森了，”马尔科姆说，“该死！”

“他在这儿干什么？”

“我能够猜得出来。”

凯利挤进人堆，想看上一眼。她在显示屏上看见丛林中的树丛，还看见一辆红黑相间的汽车时隐时现。

“他们现在是在哪儿？”马尔科姆问阿比。

“我想他们是在东边的山谷里，”阿比说，“靠近我们发现莱文博士的地方。”

对讲机咔嗒一响。莱文的声音：“你是说岛上还有其他人？”

“是的，理查德。”

“那么，在他们把一切都搅乱之前，你们最好前去阻止他们。”

“我知道。你想回来吗？”

“没有一个令人信服的理由我是不会回去的。如果有了，就通知我。”说罢，他就把对讲机就咔嗒一声关掉了。

哈丁凝视着显示屏，盯着那辆吉普车。“是他们，没错儿，”她说道，“就是你的朋友道奇森。”

“他不是我的朋友，”马尔科姆说。他站起身来，腿痛得他的面部肌肉都皱起来了。“我们走吧，”他说，“必须阻止这帮混蛋，不然就来不及了。”

窝

红色牧人吉普车缓缓停下，前面是一道密密匝匝的树丛。透过树丛可以看见那边林中空地上的阳光。

道奇森坐在车里静静地听着。金转过头，刚要张口，道奇森便把手一竖，示意他别说话。

接着他听得清清楚楚——一阵低沉的咆哮声，就像是呼噜声。声音来自树丛的另一侧，就像他曾经听过的最大的丛林猫的叫声。他还感到一阵阵轻微的颤动，虽说轻微，却也足以使车钥匙碰撞发出叮当的响声。他感觉到那震颤，并渐渐明白过来：**它在行走。**

一个庞然大物。正在行走。

金在他身旁惊愕地直视前方，大张着嘴巴。道奇森往后瞥了巴塞尔顿一眼，见教授听见那声音后，正用苍白的手指紧紧抓着座位。

一个巨大的影子在正前方的蕨类植物丛中横向移动。从影子来判断，这只动物有二十英尺高，四十英尺长。它用后腿行走，身躯庞大，脖颈较短，头颅硕大。

一只霸王龙。

道奇森盯着那影子看，感到有些犹豫不决。他的心在胸膛里怦怦直跳。他在考虑继续往前，到下一个窝去。他相信那只箱子在这儿也能奏效。他说道："我们来闯闯这一关。把箱子给我。"

巴塞尔顿像上次一样把箱子递给他。

道奇森说："充电了吗？"

"充过了。"金说道。

"好吧，"他说，"我们行动。和上次一样，我先走，你俩跟上，把蛋搬回车上。准备好了吗？"

"准备好了。"巴塞尔顿说。

金未作回答，他仍在注视着那个影子。"那是什么恐龙？"

"那是霸王龙。"

"哦，天哪！"金说道。

"是霸王龙？"巴塞尔顿说。

"是什么龙不重要，"道奇森不耐烦地说，"只管按计划行事，和上次一样。都准备好了吗？"

"等等。"巴塞尔顿说。

金说道："假如不行怎么办？"

"我们已经知道这是可行的。"道奇森说。

"最近有一份报告，说了一个有关霸王龙的相当离奇的事。"巴塞尔顿说，"一个叫罗克斯顿的古生物学家对霸王龙的头盖骨进行研究后，得出结论说，它们的大脑功能与青蛙的大脑差不多——当然，体积要大得多。言下之意是，它们的神经系统只是能感知运动，假如你站着不动，它们就看不见你。静止的物体它们是看不见的。"

“你能肯定吗？”金说。

巴塞尔顿说道：“报告是这么说的，而且说得很有道理。不要忘记，尽管恐龙体型大得吓人，但它们的智力非常有限。认为恐龙的智力像青蛙是相当合乎逻辑的。”

“我真不明白我们为什么要冒冒失失地来干这种事。”金目不转睛地看着前方，紧张地说，“它比其他的恐龙大多了。”

“那又怎样？”道奇森说，“你听见乔治刚才是怎么说的了。它只不过是一只大青蛙。赶快动手，快他妈的下车，不要使劲关门。”

在回忆从期刊上读到的那篇晦涩费解的文章时，乔治·巴塞尔顿自我感觉良好，俨然成了学术权威。他过去一直在扮演他习以为常的那种角色，向不了解情况的人散布信息。可是当他走近那个窝时，却惊讶地发现自己的膝盖开始发抖。他感到两腿软得像橡皮。以前他以为这不过是一种比喻的说法，现在才惊讶地意识到，这也许是千真万确的。他咬紧嘴唇，迫使自己保持镇定。他告诉自己不要表现出任何恐惧。他能够驾驭局面。

道奇森像拿枪一样提着那只黑箱子，已经走在了前头。巴塞尔顿瞟了金一眼，只见他面如土色，冒着虚汗。他似乎已到了崩溃的边缘，慢慢吞吞地朝前挪动。巴塞尔顿与他并排行走，确保他不会出事。

走在前面的道奇森最后回头看了一眼，挥手示意巴塞尔顿和金赶快跟上。他瞪了他俩一眼后，随即穿过植物丛进入空地。

巴塞尔顿看见了那只霸王龙。不——有两只！它们分别站立于土墩两侧，是两只成年龙。它们靠后腿站立，高二十英尺，强壮有力，肤色暗红，颚部很大很厉害。和慈母龙一样，它们凝神看着道奇森，悄然无声地看了一会儿，仿佛被眼前的入侵者惊呆了。紧接着霸王龙发出愤怒的咆哮。一种难以置信、惊天动地的低沉的咆哮。

道奇森提起箱子，对准恐龙。刹那间，一种连续不断的高频啸声响彻空地。

霸王龙报以一阵咆哮。它们压低头部，前伸脖颈，猛咬巨颚，准备攻击。它们是庞然大物——丝毫不受这声音的影响。它们迈步绕过土墩，朝道奇森逼过来。大地随着它们的移动而颤抖。

“哦，他妈的。”金说道。

道奇森十分冷静。他转动刻度盘，巴塞尔顿忙用双手捂住耳朵。尖啸声变得更高、更响，仿佛要穿透耳膜一般，令人感到不可思议的痛苦。霸王龙顿时作出反应：它们一步步后退，就像身体遭到重击似的。它们低下头，不断眨眼睛。那声音似乎在空气中震荡。它们再次咆哮，但显得有气无力，毫无震慑。土窝里传来一声可怕的尖叫。

道奇森向前靠过去，把箱子举在空中，正对着霸王龙。

霸王龙向后退，一会儿望望窝里，一会儿看看道奇森。它们不断把头甩来甩去，好像是想从耳朵里把这些声音甩出来。道奇森沉着地调节着刻度盘。那声音已高得令人难以忍受。

道奇森开始爬上窝的土墩，巴塞尔顿和金紧随其后，慌慌忙忙地往上爬。巴塞尔顿俯视着窝内，看见里面有四枚带斑点的白蛋，还有两只雏龙，就像两只骨瘦如柴的超大火鸡。反正就像某种巨大的雏鸟。

两只霸王龙这时在空地的那一头，被声音逼得远远的，无法上前。和慈母龙一样，它们急得撒下尿来。它们一个劲地跺脚，但却没有走过来。

在那撕裂耳膜的尖啸声中，道奇森大声喊道："快拿蛋！"

头昏眼花的金笨拙地下到窝里，抱住离他最近的一枚蛋。他用战战兢兢的双手把它抱起，可是手一滑，蛋掉了下去。他赶紧一把把它接住，然后蹒跚着转过身。这时他踩到了一只幼龙的后肢。它又怕又痛地尖叫起来。

这时，两只成年霸王龙听见孩子的叫声，又一次向前蠢动。金急忙爬出窝，一头钻进树丛。巴塞尔顿目送着他离去。

"乔治！"道奇森喊着，仍将箱子对着霸王龙，"再拿一枚蛋！"

巴塞尔顿掉头望了望成年霸王龙，看见了它们的焦躁和愤怒，看见它们血盆似的大口不断张合。他突然产生一种感觉，不管有声音还是没声音，这些动物是不会容忍任何人再踏进它们的窝了。金是走运的，可他巴塞尔顿就不会有好运了。他能感觉得到，而且……

"乔治！快！"

巴塞尔顿说："我办不到！"

"你这个蠢货！"道奇森高高地举着枪，朝那个窝爬去。可是他刚扭动了一下身体，就把箱子上的电源插头碰掉了。

声音戛然而止。

空地上一片寂静。

巴塞尔顿呻吟着。

两只霸王龙最后一次甩甩头，随即咆哮起来。

巴塞尔顿看见道奇森硬邦邦地一动不动，全身僵直。巴塞尔顿也动弹不得。他迫使自己原地不动，迫使双膝停止颤抖。他屏住了呼吸。

他在等待着。

在空地那一头，霸王龙朝着他迈开了脚步。

“他们在干什么？”拖车里的阿比嚷起来。他离监视器很近，鼻子都快碰到显示屏了。“他们疯了吗？居然干站在那儿。”

凯利在他身旁一声不吭。她默默地注视着显示屏。

“现在还想上那儿去吗，凯利？”阿比说。

“闭嘴。”凯利说道。

“不，他们没有疯。”马尔科姆对着对讲机说。他正凝视着仪表板上的监视器。探险者摇摇晃晃地奔驰在小道上，驶向小岛东部。索恩在驾驶。萨拉和马尔科姆坐在后座上。

萨拉说：“他应该赶快把那个发声机的插头插上。难道他们真打算站在那儿等死吗？”

“是的。”马尔科姆说道。

“为什么？”

“他们接受了错误信息。”

道奇森

道奇森看见前头的霸王龙正朝他走来。这么大的动物，行动居然如此谨慎。两只恐龙中只有一只走过来，而且每走几步都要停下来咆哮一声，表现出的试探性令人难以置信，仿佛被那两个人束手待毙的姿态弄糊涂了。要么也许它看不见他们，也许他和巴塞尔顿从它们的视野中消失了。

另一只霸王龙踌躇不前，守在离窝那一侧不远处，头不断地上下摆动，显得焦虑不安。

焦虑但又不攻击。

当然，那只不断走过来的恐龙的咆哮很恐怖，令人胆战心惊。道奇森不敢去看就在几码开外的巴塞尔顿，心想此刻他可能正尿裤子呢。他对自己说，这正是他没有转身逃跑的原因。他一跑就死定了。只要他待着不动，就不会有事。

道奇森直挺挺地站着，保持身体僵硬，左手将阳极化金属箱子提至腰际，靠近皮带扣处，右手慢慢地把被碰掉的电源线向上拉。只要一小会儿，他就能摸到线端的插头了，那样他就能把它悄悄地插在箱子上了。

与此同时，他的眼睛从未离开那只步步逼近的霸王龙。他感到大地在脚下颤抖。他听见被金踩着的幼龙在尖叫。那叫声似乎令两只成年龙感到揪心，激起它们的愤怒。

没关系。只要再有几秒钟，他就能把插头与电池接上了。然后……

此时，霸王龙只在一箭之遥。道奇森已能闻到这只食肉动物身上的腐臭气味。它咆哮了一声，他感到一股热气扑面而来。它就站在巴塞尔顿身旁。道奇森微微转过头，注视着。

巴塞尔顿纹丝不动地站在那里。霸王龙靠上前，垂下它巨大的头颅。它朝巴塞尔顿喷着鼻息，随后抬起头来，显得大惑不解。

它真的看不见他，道奇森暗自思忖。

霸王龙大吼一声，声音狂暴凶残。然而，巴塞尔顿在原地一动未动。霸王龙弯下身，再次垂下那巨大的头颅，颚部在不断地张合。巴赛尔顿直瞪着前方，眼睛一眨不眨。霸王龙张着巨大的鼻孔，嗅着他，一阵长长的抽吸使得巴塞尔顿的裤管也随之飘动起来。

接着，霸王龙用口鼻部试探性地轻轻拱了他一下。这时道奇森才恍然大悟：这动物还是能看见他的。这时霸王龙的脑袋横着一甩，撞击在巴塞尔顿的胁部，轻而易举地将他击倒在地。

巴塞尔顿狂叫起来。霸王龙用巨足踏住他，把他死死按在地上。他扬起手臂大骂道："你这狗娘养的！"正骂时，那个脑袋垂下来，颚部大张，一下把他咬住。一串轻柔几近优雅的动作。然而霎时间，那脑袋又猛地高高扬起，将他的身体撕裂。道奇森听见一声凄厉的尖叫，看见一个小小的、软软的东西挂在巨颚旁。他意识到那是巴塞尔顿的胳膊。巴塞尔顿的手无力地悬垂着，他的金属表带在霸王龙巨大的眼睛下面熠熠闪光。

巴塞尔顿在惨叫，持续不断地惨叫。道奇森听得虚汗直冒，头晕目眩。于是他转身便跑，朝着车子，朝着安全之处，没命地跑起来。

他逃了。

监视器前的凯利和阿比同时扭过头去。凯利感到恶心,她实在看不下去，然而,他们仍能通过无线电，听见那个仰面躺着的人被霸王龙撕成碎片时发出的尖叫。

“把它关掉。”凯利说。

片刻之后，声音停止了。

凯利叹息一声，垂下双肩。“谢谢。”她说。

“我什么也没有动。”阿比说道。

她回头瞥一眼显示屏，又急忙朝一旁看去。霸王龙正在撕咬一个红红的东西，她打了个寒颤。

拖车里静悄悄的。凯利听见电子计数器在嘀嗒嘀嗒走着，地板下面的水泵发出低沉的突突声。拖车外，风吹拂着高草，发出飒飒的声响，凯利突然感觉到，在这座岛上她是如此孤单，与世隔绝。

“阿比，”她说，“我们下面干什么呢？”

阿比没有答话。

他冲进了洗手间。

“我早就知道，”马尔科姆盯着仪表板上的监视器说，“我早就知道会出这种事。他们想去偷蛋。看哪——霸王龙在离开！

两只一起离开！”他按下对讲机的按钮，“阿比，凯利，你们在吗？”

“我们不能说话。”凯利说道。

探险者继续驶下山坡，驶向霸王龙窝所在的区域。索恩面色阴郁地握着方向盘说：“真他妈的一团糟。”

“凯利，你在听吗？我们看不见那下面发生的事情。霸王龙离开窝了吗？凯利，发生什么事情了？”

道奇森拼命地朝吉普车跑，电池组从皮带上颠掉了，他也全然不顾。他看见前方的吉普车中，金面如死灰，正神色紧张地等着他。

道奇森坐到方向盘后，把车发动起来。霸王龙在咆哮。

“巴塞尔顿在哪儿？”金问道。

“没来得及。”道奇森回答说。

“什么意思？”

“我的意思是他妈的没来得及！”道奇森吼起来，猛地挂上挡。吉普车开动了，颠簸着沿着山坡向上爬。他们听见身后的霸王龙发出低沉的怒吼。

金手捧着那枚蛋，回头望着上山的路说：“也许我们应该把这玩意儿扔掉。”他说道。

“你他妈的敢！”道奇森说。

金摇下车窗：“也许它只是想要回它的蛋。”

“不，”道奇森大声喊起来，“不！”他把手伸向乘客座，一边开车，一边和金动起手来。小道很窄，上面有一道道探沟。吉普车东倒西歪地向前开去。

突然，其中一头霸王龙从前方的树丛里猛冲到小路中央。它疯狂地咆哮着，矗立在那儿挡住了去路。

“噢，天哪！”道奇森惊叫一声，猛踩刹车。车子在泥泞的路面上令人提心吊胆地滑了一段才停下来。

霸王龙发出低沉的吼声，迈开沉重的步子向他们走来。

“掉头！”金尖叫道，“快掉头！”

但是道奇森并未调转车头。他猛地挂上倒车挡，开始在小道上倒车。他的车速很快，可是路面太狭窄。

“你疯啦！”金嚷道，“你会把我们的命送掉的！”

道奇森一挥手，甩了金一巴掌。“闭上你的臭嘴！”他吼道。他全神贯注地驾着车在弯弯曲曲的小道上倒行。尽管车开得已经快得不能再快了，可是他确信霸王龙比他还要快。这样是不行的。他们坐在一辆蒙着他妈的帆布顶蓬的该死的吉普车中，就要没命了，就要……

“不！”金高喊起来。

在他们身后，道奇森看见了第二只霸王龙，正沿着小路上向他们冲来。再往前看，第一只霸王龙正向他们气势汹汹地逼近。他们遭到了前后夹击。

他惊慌失措地猛打方向盘，车子滑出山路，倒着撞进茂密的灌木丛和树丛之中。他感到剧烈的撞击。接着他感到恶心，车子后部往下一沉。他意识到此刻车后轮已悬空于山崖之外。他拼命加大油门，但后轮只是在空中一个劲地空转。毫无希望。慢慢地，车子朝后陷落，越来越深地陷入茂密的植被之中。他看不出下面是什么。不过他们是在山崖边上。身旁，金正在抽泣。他听见霸王龙在咆哮，而且已经很近了。

道奇森猛地推开车门，纵身跃进植被丛中。在坠落过程中，他撞上一根树干，然后滚下一段丛林陡坡。翻滚中，他突然感到前额一阵剧痛，眼前金星乱冒，随即就感到被黑暗笼罩了。他昏死了过去。

决定

他们坐在探险者车内，把车停在山梁上，从那里可以俯瞰丛林覆盖的东部山谷。车窗全都摇下了。他们静静地听着霸王龙低吼着在灌木丛中横冲直撞的声音。

“它们全都离开了窝。”索恩说道。

“是啊，那些家伙肯定是拿走了什么东西。”马尔科姆叹了一口气说。

他们沉默了片刻，只是侧耳静听。

他们听见轻轻的嗡嗡声，很快埃迪便骑着摩托车过来了。“我想你们也许需要帮手。你们打算下山吗？”

马尔科姆摇了摇头：“不行，绝对不行。太危险了——我们不知道它们在哪儿。”

萨拉·哈丁说：“为什么道奇森像那样站在那儿？在食肉动物面前是不能那样的。你被狮子围住了，就要大声喊叫，挥舞手臂，朝它们扔东西，想办法把它们吓跑，不要干站在那儿。”

“他很可能看过那篇错误的研究报告，”马尔科姆摇摇头说，“最近流传着一种理论，说什么霸王龙只能看见运动的东西。有一个叫罗克斯顿的家伙，他对霸王龙的头盖骨进行计算，得出结论说霸王龙的大脑像青蛙的大脑。”

对讲机咔嗒一响。莱文说道：“罗克斯顿是个白痴。他那点解剖学知识连跟他老婆睡觉都不够用。他的论文成了个笑料。”

“什么论文？”索恩问。

对讲机又响了一下。“罗克斯顿认为，”莱文说，“霸王龙具有两栖动物那样的视觉系统。就像青蛙。青蛙看得见运动的东西，却看不见静止的东西。不过，霸王龙一类的食肉动物的视觉系统不可能那样，不可能。因为被捕食动物最通常的防卫手段就是呆立不动。像鹿这样的动物，一察觉到危险，就会一动不动地站在那里。可是不管怎么说，捕食者要能看见猎物才行。霸王龙就能。”

莱文在对讲机上厌恶地哼了一声。“这和格兰特几年前提出的白痴理论如出一辙。他说一场急风暴雨都能把霸王龙弄得晕头转向，因为它不适应潮湿的气候。这也非常荒谬。白垩纪并不特别干燥。而且不管怎么说，霸王龙也是北美洲的动物——仅在美国和加拿大有过发现。它们生活在落基山脉以东那片濒临内陆海的广阔地带，那里的丘陵地带常有雷暴雨。可以肯定地说，霸王龙经历了许多风雨天气，经过进化已能够适应这样的天气。”

“那么有没有什么原因导致霸王龙不攻击某个人呢？”马尔科姆问道。

“有啊，当然有。最明显的就是……”莱文说。

“是什么？”

“假如它不饿。假如它刚刚吃掉一只动物。任何比山羊大的动物都能使它在几个小时内感到不饿。不，不。霸王龙看得很清楚，无论猎物是运动的还是静止的。”

他们听见从下方的山谷中传来咆哮声。北面大约半英里处，灌木丛中一阵猛烈的骚动。又一阵吼叫。两只霸王龙仿佛是在一呼一应。

萨拉·哈丁说道：“我们带了什么家伙？”

索恩说：“三支林德斯特拉特式步枪。装满了子弹。”

“好吧，”她说，“咱们走吧。”

对讲机噼啪作响。“我不在那儿，”莱文在对讲机上说，“不过我建议你们静观待变。”

“静观个鬼，”马尔科姆说，“萨拉是对的，我们下去看看那边的情况糟到什么程度。”

“那会是你们的葬礼。”莱文说道。

阿比回到监视器前，用手擦了擦下巴。他的脸色仍有点发青：“现在他们在干什么？”

“马尔科姆博士他们正在往窝那边去。”

“你在开玩笑？”他大惊失色。

“别担心，”凯利说，“萨拉能够应付得了。”

“你想得美。”阿比说道。

窝

他们把探险者停在空地的那一边。埃迪停下摩托车，把它靠在一棵树上，等着其他人从探险者里下来。

萨拉·哈丁闻到了食肉动物窝点所特有的腐肉和粪便的酸臭味。在炎热的下午，这气味令人恶心。苍蝇在没有一丝风的空气中嗡嗡乱飞。哈丁抓起一支步枪搭在肩上。她看了看三个男人。他们呆呆地站在那里，神情紧张，一动不动。马尔科姆脸色煞白，嘴唇周围更白。这使她回想老教授科夫曼到非洲探望她的情景。科夫曼是一位开怀豪饮的海明威式人物，在家里不乏风流韵事，在外面不乏探险传奇，如在苏门答腊对付大猩猩，在马达加斯加与卷尾巴狐猴周旋。她把他带到热带大草原上的一个猎杀场，他却立刻昏厥过去。他的体重超过两百磅，她不得不顶着群狮的围困和咆哮，拽着衣领把他拖了出来。这对她是一个很好的教训。

她欠身凑近三个男人，低声说："如果你们对这事心存疑惧，那就别去了，在这里等着。我不想为你们担惊受怕。我自己能对付得了。"说完她就迈步走开了。

“你肯定……”

“是的。现在请不要出声。”她径直走向空地。马尔科姆和其他人赶紧跟上。她把棕榈叶拨开，随后走进空地。霸王龙已离去，锥形土堆旁空空的。在右手一侧，她看见一只鞋，破烂的袜子上沾着一块碎肉。这就是巴塞尔顿遗骸的全部了。

从窝内传出一声哀痛的高频尖叫声。哈丁爬上泥堆，马尔科姆跌跌爬爬地紧随其后。她看见两只婴儿霸王龙在喵喵地哀叫，近旁有三枚巨蛋。他们看见周围的泥土中布满了深深的脚印。

“他们拿走了一枚蛋，”马尔科姆说道，“他妈的。”

“你是不希望你这个小小的生态系统受到破坏吧？”

马尔科姆不自然地笑了笑：“是啊。我是这样希望的。”

“太糟糕了。”她说罢快步沿土坑边缘绕过去。她弯下腰看着婴儿霸王龙。

其中有一只在打哆嗦，把毛茸茸的脖子缩进身子里。第二只的行为迥然不同。他们靠近时，它动都不动，伸开四肢侧躺着，呼吸微弱，目光呆滞。

“这一只受了伤。”她说道。

莱文站在高架隐蔽所里。他把耳机压紧耳朵，对着脸颊旁的麦克风说：“我需要你描述一下。”

索恩说：“有两只，长约两英尺，重约四十磅，跟小鹤鸵鸟差不多；眼睛大，口鼻部较短，浅褐色，脖子上有一圈绒毛。”

“它们能站立吗？”

“唔……即使能，也站不稳。能扑棱几下，还吱吱地尖叫。”

“那它们就是婴儿龙，”莱文说着点点头，“很可能出生才几天，从未出过窝。我看你们得非常小心才是。”

“为什么？”

“幼龙这么小，”莱文说道，“父母是不会离开太久的。”

哈丁进一步靠近受伤的婴儿龙。它依然在喵喵叫，同时很难受地拖着身子，努力朝她爬过来。一条腿弯成了奇怪的角度。

“我想受伤的是左腿。”

埃迪靠近前来，站在她身旁看去：“骨头断了吗？”

“是啊，很可能，不过……”

“嗨！”埃迪起来。那幼龙向前一扑，紧紧咬住他靴子的踝部。他想拽开自己的脚，结果幼龙也被拖动了，因为它依然紧紧咬住不放。

“嗨！放开！”

埃迪提起腿来回甩，可小家伙就是不肯松口。他又拖拽了一会儿，然后打住了。那幼龙躺在那里，呼吸微弱，仍紧咬着他的靴子。

“天哪。”埃迪说。

“攻击性很强的小家伙，是不是啊，”萨拉说道，“一出生就……”

埃迪低头看了看那小小的、刀刃般锋利的上下颚。它们并未咬穿皮革。婴儿龙咬住坚决不放。他用步枪托捅了几下它的头部，毫无效果。它躺在地上，呼吸微弱，大眼睛盯住埃迪慢悠悠地眨动，可就是不松口。

这时，他们听见了父母龙的咆哮声，像是从北面比较远的地方传来。“我们离开这儿吧，”马尔科姆道，“我们已经看见了要看的东西。我们还得弄清道奇森的去向。”

索恩说；“我想我刚才看见沿小道有一道车辙，他们可能朝那边去了。”

“我们最好去看看。”

他们回头向汽车走去。

“等一等，”埃迪说着，低头看着自己的脚，“我该拿这幼龙怎么办？”

“开枪。”马尔科姆回过头说。

“你是说杀了它？”

萨拉说:“埃迪，它已经断了一条腿，怎么样都是会死的。”

“是啊，可……”

索恩喊道:“我们沿小道原路返回，埃迪。如果找不到道奇森，我们就走通向实验室的那条山脊小路，然后下山回拖车。”

“好吧，博士，我马上就跟上你们。”埃迪提起步枪，在手里转动了几下。

“动手吧，”萨拉说着爬上探险者，“因为你总不想等它们的父母回来的时候还在这里吧。”

赌棍的灭亡

沿着兽道行驶的一路上，马尔科姆一直注视着仪表板上的监视器，上面的摄像画面在不断地来回切换。他在寻找道奇森及其同行者。

莱文在对讲机上说："情况严重到什么程度？"

"他们取走了一枚蛋，"马尔科姆说，"而我们不得不击毙了一只幼龙。"

"这么说，损失了两只。一窝孵化的总数是多少？六个？"

"正是。"

"坦率地说，我认为问题不大，"莱文说，"只要你能阻止那些人再干蠢事。"

"我们正在寻找他们。"马尔科姆阴郁地说。

"这事是早晚要发生的，伊恩，"哈丁说道，"你知道，我们不能指望在什么都不改变的情况下观察动物。这在科学上是不可能的。"

"当然，当然，"马尔科姆说，"这可是二十世纪最最伟大的科学发现。你研究任何东西，都不可能保持它原封不动。"

自从伽利略以来，科学家们一直认为他们是在客观地观察自然世界。他们的种种行为都反映出这一点，甚至在他们的论文中也不乏“据观察……”之类的话，好像从来没有人观察过似的。三百年间，这种客观性成了科学的标志。科学是客观的，观察者对自己所描述的结果没有施加任何影响。

这种客观性是科学与人文学科或宗教的区别——在那些领域里，观察者有自己完整的观点，而且与观察结果难解难分。

可是进入二十世纪以后，这种区别消失了。科学的客观性不复存在，即便是在最基础的层次上也是如此。今天物理学家们明白，即使你是在测量一个亚原子粒子，也不可能不在总体上对它产生影响。如果你插入仪器来测量粒子的位置，你便改变了它的速度。如果你测量它的速度，你又改变了它的位置。这一基本事实便成为海森伯格的测不准原理：无论你在研究什么，你同时也在改变它。人们终于明白：所有科学家都是一个参与性宇宙中的参与者，这个宇宙不允许任何人仅仅作为旁观者。

“我知道客观性是不可能的，”马尔科姆不耐烦地说，“我关心的不是这个。”

“那你关心的是什么呢？”

“我在关心的是‘赌棍的灭亡’。”马尔科姆两眼盯着监视器说道。

“赌棍的灭亡”是一个众所周知争议很多的统计学现象，对进化及对日常生活都有着重大意义。

“假设你是个赌棍，”他说，“你正在赌掷硬币，每当硬币正面朝上时，你赢一美元。每当硬币反面朝上时，你就输一美元。”

“好吧……”

“时间长了会发生什么情况？”

哈丁耸耸肩膀：“正面朝上和反面朝上的机遇均等，所以你也许赢，也许输，但到头来，你的结果是个零。”

“遗憾的是，结果并不是这样。”马尔科姆说，“如果你赌的时间长了，你就总会输——赌棍总是输得精光。这就是为什么赌场能够一直开下去的原因。问题是，在这段时间中究竟发生了什么？在赌棍最终倾家荡产之前的那段时间里发生了什么？”

“好吧，”她说，“你说发生了什么？”

“假如你用曲线来显示赌棍在时间过程中的运气，就会发现，赌徒是赢上一段时间，输上一段时间。换句话说，世界上的任何事情都是一阵一阵的。这是一种真实的现象，随处可见；无论是天气变化、江河泛滥、棒球运动，还是在心律波动和股市中，一旦事情不顺，就有越来越糟糕的趋势。正如那句俗话所说的，福无双至，祸不单行啊。复杂性理论告诉我们，民间的智慧是正确的。坏事情总接二连三。糟糕的事情扎堆出现。这就是真实的世界。”

“那么你想说明什么问题呢？事情正变得不可收拾？”

“有可能的，就是这个道奇森！”马尔科姆说着皱起眉头看着监视器，“那些王八蛋到底怎么了？”

金

一阵嗡嗡声，就像远处一只蜜蜂发出的声音。霍华德·金隐隐约约地听见了，他正在慢慢地恢复知觉。他睁开眼睛，看见了汽车的挡风玻璃，还看见玻璃那一边的树木枝干。

嗡嗡声比刚才更响。

金不知道自己在哪里，也不记得他是怎么到这儿的、到底出了什么事。他感到肩部和臀部很疼，前额在阵阵跳痛。他在努力回忆，可是疼痛使他分神，使他无法清醒地思考。他记得的最后一件事是霸王龙挡在他面前的路上。那是最后一件事，然后是道奇森回头看……

他转动了一下头，忽觉一阵钻心的疼痛从脖子一直放射至脑壳，不禁大叫一声。他痛得直喘，气都接不上来。他闭上眼睛，面部的肌肉在不断抽搐。随后他才慢慢睁开了双眼。

道奇森不在车内，驾驶座的车门大开着，车门的面板上阴影斑驳，钥匙仍插在点火器上。

道奇森不见了。

方向盘上缘有一道血迹，黑箱子放在变速杆旁边。敞开的车门嘎吱一声动了动。

金又听见远处传来的嗡嗡声，仿佛来自一只巨型蜜蜂。这时候他才意识到，这声音是机械发出的。某种机械装置。

这使他想起了那条渔船。它会在河边等多久？现在到底几点了？他看了看手表。表面已经撞碎，指针定格在一点五十四分。

他又听见了嗡嗡声，声音越来越近。

他挣扎着从座位上撑起来，靠向仪表板。脊椎里像受到电击似的疼痛，很快又消退下去。他深深吸了口气。

我没事，他心想。至少，我人还在。

他看了看阳光照射下敞开的驾驶座车门。太阳依然很高。现在肯定还是下午的什么时候。船什么时候离开？四点钟？五点钟？他再也想不起更多的细节了。但他可以肯定，一旦天快黑了，那些说西班牙语的渔民就不会再逗留。他们将会离开小岛。

霍华德·金希望他们离开的时候他能在船上，这是他在这个世界上唯一希望的事情。他皱着眉头撑起身体，忍着剧痛挪到驾驶座中。坐稳以后，他深吸一口气，然后探出身，朝敞开着的车门外望去。

这车半悬在空中，被树丛托着。他看见了身体下方那道陡峭的丛林斜坡，树冠下方是黑黢黢的一片。他往下一看就感到头晕。他离下方的地面肯定有二十到三十英尺。他看见了稀稀落落的绿色蕨类植物，还有一些黑乎乎的巨大砾石。他扭过身，想多看到一点。

这时，他看见了他。

道奇森仰面朝天，头朝下躺在山坡上。他身体软瘫，四仰八叉地躺在那里，一动不动。金看不太清，因为山坡上的树木枝叶浓密。不过看上去道奇森好像已经死了。

嗡嗡声突然变得很响，在迅速增强。金朝前一看，透过遮着挡风玻璃的枝叶，看见一辆车开了过去，离他不足十码远，是一辆汽车！

那车开走了。听声音，他心想，那是辆电动车。因此肯定是马尔科姆。

想到岛上还有其他人，霍华德·金受到某种鼓舞。尽管身体疼痛，他却感到有了一股新的力量。他伸出手，转动点火开关上的钥匙。发动机隆隆地启动了。

他挂上挡，缓缓踩下油门。

后轮飞转起来，他推入前轮驱动挡，顿时，吉普车隆隆地向前移动，摇摇晃晃地穿出树木的枝干。很快他就驶上了山路。

现在他记起了这条路。右手方向一直通向霸王龙的窝。马尔科姆的车是朝左边开的。

金向左一拐，沿小路驶去。他在回想如何返回那条河，回到船上去。他依稀记得山顶上有个三岔路口。他会走那条岔道下山，赶快离开这个鬼岛。

这是他的唯一目标。

趁时间还不晚，离开这座岛。

坏消息

探险者开到坡顶后，索恩驶上了山脊路。蜿蜒曲折的小路镶嵌在峭壁的岩面之中。许多路段是一落千丈的悬崖，不过借此他们倒能将全岛一览无余。最后，他们来到一个可以俯视山谷的地方。他们可以看见左侧那个高架隐蔽所，靠他们近一些的是那片空地和两辆拖车，右侧是那个实验室综合建筑，再过去就是工作人员生活区。

“哪儿都看不到道奇森，”马尔科姆闷闷不乐地说道，“他能上哪儿去呢？”

索恩按下对讲机按钮：“阿比！”

“听见了，博士。”

“你看见他们了吗？”

“没有，但是……”他支吾着。

“怎么了？”

“难道你不想现在就回来？太惊人了。”

“什么事儿？”

“是埃迪，”阿比说道，“他刚刚回来。他把小家伙带回来了。”

马尔科姆身体向前一倾：“他干了什么？”

第五章

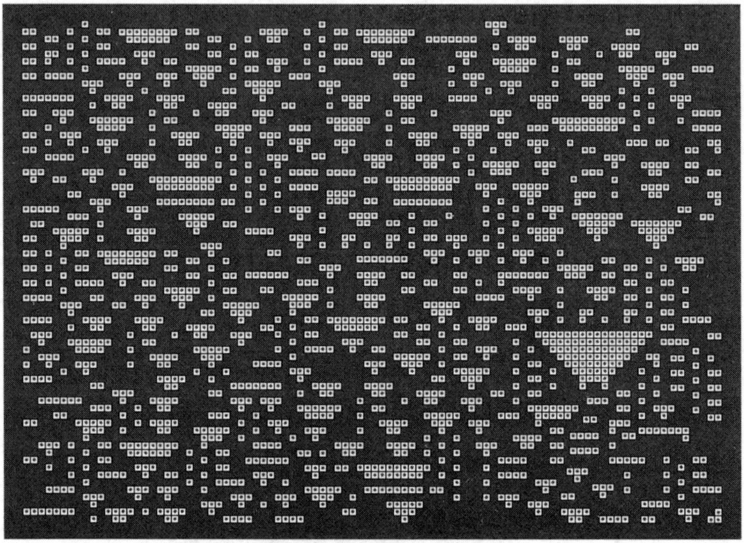

在混沌边缘，出现了意想不到的结果。生存面临着严峻的风险。

——伊恩·马尔科姆

幼崽

在拖车里，他们聚在工作台四周，台上的不锈钢平盘里躺着一只失去知觉的霸王龙幼崽。它那双大眼睛紧闭着，口鼻部套着氧气面罩，面罩的椭圆形塑料口基本罩住了幼崽的鼻子和嘴巴。氧气发出轻微的嘶嘶声。

“我可不能见死不救，”埃迪解释说，“我当时心想，我们可以把它的腿治好……”

“可是埃迪……”马尔科姆欲言又止，摇了摇头。

“所以我从急救药箱里找来吗啡，给它注射了满满一针，把它带了回来。你们看，氧气面罩对它还很合适呢。”

“埃迪，”马尔科姆继续说，“你做了件错事。”

“怎么啦？它很好嘛。我们只是给它治疗一下，然后再把它放回去。”

“可是你干扰了这个系统。”马尔科姆回答说。

对讲机咔嗒响了一声。“这件事干得非常愚蠢，”莱文通过对讲机说道，“愚蠢透顶！”

“谢谢，理查德。”索恩说道。

“我坚决反对把任何动物带回拖车。”

“现在再担心也晚了。”萨拉·哈丁接过话头。她走到幼崽身旁，动手将几根测心脏的导线接到幼崽的胸部。

在场的人都听见了它的心跳声，而且跳得非常快，每分钟要超过一百五十次。

“你给它注射了多少吗啡？”

“哎呀，”埃迪说道，“我只是……你知道的。满满一针管。”

“那有多少？有十毫升？”

“我想，说不定有二十毫升。”

马尔科姆看着哈丁：“要多长时间才能失去药效？”

“我不知道，”她坦言相告，“我以前做实验时，在狮子和豺狗身上打过镇静剂。在这些动物身上，剂量和体重之间有一个大致的联系。但是对于幼崽来说，这就很难预测了。有可能是几分钟，说不定是几小时。而且我对霸王龙幼崽一点也不了解。说到底，这是一种新陈代谢的机能。这个小东西心跳得很快，像鸟类一样。它的心跳非常快。我要说的是，我们趁早把它从这里弄走。”

哈丁拿起了小超声波传感器按在幼崽的腿上。她扭头去看监测器，凯利和阿比挡住了她的视线。“请让开一点，”她说道，他们让开了，“我们的时间不多了，对不起。”

他俩让开后，萨拉看到了幼崽的腿部及其骨骼绿白相间的轮廓。太像一只大鸟了，她暗自思忖，像一只秃鹫或一只鹳。她移动着传感器。“看到了吧……有跖骨……有胫骨和腓骨，是小腿上的两块骨头……”

阿比问道："骨头上的颜色为什么深浅不一样呢？"在淡绿色的轮廓里有一些地方很白。

"因为这是只幼崽，"哈丁答道，"它的腿骨大部分还都是软骨，只有很少的钙化骨。我想这个幼崽现在大概还不会走路——至少走得不很好。这儿，这块髌骨……你们可以看到血液正流入关节囊里……"

"你怎么懂解剖学的？"凯利不解地问。

"我必须会。我花了大量时间仔细研究过食肉动物的骨头残片，"她回答道，"认真研究留在地上的碎骨，推断被吃掉的是什么动物。要做到这一点，你就必须非常熟悉比较解剖学。"她边说边移动传感器，"另外，我父亲是个兽医。"

马尔科姆倏地抬头问道："你父亲是个兽医？"

"是的，在圣地亚哥动物园。他是一位鸟类专家。我看不清……你能把它放大一些吗？"

阿比按下一个键，图像旋即增大了一倍。

"啊，好极了。就是它，看见了吗？"

"没有。"

"这是中腓骨，看见了吗？一条细细的黑线。这是骨折，就在骨骺的上方。"

"是那条小黑线吗？"阿比问道。

"那条小黑线对这个幼崽来说意味着死亡，"萨拉解释道，"腓骨不会愈合得很直，所以当它靠后腿站立时，踝关节就无法转动。这个幼崽将来不能跑，甚至连行走都不行。它将成为跛子，还不等它长到几个星期大，就会成为食肉动物的美餐。"

埃迪开口道："可是我们能给它治一下。"

“好的，”萨拉说，“你想过用什么来做固定模？”

“用二酯酶，”埃迪回答，“我带来了一千克二酯酶，是一百毫升瓶装的。我带了不少，是当胶水用的。这种材料是聚合树脂，凝固后坚硬如钢。”

“好极了，”哈丁说道，“那就会要了它的命。”

“会吗？”

“它正在成长，埃迪。再过几星期，它就长得很大了。我们需要的材料要坚固，而且能进行生物降解，”她说道，“这种材料能在三五个星期内磨损或者碎裂，因为那时候它的腿伤就该愈合了。你还有什么别的材料？”

埃迪皱起了眉头：“我不知道。”

“嗯，我们的时间可不多了。”哈丁提醒道。

埃迪接着说：“博士，这很像你提出的著名测试题，如何只用Q牌棉签和超级胶来给恐龙做固定模。”

“我知道。”索恩说道。这种尴尬事以前他还没有碰到过。在过去的三十年里，他向那些工程学的学生提出过许多类似的问题，现在他自己也碰上了。

埃迪说：“也许我们可以降低树脂的强度——比如说在里面加一些食糖之类的东西。”

索恩摇头表示反对：“蔗糖中含羟基的物质可以使树脂变脆。它可以变得很硬，但只要幼崽一动弹，模子就会像玻璃一样碎裂。”

“如果我们加进浸过糖液的布呢？”

“你的意思是，让细菌来腐蚀布？”

“正是。”

“然后模子就会碎吗？”

“是的。”

索恩耸了耸肩。“那也许管用，”他说道，“但是没有经过实验，我们还不知道那种模子能维持多长时间，可能是几天，也可能是几个月。”

“那就太长了，”萨拉说道，“这个幼崽长得很快。如果生长受到限制，到头来它反而要被模子搞成残废。”

“我们需要的，”埃迪说，“是一种能起固定作用但又能逐渐降解的树脂，类似某种粘胶。”

“口香糖行吗？”阿比问道，“因为我有很多……”

“不行。我想的是一种不同的粘胶，从化学的角度来说，这种二醣酶树脂……”

“我们从化学上绝对解决不了这个问题，”索恩反驳道，“我们没有原料。”

“那我们该怎么办？我们别无选择。除了……”

“如果我们能造出一个在不同方面有不同特点的东西呢？”阿比建议说，“既要结实，又很脆弱？”

“不可能，”埃迪反驳说，“这是一种同质树脂，全是同样的材料，黏糊糊的，干透了就硬的像石头。而且……”

“等一会儿。”索恩打断他的话，转身对着刚才提问的阿比，“你说的是什么意思，阿比？”

“嗯，”阿比说，“萨拉说它的腿在生长，也就是说腿在不停地变长，这不会受到模子的影响。但它也会长粗，这就受到妨碍了，因为模子会挤压到腿。但是如果你做的模子在厚度上比较薄弱……”

“他说得对，”索恩称赞道，“我们可以从结构上来解决这个问题。”

“怎么解决？”埃迪问道。

“在里面嵌进一道拼合线，或许可以嵌入铝箔。这东西我们有一些，是做饭用的。”

“恐怕太容易破了。”埃迪反对。

“如果我们涂上一层树脂就不容易破了。”索恩转身面对萨拉，“我们要做的是造这样一具模子，它的垂直应力很强，但是横向应力较弱，这是一个很简单的工程问题。这个幼崽可以戴着这个护腿行走，只要应力是垂直的，一切都没问题。但是当它的腿长粗时，自然会把拼合线撑开，模子自然就脱落了。”

“对。”阿比点头称是。

“难做吗？”她问道。

“不难，应该很容易。只要用铝箔做个护套，把上面涂上树脂就行了。”

埃迪说：“涂树脂的时候用什么把护套粘贴在一起呢？”

“用口香糖怎么样？”阿比提议。

“你说对了。”索恩说罢，微微一笑。

就在这时候，工作台上的幼崽动了动。它的腿在抽动，头也抬了起来，氧气面罩掉在一旁，嘴里发出声低沉虚弱的尖叫。

“快点，”萨拉边说边按住幼崽的头，“再打点儿吗啡。”

马尔科姆拿起注射器，猛地戳进它的颈部。

“多打有什么坏处？不就是让它多昏迷一会儿吗？”

“它受伤时已经受到惊吓，伊思。打太多的吗啡会要了它的命。你还是给它套上呼吸器吧，它的肾上腺可能也受到了严重刺激。”

“它要是有肾上腺就好了，”马尔科姆说道，“霸王龙有内分泌腺吗？事实上，我们对于这类动物一点都不了解。”

对讲机又咔嗒响了一下，莱文说道：“这是你的个人见解，伊恩。事实上，我觉得我们会发现恐龙是有内分泌腺的，已经有充足的理由来设想它们有。既然你们已经错误地把那个幼崽弄来了，你们不妨抽它几管血。另外，博士，你能拿起话筒吗？”

马尔科姆叹息说：“那个家伙开始搅得我心烦意乱了。”

索恩走到拖车前部的通信室。莱文的要求有点怪，拖车通话系统使用的都是性能优良的麦克风。莱文是知道的，而且这个系统是他本人设计的。

索恩拿起了话筒：“什么事？”

“博士，”莱文说道，“我就开门见山地说吧。把那个幼崽带到拖车上是错误的。这是在自找麻烦。”

“什么麻烦？”

“我们不知道。这正是问题之所在，我不想让任何人感到害怕，但是你为什么不把孩子们带到高架隐蔽所上来待一会儿呢？还有你和埃迪干吗不也一起来呢？”

“你是在告诉我得赶紧离开这里，你确实认为这很有必要，是吧？”

“简单地说，”莱文答道，“是的，我是这么想的。”

当吗啡注射进幼崽的身体时，它发出了一声悲叹的喘息，颓然倒在不锈钢盘里。

萨拉调整了戴在它口鼻部的氧气面罩。她回头看着监视器，想看它的心率，可是阿比和凯利挡住了她的视线。“孩子们，请让开！”

索恩向前跨出一步，拍掌说道：“好吧，孩子们，现在去野外作业！准备走吧。”

阿比不明白。“现在？但是我们想照看这个幼崽……”

“不行，不行，”索恩说，“马尔科姆博士和哈丁博士需要有地方工作。我们该到外面那个高架隐蔽所去了。我们今天下午的其余时间可以在那里观察恐龙。”

“可是，博士……”

“别争辩了。我们在这里碍事，走吧，”索恩说道，“埃迪，你也来，让这两个爱情鸟继续他们的工作吧。”

不一会儿他们就离开了。他们出去后，“砰”的一声关上了拖车的门。

萨拉·哈丁听见探险者离开时的轻微马达声。她俯身看着幼崽，调整了一下它的氧气面罩，然后问道：“什么爱情鸟？”

马尔科姆耸了耸肩：“莱文……”

“这是莱文的主意吧？把别人都带出去了？”

“可能是。”

“他是不是有事瞒着我们？”

马尔科姆笑着说道：“我敢肯定他是这么想的。”

“好吧，我们来做模子吧，”她说道，“我想快点做好，然后把这个小东西送回去。”

高架隐蔽所

他们一行人到达高架隐蔽所的时候，太阳已躲进低垂的云层后面，整个峡谷笼罩在一片轻柔的红光之中。埃迪将探险者停在铝支架下面，其余的人则依次爬上那个隐蔽所。莱文正在用望远镜进行观察，他看到他们似乎并不高兴。“别这么走来走去的。”他烦躁不安地说。

从隐蔽所，他们可以俯瞰整个山谷。这时，北方比较远的地方传来隆隆的雷声，空气变得凉爽起来，使人感到雷电的气息。

“会不会有暴风雨？”凯利问道。

“好像有。”索恩回答道。

阿比不安地看着隐蔽所的金属房顶说：“我们要在这里待多久？”

“待不了一会儿，”索恩回答说，“我们在这里只待一天，直升机明天早上就来把我们接走。我觉得你们年轻人应该珍惜机会，再看看旷野里的恐龙。”

阿比斜眼盯着他问道；“真正的原因是什么？”

“我知道。”凯利以老于世故的腔调说道。

“是吗？是什么？”

“马尔科姆博士想和萨拉单独在一起，笨蛋。”

“为什么？”

“他们是老相好了。”凯利回答说。

“是吗？我们刚才差点看到好戏。”

“不，”凯利纠正道，“我的意思是他们是**老相识**。”

“我明白你说的意思，”阿比说，“我并不笨，你是知道的。”

“别说笑了，”莱文插了一句，但仍然用望远镜在眺望，“你们可是没有眼福啊！”

“是什么？”

“是一群三角龙，就在河的下游。有什么东西在骚扰它们。”

三角龙群原先正在河里安静地饮水，现在却开始骚动了。它们都是庞然大物，可是发出的叫声却十分刺耳，听起来更狗叫。

阿比转身望去。“树林里有东西，”他说道，“就在河对岸。”

在树的周围，隐约可以看到黑乎乎的东西在移动。

三角龙在变换队形，开始倒退着相互靠近，摆成一个类似玫瑰花形的阵式，弯曲的犄角一致对外，以抗御不测的危险。阵形中间有一只孤独的幼崽，正惊恐地尖叫着。一头成年兽——很可能是它的母亲——掉过头去，用鼻子安抚它。随后，那只幼崽安静了下来。

“我看见它们了，”凯利凝视着小树林说道，“是一群迅猛龙，就在那边。”

三角龙群正与迅猛龙对峙着。成年三角龙不停地上下摆动犀利的头角，以晃动的尖角构成了一道防线。它们密切配合，共同防御强敌。

莱文开心地微微一笑，突然精神振奋地说："以前还从来没有这方面的证据。实际上，大多数古生物学家都不相信会发生这样的事。"

"不相信会发生什么事？"阿比问道。

"这种集体性防御行为。特别是三角龙——它们有点像犀牛，所以历来被认为是独居的，像犀牛一样。可是现在我们将看到……啊，是的。"

树底下跳出了一只迅猛龙。它用两条后腿疾走，靠一条绷直的尾巴来保持平衡。

看见这只迅猛龙，三角龙群顿时咆哮起来。其他迅猛龙都藏在大树后面。只见那只迅猛龙缓缓地绕着三角龙群转了半圈，然后走进河里。它在那里慢悠悠地游着，然后爬上对岸。它现在位于距离那个咆哮的三角龙群大约五十码的上游处，三角龙仍然保持着联合防线，把所有注意力都集中在那只单独的迅猛龙身上。

这时候，其余的迅猛龙陆续悄悄走出隐蔽点，借助高草的掩护躬身而行。

"天哪，"阿比惊叫道，"它们开始猎食了！"

"成群结队行动。"莱文点点头说。他从隐蔽所的地板上捡起一张糖纸，随手扔出去，看着它随风飘去，"攻击者位于下风，这样三角龙就闻不到它们的气味了。"他又把望远镜举到眼前，"我想，我们就要目睹一场恶斗了。"

他们看见迅猛龙渐渐逼近猎物。突然间，一道闪电落在岛的边缘，照亮了山谷底部。一只潜行中的迅猛龙惊得直立起来。它的头在草丛上方短暂地晃了一下。

三角龙立刻进行调整，重新组织队形应对新出现的危险。所有的迅猛龙都停了下来，仿佛在重新考虑行动计划。

“怎么回事？”阿比向道，“它们为什么停止不前了？”

“它们感到很难办。”

“为什么？”

“你看，大部分迅猛龙还在河对岸，离得太远，不可能发起进攻。”

“你是说它们想放弃？这么快呀？”

“好像是。”莱文回答说。

草丛里的迅猛龙一个一个抬起头来，暴露出自身的位置。

每看见一个冒出的头，三角龙都要咆哮一阵。

迅猛龙似乎已经意识到形势对它们不利，于是偃旗息鼓返回树下。看见迅猛龙撤退，三角龙咆哮得更厉害了。

这时，河边那只迅猛龙突然发起了攻击。它的行动异常敏捷，快得惊人。它宛如一头猎豹，飞快冲过它与三角龙之间那五十码的距离。成年三角龙来不及重新组织阵形，幼崽暴露了。它看到飞扑上来的迅猛龙，吓得厉声尖叫。

迅猛龙突然高高跃起，两条后腿离开了地面。此时天空又是一道闪电。在耀眼的电光中，他们都看见那副悬浮在空中的利爪。在最后的关头，距离最近的那只成年三角龙转过身来，昂起长着大角的脑袋，勇敢地迎上去，对准迅猛龙狠狠地一撞，将迅猛龙掀翻在烂泥河滩上。那成年三角龙旋即昂起头冲上去。它冲到迅猛龙旁边，忽然止步，低下大脑袋，用角对准倒在地上的迅猛龙。但是迅猛龙反应很快，嘶嘶地叫着一跃而起，三角龙的犄角重重地顶在泥水里。迅猛龙跳到一侧，趁势用利爪抓了一下三角龙的鼻子，抓得它鲜血直流，嗷嗷直叫。这时，另外两只三角龙前来参战，其余的都留在原地保护幼崽。迅猛龙落荒而逃，躲进了草丛。

“哇，”阿比叫起来，“真带劲儿！”

兽群

霍华德·金到了三岔路口时，终于长长地松了一口气。他把红色吉普车向左拐，开上一条宽阔的泥土路。他立刻认出这是那条通往小船的山脊路。他放眼向左望去，整个东山谷尽收眼底。那条小船还在那里！好极了！他喊了一声，猛地加速，顿时感到如释重负。他心想，回到甲板上，他能看见那些西班牙渔民凝望天空。尽管暴风雨即将来临，他们好像还不准备离开，或许是在等道奇森。

这就太好了，金暗自思忖，再过几分钟，他就能回到船上了。穿过茂密的丛林后，他终于看到自己在哪里了。这条山脊路位置较高，是在火山脊上自然形成的，路上几乎寸草不生。车沿着蜿蜒的山路向前，他把整个小岛大致看清了。他可以俯瞰东边的深谷和岸边那只小船；他可以眺望西边那个实验室以及马尔科姆停在空地尽头的那两辆拖车。

他暗自思忖，他们真的没有弄清马尔科姆究竟在这儿干什么。不过现在这已无关紧要。他马上就要离开这座岛了，这才是唯一要紧的事情。他仿佛觉得船甲板此刻就在他的脚下，一位渔民甚至端上来了一杯啤酒，一杯上好的冰镇啤酒，随后他们就开船沿河而下，离开这个该死的岛。他要为道奇森干杯，这是他要做的。

他心想，如果有可能，我还要喝上两杯啤酒。

霍华德·金拐过一个弯，看见一群巨兽站在路上。它们是某种绿色的恐龙，约四英尺高，硕大的圆头上长着几只小犄角。他看到这群怪物，便联想到绿水牛。路上的巨兽实在太多，他猛地踩下刹车，汽车突然转向而后停下。

这群绿色恐龙盯着他的汽车，但是并没有动。它们只是悠然自得地站在那里。金只好等待，手指不住地轻轻地弹着方向盘。他看它们没有动静，他便按了按喇叭，并打开车前大灯。

兽群只是盯着这边看。

这些怪物模样很滑稽，额头光滑凸起，几个犄角都绕着它长。它们像一群笨牛，呆呆地看着他。他挂上挡，开着车缓缓向前，想从兽群中挤出一条路来。它们没有给他让路。最后，汽车的前保险杠碰到离得最近的那只怪物。它低吼一声，向后退了几步，低下头使劲地撞击汽车前部，发出刺耳的铿锵声。

我的天哪，他心想，如果他不当心，那家伙真能把汽车的散热器戳坏。他再次刹住汽车，让发动机空转着，耐心等待。那些怪物又平静了下来。

有几只怪物躺在路上，他不可能从它们身上轧过去。他向前方的小河望去，看见小船仍系在岸边，在不足四分之一英里开外。他没想到它居然近在咫尺。他看着那个地方，意识到船上的渔民正在甲板上紧张地忙碌着。他们正在收回起重机的摇臂，放下吊钩。他们就要离开了。

他心想，还他妈等什么呢。他把车留在路中央，打开车门下了车。那些怪物一跃而起，离得最近的那只冲过来，撞击原来敞着的车门，把它撞得重重地关上了，金属门上留下一个深深的凹坑。金慌不择路地朝山崖边跑去，结果发现他的面前是一道一百多英尺深的悬崖。他下不去，至少从这儿下不去。稍远处的坡度不是很陡，但是此刻有好几只怪物在对付他。他别无选择，转身跑到汽车后面。这时另一只动物在猛撞车后的尾灯，把塑料灯罩撞得粉碎。

第三只怪物径直向汽车后部发动攻击。它在撞击后保险杠的同时，金在向备用轮胎上爬。剧烈的震动将他颠了下来。他跌在地上，连滚带爬，这时，几只水牛似的怪物在他周围喷着鼻息。他一跃而起，拔腿向路的另一侧跑去。那是一个缓坡。他爬上去躲进了树丛之中，那些怪物没有来追赶他。这对他来说并没有什么好处，因为他跑错了方向。

无论如何，他必须回到路的那一侧去。

他爬上坡顶后，顺着地势向下走，心里不住地骂自己。他决定再向前走一百码左右，摆脱这群用犄角顶撞的怪物，然后穿过小路。如果他能这样，他就能回到小船上。

没多久，他就陷入茂密的丛林。他被绊倒在地，跌跌撞撞地冲下泥泞的斜坡。他好不容易爬起来，但已无法确定该往哪儿走了。他此刻处在一个沟壑的底部，棕榈树高达十英尺，密不透风。无论朝哪个方向，他的视野都不超过几英尺。他顿时惊慌失措，意识到自己迷失了方向。他费力地拨开湿漉漉的树叶艰难行进，指望着能找回方位。

两个孩子还伏在栏杆上，目送着迅猛龙陆续离去。索恩将莱文拉到一边，悄声同道:“你为什么要我们都到这里来？”

“只是一种预防措施，”莱文回答说，“把那个幼崽带到拖车上是自找麻烦。”

“什么麻烦？”

莱文耸了耸肩:“我们不知道，这正是问题所在。但是一般而言，做父母的是不愿意让自己的孩子被抓走的。而那只幼崽的父母都是庞然大物。”

从隐蔽所的另一侧传来了阿比的喊声:“快来看！快来看！”

“怎么回事？”莱文急忙问道。

“有个人！”

霍华德·金气喘吁吁地钻出丛林，踉跄着走到那片空地。他终于看见自己所在的位置了。他浑身湿透，沾满泥垢，停下脚步来辨别方向。

他失望地发现四周看不见小船的影子。事实上，他仍然觉得走错了地方。他的眼前是一片开阔的草地，有一条小河在这里流过。四周几乎看不见鸟兽的踪影，只是在河的下游隐约可见几只恐龙。它们是长犄角的三角龙，看上去焦躁不安。身躯庞大的成年龙在上下摆动着脑袋，发出阵阵咆哮。

显而易见，他应该沿河而行，这样才能找到小船。但是他必须要小心翼翼地从那群三角龙旁边走过。他将手伸进衣袋，掏出一块糖，一边剥糖纸，一边注视着三角龙，希望它们赶快离开。他要过多久才能走到小船那里？这是他心里唯一的问题。他想，不管这里有没有三角龙，他都决定冒险通过。他开始穿越高高的草丛。

这时，他听见了一阵爬行动物的嘶嘶声。那声音来自他左侧的草丛里。他闻到一股臭气，一股特别的腐臭气。他停下脚步，四处观望。糖块在他嘴里居然连甜味都没有了。

他听见背后有溅水的哗啦声，是从河边传来的。

金转过身向前看。

“那个人也是吉普车上下来的，”站在高架隐蔽所上的阿比说，“可是他为什么还在等呢？”

他们从高处可以看到迅猛龙的黑影。它们正在河对面的草丛中移动。现在两只迅猛龙已蹿出草丛，正在涉水过河，向那人逼近。

“噢。不！”阿比喊道。

霍华德·金看见两只身上有条纹的深色蜥蜴从河对岸走来。它们用后腿行走，动作连蹦带跳。它们的身躯倒映在流水中。它们张开大口，向金发出嘶嘶的威胁声。

他扭头朝上游一看，又看到一只蜥蜴在过河，再往那边还有一只。这两只已到了水里，开始游过来。

霍华德·金急忙向后，退进茂密的草丛，然后转身就跑。他在齐腰深的草丛中拼命跑，大口喘着粗气。忽然，他前方冒出一只蜥蜴脑袋，发出嘶嘶声，还狂叫不已。他连忙闪开，改变奔跑方向。突然间，靠他最近的那只蜥蜴猛然跃起，整个身躯都蹿出了草丛。他看见这只动物在空中飞跃的全过程。它向他猛扑过来，两条后腿高高跃起，锋利的钩爪像弯弯的匕首。

金急忙转身，那蜥蜴扑了个空，落在他身后的草丛中打了个滚。金拼命狂奔，极度的恐惧使他忘却了疲劳。他又听见身后那个动物的咆哮声。他不顾一切地奔跑着，前方草丛中出现一片二十码宽的开阔地，然后就是丛林地带。他看见了树，而且是几棵大树。他可以爬到树上逃生。

他看见左侧不远处又有一只蜥蜴斜着穿过开阔地向他奔来。他只看见露出草丛的头。这只蜥蜴速度快得惊人。他心想，**我恐怕在劫难逃了**。

但是，他不想坐以待毙。

他向着树丛飞奔，跑得气喘吁吁，胸口灼烧一般。距大树只剩下十码了。他的两臂来回摆动，双腿交替运动。他的呼吸变得上气不接下气。

正在这时，来自身后的重重一击将他打翻在地。他感到后背一阵钻心的疼痛，知道这是那蜥蜴的利爪所致。它将他击倒时，利爪戳进了他肉里。他倒地后试图翻过身来，但是那蜥蜴摁住他，使他动弹不得。他被脸朝下压在地上。听见身后那动物的咆哮声。背部剧痛难忍，几乎使他昏厥过去。

他感到那蜥蜴嘴里的热气逼近他的颈部，听见它粗重的鼻息声。他吓得魂飞魄散。突然，他感到极度的疲乏，随着产生了浓浓的睡意。一切都变得如此缓慢，恍若在梦境中。他可以看到地上所有的草叶在他眼前摇曳，看到草叶没精打采的模样，密匝匝的一大片。他几乎已感觉不到脖子上的剧痛，也没有担心自己的脖颈此刻已被吞在巨蜥的血盆大口中。一切都好像是发生在别人身上，离他异常遥远。当他的颈骨在巨蜥口中嘎巴作响时，他竟产生了瞬间的惊愕……

接着黑暗降临。

一切都完结了。

“别看！”索恩说着，让站在高架隐蔽所栏杆边的阿比转过身来。他把这个孩子搂到自己胸前，但是阿比又急切地挣脱开，要看看到底发生了什么。索恩伸手去拉凯利，但是她也移步躲开了他，伸头向那片草地望去。

“别看！”索恩不停地劝说道，“别看！”

两个孩子默默地看着。

莱文通过望远镜紧紧盯着这个猎杀场面。现在共有五只迅猛龙围绕着金的尸体在吼叫，在凶残地撕咬。他看到一只迅猛龙忽地昂起头，撕下一块浸透鲜血的衬衣碎片，是被撕烂的衣领。另一只用嘴叼着已被咬断的人头在甩动，最后悻悻地把它丢在地上。这时响起了隆隆的雷声，闪电划破了远方的天空。天色渐渐变暗，莱文现在已经看不太清楚了。但是很显然，它们在分享猎物时，把狩猎时的等级制度统统抛开不顾了。

在这里，它们都是自顾自的。这些迅猛龙欣喜若狂，左蹦右跳，不断低下头去，瞬间便将尸体撕成碎块。争食过程中，它们相互之间还有厮打。一只巨蜥走上去，叼起一块红褐色的东西。它随即咀嚼起来，脸上露出古怪的表情，接着它离开同伙，用前臂紧紧护住那件棕色宝贝。在逐渐黯淡的暮色中，莱文定睛细看，许久才看出那迅猛龙在干什么：它正在吃一块长条糖，看上去正吃得津津有味。

这只迅猛龙转过身，再次把嘴伸进血淋淋的尸体。其他迅猛龙也从旷野的远处赶来分享这次盛宴。它们连跑带跳，一路狂奔。它们吼叫着，愤怒地投入了这场争夺猎物的厮杀。

莱文放下了望远镜，回头看了看两个孩子。他们正默默地、冷静地看着这场猎杀。

道奇森

道奇森被百鸟争鸣似的啾啾声吵醒。他觉得这声音就来自他周围。渐渐地，他意识到自己正仰面朝天躺在潮湿的坡地上。他试着动了动，感到周身疼痛，身子重得动弹不得。有个重物压在他的双腿、腹部和双臂上。压在他胸口的重物，几乎使他喘不过气来。

他感到昏昏欲睡，困乏无比。现在只要能再继续睡下去，他宁可什么也不要。接着，他又渐渐失去了知觉。但是有个东西在拽他的手，逐个拉扯他的手指，仿佛是在扯着他恢复知觉，缓缓地拉他苏醒过来。

道奇森睁开双眼。

他的手旁边站立着一只绿色的小恐龙，正躬着身，用小嘴咬他的手指，使劲撕扯着他的皮肉。他的手指在流血。撕破的肉块已经被吃掉了。

他大吃一惊，急忙把手抽回。突然间，吵闹声更响了。他扭头一看，只见他周围都是这些小绿恐龙，有的还正站在他的胸口和腿上。它们像鸡一般大小，也像鸡一样在他身上啄食，飞快地啄着他的肚子、大腿、裆部……

道奇森感到十分恶心，一跃而起，身边的恐龙急忙散开，愤愤地吱吱叫起来。这群小兽逃开几英尺后就停住了。它们掉过头来，注视着他，丝毫没有害怕的样子。恰恰相反，它们看上去是在伺机而动。

这时候，他才意识到它们是什么了。原来是一群始秀颚龙。

食腐动物！

妈的，他想想有些害怕，**它们以为我死了！**

他向后趔趄了几步，差点失去平衡。他感到浑身疼痛，一阵眩晕。那群小兽吱吱叫着，注视着他的一举一动。

"滚，"他挥着手大声喊起来，"滚开！"

它们没有离开，仍然站在原地，好奇地把头偏向一侧，耐心地等待。

他低下头看了看自己。他的衬衫和裤子被撕咬出上百个窟窿，衣服下面有数以百计正在流血的小伤口。他感到一阵眩晕，连忙用手撑住膝盖，深深地吸一口气。他看见自己身上的鲜血正滴洒在落满树叶的地上。

上帝啊，他在心里默默念叨，接着又深深吸了一口气。

那群小兽见他站着不动，便小心翼翼地向前挪动。他挺直身子，它们立刻缩了回去。可是没过多久，它们又开始慢慢地围上来。

一只小兽走上前来，道奇森怒不可遏，飞起一脚将其踢向空中。这只小兽吓得尖叫起来，但是落地时却像一只猫，直立起身子，毫发无损。

其余的仍停留在原地。

等待着。

他举目四顾，意识到天正黑下来。他瞥了一眼手表，六时四十分。白昼只剩下几分钟了。在丛林中，光线已非常暗淡。

他必须要找个安全的地方，而且要快。他看了看表带上的指南针，然后向南走。他十分肯定，小河在南面。他必须返回小船，回到船上就安全了。

他开始蹒跚前行，那些小始秀颚龙吱吱叫着跟在他身后，与他保持大约五到十英尺的距离，在低矮的灌木丛中跳跃行进，吱吱声不绝于耳。他估计总共有几十只。暮色渐浓，那些小始秀颚龙的眼里闪烁着绿光。

他浑身上下无处不疼，每迈出一步都疼痛难忍。他几乎无法掌控身体的平衡。他正在流血，而且感到极度疲乏。他不可能这样一直走到小河那边，最多只能再往前走几百码。他绊在一个树根上，跌了一跤。他缓缓爬起来，鲜血浸透的衣服上沾满了泥土。

他回过头看了看身后的那些绿眼睛，强迫自己继续向前。他心想自己还能向前走一段。突然，他透过树叶看见正前方有一盏灯。那是小船吗？他走得更快了，听见那些小兽仍尾随在他身后。

他艰难地在树丛中穿行，不久就看见一个小屋，像是工具栏或哨所之类的，水泥墙，马口铁屋顶。小屋有一个正方形窗户，灯光就是从窗户里照射出来的。他又摔倒在地，赶紧跪起来，连滚带爬地来到小屋前。他爬到门口之后，费力地伸手握住把手，把门扭开。

小屋里空荡荡的，从地上伸出几根管子。以前它们是连接在机器上的，但现在机器早已荡然无存，只在原先固定机器的水泥地上留下斑斑锈迹。

屋子的一角有一盏电灯,它和一个定时器相连，因此天一黑灯就自动打开。这就是他看见的那盏灯。这座荒岛上还会有电吗？怎么会呢？他不去细想了。他趺趺撞撞地走进小屋，牢牢地关上身后的门，顿时瘫倒在光溜溜的水泥地上。透过肮脏的窗玻璃，他看见被关在外面的始秀颚龙正在砰砰地撞击玻璃，气急败坏地上蹿下跳。但是眼下他是安全的。

他当然还要继续向前走，他必须设法离开这该死的荒岛。但不是现在，这一点他心里很清楚。

以后。

其它事情他以后再去烦吧。

道奇森的脸刚碰到潮湿的水泥地面就昏睡过去了。

拖车

萨拉·哈丁把铝箔裹在幼崽受伤的腿上。它还没有苏醒，安静地呼吸着，纹丝不动。它的身体松弛。氧气面罩中发出轻微的嘶嘶声。

她把铝箔折成护腿状，完成了这项六英寸长的杰作。接着她用小刷子把树脂往上抹，做成一个起固定作用的护套。

“有多少只迅猛龙？”她问道，“我看见它们了，但是搞不清有几只，我想大概有九只。”

“我觉得还要多，”马尔科姆说，“我认为总共有十一二只。”

“十二只？”她表示怀疑，抬头瞥了他一眼，“在这个小岛上？”

“是的。”

树脂胶散发出一股刺鼻气味。她在铝箔上均匀地涂上树脂。“你知道我在想什么。”

“知道，”他说道，“数量太多了。”

“确实太多了，伊恩。”她的动作非常熟练，“这根本说不通。在非洲，像狮子之类的攻击型食肉动物分散得很开，平均每十平方公里才有一只狮子，有时候每十五平方公里才有一只。这在生态学上是非常合理的。在这样的一个小荒岛上，迅猛龙不应当超过五只。帮我拿着这个。”

“唔，但是别忘了，这里的被捕食动物身躯庞大……有的重达二三十吨呢。”

“我认为这不是理由，”萨拉说，“但是为了便于辩论，我们就算它是吧。我再把估计数翻一倍，让你在岛上拥有十只迅猛龙。可是你告诉我有十二只，另外还有其他大型食肉动物，比如说霸王龙……”

“是啊，是有。”

“数量太多了。”她边说边摇头。

“这里的动物相当稠密。”马尔科姆说道。

“还不够稠密，”她说，“一般而言，关于食肉动物的研究资料，无论是印度虎的，还是非洲狮的，都表明每头食肉动物要由二百头被捕食动物来供养，这就是说，若要养活这里的二十五头食肉动物，这个岛上至少需要有五千头被捕食动物。有那么多的动物吗？”

“没有。”

“你认为这里总共有多少动物？”

他耸了耸肩：“有几百吧，顶多五百。”

“那么从数量上讲你就输了，伊恩。抓住这个，我去拿盏灯来。”

她举起加热灯照着幼崽，以加快树脂的固化。她再次调整了幼崽脸上的氧气面罩。

“岛上养活不了那么多食肉动物，”她说道，“然而它们确实存在。”

“怎么才能解释得通呢？”他问道。

她摇了摇头：“那必须要有一个我们还不知道的食物源。”

“你的意思是说一个人工食物源？”他问道，“我认为没有。”

“不，”她接着说道，“人工食物源会使动物变得温顺，而这些动物一点也不温顺。我能想到的唯一可能，就是捕食动物的差分死亡率。如果它们长得快或死得早，那么猎物供应或许要比想象的多。”

马尔科姆说：“我已经注意到了，最大的动物看上去都个头偏小，仿佛还没有发育成熟。或许它们早早地就被捕食了。”

“可能是的，”她表示同意，“但是如果确实存在着这么一个大得足以养活这些食肉动物的差分死亡率，那就应当能看见尸体，还应该有大量的动物遗骸。可是你见过吗？”

马尔科姆摇摇头：“没有，既然你提到了，我实际上连一具动物遗骸都没有看见。”

“我也没有。”她移开烤灯，“伊恩，这个岛上有些蹊跷。”

“我知道。”马尔科姆说道。

“真的？”

“是的，”他说道，“我从一开始就在怀疑。”

雷声隆隆。从高架隐蔽所向外望去，他们身下的旷野一片漆黑，寂然无声，只是偶尔从远处传来几声迅猛龙的咆哮。“也许我们该回去了。”埃迪焦躁不安地说道。

“为什么？”莱文问道。此刻他已经戴上了夜视镜，而且庆幸自己把它也带来了。从夜视镜中看，整个世界呈现出深浅不一的淡绿色。他清晰地看见了猎杀现场的迅猛龙，周围的高草被踩得东倒西歪，上面溅满了鲜血。金的尸首早已荡然无存，不过他们仍然能听见迅猛龙咬断骨头的咯吱声。

“我只是在想，”埃迪回答说，“现在是夜里了，我们待在拖车里可能会更安全。”

“为什么？”莱文问道。

“嗯，拖车是加固的，非常结实，所以很安全。车上有我们所需的一切。我只是认为我们应该去拖车。我的意思是说，你没有打算在这里过夜吧，对不对？”

“没有，”莱文回答说，“你认为我是什么人，一个狂热分子吗？”

埃迪咕哝了一声。

“但是我们再待上一会儿吧。”莱文建议说。

埃迪转向索恩：“博士，你的意见呢？就要下雨了。”

“那就再待一会儿吧，”索恩说道，“然后我们一起回去。”

“这个岛上出现恐龙已经有五年了，或许更早一些。”马尔科姆说道，“但是从来没有在其他地方出现过。可是去年，忽然在哥斯达黎加海滩上出现了大量死去的动物。另据报道，在太平洋许多岛上也出现了类似情况。”

“是随海潮漂过去的吧？”

“可能是。但问题是：为什么是现在呢？为什么五年之后突然冒出来呢？事情已经发生了变化，而我们却一无所知——请等一下。”他转身离开工作台，走到电脑控制台前，然后转身对着屏幕。

“你在干什么呀？”她问道。

“阿比让我们得以登录旧的网络，”他解释道，“里面储存着八十年代的研究资料。”他移动鼠标器在荧光屏上搜索，“我们还没有看过呢……”他看见屏幕上出现了菜单，上面列出了工作文件和研究文件，他开始浏览文件目录。

“几年以前，它们患上了一种疾病，”他继续说道，“实验室里对此有大量记载。”

“哪种疾病？”

“他们搞不清楚。”马尔科姆说道。

“在自然界，确实有一些发作非常慢的疾病，”她说道，“要过上五年甚至十年才会发作，是由病毒或感染性蛋白质引起。你知道，蛋白质破碎——像羊瘙痒症或疯牛病。”

“但是，”马尔科姆说，“这些病只有在吃下受到污染的食物后才会得。”

两人一阵沉默。

“你认为当时他们喂的是什么饲料？”她问道，“因为，如果我要养一只恐龙幼崽，我很想知道它们吃什么。我想是动物的奶，但是……”

“对，是奶，”马尔科姆看着屏幕回答说，“在前六个星期里，喂羊奶。”

“这是符合逻辑的选择，”她说道，“动物园全都喂羊奶，因为羊奶过敏反应非常小。但是以后呢？”

“请稍等一下。”马尔科姆说道。

哈丁用手提着幼崽的腿，等待树脂硬化。她盯着刚做成的模子，低头嗅了一下，模子还在散发呛人的气味。“我希望这不会有事，”她说道，“有时候，如果有异味，动物就不会让幼崽返回了。但是树脂固化后，模子的气味会散掉的。现在过多长时间了？”

马尔科姆看了看表说：“十分钟了，再过十分钟就行了。”

“我真想把这个小家伙送回窝里去。”哈丁说。

隆隆的雷声。他们凝望着窗户漆黑的夜空。

“恐怕今天太晚了，不能送。”马尔科姆说道。他依然在敲击键盘，两眼盯着屏幕。

“你是问……他们用什么喂恐龙吗？好的，根据1988年至1989年的资料……食草恐龙吃一种浸渍植物饲料，每天定时进食三次，而食肉恐龙则吃……”

他突然停住不说了。

“食肉恐龙吃什么？”

“好像是一种磨碎的动物蛋白饲料……”

“什么动物的？最常见的是火鸡和肉鸡，另外再加上一些抗菌素。”

“萨拉，”他说道，“他们用的是羊肉。”

“不，”她说道，“他们不会那么做的。”

“可是他们用了，是从他们的供应商那里买的，就是羊肉末。”

“你在骗人吧。”她仍不相信。

马尔科姆说：“恐怕是真的，这样吧，我再看看能不能找到……”

一阵轻微的警报声。在他头顶上方的墙壁上，一盏红灯开始闪烁。须臾间，拖车顶部的几盏外灯全部打开，卤素灯将他们四周长满荒草的旷野照得通明。

“怎么回事？”哈丁问道。

“是传感器——有什么东西把它们触发了。”马尔科姆起身离开电脑，向窗外望去。除了高草和周围的树木黑影，他什么也看不见。外面依然一片寂静。

萨拉仍在忙那只幼崽。她又问了一句：“发生什么事了？”

“我不知道，我什么也看不见。”

“是不是有什么东西触发了传感器？”

“我想是的。”

“是风吗？”

“外面没有风。”他回答说。

在高架隐蔽所里，凯利大声说：“嘿，快看！”

索恩转过身。从他们在山谷里的这个位置上往北看，能看到身后高高的峭壁和上面那片草地上的两辆拖车。

拖车的外灯全部亮起来了。

索恩摘下腰间的对讲机：“伊恩，你在吗？”

一阵噼啪声响后，传来了回答：“我在，博士。”

“发生了什么事？”

“我不知道，”马尔科姆回答，“顶上的边灯突然全亮了，我想是传感器被触发了。但是我们看外面什么也没有。”

埃迪接过话头:“现在气温迅速下降，说不定是空气对流触发了传感器。”

“伊恩，一切都好吗？”索恩问道。

“是的，很好，别担心。”

“我一直认为我们把传感器灵敏度调得太高，就是这么回事。”埃迪说。

莱文双眉紧锁，一言不发。

萨拉忙完了幼崽的腿，将它用一条毯子包起来，再用宽布条把它轻轻地拴在工作台下面。她径直走过来，站在马尔科姆身边，然后向窗外望去。

“你觉得呢？”

马尔科姆耸耸肩回答说:“埃迪说报警系统太灵敏了。”

“是吗？”

“我不知道，以前从来没有测试过。”他注视着空地尽头的树丛，观察是否有什么动静。突然，他觉得听见一阵鼻息声，也可以说是一声嗷叫。好像从他背后某个地方又传来了一声回应。他跑到拖车的另一侧，向远处的树丛望去。

马尔科姆和哈丁都紧张地望着车外，竭力想看清夜幕中有什么东西。马尔科姆屏住呼吸，心里甚是紧张。过了一会儿，哈丁舒了一口气说:“我什么也没看见，伊恩。”

“我也没有。”

“肯定是一场虚惊。”

突然，他感觉到地面在震动，是某个重物砰然落地产生的震感，是经由拖车的地板传导给他们的。他看了萨拉一眼，她的双眼圆睁。

马尔科姆明白是怎么回事了。他又感到一次震动，这一次是确定无疑的。

萨拉凝望着窗外。她低声叫道："伊恩，我看见它了！"

马尔科姆转身走到她跟前，她正用手指着窗外最近处的几棵大树。

"什么？"

话音刚落，他就看见树丛的枝叶中探出了一个硕大的脑袋。这个脑袋慢慢地偏向一侧，好像是在侧耳静听。这是一只成年的霸王龙。

"伊恩，"她悄声说道，"快看——有两只呢！"

他看见右边稍远处第二只巨兽从树林后面走出来。它的身躯更大，是这一对中的雌性。它们低声咆哮着，低沉的隆隆声在夜空中回荡。接着它们缓慢地走出树林的掩蔽处，来到空地上。它们在耀眼的灯光下眨着眼睛。

"它们是幼崽的父母吗？"

"不知道。我想是吧。"

他扭头瞥了幼崽一眼，见它仍沉睡不醒，安静地呼吸着，毛毯有节奏地一起一伏。

"它们到这儿来做什么？"她问道。

"我不知道。"

两只庞然大物仍然站在空地的边缘，离树林不远处。它们显得犹豫不决，好像在等待什么似的。

"它们是在寻找幼崽吗？"她担心地问。

"萨拉，别逗了。"

“我是认真的。”

“无稽之谈。”

“怎么啦？它们一定是寻踪觅迹过来的。”

两只霸王龙昂起头，咧开大嘴，慢慢地晃动脑袋，接着又重复了相同的动作，然后朝拖车方向跨出一步。

“萨拉，”他说道，“我们离它们的窝好几英里远，它们不可能一路跟踪过来。”

“你怎么知道？”

“萨拉……”

“你自己说过的。我们对这些动物一无所知，我们不了解它们的生理、它们的生物化学、它们的神经系统，以及它们的行为。而且我们对它们的感觉器官也一无所知。”

“是啊，但是……”

“伊恩，它们是食肉动物，具有良好的视觉、良好的听觉和嗅觉。”

“我想是的。”

“但是，别的我们就不知道了。”萨拉叹道。

“别的什么？”马尔科姆问道。

“伊恩，还有其他的感觉形式呢，譬如蛇可以感觉到红外线，蝙蝠有回声定位的本领。鸟类和海龟有磁感应——它们能探测地磁场，因而可以长途迁徙。恐龙可能也会有我们意想不到的其他感觉形式。”

“萨拉，这太荒唐了。”

“是吗？那么你告诉我，它们在那里干什么？”

霸王龙仍然停留在树丛附近的草地上，不过已经安静下来。

尽管它们已不再吼叫，但是仍在慢慢地晃动脑袋。

马尔科姆双眉紧锁。“好像……它们正在四下张望……”

“是直接看着灯光吗？不，伊恩，它们被强光刺得看不见了。”

经她一说，他马上就意识到了她的判断准确，但是那两个脑袋仍在很有节奏地前后转动着。

“那么它们是在干什么呢，是在闻气味？”

“在倾听吗？”

她点头表示同意：“可能是吧。”

“听什么呢？”

“可能是在听幼崽的声音。”

他又朝幼崽那边瞥了一眼：“萨拉，幼崽还没苏醒呢。”

“我知道。”

“它什么声也没发出来。”

“只是我们听不见罢了。”她的眼睛紧盯着霸王龙，“可是它们确实是在干什么事，伊恩。我们所看到的这个动作是有含义的，只是我们不知道它的意思。”

在高架隐蔽所，莱文正透过夜视镜目不转睛地看着那片空地。他看见两只霸王龙站在树林的边缘。它们正奇怪地同步转动着头部。

它们迟疑地朝拖车迈出几步，昂起头，左右转动着，然后似乎是终于下定了决心。它们疾步在空地上行进，气势汹汹。

对讲机里传来马尔科姆的喊叫声：“是灯光！是灯光把它们吸引来了。”

须臾间，拖车的外灯熄灭了，整个空地重新陷入黑暗。黑暗中，他们面面相觑。他们听见马尔科姆说:“这下子行了。”

索恩问莱文:“你看见什么了？”

“什么也没有。”

“它们在干什么？”

“只是站在那里。”

通过夜视镜，他看见霸王龙停下脚步，仿佛是被灯光突然熄灭搞糊涂了。即使相隔甚远，他们也能听见霸王龙在吼叫。它们显得焦躁不安，硕大的脑袋上下摆动，上下颚叩得叭叭响。但是它们并没有再走近拖车。

“现在怎么样了？”凯利问道。

“它们在等待，”莱文回答说，“至少目前是这样。”

莱文心里很清楚，霸王龙此刻无法安定。拖车的出现，肯定给它们的生存环境带来了很大而且很可怕的变化。他暗自思忖，它们或许会掉头离开。尽管它们身躯硕大，但还是属于那种谨慎、几近胆小的动物。

它们又吼叫起来。他看到它们开始向前移动，朝着漆黑一团的拖车方向走去。

“伊恩，我们该怎么办？”

“我要是知道就好了。”马尔科姆小声说道。

他们紧挨着蹲在拖车过道上，尽量避开窗户以免被发现。霸王龙怒冲冲地疾步向前。他们现在能感觉到，霸王龙每走一步，都会产生明显震动——两只十吨重的巨兽正向他们逼近。

“它们正向我们走来！”

“我注意到了。”他说道。

第一只霸王龙到了拖车旁边。由于离得非常近，它的身躯把整个窗户都挡住了。马尔科姆看到的是肌肉发达的大腿和腹部。那脑袋高高在上，他们根本看不到。

紧接着，第二只霸王龙来到拖车的另一侧。它们绕着拖车转悠，咆哮着，打着响鼻，沉重的脚步震动着拖车的地板。他们闻到了一股刺鼻的食肉动物的气味。一只霸王龙蹭了一下拖车的侧面，他们听见了刮擦声，是鳞皮与金属相擦的声音。

马尔科姆突然感到惊恐万状，原因就是这股气味。他突然从以前的记忆中想到了这种气味，他浑身直冒冷汗，回过头看着萨拉，见她正在注视着巨兽的一举一动。“这不是猎食行为。”她悄声说道。

“我不知道，“马尔科姆说，“也可能是。你要知道，它们不是狮子。”

一只霸王龙在黑夜中大吼起来，发出一阵令人生畏且震耳欲聋的声音。

“这不是在猎食，”她坚持己见，“是在搜寻，伊恩。”

过了片刻，另一只霸王龙大声吼叫表示回应。突然，那个大脑袋低下来，从它们面前的窗户向拖车里面窥视。马尔科姆急忙低下身子，卧倒在拖车地板上。萨拉也往下一趴，正好压在他身上，她的一只鞋还抵着他的耳朵。

“会没事的，萨拉。”

他们听见外面的霸王龙打着响鼻，低声咆哮。

马尔科姆悄声说：“你稍微动一下好吗？”

她挪到了一侧。他慢慢抬起头，从坐垫上方小心翼翼地向上看去。他看见霸王龙的大眼睛正看着他，眼珠在眼窝里转动着。

他看到霸王龙的大嘴一张一合，呼出的热气给玻璃蒙上了一层雾气。

霸王龙把头移开，移到离拖车稍远的位置。马尔科姆顿时感到呼吸顺畅多了。可是不久，那脑袋又回来了，重重地撞在拖车上，使拖车猛烈摇晃起来。

“别担心，萨拉。拖车非常坚固。”

她喃喃地说：“我说不出我有多放心。”

拖车另一侧的那只霸王龙高声咆哮，用鼻子拱起拖车来，弄得拖车悬架嘎吱嘎吱响。

现在，这两只霸王龙开始从两侧轮番有节奏地撞击拖车。马尔科姆和哈丁或而被掀向左边，或而又被抛向右边。萨拉竭力想使自己原地不动，但是紧接着的一个撞击又把她掀到了一边。每次撞击都使车身大幅度倾斜。实验设备从工作台上跌落下来，玻璃被撞得粉碎。

就在这时，撞击突然中止了，一切都静了下来。

马尔科姆呻吟着，用膝盖支撑着爬起来。他向窗外看去，只见一只霸王龙的臀部正在向前挪动。

“我们该怎么办？”他低声问道。

对讲机咔嗒响了。索恩在问：“伊恩，你在吗？伊恩！”

“看在上帝的份上，把那玩意儿关掉！”萨拉低声说道。

马尔科姆把手伸向腰间，悄声说了一声“我们很好”就把对讲机关掉了。

萨拉手膝并用向拖车前部爬去，进入生物学实验室。马尔科姆紧随其后。他看见那只霸王龙正透过窗户看着拴在地上的幼崽，并发出了一阵轻微的哼哼声。

随后它停了下来，从窗户向里看。

它又发出了一阵哼哼。

“**它想要它的孩子**，伊恩。”萨拉耳语道。

“嗯，天晓得，”马尔科姆说，“这跟我没关系。”他们在地板上缩成一团，想躲开霸王龙的视线。

“我们怎么才能把幼崽交还给它呢？”

“我不知道。把它从门口推出去？”

“我可不希望幼崽被踩死。”萨拉低声说道。

“管它呢！”马尔科姆说道。

窗口的霸王龙先是哼哼唧唧，随后发出一声带威胁性的长吼。正是那只体型庞大的母兽。

“萨拉……”

但是她已经站起身来，正面对着霸王龙。她立即开口说话，语调轻柔，带着宽慰：“没事了……现在没事了……孩子平安无事……我马上就把这些带子松开……你可以看着我……”

窗外的那颗脑袋大得惊人，塞满了整个窗框。萨拉看到它脖子皮肤下紧绷着的强壮肌肉。它的嘴在微微地动。她用哆嗦的双手解开拴住幼崽的带子。

“好了……你的孩子平安无事……看见了吧，它很好……”

马尔科姆蜷缩在她的脚旁，轻声问道：“你要干什么？”

她没有改变她那轻柔而带着宽慰的声调：“我知道这听起来像发神经……但是有时候……对付狮子很管用……好了好了……你的孩子自由了……”

她解开毛毯，取下氧气面罩，平静地轻声说：“现在……我要做的是……”她抱起幼崽，“把它还给你……”

突然间母兽的头缩了回去，随即歪过头猛撞在窗玻璃上。咣当一声，玻璃破裂成蛛网状。萨拉看不清玻璃外面的情况了，但她看见一个黑影在晃动。紧接着是第二下撞击，将玻璃彻底击碎。那脑袋紧擦着碎玻璃伸进来，伸进拖车足有好几英尺。萨拉慌忙将幼崽放在托盘里，抽身向后一跳。一股股鲜血从母兽的口鼻部的口子里流下来，是被碎玻璃划破的。但是这阵暴力行动之后，母兽停止了攻击，动作变得轻柔起来。它开始闻闻幼崽，从头部开始，缓缓地顺着身体向下移动。它闻了闻裹在幼崽腿上的模子，用舌头轻轻舔了一下。最后，它把下巴轻轻贴在幼崽胸口上。它停顿了很长时间，纹丝不动，只有眼睛慢慢地眨着，目不转睛地看着萨拉。

马尔科姆还躺在地板上。他看见鲜血滴到工作台的边上。他想站起来，但是她用手把他的头又按了回去。她轻轻地“嘘”了一声。

“怎么回事？”

“它正在检查心跳呢。”

那霸王龙发出嘟噜声，张开大口轻轻地叼起幼崽，然后慢慢后退，从破碎的玻璃窗里把幼崽带了出去。

霸王龙把幼崽放在地上。这处于他们的视线之下。它弯下身去，脑袋也从他们的视线中消失了。

马尔科姆悄声问道：“它醒了吗？幼崽醒了吗？”

“嘘！”

从拖车外面传来连续的咂咂声，其间还夹杂着轻柔的喉音。

马尔科姆看见萨拉探过身子，想看看窗外的情况。他轻轻问道：“怎么回事？”

“它在舔幼崽，不停地用鼻子拱。”

“还有呢？”

“就这些，它在不停地拱。”

“幼崽怎么样了？”

“没事。它在不停地滚动，好像死了似的。这一次我们给它注射了多少吗啡？”

“我不知道，”他说，“我怎么会知道呢？”

马尔科姆躺在地板上，静听外面的咂咂声和嘟噜声。终于，似乎经过无尽期的等待之后，他听见了一声轻轻的尖叫声。

“它苏醒了，伊恩！幼崽苏醒了！”

马尔科姆连忙站起来向窗外望去，恰好看见母兽用嘴叼起幼崽向空地边缘走去。

“它在干什么？”

“我想是把幼崽带回去。”

第二只霸王龙进入视线。它紧紧地跟在第一只后面也离开了。马尔科姆和萨拉看着它们进入空地，渐行渐远。

马尔科姆双肩松弛下来：“好险哪。”

“是的，真险哪。”她长长地舒了一口气，擦去小手臂上的血迹。

在高架隐蔽所，索恩按下对讲机的按钮，喊道：“伊恩！你在吗？伊恩！”

凯利说：“他们说不定把对讲机给关了。”

天开始下起小雨，噼里啪啦地打在隐蔽所的金属屋顶上。莱文通过夜视镜凝视着悬崖。一道闪电划破夜空。

索恩说道:“你能看到那些动物在干什么吗?”

“能,”埃迪接过话头,“好像……好像正在离开。”

他们都高兴得叫起来。

只有莱文没有出声,还在透过夜视镜进行观察。索恩转身问他:“没事吧,理查德?一切都正常吧?”

“其实,我看不像,”莱文说道,“恐怕我们犯了个严重错误。”

马尔科姆透过被打碎的窗户注视着越走越远的霸王龙。萨拉站在他身旁一句话也没有说,她的眼睛一直盯着那两只霸王龙。

开始下雨了,雨水顺着破玻璃流进来。远处响起了隆隆雷声,一道强烈的闪电映亮了两个正在离去的庞然大物。

两只霸王龙在离它们最近的几棵大树旁停下来,把幼崽放在地上。

“它们为什么那么做?”萨拉迷惑不解,“它们应该回窝去才是。”

“我不知道,也许它们正……”

“也许幼崽已经死了。”她说道。

但是,借着第二道闪电的亮光,他们看见幼崽在动。它还活着。一只成年龙用嘴把它叼起,然后把它轻轻放在一棵大树的树杈上。这时他们听见了它发出的尖细叫声。

“哦,天哪,”萨拉摇着头说道,“这不对头,伊恩。整个不对头了。”

母霸王龙与幼崽在一起待了一会儿,将它安顿好,然后转过身,张开血盆大口狂吼了一声。

雄霸王龙吼叫着回应。

突然，它们飞快地穿越林中空地，全速向拖车冲过来。

“哦，上帝呀！”萨拉说了一声。

“勇敢点，萨拉！”马尔科姆大声说，“大事不妙啊！”

猛烈的碰撞使他们头晕目眩，把他们掀翻到拖车一侧。萨拉惊叫着猛然跌倒，马尔科姆栽倒时头被撞了一下，眼前直冒金星。他身下的拖车在摇晃，发出尖锐刺耳的金属声。两只霸王龙咆哮着，再次重重地撞向拖车。

他听见萨拉在喊：“伊恩！伊恩！”紧接着拖车轰然倒向一侧。他转过脸，看见玻璃器皿和实验室设备噼里啪啦地掉在他周围。他抬起头，觉得一切都是歪的。他的正上方是被霸王龙撞破的那扇车窗。雨水顺着破窗滴落在他的脸上。又是一道闪电。这时，他看见一个大脑袋正盯着他看，还发出咆哮声。他听见霸王龙的利爪在拖车金属外壳上抓出的刺耳噪音，接着那张脸消失了。没过多久，他就听见它们在泥地里猛推拖车并发出阵阵咆哮。

马尔科姆大喊着萨拉的名字，就在世界疯狂地再次转动之际，他看见了她：就在他身后不远。随着“砰”的一声响，拖车又被撞得倒向一侧。这时候它已经是底朝天了。马尔科姆开始在天花板上爬行。他想爬到萨拉身边。他一抬头，看见那些固定在实验工作台上的设备就悬在自己的头顶上方。从十几个地方流出来的各种液体滴在他身上。他感到肩头刺痛，还听见一阵嘶嘶声。他顿时明白了：一定是强酸。

在他面前的黑暗中，萨拉在痛苦地呻吟。又是一道闪电。这时，他看见她蜷缩成一团，倒在连接两辆拖车的折叠式通道旁。

可是通道已被严重扭曲，几乎无法通行。这说明第二辆拖车肯定还是轮子着地的。乱套了，一切都乱套了。

他听见车外的霸王龙在咆哮，还听见一声沉闷的爆炸声。它们正在撕咬拖车轮胎。他心想，太遗憾了，它们怎么不去咬电瓶的电缆呢，否则真会让它们大吃一惊的。

突然间，霸王龙又开始猛烈撞击拖车，使它在空地上水平滑出一段距离。拖车刚停下，它们又猛撞了一次。拖车突然向一侧倾斜。

这时候，他已爬到萨拉身边。她伸出双臂紧紧抱住他。“伊恩。”她喊了一声。她的左半边脸整个是黑糊糊的。借助一道骤然的闪电，他看见她左边脸上全是血。

“你没事吧？”

“没事，”她边说边用手背抹去流进眼睛里的血，“你能看见这是什么吗？”

在又一个闪电中，他看见了一大块玻璃的反光。玻璃嵌在她左额发际附近。他伸手拔出玻璃，然后用手紧压住汩汩冒血的伤口。他们此时正好在拖车的厨房里。他把手伸向灶台，从上面拽下一条擦碗巾。他用擦碗巾捂着她的头，眼看着它的颜色渐渐变暗。

“疼得厉害吗？”

“没事。”

“我想还不太严重。”他安慰道。拖车外面，霸王龙仍在咆哮着。

“他们在干什么？”她问道，不过声音似乎有气无力。

霸王龙又在猛烈撞击拖车。经受这次撞击，拖车被推出的距离好像比以前大得多，而且是横向滑动——向下滑。

向下滑动!

“它们在推我们呢。”他说。

“往哪儿，伊恩？”

“往空地边缘。”霸王龙又猛撞了一下，拖车移动得更远了。“它们是想把我们从悬崖上推下去。”那是一段岩石构成的悬崖，从上到下落差有五百英尺高。

一旦跌落下去，他们绝无生还可能。

她用自己的手捂住擦碗巾，推开他的手说：“去做点什么。”

“是，好的。”他答应道。

他从她身边离开，随时接受又一次撞击。他不知道该干什么。他也想不出该干什么。拖车现在是肚皮朝天。一切都乱套了。他的肩膀像火烧火燎一般。他能闻到强酸腐蚀衬衣的气味，也许是在腐蚀他的皮肉，他感到火辣辣的疼。拖车里漆黑一团，到处都没有电，到处是碎玻璃，而且他……

到处都没有电。

马尔科姆开始站起身来，但被接下来的撞击猛地抛向一边。他着实摔了一大跤，头重重地撞在冰箱上。冰箱门随即打开，里面没有灯光，冰牛奶、玻璃瓶等一起砸在他身上。

因为到处都没有电。

马尔科姆仰面朝天地躺着。他向窗外一看，看见草丛中霸王龙的巨足。随着一道闪电，它抬起那只巨足踢向拖车。拖车立刻向前滑动，不仅滑得很轻快，而且发出刺耳的金属刮擦声。接着车体开始下斜。

“哦，妈的！”他叫骂道。

“伊恩……”

但是来不及了，整个拖车都在嘎吱嘎吱响，他看见车的另一端开始下沉。拖车的边缘已越过悬崖边，开始很慢很慢，接着渐渐变快。他们身下的拖车顶部开始滑脱，所有东西都在往下坠落。萨拉也在往下坠落，尽管开始时她还抓了马尔科姆一把。崖壁上的霸王龙在吼叫着庆贺胜利。

马尔科姆心想：我们就要掉下悬崖了。

他不知道该怎么办，只好用手抓住冰箱门，紧紧抓住不放。冰箱门凉冰冰的，表面湿滑。拖车歪斜着往下掉，金属框架发出刺耳的吱嘎声。他感到双手正从冰箱门的白色搪瓷上一点一点地滑脱、滑脱……滑脱……然后整个人就滑脱了，倏地向拖车另一端跌落下去。他看见驾驶座椅好像正向他飞来，可是他还没接近座椅，就撞上了黑暗中的某个东西，感到一阵剧痛，整个身体蜷缩起来。

慢慢地、不知不觉地，他周围的一切都黯淡下去了。

大雨哗哗地落在隐蔽所的屋顶上，从两侧如飞瀑直泻而下。莱文擦了擦夜视镜的镜头，又把它举到了眼睛上，看着黑暗中的悬崖。

阿比着急地问道：“怎么啦？发生了什么事？”

“我也说不清。”莱文答道。

倾盆大雨中，几乎什么也看不见。刚才，他们都惊恐地看见两只霸王龙轻而易举地把拖车向悬崖那边推。莱文心想，那两只霸王龙加起来有二十吨，而那部拖车的重量才两吨左右。拖车被掀翻后，它们用肚子去顶，用强有力的后腿去踢，弄得拖车在湿漉漉的草地上很快地滑动。

“它们为什么那么干？”站在莱文身旁的索恩问道。

“我怀疑，”他略有所思地回答，“是我们改变了它们的既有领地。”

“怎么又是这种事？”

“不要忘了我们是在与什么动物打交道，”莱文说道，“霸王龙会表现出复杂的行为，但绝大部分是出自本能。这完全是无意识行为，天生就有。领地意识是这种本能的一部分。霸王龙会圈划领地，保卫领地。这不是有意识的行为——它们的大脑并不大——它们这么做是出自本能。所有的本能行为都有其触发因素和缓解因素。恐怕我们在弄走幼崽之后，就重新划定了它们的领地，使它扩大到幼崽被找到的这片林中空地。所以，它们现在要捍卫自己的领地，就必然要把拖车赶出去。”

这时闪电划破黑暗，他们同时目睹了拖车那令人心惊肉跳的状况：第一辆拖车已经滑出悬崖边缘，正倒悬在那里，上端仍然由折叠通道与尚留在空地上的第二辆拖车连接着。

“那个通道是支撑不住的！”埃迪大声喊起来，“很快就会断的！”

在闪电的映照下，他们看到空地上的霸王龙正机械地将第二辆拖车推向悬崖。

索恩转向埃迪说：“我要过去！”

“我和你一起去！”埃迪响应道。

“不行！你得和孩子们在一起！”

“可是你需要……”

“和孩子们在一起！我们不能把他们单独留在这儿！”

“但是莱文可以……”

“不行，你要留下来！”索恩斩钉截铁地说。他已开始从大雨中变得很滑的支架上往下爬，准备到停放在下面的探险者上去。他看见凯利和阿比正俯身看着他。他跳上汽车，启动点火器，盘算着到达那片空地的距离：有三英里，或许更远些。即使车开得再快，也要用七八分钟才能赶到出事现场。

等他赶到那儿，可能已为时太晚。他绝不可能及时赶到。

但是他必须要尽力而为。

萨拉·哈丁听见一阵有节奏的吱嘎声，随即睁开眼睛。

周围一片漆黑，她觉得晕头转向。突然，一道闪电划破夜空，她看见了下方五百英尺深的谷底，而且眼前的东西都在微微晃动。

她是透过悬挂在峭壁上的拖车挡风玻璃看见的。他们已经停止了下滑，但是却悬挂在半空中，岌岌可危。

她自己正横躺在驾驶座上。座位已从车架上脱落，砸碎了车壁上的一块控制面板。松散的导线垂落下来。配电盘上的指示灯仍在闪烁。

她感到视觉模糊，因为她左眼里有很多血。她拉出衬衣的后摆，撕下两片布条，将其中一片折叠成一块敷布，压在额头的伤口上。接着，她将另一片布扎在头上，把敷布固定住。她感到一阵钻心疼痛，便咬紧牙关，硬扛了过去。

她感到从她上方传来一阵剧烈的震动，连忙扭头向上看。她看清了拖车内的整个情形，车体正垂直地悬挂着。马尔科姆在她上方大约十英尺处，俯在工作台上一动不动。

“伊恩。”她喊道。

他没有回答，也没有动弹。

随着一个沉闷的撞击声，车体骤然震颤起来，吱吱嘎嘎直响。这时，哈丁恍然大悟：第一辆拖车悬在峭壁上晃来晃去，但它仍与空地上的第二辆拖车连着。第一辆拖车现在是吊挂在折叠式通道上。上面的霸王龙想把第二辆拖车也推下悬崖。

“伊恩，”她叫道，“伊恩！”

她不顾周身的疼痛，连忙爬起身来。她感到一阵头晕目眩，心想不知道自己流失了多少血。她开始向上攀爬，先站在驾驶座椅的靠背上，伸手抓住离得最近的生物学工作台。她费力地将自己拉了上去，伸手抓住固定在墙上的一个把手。拖车在她身下直晃。

凭借这个把手，她设法抓住了冰箱门，用手指抠住一个钢丝架。她用力试了试，觉得能支撑住她，就将身体重心移了过去。她抬起一条腿向上摆动，用脚蹬住冰箱里边，将身体向上拉起，然后站起身来，伸手抓住炉灶的把手。

要通过这个该死的厨房，简直像登山一样，她心想。

她很快就爬到了马尔科姆那里。一道闪电使她看见了他受伤的脸。他在呻吟。她爬到他身边，想弄清他的伤势。

“伊恩。”她轻声叫道。

他的双眼紧闭，喃喃地说道：“对不起。”

“没关系。”

“我拖累了你。”

“伊恩，你能动吗？你没事吧？”

他呻吟道：“我的腿。”

“伊恩，我们必须行动起来。”

她听见头顶上方霸王龙的咆哮声，她觉得霸王龙好像始终在咆哮。拖车突然一歪，猛地摇摆起来。她的双腿顿时从冰箱里滑出，只剩下双手紧抓住炉灶的门，整个身体悬空吊挂着。拖车的另一端在大约二十英尺的下方。

她知道炉灶的把手支撑不住她的全部重量，只能支撑片刻。

哈丁摆动双腿盲目地试探，最后碰到了一个牢固的地方。她先用脚试了试，然后踩下去。她回头一看，发现自己站在不锈钢洗涤槽的侧面。她移开一只脚，水龙头竟然被碰开了。水浸湿了她的双脚。

霸王龙咆哮着，撞击得更猛了。拖车又向下坠了一截，不住地摇晃。

"伊恩，时间不多了，我们必须行动起来。"

他抬起头，茫然地看着她。又一道闪电划过夜空。他的双唇微微颤动，喃喃地说："电源。"

"电源怎么了？"

"电源断了。"

她不明白他在说什么。电源是断了。猛然间，她记起来了，电源是他切断的，是在霸王龙接近他们之前。灯光曾经使它们感到不安，说不定还可以再次使它们不安。

"你想要我去接通电源？"

他微微点头。"是的，接通电源。"

"怎么接呀，伊恩？"她朝黑暗里四下望去。

"有一个配电盘。"

"在哪里？"

他没有回答。她伸出手摇摇他的肩膀。"伊恩，配电盘在哪里？”

他朝下面指了指。

她朝下看去，看到了从配电盘里掉出的松散导线。“我没法接，线都断了。”

“上面还……”

她几乎听不见他在说什么，她隐约记得在第二辆拖车里也有一个配电盘。如果她能进去，就能把电源接通。“好的，伊恩，”她说道，“我去接通。”

她向上攀缘，爬得更高了，拖车另一端此刻在她身下约三十英尺。霸王龙还在咆哮，而且又开始猛踢。她悬空摇晃着，继续向上攀爬。

她本想穿过折叠通道进入第二辆拖车，可是当她接近顶部时，却发现已经不可能了。在炫目的闪电中，她看见折叠通道已被严重扭曲，完全堵死。

她被困在第一辆拖车里了。

她听见霸王龙在怒吼，在撞击第二辆拖车。

“伊恩！”

她向下望去，他一动不动。

她悬吊在那里，意识到自己失败了，心里非常难过。只要上面再踢上一两下，一切就结束了。他们就会掉进深渊。他们此刻毫无办法，也没有多少时间了。她悬空吊在黑暗中，电源切断了，什么都没有……

果真如此吗？她听见了一阵轻微的电流声。就在不远的黑暗中，在拖车的这一端难道还有个配电盘？他们是按照拖车两端都有配电盘来设计的吗？

她悬吊在拖车的上端，双肩和双臂酸痛难忍。她向四周搜索着，寻找第二个配电盘。她现在就在拖车的这一头，如果确实还有个配电盘，那它一定就在附近。可是在哪儿呢？借着闪电的亮光，她把头扭向一侧，然后又向另一侧看了看。

她没有看到配电盘。

她的双臂疼痛不已。

“伊恩，请……”

没有配电盘。

这不可能！她一直听见那嗡嗡声，附近一定还有一个配电盘。她只是还没有看见而已，一定有一个配电盘。她左右晃动着，环视着，闪电又当空划过，投下了摇晃不稳的影子，这时她终于看见了！

配电盘就在她头顶上方六英寸的地方，盘面是倒过来的，但是她能看见所有的按钮和开关，现在是漆黑一团。要是她能分清哪个开关管哪个就好了……

管它呢。

她松开右手，用左手吊挂着身体，伸出右手按下配电盘上够得着的所有按钮。拖车里立刻亮了起来，车内的灯光都打开了。

她不停地按着，把一个个电钮都按下去。有些地方短路了，开关上冒出火花和白烟。

她仍在不停地按。

突然，侧面的一个监视器亮了，离开她的脸只有几英寸，屏幕上出现道道横线，模糊一片。接着，监视器上的图像开始聚焦。尽管她是从侧面看，但仍能看到空地上的霸王龙正站在第二辆拖车跟前，前腿靠在拖车上，强劲有力的后腿对拖车又踢又推。她按下了更多的按钮，最后一个按钮上有一个银色的保护罩。她用手指翻开罩盖，把那个按钮也按了下去。

她在屏幕上看见拖车发出一阵耀眼的电火花，霸王龙突然后退了。她听见它们在怒吼。接着，监视器的图像消失，哈丁周围响起噼噼啪啪的爆裂声，刺得她的脸和手很疼。接着拖车里灯光全部熄灭，一切又都陷入黑暗。

沉寂了很长一段时间。

然后，撞击声又冷酷无情地响了起来。

索恩

雨刮器在挡风玻璃上不停地来回刮。索恩冒着瓢泼大雨，车开得很快，遇到转弯也不减速。他看了看手表，已经过去两分钟了，或许是三分钟。

或许更多，他无法确定。

道路泥泞，车子会打滑，非常危险。每次碰上深水坑，他都是屏住气冲过去。他制造的这辆车是防水的，但是这种事很难说。每一个水坑都是一次考验。到目前为止还行。

三分钟过去了。

至少三分钟。

一个弯道之后，前面的路变宽了。一道闪电，他看见前方有个深水坑。他加大油门直冲过去，汽车掀起的羽状水帘溅在两侧的车窗上。他冲了过去，继续向前，继续行驶！他驶上一条上山的路，看见仪表盘的指针猛地发生偏转，随即听见嗞嗞声。他知道电路出现了严重短路，前车盖下传出一声爆炸声，从散热器里冒出一股刺鼻的烟雾，汽车戛然而止。

过了四分钟。

他坐在车上，听见雨水拍击金属车顶的声音。他转动点火钥匙，没有任何反应。

熄火了！

雨水哗哗地从挡风玻璃上流淌。他靠在座位上，长叹了一声，凝视着前方的道路。

旁边座位上，对讲机响起来：“博士，你快到了吧？”

索恩仔细看着前方的道路，想看清他到了哪里。他估计离空地上的拖车大概还有一英里多的路程，或许更远些。步行过去是太远了。他大骂一声，连连敲打座位。

“没有，埃迪，我短路了。”

“你怎么了？”

“埃迪，车子熄火了。我在……”

索恩打住了话头。

他看见前方弯路的尽头，有一个微弱的红光在闪烁。他眯起眼想看得更真切些。是的，他的眼睛没有欺骗他，确确实实有一个闪烁的红点。

埃迪又在问：“博士，你在吗？”

索恩没有答话，他抓起对讲机和林德斯特拉特式步枪，跳下汽车，一头扎进雨里，沿着小山包朝山脊路的路口跑去。

跑过一段弯路之后，他看见了那辆红色吉普车。它停在山脊路中央，尾灯在闪烁。其中一只的玻璃罩破了，闪烁着白光。

他跑上前去，想看看车里的情形。随着一道闪电，他看见车里没有司机。驾驶座一侧的车门也没关。车门深深凹了进去。

索恩爬上车，伸手握住方向盘……好啊，钥匙还在车上！他扭动钥匙点火，发动机隆隆地转起来。

他挂上挡，调转车头，沿着山脊向空地疾驶而去。他拐过几个弯，看见了实验室的绿色屋顶，于是向左拐。车前大灯的灯光转着划过那片杂草丛生的空地，照在正在撞拖车的两只恐龙身上。

面对突如其来的灯光，两只霸王龙掉过身，冲着索恩的吉普车狂吼。它们丢下拖车，迎面朝他冲来。索恩急忙挂上倒挡，拼命向后退，但是马上又意识到霸王龙并没有向他进攻。

只见它们斜穿过空地，朝索恩附近的一棵大树跑去。到了树下，它们停下脚步，昂起头。

索恩熄灭车灯等待着。现在他只能借着断断续续的闪电才能看到霸王龙。一个雷电当空炸裂，他看见它们从树上取下了幼崽，用鼻子触着幼崽。显而易见，他的突然出现，使它们非常担心幼崽的安全。

等夜空出现下一道闪电时，霸王龙已不见了踪影，眼前只是一片空地。它们真的走了吗？还是躲起来了？他摇下车窗，将头探到雨中。这时，他听见一阵奇怪的声音，是低沉、连续的叫声，好像是某个动物叫声的余音，不断重复、连续不断。他侧耳静听，断定是别的什么东西。是金属声！

索恩急忙打开车灯，缓缓向前驶去。霸王龙已经离开了。在前大灯苍白的光柱中，他看见了第二辆拖车。

随着连续不断的金属声，第二辆拖车正在湿漉漉的草地上慢慢滑动，滑向悬崖边缘。

“他在干什么？”凯利的声音盖过了雨声。

“他在开车。”莱文看着夜视镜中的情景回答说。从高架隐蔽所，他们能看见索恩的车前大灯划过林中空地。“他正朝拖车那边开，他在……”

“他在干什么？”凯利继续追问，“他现在在干什么？”

“他正绕着一棵树兜圈子，”莱文说道，“是那片空地边上的一棵大树。”

“为什么？”

“他一定是在把牵引缆绳缠在树上，”埃迪说道，“这是唯一能解释得通的理由。”

一阵短暂的沉默。

“他现在在干什么？”阿比问道。

“他从吉普车上下来了，正朝拖车方向跑去。”

索恩紧握吉普车绞盘的大挂钩在泥水里爬行。拖车正从他身边滑开，但是他终于钻进拖车底下，将挂钩钩在后车轴上。他刚把手指移开，就听见挂钩啪嗒一声与闸盖锁定了，他赶紧打了个滚。拖车受到新的制动力，在草地上横着跳起来，轮胎重重地落在他刚才待过的地方。

绞盘的钢缆绷得笔直，拖车下面发出吱吱声。

但是拖车被拉住了。

索恩从拖车下面爬出来，站在雨中，眯起眼睛看着拖车。他仔细检查了吉普车的轮子，看它们是否产生移动。没有。由于钢缆是缠绕在大树上的，吉普车的平衡重足以拉住已滑到悬崖边缘的第二辆拖车。

他回到吉普车旁边，一头钻进去，拉起制动闸。他听见埃迪在不停地喊：“博士，博士！”

“是我，埃迪。”

“你阻止它下滑了？”

“是的。”

对讲机又响了。“太棒了！但是听着，博士，你是知道的，那个连接通道只是在不锈钢钢筋外头蒙了一层五毫米的粗钢丝网，绝不是设计来……”

“我知道，埃迪，我正在想办法。”索恩又钻出汽车，冒雨快步跑向拖车。

他打开拖车的侧门进到车里。车里伸手不见五指，他两眼一抹黑。车里的一切都被掀翻了，他的脚嘎吱嘎吱地踩在碎玻璃上。所有的车窗都被撞碎了。他握着对讲机说：“埃迪！”

“我在，博士。”

“我需要绳索。”他知道埃迪贮备了大量应急物品。

“博士……”

“请告诉我。”

“在另一节拖车里，博士。”

黑暗中，索恩撞到一张工作台。“好的。”

“在杂物箱里说不定有些尼龙绳，”埃迪提醒道，“但是我不知道有多少。”听他的语气似乎希望不大。索恩在拖车里摸索着来到壁橱前。他摸黑拉开了关得紧紧的橱门，接着转身离开。杂物箱还在前头，或许箱子里会有绳索。

此时此刻，他需要绳索。

拖车

萨拉·哈丁仍然用双臂吊挂在拖车顶部。她向上看了一眼已经扭曲变形的折叠式通道，这是通向第二辆拖车的唯一通道。霸王龙已经停止了攻击，第二辆拖车也停止了下滑。但是这时，她感觉有凉冰冰的水滴在她脸上，她知道这意味着什么。

折叠式通道开始漏雨了。

她抬头一看，发现网状材料上出现了一个口子，露出已扭曲变形的钢制螺环。缺口现在还小，但很快就会变大。金属网撕裂后，里面的螺环就会脱开、拉长，直到最后折断。

他们只有几分钟的时间，悬挂着的拖车随时可能坠入深渊。

她又爬回到马尔科姆那里，打起精神站在他身边喊："伊恩。"

"我知道。"他说罢摇了摇头。

"伊恩，我们必须离开这儿。"她用手抓住他的胳肢窝，把他拖着站直了身子，"你跟我一起走。"

他垂头丧气地摇了摇头。她以前曾经见过这种垂头丧气、放弃努力的样子，她讨厌这种样子。哈丁从不放弃任何努力，从来没有。

马尔科姆嘟哝着：“我不能……”

“你必须走。”她说道。

“萨拉……”

“我不想听，伊恩。不要再说了，现在我们走吧。”

她要把他拉起来，他呻吟着挺起身子。她猛地用力，把他从工作台上拉了起来。闪电当空划过，似乎也给他增添了一些力量。他费力地站在座位边上，面对着工作台。他有点摇摇晃晃，但终于站住了。“我们怎么办？”

“我不知道，但是我们必须离开这里……有没有绳子？”

他微微点了点头。

“在哪里？”

他向下边的拖车头部指了指，拖车现在正悬空挂着。“在下边，在仪表板下面。”

“走吧。”

她把身体侧出去，一条腿伸出去踩住她对面的地板。她此刻就像一个在烟囱里的攀岩者。仪表板在她身子下面足有二十英尺。

“好了，伊恩，我们走。”

马尔科姆叹了一口气说：“我走不了，萨拉。真的。”

“那就靠在我身上，我背你走。”

“可是……”

“行了，别废话！”

马尔科姆挣扎着站起身来，抓住车壁上的一个挂钩，双臂直哆嗦。他拖着右腿慢慢挪动。

接着，她感到他的重量压在了她的背上。这个压力来得突然，而且分量又那么沉，几乎把她撞得失去了平衡。他的双臂紧紧搂住她的脖子，弄得她快要窒息了。她大口喘着粗气，双臂伸到背后，兜住他的大腿向上托。这时，他调整了一下搂住她脖子的姿势。她终于能顺畅自如地呼吸了。

“对不起。”他向她道歉。

“没关系，”她说道，“我们走吧。”

她开始小心翼翼地顺着这垂直通道向下，随时抓牢可以抓住的一切。凡有把手的地方，她就抓住把手，没有把手的地方，她就抓住抽屉拉手、工作台支架、窗户插销，甚至地板上的地毯，有时地毯都被她撕破了。有一次，地毯被撕掉一大块，她猛然下滑，后来用两腿使劲撑住两边才没再向下滑。

马尔科姆趴在她背上，哼哧哼哧地直喘。那双搂在她脖子上的手臂一直在抖。他嘟囔着说：“你非常强壮。”

“但却是个女流。”她表情严肃地说。

她离仪表板只有十英尺了。五英尺。她抓住墙上的一个把手，身体靠过去，两腿悬空。接着，她的脚踏在方向盘上，身子蹲下去，把马尔科姆轻轻地放在仪表板上。他向后倚着，大口喘着粗气。

拖车摇晃了一下，还发出吱吱的响声。她在仪表板下摸了摸，摸到了储物箱。她一把拽开，里面的金属工具丁零哐啷地掉了出来。她找到一根绳子，是半英寸粗的尼龙绳，足足有五十英尺长。

她站起身来，透过前挡风玻璃看着百英尺深的谷底。她发现拖车驾驶座一侧的车门就在她旁边。她转动把手，把门打开，车门随即哐的一声撞在拖车的外壳上。她感到雨水在抽打她的脸。

她探身车外，顺着拖车的侧面向上看。她看见车体外壳光溜溜的金属镶板，根本没有任何抓手。但是在拖车底盘部位，一定有可供落脚的车轴、油箱等其他部件。她紧紧抓住湿漉漉的金属门框，弯下身去，想看看拖车底部的情况。她听见一阵敲击金属的叮当声，随后有人说了一句："终于成了！"一个粗壮的身影突然出现在她的眼前。是索恩！他正悬吊在拖车底架上。

"我的天哪，"索恩说，"你还等什么呀？等死神的邀请吗？我们走吧！"

"是伊恩，"她答道，"他受伤了。"

凯利看着高架隐蔽所里的阿比，心想他太不可思议了。一到危急关头，他就没办法了。感情太丰富，精神太紧张，还浑身哆嗦，显得很怪。阿比早就不敢朝悬崖那边看了，此刻正冲着隐蔽所的另一侧，朝着小河方向望去。好像现在什么事情也没有。真是太不可思议。

凯利转身对着莱文。"现在怎么样了？"她问道。

"索恩刚刚进去。"一直在用夜视镜进行观察的莱文回答道。

"他进去了？你是说，进拖车了？"

"是的。现在……有人出来了。"

"谁？"

"我想是萨拉，她正在忙着救人。"

凯利把眼睛瞪得大大的，想看个明白。大雨差不多已经停了，只有一点毛毛细雨，山谷那边的拖车仍然在悬空吊挂着。她觉得自己看见了拖车底架上有一个人影，但她不能肯定。

"她在干什么？"

"向上爬。"

"一个人？"

"是的，"莱文回答说，"一个人。"

萨拉·哈丁钻出车门，在雨中移动了一下身子。她没有往下看。她知道山谷深达五百英尺，她能感觉到拖车在晃。她把绳子系在身上，贴着车身挪动，一条腿向下踩在变速箱上。她伸手摸索，抓住一根电缆，就势一拽上了车底盘。

在拖车里的索恩对她说："没有绳子，我们不可能把马尔科姆救出去。你能爬上去吗？"

一道闪电。她抬头看着被雨水打湿的拖车底部在闪电中熠熠发亮，看见亮晃晃的油脂。接着又是一片黑暗。

"萨拉，你能行吗？"

"能行。"她说罢便伸出手，开始攀登。

在高架隐蔽所里，凯利着急地问道："她在哪儿？现在怎么样了？她没事吧？"

莱文正通过夜视镜仔细看着。他说："她在向上爬。"

阿比无心听他们讲话。他转过身去，眼睛注视着黑乎乎的空地上的那条小河。他焦急地等着下一个闪电的来临，想看看他刚才见到的情形是不是真的。

除了滑还是滑，萨拉自己都不知道是怎么爬到悬崖顶的。她翻身爬上去，一下就躺在地上了。不能浪费时间。她解开身上的绳子，爬到第二辆拖车底下，把绳子穿过一个金属支架，很快打上结。随后她又返回崖边，将绳子扔了下去。

“博士！”她大喊了一声。

索恩站在拖车门口，伸手抓住了绳子，把它固定在马尔科姆身上。马尔科姆呻吟起来。“我们走吧。”索恩说道。他用一只手臂抱住马尔科姆，两人同时荡出车门，最后站到了变速箱上。

“上帝呀。”马尔科姆说着抬头向上看。萨拉正在用力拉他，绳索绷紧了。

“只要用手臂抓住就行了。”索恩提醒道。

马尔科姆开始上升，很快地，他就上升了十英尺。萨拉在悬崖上面，但是索恩看不到她，因为马尔科姆的身体挡住了他的视线。索恩开始攀登，两腿不停地寻找支撑点。拖车的底部很滑。他心想：我真应该把车底盘做成防滑型的。可是谁会把车辆底盘做成防滑型的？

在他的心中，似乎看到折叠式通道正在撕裂……慢慢地撕裂……裂口越来越大……

他两手交替，一脚一蹬地向上攀爬。

又是一道闪电。他知道他们已经快到悬崖顶了。

萨拉站在悬崖边上，伸手去拉马尔科姆。马尔科姆靠着手臂的力量往上爬，因为他的腿使不上劲。他还在努力。又向上爬了几英尺……萨拉伸手抓住他的衬衣领子往上拽。他笨拙地上了悬崖，从索恩的视线中消失。

索恩仍然在攀缘。他的脚下不住地打滑。他的两臂酸痛。

他向上爬着。

萨拉向他伸出了手。

“来吧，博士！”她说。

她的手又往下伸了伸。

她的手指就要够着他了。

随着哐当一声响，通道上的金属丝网断开来，拖车向下坠了十英尺。螺环的间距变宽了。

索恩加快了攀爬速度，抬头望着萨拉。

她的手还在上面伸着。

“你能行的，博士……”

他在向上攀爬，闭起眼睛，拼命向上攀爬。他抓住绳索，紧紧抓住。他两臂酸痛，双肩也疼痛，绳子似乎也变细了。他把绳子绕在手上，以便能支撑住。但是在最后关头，他开始下滑。突然他感到头皮一阵剧痛。

“真的对不起了。”萨拉说着，用手拽住他的头发使劲往上拉。他的头皮疼得很厉害，但他毫不介意，几乎没有去理会，因为此刻他已到了折叠式通道旁边。眼看着钢螺环像开了线的紧身内衣不断绽开，拖车又下坠了一截，但是她仍然在拉他。她用使出了全身的力气。他的手指抓住了湿漉漉的草，随后翻身上了崖顶。安然无恙了！

在他们下方，不断传来金属断裂声——哐！哐！哐！——螺环相继连根断裂。随着最后的断裂声，第一辆拖车挣脱了所有的羁绊，向峭壁下方坠去，越来越小，最后重重地落在深深的谷底。在闪电的照射下，它就像一只被压扁的纸购物袋。

索恩转过身来，抬头看着萨拉说了声“谢谢”。

萨拉一屁股坐在他身旁的地上。鲜血从她包扎着的头部流下来。她松开手指，一把湿漉漉的花白头发掉在草地上。

“一个惊心动魄的夜晚。”她说道。

高架隐蔽所

莱文拿着夜视镜边着边兴奋地说:“他们成功了!”

凯利忙问:“全部?”

“是的!他们成功了!”

凯利高兴得跳起来。

阿比转过身来，猛地从莱文手里抢过夜视镜。

“嘿，”莱文叫起来，“再等一下……”

“我要用。”阿比说着倏地转过身，拿起夜视镜就朝那片黑黢黢的空地看。刚开始，他什么也看不见，只觉得一片模糊的绿色。他的手指找到焦距旋钮，开始快速调节，画面随即映入眼帘。

“到底什么事这么重要?”莱文有些生气地问，“这是一件昂贵的器械……”

就在这时，他们都听见了咆哮声，而且越来越近。

在夜视镜的幽幽绿色中，阿比清楚地看见了一群迅猛龙，总共十二只，正以松散的队形穿过草丛，朝高架隐蔽所方向运动。一只走在前面几码处的迅猛龙似乎是个领头的，但很难从这样的队形看出它的组织结构。这些家伙嚎叫着，舔着吻部四周的血迹，并且用带爪的前肢在脸上擦来擦去。这个动作相当聪明，酷似人类。从夜视镜中看去，它们的眼睛发出熠熠的绿光。

它们好像并没有发现高架隐蔽所。它们根本就没有抬头向这里看过，但毫无疑问是朝着这个方向行进的。

莱文猛地从阿比手把夜视镜拿过来。“对不起，”莱文说道，“我想这个情况最好还是我来处理。”

阿比愤愤不平：“要不是我，你都还不知道呢。”

“安静些！”莱文把夜视镜举到眉宇间，调好焦距，一阵观察之后，不禁倒抽一口凉气。十二只猛兽，大约就在二十码开外。

埃迪悄声问：“它们看见我们了吗？”

“没有。我们在它们的下风，所以它们闻不到我们。我想它们正沿着我们隐蔽所旁边的兽道行进。只要我们不出声，它们会直接走过去的。”

埃迪的对讲机咔嗒响起来，他赶紧伸手把音量调低。

他们都探头向外看着草地。现在是夜阑更深的时候，寂然无声。雨已经停了，明月正从薄薄的云层里钻出来。他们隐隐约约看见了向他们逼近的兽群，在银色的草地上形成黑压压的一片。

埃迪轻轻问道：“它们能爬上来吧？”

“我看不行，”莱文悄声回答，“我们离开地面大概有二十英尺高。我想我们会没事的。”

“可是你说过它们会爬树的。”

“嘘——这不是树。现在大家都蹲下，别出声。”

索恩抱起马尔科姆，把他放在第二辆拖车的工作台上。马尔科姆疼得缩成一团，打趣地说："在这些探险活动中，我好像总是挺倒霉的，是不是？"

"不，不是的，"萨拉说，"别紧张，伊恩。"

索恩举着一只手电筒，萨拉把马尔科姆的裤腿剪开。他的右腿有一道深深的伤口，流了很多血。她问道："我们有急救箱吧？"

索恩回答："我记得外面有一个，就在我们放摩托车的地方。"

"去拿过来！"

索恩走到外面去取。拖车里只剩下了马尔科姆和哈丁。她用手电筒照着，对他的伤口进行了仔细检查。马尔科姆问道："伤得严重吗？"

"不轻，"她轻声说道，"你会康复的。"

事实上，伤口很深，几乎到了骨头，但是它居然没有伤及动脉，真是万幸。但是伤口很脏，她看见伤口的肉上沾着润滑油和树叶碎屑。她必须先清洗伤口，但要等吗啡起作用后才能动手。

"萨拉，"马尔科姆动情地说，"我一辈子都欠你的情。"

"别说了，伊恩。"

"不，我要说。"

"伊恩，"她看着他说，"这种客套不像你的为人。"

"会过去的。"他说着笑了一下。她知道他一定感到很疼。索恩拎着药箱回来了。她把针管抽满，推出气泡，然后注射到马尔科姆的臂膀上。

他嘟囔着说道："啊哟，你给我打了多少？"

"很多。"

“为什么？”

“因为我要清洗伤口，伊恩。我清洗伤口的时候你会感到很疼的。”

马尔科姆叹了口气，转向索恩说：“总是有点理由，对吧？开始吧，萨拉，随你怎么弄吧。”

莱文通过夜视镜注视着越走越近的迅猛龙。它们队形松散，以特有的跳跃方式行进。他仔细观察着，希望能从它们身上找到某种组织、某种结构、某种等级现象。迅猛龙非常聪明，照理它们应该按等级来进行组织。这一点可以从它们的队形上表现出来，但是他看不出来。它们就像一帮劫匪，松松垮垮，相互吼叫，相互打斗。

在高架隐蔽所里，埃迪和两个孩子蹲在莱文身旁。埃迪用手臂搂着两个孩子，安慰他们。阿比惴惴不安，凯利看起来很正常、很平静。

莱文不明白大家为什么要害怕。他们在这么高的地方，相当安全。他以学者的超然神态注视着逼过来的兽群，一直想从它们的快速运动中看出某种模式。

毫无疑问，它们是沿兽道行进的。它们走的路与当天早些时候副栉龙走的一模一样：从河边过来，然后翻过这个缓坡，从高架隐蔽所后侧穿过。迅猛龙根本就没有注意到这个隐蔽所。它们似乎更热衷于互相争斗。

兽群绕着隐蔽所的一侧行进，几乎就要走过去了，可是突然，离得最近的那只迅猛龙停了下来。它落在大队兽群的后面，使劲嗅着气味，然后低下头，用鼻子在隐蔽所下面的草丛中拱了起来。

它在干什么？莱文心里不明白。

这只离群的迅猛龙发出了嗥叫。它伏在草丛中，突然用前爪握着一样东西，然后直立了来，把那东西握在爪子上。莱文眯起眼睛，仔细看过去。

那是一张包糖块的纸。

这头迅猛龙仰头盯着高架隐蔽所，眼睛熠熠发光。它目不斜视地看着莱文，随后咆哮起来。

马尔科姆

“你感觉还好吧？”索恩问道。

“越来越好。”马尔科姆回答。他长叹一声，如释重负。“你们知道，人们喜欢吗啡是有道理的。”他说道。

萨拉·哈丁在调整马尔科姆腿上的膨胀式石膏夹板，然后问索恩：“直升机还要多少时间才能来？”

索恩看了看手表说：“不到五个小时了，明天清晨。”

“肯定吗？”

“是的，绝对肯定。”

哈丁点点头说：“好的，他会没事的。”

“我没事儿，”马尔科姆睡意朦胧地说，“我感到遗憾的是，这次实验就要结束了。这是一次极好的实验。千载难逢，无与伦比，连达尔文也对此一无所知啊。”

哈丁对索恩说：“我现在要清洗伤口了。请替我接住他的腿。”她接着抬高嗓门说：“达尔文对什么一无所知，伊恩？”

“生命是一个复杂的系统，”他说道，“以及与之相关的一切。适应性全景图、适应性行走、布尔网络、自我组织行为。可怜的人。哎哟！你在干什么呀？”

哈丁俯身忙着清洗他的伤口。她说道：“你就告诉我们，达尔文不知道……”

“生命如此复杂，简直令人难以置信，”马尔科姆说道，“没有人意识到这个问题。我说的是，一个单受精卵中含有十万个基因，它们协同配合，在特定时间完成特定的工作，将一个单细胞转化为一个完整的生灵。这个细胞开始分裂，但是后来的细胞却功能各异，各司其职，有的成了神经，有的成了肠胃，有的成了四肢，每一类细胞都循着各自的计划来发展并且互相影响。最终是二百五十种不同的细胞共同发展，而且时机把握得相当精确。当有机体需要循环系统时，心脏便开始跳动；需要荷尔蒙时，肾上腺便开始生产荷尔蒙。随着时间一星期一星期地过去，这种异常复杂的发展进程趋于完善——完善。真是不可思议。人类活动根本无法与之相比。

“我说，你造过房子没有？相比之下，房子很简单。但是即使如此，工人还会把楼梯修错，他们会把洗涤池装反，瓦匠在该来的时候没来。所有的东西都搞错了。然而苍蝇却准确地落在工人的午餐上，哦！别着急！”

“对不起。”她一边说，一边继续清洗他的伤口。

“但问题是，”马尔科姆继续说道，“细胞里的这种错综复杂的发展进程，我们几乎无法叙述，更谈不上理解了。你们意识到我们在理解上的局限吗？从数学角度上来说，我们可以叙述两个互相作用的物体，比如太空中的两颗行星，三个互相作用的物体——如太空中的三个行星——嗯，这就成了问题了。四个或五个互相作用的物体呢？我们就根本无能为力了。而在这个细胞里有十万个互相作用的物体，你只有举手认输。这简直太复杂了——生命怎么可能会出现的呢？有的人认为答案就是生命形式是自行组织的。生命有其自己的次序，就像结晶也有其次序一样。有人认为生命是以结晶的方式在演变，复杂生命就是这样形成的。

“因为，如果你对物理化学一窍不通，你可能看着一块水晶，提出相同的问题。看见那些美丽的晶石，那些完美的几何面，你可能会问：是什么在控制这种进程？水晶的形成为何能如此完美——看上去几乎一模一样？原来水晶的形成只是分子力按固体形态自行排列的结果。没有人控制它，这完全是它自己形成的。提出许多关于水晶的问题，说明你根本不理解导致水晶形成这个过程的基本特性。

“所以，生命形式也许就是一种结晶。也许生命就这么出现了。也许生命也像水晶一样，有一种由它们自身那些互相作用的成分生成的特有次序。呃，结晶体告诉我们：次序可能出现得很快。现在你有一种液体，里面的分子在随机运动。一分钟后，一种结晶体形成了，所有分子都按次序固定住了，对不对？”

“对……”

“好的。现在来想一想，这个星球上的生命形式相互作用而造成生态系统的情况。这要比单只动物复杂多了。所有的安排都非常复杂，就像丝兰一样。这东西你们知道吗？”

“说给我听听。”

“丝兰的生存要靠一种特殊的蛾子。这种蛾子把采集的花粉盘成小球状，把花粉球带到另一株植物的花上——不是同一株植物上不同的花——把小球与该植物摩擦，便给它授了粉，而只有这时，蛾子才产卵。离开这种蛾子，丝兰便无法生存，而没有这种植物，蛾子也不能存活。这种复杂的交互作用使你想到，行为大概也是一种结晶方式。”

“你是在打比喻吧？”哈丁说。

“我是在谈论自然界的所有次序，”马尔科姆继续说道，“以及它怎样才能通过结晶的方式迅速出现。因为复杂动物的行为进化很快，各种变化也非常之快。人类正在改造这个星球，但谁也不知道这是不是一种危险的发展趋势。这些行为发展的进程要比我们通常预料的进化进程快得多。在一万年当中，人类已经从狩猎过渡到农耕，又过渡到都市生活和网络空间时代。行为在飞速发展，而且可能是非适应性的。谁也不知道。但是依我之见，网络空间意味着我们个人空间的终结。”

“是吗？为什么会是这样？”

“因为这意味着创新的终结，”马尔科姆说，“把整个世界连为一体的设想就等于是大规模死亡。每个生物学家都知道，与外界隔绝的小群体发展最迅猛。你把一千只鸟放在一个海岛上，它们的进化就非常快。你把一万只鸟放在一个幅员辽阔的大陆上，它们的进化就会放慢。现在，就我们人类而言，进化主要有赖于我们的行为。我们要创造新的行为来适应。地球上的人都知道，创新只出现在小群体中。由三个人组成一个委员会，他们能做成很多事。如果是十个人，就比较难了。如果是三十个人，那就什么也办不成了。如果是三千万人，那就根本不可能了。这就是大众传媒的作用——它不会让任何事情发生。大众传媒能消除差异，它能同化每一个地方，无论是曼谷、东京还是伦敦，一个街角出现一家麦当劳，另一个街角就会出现一家贝纳通，街对面就会有一家盖璞。地区差别消失，所有差别都消失。在大众传媒发达的世界里，除了十大畅销书、十大畅销唱片、十大电影、十大想法之外，其他的都无足轻重了。人们担心热带雨林中物种会失去多样性。但是智力的多样性呢？这是我们最需要的财富。智力多样性的消失比树木多样性的消失快得多了。但是这个问题我们还没有想通，所以我们计划用网络空间让五十亿人身处一处。这将冻结整个人类。一切都将陷入绝境。每个人都会在同一时间想同样的事情。全球一致。哦，有点疼。你弄好了吗？”

“快了，”哈丁回答说，“坚持住！”

“请相信我，这是很快的。如果在适应性全景图上标出复杂系统，你会发现行为可能发生急剧的变化，这时候，适应性就会急剧下降。不需要小行星或疾病或别的什么东西，只要行为突然发生变化，对产生这种行为的动物就是致命的。我以前的看法是，恐龙是复杂动物，可能经历了某些行为上的变化，从而导致了它们的灭绝。”

“什么，全部吗？”

“只是一部分，”马尔科姆答道，“有些恐龙生活在内陆海周围的沼泽地，它们改变了水循环，破坏了另外二十种生物赖以生存的植物生态。但是它们灭绝了。这就造成了更大的混乱。一种食肉动物灭亡了，而被捕食动物得以无节制的繁殖。生态系统失去平衡，更多的问题出现了，更多的物种灭亡了。一切就这样突然结束了。很可能就是这样的。”

“仅仅是行为……”

“是的，”马尔科姆回答说，“不管怎么说，这是我的见解。我以前一直以为我们可以证明……但是现在不行了，我们必须离开此地。你们最好跟其他人说说。”

索恩啪地打开对讲机：“埃迪，我是博士。”

对方没有回应。

“埃迪！”

对讲机中发出噼噼啪啪的声音。他们起初以为是静电的声音，过了一会儿，他们才反应过来，那是一个人在高声尖叫。

高架隐蔽所

第一只迅猛龙发出嘶嘶声，开始向上蹿，撞得高架隐蔽所咔嗒咔嗒响，使其摇晃起来。它用爪子猛抓金属构架，而后身体落回地面。埃迪不禁大吃一惊，它居然能跳这么高——它能跳八英尺高，一次又一次，似乎轻而易举。它的跳跃引来了其他的迅猛龙。它们慢慢地走回来，把隐蔽所团团围住。

须臾间，隐蔽所便被跳跃、咆哮的迅猛龙围住，被它们撞得前后摇晃起来。它们高高跃起，想用前爪扒住构架，随后又落回地面。但是莱文看到了不祥之兆：**它们在学习攀爬**。有的迅猛龙开始用带利爪的前腿抓住构架，后腿在寻找落脚点。有一只居然爬到离隐蔽所只有几英尺的地方，后来还是摔下去了，可是对它们来说，摔下去似乎并无大碍。它们坠地后当即一跃而起，照跳不误。

埃迪和两个孩子爬了起来。莱文喊道："回来！别往外看！"说罢，他将两个孩子推到隐蔽所中间比较安全的地方。

埃迪俯身打开背包，拿出了一枚白炽照明弹，把它拉响后从边上扔下去。两只迅猛龙退却了。照明弹在湿漉漉的地上噼啪作响，发出耀眼的红光。但迅猛龙不断来袭。埃迪从地板上抽出一根铝棒，倚在侧面栏杆上，拿着它当大棒挥舞起来。

一只迅猛龙已经爬得很高，正张开大口，想咬埃迪的脖子。埃迪大吃一惊，大吼了一声，立即把头闪开。迅猛龙险些伤着他，它的利爪勾住了他的衬衣。它在后退，但利爪仍抓住他的衬衣不放，把埃迪拽到栏杆边。

埃迪大声惊呼："救命啊，救命！"

就在埃迪的身子即将越出栏杆坠落下去的时候，莱文一把抱住他，将他拉了回来。

莱文从埃迪背后望去，看见迅猛龙在空中晃动，嘴里发出嘶嘶声，爪子仍抓着衬衣。埃迪用铝棒猛击它的吻部，可是它像哈巴狗似的死死抓住不放。埃迪的情况十分危险，他正伏在栏杆上，随时有可能坠落下去。

埃迪的铝棒戳进那迅猛龙的眼里，这下它才松开爪子。他和莱文向后跌倒在隐蔽所的地板上。他们爬起身来，看见其他的迅猛龙正在攀爬。它们刚在栏杆上露头，埃迪就抡起铝棒猛击，将它们赶了下去。

"快！"他朝着两个孩子喊道，"快爬到屋顶上去！快！"凯利爬上一根支撑杆，便轻松地翻身上了屋顶。阿比呆呆地站在原地，茫然若失。她回头向下看了看说："快上来，阿比！"

阿比目瞪口呆地僵在那里，眼睛里充满了恐惧。莱文跑过去把他举起来。埃迪手持铝棒拼命挥舞，抽打那些迅猛龙。

一只迅猛龙咬住铝棒猛地一拽，埃迪顿时失去平衡，身子一歪向后倒去，随即从栏杆上翻落下去。他高喊着"不——"坠落到地上。所有的迅猛龙立即跳回地面。夜色中，他们听见了埃迪的惨叫声和迅猛龙的咆哮声。

莱文吓得魂飞魄散。此刻他还抱着阿比，把他托起来，想让他爬上屋顶。“快，”他不住地说，“快上，快上！”

屋顶上，凯利在鼓励他：“阿比，你能爬上来的。”

阿比抓住屋顶，想爬上去，吓得两腿乱蹬，一脚重重地踢在莱文嘴上，莱文跌倒了。莱文眼睁睁地看着小家伙滑下来，仰面朝天摔落到下面的地上。

“哦，上帝啊，”莱文惊叫起来，“哦，上帝啊！”

索恩正趴在拖车底下解牵引索。他解下绳索后立即钻出来，拔腿跑向吉普车。他听见马达的呼呼声，看见萨拉挎着林德斯特拉特式步枪，骑上摩托车飞驰而去。

他坐到吉普车方向盘后面，把车发动起来，焦急地等着绞盘把牵引索收回。挂钩缓缓地滑过草地，简直比爬还慢。现在，牵引索正缠绕在大树上，他只好等待。他看见萨拉的摩托车灯光在树林中穿行，朝高架隐蔽所疾驰而去。

绞盘马达终于停下。索恩立即挂上挡，风驰电掣般驶离开悬崖边。他打开对讲机喊道：“伊恩！”

“别担心我，我很好。”他听见马尔科姆那昏昏欲睡的声音。

凯利趴在有一定坡度的屋顶上，从一侧俯视着下面。她亲眼看见阿比坠落下去，摔在与埃迪相反的一侧。他似乎摔得很重，但是她不知道他后来怎么样了，因为她已转过身紧紧抓住湿漉漉的屋顶。当她再次回头看的时候，阿比已经不在了。

不在了。

萨拉·哈丁在泥泞的丛林小道上疾驶。她不能确定自己的位置，但她相信，只要沿这条山脊路走，一定能到达那片平地。这至少是她的希望。

她加快速度转过一个弯，发现一棵大树挡住了去路。她把车刹住，掉过车头往回开。路前方不远处，索恩那辆车的前大灯的光柱正向右拐。她急忙跟上去，加大油门向夜色中驶去。

莱文站在高架隐蔽所的中央，吓得目瞪口呆。迅猛龙此刻已不再跳，也不往上爬了。他听见它们在地上狂乱吼叫，听见它们咬断骨骼时发出的嘎巴嘎巴的响声。但他始终没有听见阿比的声音。

他浑身上下冷汗淋漓。

突然，他听见了阿比在大声嚷嚷："回去！快回去！"

在高高的屋顶上，凯利扭过身子，想看看另一侧下面的情形。由于照明弹尚未完全熄灭，她看见阿比已经钻进了那只笼子。他已经把笼子的门关上，正伸手穿过栏杆间隙去拧锁孔里的钥匙。在他的附近有三只迅猛龙。它们看见他的手，立刻跳过来。他急忙把手缩回，大声叫道："回去！"迅猛龙开始咬笼子，侧过头啃起笼子的框架。一只迅猛龙的颌被钥匙上垂下的橡皮圈套住了。它把脑袋一甩，橡皮圈被拉长，钥匙突然从锁眼里滑出，啪的一声弹在它的脖子上。

这只迅猛龙吃了一惊，尖叫着向后退去，橡皮圈紧紧地箍在它的下颌上。那把钥匙在夜色中发出微光。它用前爪去乱扯橡皮圈，拼命想把它拽下来。但是橡皮圈卡在它弯曲的后牙上，一次次尝试的结果是橡皮圈的频频回击。弄了几次后，它就不弄了，转而在泥地上摩擦，想把钥匙蹭下来。

此时，笼子已被其他迅猛龙从架子上拽下来，重重摔在地上。迅猛龙急忙低下头，想啃咬栏杆后面的阿比。它们发现这无法办到，便反复踢打笼子。更多的迅猛龙赶来了。不一会儿，七只迅猛龙就把笼子团团围住，不停地踢。笼子滚得离隐蔽所越来越远。它们的身躯挡住了凯利的视线，她无法看见阿比。

她隐隐约约听见一个声音，一抬头，看见远方有两道车灯的光柱。那是一辆汽车。

有人来了。

阿比就像在地狱。他在笼子里，被一群咆哮的黑影团团围住。迅猛龙无法把嘴从栏杆间的空隙伸进来，但它们热呼呼的垂涎滴落在他身上。它们不停地踢着，笼子不断翻滚，它们的利爪伸进间隙，抓伤他的手臂和肩头。他遍体鳞伤，头不断撞在栏杆上，疼痛不已。他的世界在天旋地转，他吓得魂不附体。只有一件事他心里非常清楚。

迅猛龙正滚动笼子，使他逐渐远离隐蔽所。

汽车越来越近了。莱文伏在栏杆上向下望去。在照明弹发出的红光中，他看见三只迅猛龙正把埃迪残缺的尸体拖向树林。它们频频停下来，为争食而互相打斗。它们互相撕咬，但是一起把猎物拖走了。

他看见另一群迅猛龙正在踢着那只笼子向前滚。笼子沿兽道向下滚，转眼就钻进了树林。

这时，那辆车越来越近，他已经能听见吉普车发动机的呼呼声。他看见了方向盘后面索恩的身影。

他渴望能有一支枪。莱文想把这群恶兽全部打死。他想把它们统统消灭。

在高高的屋顶上，凯利看见迅猛龙在踢那只笼子，使它越滚越远。一只迅猛龙落在后面，不停地兜着圈子，像一只斗败了的狗。她认出了这只嘴被橡皮圈套住的迅猛龙。钥匙仍然悬在它的面颊上，反射出幽暗的红光。这只迅猛龙不断甩动脑袋，想甩掉橡皮圈。

吉普车呼呼地向前开，这只迅猛龙被突如其来的炫光照得茫然不知所措。索恩加大油门，试图用车去撞它。迅猛龙连忙躲开，转身向林中空地里跑去。

凯利从屋顶上爬下来，顺着架子朝下爬。

索恩刚打开车门，莱文就跳上车。“它们抢走了阿比。”莱文指着兽道说。

凯利仍然在往下爬。她高声喊：“等一等！”

索恩冲着她大喊：“快回上面去。萨拉马上就到！我们去救阿比！”

“可是……”

“我们不能让它们跑掉！”索恩说罢加大油门，沿兽道去追赶那些迅猛龙。

伊恩·马尔科姆躺在拖车里，听见对讲机中传来的阵阵喊叫声。他听出了恐慌，也听出了混乱。

黑噪音，他心里想，事情一下子全都坏到了极点。

有十万个事物在相互作用着。

他先是一声叹息，随后便闭上了眼睛。

索恩把车开得飞快。他们四周是浓密的植被，前方的小道越来越窄。高大的棕榈树之间的距离变小了，它们的枝叶抽打着汽车。他担心地问："我们过得去吗？"

"路够宽，"莱文回答说，"我今天早些时候刚从这里走过。副栉龙就走这条小道。"

"怎么会发生这种事的呢？"索恩仍然迷惑不解，"笼子是固定在构架上的呀。"

"我不知道，"莱文坦言相告，"它掉下来了。"

"怎么会呢？怎么会呢？"

"我没看见。当时发生的事情太多了。"

"埃迪呢？"索恩阴沉地问道。

"事情发生得太快了。"莱文说道。

吉普车在密林中穿行，沿兽道行驶，颠簸得相当厉害。他们的头不停地撞在帆布车顶上。索恩不顾一切地疾驶。迅猛龙运动很快，黑暗中，他连跑在兽群最后的那一只也看不太清。

萨拉猛地刹住摩托车，听见凯利大声说："他们不听我的！"

"不听什么？"

“那只迅猛龙拿走了钥匙！阿比被锁在笼子里了。那只迅猛龙拿走了钥匙！”

“往哪儿去了？”萨拉问道。

“那儿！”她指着那边的平地说道。月光下，她们隐约看见了那只落单的迅猛龙的身影。“我们需要钥匙！”

“上车。”萨拉说罢取下肩上的步枪。凯利跨上摩托车，趴在她背后。萨拉将枪塞在凯利的手中，“你会用枪吗？”

“不会。我是说，我从来没有……”

“会开摩托车吗？”

“不会。我……”

“那么你就必须用枪，”萨拉说道，“现在，看好了，扳机在这里，明白吗？这是保险。要朝这边拧，懂了吧？摩托车跑起来很颠，所以要等靠近了再把保险打开。”

“靠近什么？”

萨拉没有听见她的话。她踩下油门，摩托车很快加速，冲进那片林中空地，去追赶那只逃跑的迅猛龙。凯利用一只手臂搂着萨拉，想坐稳一点。

吉普车在林中小道上颠簸疾驶，从一个个泥水坑上飞驶而过。“我记得这条路没这么崎岖嘛，”莱文双手紧紧抓着把手说，“也许你应该开慢点儿……”

“绝对不行，”索恩说，“如果我们看不到他了，一切就全完了。我们不知道迅猛龙的窝在哪里。在丛林里，又是夜里……噢，见鬼。”

前方不远处，迅猛龙开始离开小道，纷纷钻进矮树丛。笼子已不见了踪影。索恩看不清楚地形，但觉得这里像一道山坡，几乎是一直向下去的。

“你不能这样，”莱文劝道，“太陡了。”

“我不得不如此。”索恩说道。

“别发疯了，”莱文继续说，“面对现实吧。我们已经失去了孩子的踪影，博士。”

索恩瞪了莱文一眼。“他没有放弃对你的希望，”他说道，“我们不能放弃营救他。”

索恩转动方向盘，驱车翻过边缘。吉普车头骤然向下，使人感到一阵恶心。车速越来越快，车开始沿陡坡向下冲。

“混蛋！”莱文大声喊道，“你要把我们的命送掉的！”

“抓紧了！”

他们驾着剧烈颠簸的车，向下冲进了黑暗。

第六章

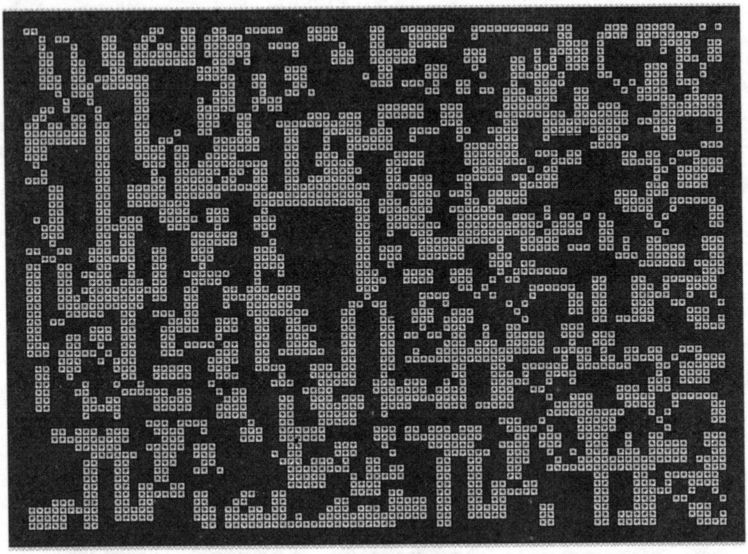

在相同的区域中，秩序全部崩溃，个体和群体的生存已不可能。

——伊恩·马尔科姆

追击

摩托车在长满荒草的旷野上向前疾驶。凯利一只手搂着萨拉，另一只手提着步枪。这支枪很沉，她感到胳膊发酸。摩托车颠簸不已。疾风把她的秀发吹到了脸上。

“抓紧了！”萨拉高声喊道。

月亮钻出了云层，她们面前的草地披上了淡淡的银白色。那只迅猛龙离她们有四十码，正好处于车前灯的照射范围内。她们正不断缩短与它的距离。凯利看见旷野上没有其他动物，除了远处有雷龙群。

她们离那只迅猛龙越来越近。它在飞快地跑动，强有力的尾巴在草丛上方时隐时现。她们终于与迅猛龙并行了。萨拉把摩托车向右侧一偏，离那家伙更近了。她侧过身，嘴巴贴近凯利的耳朵。

“做好准备。”她大声命令。

“我该怎么办？”

她们几乎与它并驾齐驱，已经接近了它的尾巴。萨拉加快速度，摩托车超过了它的后腿部位，直逼它的头部。

“脖子！”她喊道，“打它的脖子！”

“哪儿？”

“哪儿都行！脖子！”

凯利笨手笨脚拿起枪：“现在吗？”

“不！等等！等一等！”

摩托车追赶上来后，迅猛龙顿时惊慌失措，加快了速度。

凯利正在用手找枪的保险。枪在跳跃，一切都在跳跃。她的手指触到了保险，但滑开了。她又伸手去摸。她要用两只手才行。这就意味着她要松开萨拉……

“准备好！”萨拉命令道。

“可是我不会……”

“快呀！开枪！快！”

萨拉将摩托车拐向另一侧，与迅猛龙并排疾进。她们现在离它只有三英尺。凯利可以闻到它的体味了。它掉过头，猛地冲过来想咬她们。

凯利开火了。枪在她手中猛然震动。她连忙抓紧萨拉。迅猛龙仍在狂奔。

“怎么回事？”凯利问。

“你没打中！”

凯利连连摇头。“没关系！”萨拉鼓励道，“你能打中的！我再开近点！”

她转动车头，朝着迅猛龙冲去，很快就逼近了。但是这一次情况不同了：等她们再次与它齐头并进时，迅猛龙突然向她们发起攻击，用头向她们撞来。萨拉大喊一声，赶紧转向，拉大了与它的距离。“狡猾的混蛋，是不是？”她大声说，“不会再有第二次机会了！”

迅猛龙追赶了一会儿，然后突然掉回身改变方向，朝林中空地的另一侧跑去。

“它要往河边跑！”凯利大声喊起来。

萨拉加足马力，摩托车箭一般向前冲去。“水有多深？”

凯利没有回答。

“河水多深？”

“我不知道！”凯利大声说。她在努力回想迅猛龙当初涉水过河的情景。她好像记得迅猛龙是游过河的。那就是说河水肯定至少……

“超过三英尺深吗？”

“是的！”

“不行！”

她们已落在它后面了，离它有十码，处于不利地位。它钻进了茂密的树丛。粗糙的树干不断地刮到她们。地面崎岖不平，摩托车颠得东倒西歪。

“看不见了！”萨拉大声说，“抓好了！”她向左一拐，没有去追赶那只迅猛龙，而是朝河边疾驶而去。迅猛龙已然消失在草丛之中。

“你要干什么？”凯利大声问。

“我们必须截住它。”

一大群受惊的鸟尖叫着从她们面前的树丛中飞起，萨拉驾车穿过飞起的鸟群。凯利急忙缩下头，她手中的步枪砰地走了火。

“当心！”萨拉大声说。

“怎么回事？”

“枪走火了！”

“我还剩几发子弹？”

“还有两发！要派上用场！”

小河就在前面，月光下泛着银光。她们冲出草丛，来到泥泞的河畔。萨拉猛地掉转车头，摩托车因转弯后侧倒，车身一下滑了出去。凯利从车上跌下来，摔倒在冷兮兮的泥里。萨拉重重地倒在她身上，随后一跃而起，跑上前去扶起摩托车，大声喊道：“快上来！”

凯利茫然失措，跟着站起来。她手里的步枪沾满了烂泥。她不知道是否还管用。萨拉已经跨上摩托车，正在发动，招手让她过去。凯利跳上车，萨拉立即沿着河畔急驰而去。

那只迅猛龙在她们前方二十码的地方，正要下水。“它想逃跑！”

索恩的吉普车跌跌撞撞冲下山坡，完全失去了控制，棕榈树叶抽打着挡风玻璃。他们什么也看不见，但是感觉到山坡的陡峭。吉普车斜冲下来，莱文高声喊起来。

索恩紧紧握住方向盘，努力调正车身。他踩下刹车，吉普车的方向正过来后，继续在山坡上往下滑。前方的棕榈树丛出现了一个空隙——他隐约看见正前方出现一片黑乎乎的砾石。迅猛龙正在争先恐后地爬上砾石。也许他能左拐……

“不！”莱文大喊大叫，“不！”

“抓紧了！”索恩大喊了一声，同时转动方向盘。吉普车失去抓地能力，直朝下滑，结果撞上一块砾石，把一只车前灯撞得粉碎。汽车向上一翘，重重地砸在地面上。索恩心想，这下变速器完蛋了，但没想到汽车竟然还能行驶。它继续沿着山坡往下冲，并偏向了左侧。第二只车前灯撞在一棵树上也撞坏了。他们在黑暗中向下冲，穿过一片棕榈树，最后重重地落在了平坦的地面上。

吉普车轮胎碾过松软的地面。

索恩把车刹住。

四周万籁俱寂。

他们向车窗外望去，想知道自己现在何处。但是外面太黑了，什么也看不见。他们似乎到了一个深渊的底部，头顶上方是一片浓密的树冠。

“冲积土，”莱文脱口而出，“我们一定是在河床上。”

待眼睛适应了黑暗之后，索恩看清了四周的环境，认为莱文说得很对。迅猛龙正沿着河床中央快速奔跑。河床两侧是硕大的砾石，但河床本身却是沙质，而且很宽，完全能走汽车。他驱车追了上去。

“你知不知道我们现在在哪儿？”莱文问道。他的眼睛紧盯着迅猛龙群。

“不知道。”索恩答道。

汽车向前驶去。河床逐渐变宽，最后形成了一个平坦的盆地。大砾石不见了，小河两岸树木成林，月光透过树木空隙洒落在地面上，光线好多了。

但是迅猛龙群却不见了踪影。他停下车，摇下车窗，侧耳倾听。他能听见它们的嘶叫和咆哮，似乎是从左边不远处传来的。

索恩挂上挡，驶离河床，穿行在蕨类植物丛中，偶尔也穿过松林。

莱文说道：“你认为那个孩子从山上滚下来还能活吗？”

“我不知道，”索恩答道，“我无法想象。”

他驱车缓缓向前，来到一块林中开阔地，看见那里大片蕨类植物都被踩平了。驶过开阔地后，他们看见河岸及河水反射出的月光。不管怎么说，他们又回到了河边。

但是，引起他们注意的却是开阔地本身。他们看见在这片开阔地上，躺着好几具雷龙那硕大的灰白色骨架。巨大的肋骨架和一根根弓形白骨折射着银色的月光。一具被吃掉一半的残骸倒在空地中央，在夜间仍有成群的苍蝇嗡嗡地围着它。

“这是什么地方？”索恩问道，“好像是个坟场。”

“是啊，”莱文回答，“但这不是坟场。”

那些迅猛龙都聚集在开阔地的一侧，争噬埃迪残缺的尸体。在开阔地的另一侧，他们看见三个矮土墩，四周多处破损。他们看见土墩里有破碎的蛋壳，散发出强烈的腐臭气。

莱文身体前倾，仔细查看后说：“这是迅猛龙的窝。”

在漆黑一团的拖车里，马尔科姆强忍着疼痛坐起来，抓起对讲机说：“你发现它们的窝了？是窝吗？”

对讲机咔嗒一声。莱文说道：“是的，我想是的。”

“描述一下看看。”马尔科姆说道。

莱文小声向他描述了那些窝的特征，估算了它们的尺寸。在莱文看来，迅猛龙的窝邋遢不堪、破破烂烂、建造杂乱。他感到非常惊讶，因为恐龙的窝通常是整洁有序的。莱文曾不止一次地在从蒙大拿到蒙古的化石考古现场亲眼看见过，窝里的恐龙蛋以同心圆方式排列着，每个窝通常摆放三十多枚恐龙蛋，表明许多母恐龙共同栖居在一个窝里。在窝附近曾发现大批成年恐龙化石，表明恐龙是共同关怀恐龙蛋的。在少数几个考古发掘现场，人们甚至能有一个立体布局的感觉：窝位于中央，成年恐龙小心翼翼地在外侧走动，以确保不会惊动孵化中的恐龙蛋。在这种严格的结构中，恐龙很容易使人联想到其后裔鸟类，因为鸟类也同样表现出严谨的求偶、交配及筑巢方式。

但是迅猛龙的表现却完全不同。呈现在他面前的完全是杂乱无章、一片狼藉的场面：构造蹩脚的窝、争夺不休的成年龙、寥寥无几的幼崽和未成年龙、破碎的蛋壳、踩踏得乱糟糟的土墩。在土墩四周，莱文看见了零零散散的小骨骸，他估计这些是新生迅猛龙的遗骨。这片空地上连一只活着的幼崽都没有看见。有三只未成年的、伤痕累累的迅猛龙，它们经常被迫进行自卫。它们看上去瘦骨嶙峋，营养不良。它们小心翼翼地在周围转来转去，每当有成年龙要来时，它们立即退缩跑开。

“雷龙是怎么回事？”马尔科姆问道，“有几具遗骸？”

莱文数了数，总共有四具，其腐烂程度各不相同。

“你一定要告诉萨拉。”马尔科姆提高嗓门说。

但是莱文此刻却在思索别的事情：他首先感到纳闷的是，这些庞大的尸体是怎么来到这里的。它们不可能是偶然闯进来的，很显然，所有动物都会竭力避开这个窝。它们也不可能是被诱来的，更不会是被拖来的。因为它们身躯太庞大了。那么它们是怎么到这里来的呢？他感到十分费解。他显然还有一个不能确定的想法……

“它们把阿比弄走了？”马尔科姆问道。

“是的，”莱文如实回答，“把他弄走了。”

他凝视着这个窝，想看出其中的究竟。这时，索恩甩手肘轻轻顶了他一下，指着开阔地另一头说道：“笼子在那儿！”莱文看见了半露在蕨类植物丛中的铝支撑架发出的微光。但是他没有看见阿比。

“就在那边不远。”莱文说。

迅猛龙对那个笼子不太感兴趣，它们仍在争夺埃迪的尸体。索恩取出林德斯特拉特式步枪，啪地打开弹夹。他看见里面有六发子弹。“不够啊。”说罢又把弹夹安上。这块开阔地上至少有十只迅猛龙。

莱文在后座上翻找时，发现自己的背包掉在座位旁边的地板上。他拉开拉链，掏出一个银色小圆罐，大小跟大号软饮料瓶类似。筒上贴着-个骷髅头和交叉腿骨图形，下面有“小心剧毒化学药物（米库氯铵）”的字样。

“这是什么？”索恩问。

“是在洛斯阿拉莫斯制造的一种东西，”莱文解释说，“是一种新型致命的中和剂，能释放出速效胆碱酯酶烟雾剂，能使任何形式的生命瘫痪达三分钟之久，这就能使所有的迅猛龙统统晕倒。”

“可是那孩子怎么办？”索恩担心地说，“你可不能用，那样会把他弄瘫痪的。”

莱文指了指那边说：“如果我们把罐子扔在笼子右侧。毒气就不会向他那边飘，而是飘向迅猛龙所在的地方。”

“那也不一定，”索恩说，“如果不是那样，他就可能严重受伤。”

莱文点头称是。他又把小圆罐放进背包，然后向前望去，注视着迅猛龙的动静。

“那么，”莱文问道，“我们现在该怎么办？”

索恩朝半隐半现在蕨类植物丛中的铝笼子看了看。突然，他看见了让他精神一振的情景。那笼子微微动了动，栏杆在月光下晃动了一下。

“你看见了吗？”莱文问道。

索恩说：“我去把孩子救出来。”

“可是怎么救？”莱文问道。

“用过时的老方法。”索恩回答。

他随即下了吉普车。

萨拉开始加速，摩托车沿着泥泞的河岸飞快地行驶。那只迅猛龙就在前方，正从斜刺里向她们插过来，朝着小河狂奔。

“快！”凯利高声喊道，“快！”

迅猛龙发现了她们，旋即改变方向，向前跑去。它拼命想拉开与她们的距离，但是她们在开阔的河岸上跑得更快。她们已与它齐头并进，并向它的侧翼包抄过去。随后萨拉又从河岸驶进草地。迅猛龙向右一拐，窜向草丛深处，远离了小河。

“你成功了！”凯利喊起来。

萨拉保持车速，渐渐逼近。它似乎已放弃了渡河的企图，正毫无目的地乱窜。它只是在草地上狂奔。她们在后面紧追不舍，离它越来越近。凯利激动不已。她擦去步枪上的烂泥，准备再次射击。

“见鬼！”萨拉大叫一声。

“什么？”

“你看。”

凯利倾身向前，越过萨拉的肩头向前看去。她们的正前方有个雷龙群。她们离这群庞然大物中最近的几只最多只有五十码了。由于遭受突如其来的惊吓，它们大声吼叫改变队形。它们的身躯在月光下呈现出绿灰色。

那只迅猛龙径直向雷龙群冲去。

“它想甩掉我们！”萨拉猛然加速，离得更近了，“快开枪！快！”

凯利瞄准，然后开火。步枪猛地跳了一下。可是迅猛龙仍在狂奔。

“没打中！”

前方不远处，雷龙群正在拐弯。它们迈开巨腿，笨重地行走起来。它们那粗壮的大尾巴在空中舞动，但是它们的动作太迟缓了，无法让开。那只迅猛龙冲上去，一头钻进了一只硕大无朋的雷龙肚子下面。

“我们怎么办？”凯利高声问道。

“没有其他选择了！”萨拉大喊一声，猛地冲进阴影，钻进第一头巨兽的肚子下面，冲到几乎与迅猛龙并行的位置。凯利看着那巨兽肚子的曲线，估计离她头顶约三英尺。兽群里巨腿林立，正在慢慢地挪动步子，转动方向。

那只迅猛龙在雷龙不断移动的巨腿之间狂奔乱窜。萨拉不断改变方向，紧追不舍。在她们上方，雷龙在吼叫，在转动身躯，在继续吼叫。她们从另一只雷龙肚子下方驶过，进入月光之下，接着又钻进阴影之中。此刻，她们到了雷龙群的中央，仿佛置身于一片长了活动树木的树林。

正前方，一条巨腿砰然落下，震得地面发抖。萨拉急忙左拐，摩托车猛然弹起，擦到了巨兽的身子。“抓好了！”她大声喊道。接着她又折了回来，继续追赶那只迅猛龙。在她们上方，雷龙群吼叫着，移动着。迅猛龙东躲西闪，接着突然从兽群后部冲了出去。

“混蛋！”萨拉边骂边调转车头。一条翘起的尾巴突然落下，险些打中她们。紧接着，她们也冲出了兽群，紧追迅猛龙。

摩托车风驰电掣般的在草地上飞驶。

“最后一次机会了！”萨拉高嚷着，“干掉它！”

凯利举起步枪，萨拉飞快地逼近疾跑中的迅猛龙。它掉过头来撞她，被她巧妙地避过。她挥拳在它的头部猛击了一下。“开火！”

凯利把枪管抵在迅猛龙脖子上，迅速扣压扳机。步枪猛地反弹回来，撞在她的肚子上。

迅猛龙在继续狂奔。

“不！”她喊道，“不！”

突然，迅猛龙栽倒在草地上，身体向前翻滚。萨拉把车拐向一侧停下。

迅猛龙在五英尺开外的草地上扑腾着，哀号不已。须臾，它就不再出声了。

萨拉把步枪拿过来，拉开弹夹。凯利看见里面竟然还有五发子弹。

“我还以为那是最后一发呢。”她惊讶地说。

“我骗你的，”萨拉坦然相告，“在这儿等着。”

凯利站在摩托车旁，萨拉小心翼翼地趋步上前，又朝它开了一枪。她站着等候了片刻，随后俯下身去。

她往回走的时候，手里拿着笼子的钥匙。

在窝附近的迅猛龙群仍在撕咬着那具尸体，但它们的争夺已不像先前那么激烈。有的掉过头用前爪抹抹嘴，慢吞吞地向开阔地中央走去。

它们离笼子越来越近。

索恩钻进吉普车后部，将帆布顶篷推向一边，然后检查了一下手中的步枪。

莱文坐到驾驶座上，把车发动起来。索恩在吉普车后坐定后，紧紧握住后座的抓手，对莱文说：“开车！”

吉普车在开阔地上疾驰。在埃迪尸体旁的迅猛龙群抬起头，发现有入侵者，感到非常惊讶。这时吉普车已越过开阔地的中央，驶抵巨大的骨架旁边，宽宽的肋骨高悬在他们的头顶上方。莱文猛地向左一拐，把车停在铝笼子旁边。索恩赶紧跳下车，双手抱起笼子。黑暗中，他看不清阿比的伤势，只见那孩子正脸朝下躺着。索恩看见莱文走出吉普车，连忙大声喊他赶快回到车上去，同时把笼子高高举起，放进吉普车的后部。接着他跳上车，挤在笼子旁边。莱文挂上挡。在他们后面，迅猛龙咆哮着追过来。它们跑过那些骨架，在开阔地上飞奔，速度快得惊人。

莱文的脚刚踩油门，离得最近的一只迅猛龙已高高跃起，落在吉普车后部，嘶嘶地叫着，用利齿咬住帆布，死死地咬住不放。

莱文踩下油门，吉普车颠簸着冲出开阔地。

黑暗中，马尔科姆又陷入吗啡产生的梦幻中。他的眼前浮现出联翩的影像：适应性全景图，现在用于考虑进化问题的彩色电脑图像。在这个高峰和低谷的数学世界里，可以显示有的生物体在攀登适应性高峰，有的却滑入非适应性的低谷。斯图·考夫曼及其同事已经证明：高等生物体具有复杂的内部约束，因此很容易从适应性高峰跌落，坠入低谷。然而与此同时，复杂动物本身又是通过进化来选择的。因为复杂动物能够自己去适应，去使用工具、去学习、去合作。

但是复杂动物在适应性上的灵活性是以某种代价换取的——它们用一种相依性换来另一种相依性。它们已没有必要改变身体形态来适应，因为它们的适应性现在靠的是行为，是由社会决定的行为。这种行为需要后天的学习。从某种意义上说，在高等动物当中，适应性已不是通过DNA来遗传给下一代，而是通过传授。黑猩猩教会幼崽用枝条来采集白蚁。这种行为起码称得上是一种文化的雏形，一种有结构的社会生活。但是在孤独中生长的动物，由于没有父母，没有指导，就缺乏许多后天功能。动物园里的动物往往不会抚育后代，因为它们从来就没见过同类如何抚育后代。它们往往不关心自己的幼崽，在翻身时会压着幼崽，甚至会讨厌它们、杀死它们。

迅猛龙是最聪明的恐龙之一，也是最凶猛的。两种特性都需要行为方面的控制。在数百万年前的侏罗纪时代，它们的行为就是由社会决定的了，即由老的传授给新的。基因控制着做出这种行为方式的能力，而不是行为方式本身。适应性行为是一种品行，是经过许多年进化而沿袭下来的。因为事实证明它行之有效——这种行为使得同一种动物的成员齐心协力，共同生活、猎食及养育后代。

但是在这个岛上，迅猛龙是遗传学实验室里造出来的。尽管它们的肉体是由遗传决定的，它们的行为却不是。它们来到这个世界的时候，没有老迅猛龙来调教它们，来向它们传授正确的行为方式。它们是自行成长起来的，它们的行为是在整个群体没有组织、没有规矩、没有合作的情况下形成的。它们生活在一个没有控制的、个个为己的世界里。只有那些最自私、最凶残的迅猛龙才能生存下来，其余的统统要死去。

吉普车加快速度，剧烈颠簸起来。索恩紧握后座上的抓手，以免被甩出车外。他看见身后的那只迅猛龙死咬住帆布不放，身体在空中摆动。它没有松开口。莱文把车开回小河边那平坦泥泞的河岸上，然后向右一拐，沿着水边加速行驶。迅猛龙还固执地吊挂在车尾。

莱文看见前面的泥水里躺着一具雷龙的骨骸。又一具骨骸？为什么这些骨骸都在这里呢？但是现在没有时间去考虑这个问题——他直冲向前，从那排肋骨下方穿过。由于没有车灯，他倾身向前，眯起眼睛，借助月光以便看清前面的障碍物。

在车的后部，那只迅猛龙渐渐爬了上来。它松开帆布，猛地咬住笼子，想把它从吉普车上拽出去。

索恩扑上去，抓住笼子靠近他的一端。那笼子扭动着把索恩掀倒。他发现自己正在与迅猛龙展开激烈的争夺——迅猛龙逐渐占了上风。索恩用两条腿紧紧勾住前排的乘客座位，双手抓住笼子不放。迅猛龙狂吠着。索恩意识到它的怒气。它因为可能失去这份珍品而怒吼。

“拿着。”莱文大喊一声，把一支步枪递给索恩。索恩正仰面躺着，双手紧紧抓住笼子，腾不出手来接枪。莱文回头一看，全明白了。他看着后视镜，看见在他们的车后，一群迅猛龙仍在追赶，咆哮声、嚎叫声接连不断。他不能减速，索恩也不能松手。吉普车仍在高速行驶。莱文转身趴在乘客座位上，端起步枪向后瞄准。他想瞄准得好一点，因为稍有不慎将会误伤索恩或者阿比，那后果将会不堪设想。

“当心！”索恩嚷起来，“当心！”

莱文成功地打开保险，把枪对准那只用嘴死死咬住笼子的迅猛龙。迅猛龙向上看了一眼，突然用嘴叼住枪管，猛拽起来。

莱文扣动了扳机。

子弹射进迅猛龙的咽喉底部，它顿时翻起了白眼，发出一阵咕噜声，浑身痉挛，颓然向后一仰，从吉普车上跌落下去。它倒地之际，顺势拽走了莱文手中的步枪。

索恩连忙爬起来，将笼子拖回汽车里。他低头向笼子里看，却看不出阿比的伤势如何。他回过头，发现其他迅猛龙仍在追赶，但是已落在二十码开外，而且越落越远。

汽车仪表盘上的对讲机咔嗒响起来。“博士。”索恩听出是萨拉的声音。

“喂，萨拉。”

“你在哪里？”

“沿着河边。”索恩回答。

暴风雨的乌云已经散去，头顶上是月色皎洁的夜空。那些迅猛龙仍在追赶，但是已被远远地甩在了后面。

“我看不见你的车灯。”萨拉说。

“都坏了。”

沉寂了片刻后，对讲机又响了。她的声音紧张不安：“阿比呢？”

“在我们车上。”索恩说。

“谢天谢地。他怎么样？”

“我不知道。还活着。”

眼前更加开阔了。他们回到了一个宽阔的山谷。在月光映照下，草丛一片银白色。索恩环顾四周，想辨别方向。他意识到他们又回到了那片草地，但是往南去了一大截。他们肯定还在高架隐蔽所这一侧的河岸上。这样，他们应该能回到山脊路上去。那条路应该在左边某个地方。他们可以沿着那条路返回开阔地，回到第二辆拖车那里。那样就安全了。他用手肘轻轻碰了一下莱文，向右侧指了指：“往那儿走！”

莱文掉转车头。索恩打开对讲机：“萨拉。”

“是我，博士。”

“我们准备返回山脊路上的拖车那里。”

“好的，”萨拉说道，“我们会找到你们的。”

萨拉回头看着凯利问：“山脊路在哪儿？”

“我想是上面的那条路。”凯利指着山脊说道。那道山脊在她们头顶的悬崖上。

“好的。”萨拉说罢便加大油门，猛地向前冲去。

吉普车在深深的银色草丛中驶过。他们的车开得很快，后面已经看不见迅猛龙了。“看来我们已经把它们给甩掉了。”索恩说。

“可能吧。”莱文说道。刚才从河床上拐出来时，他看见几只迅猛龙向左飞奔而去。它们此刻可能隐蔽在草丛中。他不相信它们会这样善罢甘休。

吉普车飞速驶向悬崖。他看见正前方有一条之字形急弯，是从山谷底蜿蜒上来的。他确信这就是那条山脊路。

地势现在比较平坦了。索恩从两个座位之间爬进车的后部，低头向笼子里看。他透过栏杆看着阿比，听见他正在轻声呻吟。

阿比的半边脸上鲜血淋漓，衬衣上也浸透了鲜血。但是他的眼睛睁着，好像正在活动胳膊和腿。

索恩贴近栏杆，轻声说:“嘿，孩子，你能听见我说话吗？”

阿比呻吟着点了点头。

“你感觉怎么样？”

“好多了。”阿比回答说。

吉普车驶上泥土路，沿着之字路向上开。他们逐渐离开山谷，沿山脊路开去，莱文心里感到踏实多了。他终于找到了山脊路。他们很快就要安全了。

他抬头向山坡上望去，突然看见月光下有一些黑影，就在路的尽头，正在那里上蹿下跳。

迅猛龙。

正等着他呢！

他猛然把车停下问："现在怎么办？"

"闯过去，"索恩说道，"我来开车。"

混沌边缘

索恩驶上山脊路，向左一拐，开始加速。月光下，狭长的山路在向前延伸。他的左侧是一道石壁，右侧是陡峭的悬崖。他看见在他上方二十英尺的山脊上，一群迅猛龙又跳又叫，与吉普车平行运动。

莱文也看见了它们。

“我们怎么办？”他问道。

索恩摇了摇头：“在工具箱里找找，在贮藏柜里找找，看能找到点什么。”

莱文俯下身在黑暗中摸索。索恩知道他们遇到麻烦了。他们的枪丢了。他们的吉普车顶上是帆布。他们的四周都是迅猛龙。他估计他现在离那片林中空地和拖车大约半英里。

还有半英里。

到下一个弯路时，索恩放慢了车速，让车离悬崖边远一点。拐过弯之后，他发现一只迅猛龙蹲在路中央，低着头虎视眈眈地看着他们。索恩加大油门朝它猛冲过去，迅猛龙一跃而起，后腿向上收缩，正好落在发动机罩上。它的利爪掠过金属物发出刺耳的响声。它砸在汽车挡风玻璃上，玻璃顿时裂成蜘蛛网状。它趴在玻璃上，挡住了索恩的视线。在这样险峻的小道上，他只好猛地踩下刹车。

“嗨！”莱文大叫一声，猛地向前一栽。

发动机罩上的迅猛龙滑落下去。索恩又能看见了，急忙踏下油门。车子急速向前一冲，莱文向后一仰又靠在座位上。这时，三只迅猛龙开始从侧面攻击吉普车。

一只迅猛龙跳上左踏板，一口咬住后视镜，凶狠的眼睛离索恩的脸很近。索恩猛地向左打方向盘，汽车紧贴石壁面而行。前方十码处有一块外凸的巨石。他从余光中看见迅猛龙还死死地扒住汽车。就在这时，巨石撞飞了后视镜，迅猛龙也随之消失。

路面变宽了一些。索恩的活动空间也大了一些。他感到汽车受到撞击，抬头一看，头顶上的帆布顶篷下陷，利爪戳穿帆布，从他耳边划过。

他左右来回猛打方向。那双利爪抽了出去，但那只迅猛龙仍趴在车顶，帆布篷被压得凹了下来。他身边的莱文掏出一把大号猎刀，向上猛刺，刺穿了帆布。他的手被另一只利爪抓伤。他疼得大叫，猎刀掉落。索恩俯下身，在地板上摸那把猎刀。

通过车前面的后视镜，他看见两只迅猛龙在山路上追赶吉普车，而且离得越来越近。

路面更宽了，他加大了油门。趴在车顶上的迅猛龙透过破碎的挡风玻璃向车里窥视。索恩紧握猎刀，全力向上猛戳，一刀，又是一刀。上面好像没有什么反应。前面又要转弯了，他猛地向右打方向盘，然后迅速回正，整个吉普车发生倾斜。车顶上的迅猛龙抓不住了，向后翻滚着跌落下去，把大半个顶篷都带了下去。它砰然跌落的时候，正好砸在另外两只穷追不舍的迅猛龙身上。三个家伙一起翻倒在地，狂叫着坠下悬崖。

“干得漂亮！”莱文高声喝彩。

可是这时，从山脊上突然跳下一只迅猛龙，向前扑来，离吉普车只有数英尺。

它轻松地、几乎轻而易举地跳进吉普车的后部。

乘客座位上的莱文顿时目瞪口呆。这只迅猛龙挤进吉普车，低着头，举起前腿，张开大嘴，摆出十足的进攻架势，向他发出嘶嘶声。

莱文心想，这下子完了！

他惊骇万分，浑身冷汗淋漓，感到天旋地转。他十分清楚，此刻他根本无能为力，死亡就在弹指之间。

那只迅猛龙又发出嘶嘶声，张开大嘴，躬起身想扑上来。可是突然，它的嘴角泛起白沫，眼睛向后翻，白沫不断从嘴里流出。它开始抽搐，全身痉挛，接着仰面栽倒在车里。

索恩看见在他们后面驾驶摩托车的萨拉和手执步枪的凯利。

索恩放慢车速。萨拉与他们并驾齐驱。她把钥匙递给莱文。

“开笼子的！”她大声喊道。

莱文木然地接过钥匙，可是钥匙又差点从他手中掉落。他仍然心有余悸，动作迟缓，表情呆滞。“我差点儿命都没了。”他暗暗思忖。

“把她的枪拿过来！”索恩高声说。

莱文扭头向左面一看，只见许多迅猛龙在与吉普车并排狂奔。他数了数有六只，或许还要多。他想再数一遍，可是他的脑子太迟钝……

“把他妈的枪拿过来！”

莱文接过凯利手中的枪，感觉到了冰凉的金属枪管。

就在这时，汽车噼啪作响，发动机喀啦了几声便熄了火，接着又是一声喀啦，车向前冲了一下。

“怎么回事？”他转过身问索恩。

“麻烦了，”索恩回答说，“我们没汽油了。”

索恩将变速杆推至空挡，汽车向前滑行，越来越慢。前方有个缓坡，再往前有个弯道，接着就是下坡路。骑着摩托车跟在车后的萨拉无可奈何地直摇头。

索恩意识到，他的唯一希望就是想办法爬上这个缓坡。他对莱文说：“打开笼子，把他弄出来。”莱文的动作突然快起来，几乎手忙脚乱，不过他还是爬到车的后部，将钥匙插进锁孔，啪嗒一声把门打开，帮助阿比钻了出来。

索恩盯着速度计，见指针不断回落。他们的时速只有二十五英里……接着降到二十……然后又降到十五。与汽车并排奔跑的迅猛龙觉察出汽车有问题，开始靠了上来。

时速十五英里。还在下降。

“他出来了。”莱文说着砰地关上了笼门。

“把笼子推下去。”索恩说道。

笼子从车后滚出去，弹跳着朝山下滚去。

每小时只有十英里了。

吉普车似乎是在爬行。

他们终于越过缓坡，开始沿坡而下，车速又增加了。每小时十二英里。十五。二十。他没踩刹车，拐弯时车子发生倾斜。

莱文惊呼："拖车那里我们是绝对回不去了！"他在声嘶力竭地喊，吓得两眼睁得老大。

"我知道。"索恩能看见左侧稍远处的拖车，但是还要越过一个缓坡。他们不可能滑行到那里。前方的山路有分岔，如果他没记错，向右是下坡，通往实验室。那是一条下坡路。

索恩向右拐去，远离了拖车。

他看见了实验室的大屋顶。月光下，它显得平坦宽阔。他沿着坡道路从实验室旁边滑行而过，绕过它朝工作人员住宅区滑去。他看见了右侧的经理住宅和那家便利店，以及商店门前的加油泵。他们能有幸加上油吗？

"看哪！"莱文指着后面喊道，"快看哪！快看！"

索恩扭过头去，看见迅猛龙落在后面，放弃了追赶。到了实验室附近，它们似乎踌躇不前了。

"它们不追了！"莱文喊起来。

"是啊，"索恩说道，"可是萨拉在哪儿呢？"

在他们身后，萨拉的摩托车早已不见了踪影。

拖车

萨拉·哈丁转动把手，摩托车一溜烟地驶上前方小路上的缓坡。她越过坡顶，顺坡而下，直奔拖车方向而去。在她身后，四只迅猛龙咆哮着紧追不舍。她立即加速，想跑在它们前头，争取多跑出几码，因为她们必须这样。

她向后靠去，对凯利大声说："好了！我们必须要快！"

"什么？"凯利大声问道。

"我们到了拖车那儿，你就跳下来往里跑。不要等我，懂吗？"

凯利点了点头，显得紧张不安。

"不管发生什么事，都不要等我！"

"好的。"

哈丁疾驶到拖车前，猛然刹车，摩托在湿漉漉的草地上向前滑，重重地撞在拖车的金属外壳上。不过凯利已经跳下车，正慌忙爬向车门，准备钻进去。萨拉原想把摩托车也搬进去，但是看见迅猛龙已离得很近，几乎近在咫尺。她连忙将摩托车对准它们使劲一推，转身一个箭步跳进拖车，仰面跌倒在车里，接着转身飞起一脚，把门关上了。

就在这时，第一只冲上来的迅猛龙开始咣当咣当地撞着拖车的门。

在漆黑一团的拖车里面，她使劲抵住车门，尽管迅猛龙在不断地撞击。她用手摸索，想找到车门上的锁，但却找不到。

“伊恩，这个门能锁吗？”

她听见了马尔科姆的声音，好像是黑暗中呓语。“生命是一种结晶体。”他喃喃地说。

“伊恩，要集中注意力。”

这时凯利挤到她身边，用手在门四处摸。迅猛龙在不断撞门。过了一会儿，凯利说：“在下面靠地板这个地方。”哈丁听见金属的咔嗒声后，才移步离开。

凯利伸出双手，抓住哈丁的手。迅猛龙在外面咆哮着、撞击着。“没事儿了。”哈丁宽慰地说。

哈丁走到躺在床上的马尔科姆身旁。迅猛龙在他头部附近的车窗上乱咬乱撞，利爪抓得窗玻璃嘎吱吱地响。马尔科姆平静地看着它们说：“闹哄哄的杂种，是吧？”他身旁的急救箱敞开着，座垫上有一支注射器。他大概又给自己打了一针。

车窗外，迅猛龙停止了冲撞。她听见金属刮擦的声音，是从拖车门口附近传来的。接着，她看见几只迅猛龙正拽着摩托车离开拖车。它们恼羞成怒，在摩托车上乱踩乱踏。用不了多久，轮胎就会被戳破。

“伊恩，”她说，“我们必须要快。”

“我不着急。”他平静地说。

“你这儿有什么武器？”她问道。

“武器……哦……我不知道……”他叹了口气，“你要武器干什么？”

“伊恩，求你了。”

“你说话太快，”他说，“你知道，萨拉，你真该放松一点。”

在漆黑的拖车里，凯利感到害怕，但是听见萨拉以严肃的口吻问起武器的事，她顿时感到一阵宽慰。凯利开始明白，任何事情都阻挡不了萨拉，她会一往无前地去做。凯利发现自己正在仿效这种不让任何人来阻挡你、坚信只要想干的事就可以去干的态度。

凯利听见马尔科姆博士说话的声音，知道他帮不上任何忙。他现在在麻醉剂的作用下，对什么都不在乎。萨拉对拖车的内部情况一点也不熟悉。凯利熟悉，因为她早些时候曾在拖车里到处寻找过吃的。她好像记得……

黑暗中，她很快地拉开抽屉。她眯起眼睛，想看清里面的东西。她记得在下面的一个抽屉里，有一个带骷髅头和交叉骨骼图案的包。她心里在想，那个包里也许有某种武器。

她听见萨拉在喊：“伊恩，快想想办法。”

她听见马尔科姆博士说：“噢，我一直在想，萨拉，我有最美妙的想法。你知道，在迅猛龙窝附近的所有尸骨就是极好的例子……”

“现在别说这个，伊恩。”

凯利打开抽屉翻找。翻找过的抽屉都让它开着，这样她就知道哪些抽屉已经找过。她一个一个抽屉地找，突然，她的手摸到了粗帆布，她凑上去一看。是的，就是它。

凯利从里面拽出来一个正方形的帆布包，分量出奇的沉重。她喊道："萨拉，你来看哪。"

萨拉·哈丁拿着帆布包凑到车窗前的月光下。她拉开帆布包的拉链，定睛细看里面的物品。帆布包里分成几个带衬垫的隔层。她看见三个正方形的块状物，摸上去似乎是橡胶做成的。还有一个小小的银色圆罐，就像一只氧气瓶。"这个是什么东西？"

"我们以前认为这是个好主意，"马尔科姆说道，"但是现在我不能肯定它就是。那个东西是……"

"是什么？"她打断他的话，急切地问道。她必须要让他集中精力，他此刻正浮想联翩。

"非致命的，"马尔科姆说道，"亚历山大的滑稽乐队。我们想要……"

"这是什么？"她举起一块方方的东西凑在他的面前问。

"局部驱散烟幕方块。你只要……"

"只有烟幕？"她追问道，"只能施放烟幕吗？"

"是的。但……"

"这是什么？"她举起那只银色圆罐问。那上面印着字。

"胆碱酯酶炸弹，释放毒气，爆炸时能造成短期麻痹，他们是这么说的。"

"多长时间？"

"我想只有几分钟，但是……"

"怎么使用？"她把它在手中转了个方向。罐的顶盖上有一个插销，她想把它拉开，以便看看内部机械装置。

“别动！”他叫道，“你就这么用。拉出插销后把罐扔出去。三秒钟之内爆炸。”

“好的。”说罢，她急忙收拾急救箱，把注射器放进去，而后关上箱盖。

“你在干什么呀？”马尔科姆惊恐地问道。

“我们要离开这儿。”她说着就向车门走去。

马尔科姆长叹一声：“家里有个男人真好。”

圆罐被高高抛起，在月光中不停地翻滚。那些迅猛龙聚集在大约五码开外的摩托车周围。一只迅猛龙昂起头，看见落在几码外草丛里的圆罐。

萨拉站在门旁，等待着。

什么也没有发生。

没有爆炸。

什么也没有。

“伊恩，那不管用啊。”

一只迅猛龙好奇地跳到圆罐掉落的地方。它低下头，用嘴叼起那个银光熠熠的圆罐，然后抬起头来。

“不管用啊。”萨拉说。

“噢，没关系。”马尔科姆平静地说。

那只迅猛龙摇晃着脑袋，用力咬住圆罐。

“我们现在怎么办？”凯利问道。

突然，外面传来猛烈的爆炸声，一股浓浓的白烟迅速在开阔地上弥漫开来。迅猛龙顷刻间消失在烟幕之中。

哈丁赶紧关上车门。

“现在怎么办？”凯利问道。

夜色中，马尔科姆倚在哈丁肩膀上，他们三人一起穿越那片开阔地。毒气烟幕早在几分钟前就消散了。他们在草丛中发现了第一只迅猛龙，只见它睁着眼，一动不动地横躺着。但是它没有死。哈丁能看见它的颈动脉还在有节奏地跳动，这只迅猛龙只是瘫倒了。她问马尔科姆：“能持续多长时间？”

“不清楚，”马尔科姆说，“外面风大吗？”

“没有风，伊恩。”

“那时间就会长一点儿。”

他们向前走去，那些迅猛龙正横七竖八地躺着。他们从迅猛龙身边绕过，闻到食肉动物身上的腐臭。一只迅猛龙横压在摩托车上。她轻轻地把马尔科姆放在地上。他气喘吁吁地坐在那里。过了一会儿，他竟唱起来：“我希望我是在棉花地里，过去的时光难以忘怀，寻找……”

哈丁用力抓住摩托车把手，想把摩托车从迅猛龙身下拖出来。迅猛龙太重了。凯利见状说道：“让我来吧。”她伸手抓住车把。哈丁向前迈出几步，毫不迟疑地弯下身，用手臂抱住迅猛龙的脖子，把它的头向上拉。热乎乎的鳞状皮肤与她的手臂和面颊发生摩擦，她感到一阵恶心。她身体后仰，嘴里喘着粗气，不断奋力向上拉。

“在美国南部……嘟、嘟、嘟、嘟……在美国南部生与死……”

“拖出来没有？”萨拉问凯利。

“还没有。”凯利还在拼命拉。

哈丁的脸离迅猛龙的头和嘴只有数英寸。她不停地调整抱的姿势，弄得迅猛龙的头前后摆动，紧挨着她脸的那只眼睛盯着她，但却什么也看不见。哈丁使劲向后拉，想把它再抬高一些。

“快了……”凯利大声说。

哈丁哼哧着又往上抬了一下。

那只眼睛眨了眨。

哈丁吓了一跳，松开迅猛龙。这时凯利已拖出了摩托车。“出来了。”

“离开，离开……到南方去……在美国南方……”

哈丁从迅猛龙身边跑过来。现在它的大腿逐渐抽动，胸部也开始起伏了。

“我们走吧，”她大声说，“伊恩，坐在我后面，凯利，坐在车把上。”

“离开……离开……离开到南方去……”

“我们快走。”哈丁说着跨上摩托车。她眼睛盯着迅猛龙，看见它的头猛然抽动，眼睛又眨了一下。毫无疑问，它就要苏醒了。“我们走，我们走，我们快走！”

住宅区

萨拉驾着摩托车向山坡下那个工人住宅区驶去。她从凯利的肩头望去，看见那辆吉普车停在那个商店前面离加油泵不远的地方。她把车刹住，他们都下了车。月色中，凯利打开商店的门，扶马尔科姆进去。

萨拉把摩托车推进商店，随后把门关上。

“博士！”她喊道。

“我们在这儿，”索恩回答说，“阿比也在。”

月光从窗户里照进来。她觉得这商店很像一个废弃的路边便利店。店里有一个存放软饮料的玻璃门电冰箱，玻璃上布满霉斑，看不见里面的饮料罐。冰箱旁边的网架上摆着一些硬糖和小仙女泡泡糖，糖纸上绿斑点点，爬满了虫子。在旁边的杂志架上，纸已经卷曲，新闻标题还是五年前的。

商店的一侧，摆放着成排的基本生活用品：牙膏、阿司匹林片、防晒霜、洗发露、梳子和刷子。旁边的衣架上挂满了T恤衫、短裤、袜子、网球拍、游泳衣，还有少量的纪念品，诸如钥匙链、烟灰缸、酒杯等等。

商店的中央是个岛状小平台，上面有一台电脑收款机、一台微波炉，以及一台煮咖啡机。微波炉的门大开着，有小动物在里面筑了个窝。咖啡机已经开裂，上面挂满了蜘蛛网。

“真是乱七八糟。”马尔科姆说道，

“我看还不错。”萨拉·哈丁说。窗户都装了铁栅栏，墙壁看上去很坚固，罐头食品或许还能食用。她看见一个标牌，上面有“厕所”字样，说不定这里还有水管呢。他们在这里应该比较安全，至少暂时是这样。

她扶着马尔科姆在地上躺下，然后走到索恩和莱文跟前。他们正忙着照料阿比。“我带来了急救箱，”她说道，“他怎么样？”

“外伤挺厉害，”索恩回答说，“有好几道大口子。但是骨头没断。头好像也伤得挺重。”

“浑身都疼，”阿比诉苦道，“连嘴都疼。”

“谁去找个灯来，”她说，“让我来看看，阿比。是的，你磕掉了几颗牙，所以嘴就疼了。不过牙可以镶上。头上的伤不是太重。”

她用纱布将伤口清理干净，然后转身问索恩：“直升机还要多长时间才能来？“

索恩看了看手表说：“两个小时。”

“在什么地方降落？”

“降落点离这里有几英里。”

她一边照料阿比，一边点点头说：“好的，这么说，我们要在两小时内到达降落点。”

凯利说：“我们怎么能行呢？汽车都没有油了。”

"别担心，"萨拉说，"我们会想出办法来的。一切都会好的。"

"你总是这么说。"凯利嘟囔着说。

"因为这总是正确的，"萨拉说道，"好了，阿比，我现在需要你的配合。我要让你坐起来，脱掉衬衣……"

索恩走到莱文那一边。莱文两眼目光呆滞，焦躁不安地扭动着身体。刚才在吉普车上的遭遇似乎已经把他击垮了。"她在胡说些什么？"他嚷嚷道，"我们被困在这里了，被困住了！"他的声音充满了歇斯底里，"我们哪儿也去不了。我们什么也干不了。我跟你说吧，我们都会死……"

"冷静点儿！"索恩说着抓住他的胳膊，凑到他跟前说，"别吓着孩子们。"

"那又有什么关系？"莱文说，"他们迟早会明白——哎哟！轻点儿！"

索恩使劲抓着莱文的胳膊，贴近莱文平心静气地说："你都这么大了，别闹了。振作起来，理查德，你在听我说吗，理查德？"

莱文点了点头。

"好！理查德，我现在要到外面去，看看加油泵还能不能用。"

"肯定不能用了，"莱文说道，"已经过了五年了。我告诉你，这是在白白浪费……"

"理查德，"索恩说道，"我们必须检查加油泵。"

一阵沉默。两人相互看着对方。

“你是说你要到外面去？”莱文打破了沉默。

“是的。”

莱文皱起眉头。又一阵沉默。

蹲在阿比身边的萨拉喊道：“伙计们，灯在哪儿呀？”

“稍等一会儿，”索恩说着再度凑近莱文说，“好吧？”

“好的。”莱文说着叹了一口气。

索恩走到前面那扇门，把它打开后，迈步走进黑暗之中。在他身后的莱文把门关上。索恩听见门咔嗒一声锁上了。

他立即转过身，在门上轻轻叩了几下。莱文将门开了几英寸的窄缝，向外窥探。

“看在上帝的份上，”索恩低声说，“别锁门！”

“我只是想……”

“不要锁这个该死的门。”

“好的，好的，对不起。”

“看在上帝的份上。”索恩又说了一遍。

他关上门，转身面对茫茫黑夜。

在他四周，整个工人住宅区一片静谧。他只听见黑暗中传来单调的蝉鸣声。他感到纳闷，这简直太安静了。或许这只是与刚才迅猛龙不停的咆哮形成的强烈对照而已。索恩背对着门伫立了许久，凝视着那片开阔地。他什么也没看见。

最后，他走到吉普车前打开侧门，在黑暗中找那只对讲机。他的手摸到了，它已经滑落到乘客座的下面。他把它拿出来，然后回到商店门口，敲了几下门。

莱文打开门说：“这回没上锁……”

“给你。”索恩把对讲机递给他，随手关上了门。

他再度停下四下张望。周围的住宅区悄无声息。皓月当空，万籁俱寂。

他举步向前，两眼紧盯着加油泵。最外面的油泵柄上锈迹斑斑，挂满了蜘蛛网。他举起加油嘴，扳下弹簧栓，毫无反应。他紧捏加油嘴手柄，没有喷出油来。他轻敲了一敲油泵上的计数器的玻璃，玻璃居然掉在他的手里。一只蜘蛛从上面匆匆地爬过去。

没有汽油。

他们必须找到汽油，否则就不可能搭上直升机。他对着加油泵双眉紧锁，认真地思考。这些加油泵结构简单，结实耐用，在偏僻的建筑工地上随处可见。这是有道理的，因为这里毕竟是一座孤岛。

他停住了。

这里是一座孤岛，这就意味着，一切物品都要靠飞机或船只运进来。绝大多数情况下可能是用船。用小船，这样就要用人工卸货。这就意味着……

他伏下身去，借助月光查看油泵的基座。果然不出他所料，基座下面没有油罐。他看见地上浅埋着一条粗粗的黑色聚氯乙烯输油管，他能够看见它通向前方——绕商店一侧而去。

月光下，索恩小心翼翼地顺着输油管向前走。他收住脚步，稍事停顿，倾听四周的动静，然后继续向前走。

他转到商店的一侧，看见了他预料之中的东西：有几只五十加仑的金属桶紧挨着墙。总共有三个，相互之间有一些黑色软管相通。这也是有道理的，这座岛上的所有汽油都必须成桶地运到这里来。

他用指关节轻轻地在每个汽油桶上叩了叩，全是空的。他搬起其中一个，希望能听见桶底有残液的声音。他们只要一两加仑而已……

什么也没有。

所有的油桶都空空如也。

但是他相信，这里的油桶肯定不止这三个。他迅速做了一番心算。一个这种规模的实验室要配六部支援车辆，或许更多。即使每部车子都节约用油，每个星期的油耗也要三四十加仑。为保险起见，公司要贮备至少两个月的油，抑或是六个月的。

那就意味着要有十到三十个油桶，而且钢制油桶很重，所以存放地点可能就在附近。说不定就近在咫尺……

他慢慢转身环顾四周。月色清明，他能看得很清楚。

商店另一侧有一片空地，再往那边是茂密的杜鹃花丛，一直蔓延到通向网球场的路上。杜鹃树丛上方，链状栅栏上缀满了蔓藤，左侧是第一幢工人别墅，他只能看见黑糊糊的屋顶，在网球场右侧靠近商店的地方，树叶茂密，不过他看见了一个豁口——

是一条通道！

他向前走去，渐渐离开了商店。在走近树丛那黑黢黢的豁口时，他看见一道垂直线，马上意识到这是一扇敞开着的木门的边框。一个小棚屋，深藏在灌木丛中。另一扇门是关着的。他走上前去，看见了一个锈迹斑斑的金属牌，上面的红字母早已开始剥落。在月光下，这些字母变成了黑色：

小心谨慎

严禁烟火

及易燃物品

索恩停下脚步，侧耳静听。他听见远处传来迅猛龙的咆哮声，但它们好像离得很远，在后面的山上。不知是什么缘故，它们没有逼近这个住宅区。

他在等待，心口怦怦直跳，两眼盯着前方小棚屋那黑洞洞的门口。最后，他认为反正怎么也不会比这更容易了。他们需要汽油。他迈步向前走去。

由于昨夜里的那场雨，通往棚屋的小路还是湿的，但是棚屋里面是干的。他的眼睛适应了里面的光线。里面地方不大，大概十二英尺见方。在昏暗的光线中，他看见里面立着十几个生了锈的汽油桶。还有三四个横放着。索恩很快地它们逐一晃了晃，发现它们分量很轻，里面空空的。

每一个油桶都是空的。

索恩感到非常沮丧，转身朝棚屋门口走去。他停了片刻，朝月光下的夜色中看去。突然，在等待之际，他听见了千真万确的喘息声。

商店里，莱文从一个窗户走到另一个窗户，注意观察索恩的行踪，他的身体因紧张而哆嗦。索恩在干什么？他离商店太远了，这很不明智。莱文不停地朝前门看，真希望能把它锁上。大门不上锁，他感到太不安全了。

索恩走进灌木丛，完全从视野中消失。他进去很长时间了，至少有一两分钟。

莱文密切注视着窗外，同时咬了咬自己的嘴唇。他听见远处传来迅猛龙的咆哮声，知道它们仍守候在实验室的入口处。它们没有尾随车子追过来，到现在也没有。为什么不追呢？他百思不得其解。这个问题有点意思，使他平静下来，感到一丝宽慰。一个需要解答的问题：为什么迅猛龙一直守候在实验室门口呢？

他想到了各种解释。迅猛龙对它们的出生地——也就是这个实验室——有一种返祖式的畏惧。它们还记得那些笼子，不想再度被抓进笼子。但是他觉得最可能的解释也是最简单的——实验室周围是另外某种动物的领地，是由气味来区分、划界并予以保卫的，因而迅猛龙不敢擅自闯入。他现在想起来了，当时霸王龙穿过这块领地时也是匆匆走过，根本没有停留。

但这里是谁的领地呢？

莱文在等候，不耐烦地注视着外面的动静。

“找到灯了没有？”萨拉在房间的另一侧喊道，“我这里需要灯。”

“马上就来。”莱文回答说。

索恩站在小棚屋的入口处，静静地仔细倾听。

他听见了轻微的呼吸声，就像一匹安静的马的鼻息声。一个庞然大物正在伺机而动。响声是从他右边传来的。索恩慢慢地朝那边看去。

他什么也没看见。银色的月光照在工人住宅区，他看见了商店、加油泵，以及吉普车的黑暗轮廓。他朝右面望去，看见一块空地，看见了茂密的杜鹃花丛，还有远处的网球场。

没有其他东西。

他定睛细看，侧耳静听。

轻微的鼻息声连续不断，比微风的声音还小。但是现在没有风：大树和灌木都纹丝不动。

果真如此吗？

索恩觉得有些不妙。有个东西就在他的眼前，他本来是能看见的，但却没有看见。他睁大眼睛看着，开始怀疑是不是自己的眼睛在欺骗自己。他隐约觉得右侧的树丛中有一阵轻微的响动。月光下那些叶子的轮廓似乎在动。动了，又不动了。

但是他不能确信。

索恩注视着前方，心里顿时紧张起来。他一边观察，一边思索。他看见的不是灌木丛，而是链式栅栏。栅栏上的大部分地方都爬满了疏密不一的藤蔓植物，但是有几处栅栏上的规则菱形图案依稀可见。不过那个菱形图案有点怪。而且那栅栏似乎在移动，像荡漾的微澜。

索恩定睛细看，也许它真的在移动，他暗自思忖。也许在栅栏那一边有个动物在推得它晃动起来。但那似乎又不大像。

是别的东西……

突然，商店里的灯亮起来。灯光透过带铁栅的窗户，在开阔地上投下了几何形图案般的影子，并投射在网球场边的灌木丛上。刹那间——只是刹那间——索恩看见网球场旁边的灌木丛形状很奇特，实际上，那是两只七英尺高的恐龙。它们并排站立，虎视眈眈地看着他。

它们的身上似乎布满了明暗相间的拼花图案，使它们与其身后的植被，甚至网球场上的栅栏，都浑然成为一体。索恩完全给弄糊涂了。它们的隐蔽非常完美。在商店窗户透出的灯光突然照在它们身上之前，它们的隐蔽方式简直完美无缺。

索恩屏住呼吸，凝神注视着。这时他意识到，那明暗相间的叶状的图案只与它们的胸脯中部齐平。再往上，就是一种与栅栏相称的菱形交叉图案。

他凝神观察，发现它们身上的复杂图案逐渐消失，身体变为白垩色，开始显现一连串垂直条纹，与窗格栅的影子十分匹配。

就在他的眼前，两只恐龙居然消失了。他眯起双眼定睛细看，才勉强分辨出恐龙身躯的大致轮廓。如果不是他已经知道它们原先就在那里，他根本就不可能发现。

它们是变色龙。然而其拟态能力却不同于索恩见到过的其他变色龙。

他慢慢地向后退进小棚屋，躲进黑暗处。

“天哪！”莱文看着窗外惊叫起来。

“对不起，”哈丁解释道，“我必须开灯。这个孩子需要帮助。我不能摸着黑干活。”

莱文没有理会她。他看着窗外，想弄明白他刚才看见的是什么。他回想起迭戈遇害那天他瞬间看到的情景，他当时就意识到大事不妙。莱文现在知道是怎么回事了，但是这在已知的陆栖动物中是颇为罕见的，而且……

“怎么了？”她与他并排站在窗口询问道，“是索恩吗？”

“看！”莱文说道。

她透过窗栅栏向外看去：“是看树丛吗？看什么？我应该干什……”

“快看哪！”他说道。

她又看了看，然后摇摇头说："对不起。"

"从树丛下面开始，"莱文告诉她，"目光慢慢向上移动……不要眨眼……你就能看见轮廓了。"

他听见她叹气。"对不起。"

"要么再把灯关掉，"他说，"那样你就看见了。"

她把灯关了。莱文一瞬间看见两只恐龙的明显轮廓。它们的身躯在月光下呈浅白色，但它们身上的垂直条纹随即开始消失。

哈丁回到他旁边，这一次她一下就看见了恐龙。莱文知道她会看见的。

"一点不假，"她说道，"有两只？"

"是的，并排站着。"

"而且……身上的花纹正在消失？"

"是的，正在消失。"

他们看见恐龙身上的条纹逐渐被它们身后的杜鹃花枝叶的图案所取代，两只恐龙再次实现了隐身。但是这种复杂的图案变幻表明其外表皮层载色体的排列方式与海上无脊椎动物相同。其颜色层次之巧，变幻速度之快，都表明……

哈丁皱起了眉头。"它们是什么？"她问道。

"它们显然是身怀绝技的变色龙。不过我还不能肯定，把它们称之为变色龙并不确切，因为从技术角度来说，变色龙只能……"

"它们是什么？"萨拉不耐烦地再次问。

"确切地讲，我认为它们是萨氏食肉牛龙。原种产自南美巴塔哥尼亚，高约两米，头部与众不同——你注意到它那个粗短的、像哈巴狗似的鼻子以及眼睛上方那对大犄角吗？就像张开的翅膀……”

“它们是食肉动物？”

“当然是。它们有……”

“索恩在哪儿？”

“他进了左侧的灌木丛，已经有一会儿了。我没有看见他，但是……”

“我们怎么办？”她急切问道。

“怎么办？”莱文说。“我不明白你的意思。”

“我们必须想想办法。”她的语气很慢，仿佛是对小孩子说话，“我们必须帮助索恩回来。”

“我不知道该怎么办，”莱文说道，“那些动物一只肯定有五百磅，而且现在是两只。我本来劝过他，不让他出去的，可是现在……”

哈丁双眉紧锁，看着窗外说：“去把电灯打开。”

“我想还是……”

“去把电灯打开！”

莱文悻悻地站起来。他一直在为这个了不起的发现而自鸣得意，因为这是完全出乎意料的恐龙特征。当然，在相关的脊椎动物中并非完全没有先例。可是现在这个身材矮小、肌肉发达的女人居然冲着他发号施令。莱文觉得受到了冒犯。她毕竟还算不上一个科学家，不过是个博物学家。一个缺乏理论的领域。他们只是整天围着无用的动物转悠，自认为是在从事很有创见的研究，其实不过是一种很好的野外生活而已。无论怎么说，也算不上科学。

“开！”哈丁看着窗外大声喊道。

他打开电灯后，又朝窗口走去。

“关！”

他连忙转身关上电灯。

“开！”

他又把电灯打开。

她起身离开窗户，穿过房间走过来。“它们不喜欢这样，”她说，“这把它们给弄糊涂了。”

“唔，说不定有一个不适应期……”

“是的，我有同感。喂，把它们拧开。”她从一个货架上取下一大把手电筒递给他，接着又回身从邻近的一个金属丝架上拿下一些电池，“但愿这些电池还能用。”

“你准备干什么？”莱文问道。

“是我们，”她表情严肃地纠正道，“我们。”

索恩站在小棚屋的黑暗处，从敞开的门向外看。有人在商店里反复地开灯又关电灯。接着灯又亮了好一会儿。可是现在，灯忽然又熄灭了。小棚屋前这块地方只有月光了。

他听见了动静，是一阵轻微的沙沙声。他又听见了那个呼吸声。随后，他看见那两只恐龙正拖着尾巴直立着行走。在它们行走过程中，皮肤上的图案似乎在不断变化，他感到目不暇接。它们正朝小棚屋走来。

它们走到了门口，身体的轮廓在月光下逐渐显现，渐渐变得清晰了。它们看上去像小型霸王龙，只是额角上多了两只角，而且前肢又小又粗。这两只食肉动物低下略呈方形的脑袋，朝棚屋里看看，用鼻子闻闻，还喷着鼻息，身后的尾巴在缓缓摆动。

它们身躯太大，钻不进来。此时此刻，索恩真希望它们钻不进来。可是第一只恐龙低下脑袋，吼叫着一只脚跨了进来。

索恩屏住呼吸，琢磨着该如何是好，可是他却一筹莫展。这两只动物行动有条不紊，第一只移到一侧，以便让第二只进来。

突然间，六七道耀眼的光束从商店方向同时照过来。移动的光束照在恐龙身上，像探照灯一样前后左右缓慢地来回晃动。

现在这两只恐龙已清晰可见。它们不喜欢这样的光照，咆哮着，试图避开，但是光束在不停地游动，追着它们照，在它们身上划来划去。光束掠过它们的身躯时，它们的皮肤迅速作出反应，开始泛白，且随着光束的游动而不断地发生改变。它们的身躯显出白色条纹，然后逐渐转暗，接着又开始泛白。

那些光束在不停地游动，但是照在恐龙脸上，特别是眼睛上的时候，则有所停顿。它们那对犄角下的大眼睛不断地眨，头猛地仰起又突然低下，仿佛受到苍蝇的骚扰似的。

两只恐龙被搅得焦躁不安。它们从小棚屋里退出来，转身冲着游动的灯光高声咆哮。

灯光仍然在移动，无情地在黑暗中晃动，其运动方式复杂多变，那两只恐龙又吼叫起来，朝着灯光方向迈出了威胁性的一步。然而它们显得犹豫不决。它们显然不愿意再暴露在这些游动的灯光之下，不久它们便慢吞吞地离去。灯光一直追随着它们，将它们驱赶到网球场的另外一侧。

索恩向前走去。

他听见哈丁在喊："是博士吗？快从那里出来，说不定它们又要回来。"

索恩迅速朝灯光跑去，转眼来到莱文和哈丁身旁。他们正举着几只手电筒不停地前后左右晃动着。

他们一起回到了那个商店。

他们进去之后，莱文重重地把门关上，有气无力地倚在门上说:“我有生以来还从来没有这么害怕过。”

“理查德，”哈丁冷冷地说，“镇定点。”她走过去，把手电筒放在柜台上。

“到外面去简直是疯了。”莱文擦着额头抱怨道。他此刻满身大汗，衬衣全湿透了。

“实际上，这是灌篮得分。”哈丁说着转身面对索恩，“你可以看见它们的皮肤反应有一个不适应期。这虽不能与章鱼相提并论，但是确实存在。我认为这些恐龙与那些依赖伪装的动物一样，基本上是伏击猎食。它们既不特别快，也不太主动。它们在没有变化的环境中能一动不动地待几个小时，隐身于背景之中，坐等毫无戒备心的猎物送上门来。如果要它们不断调节自身以适应新的光线条件，它们就知道再也无法藏身了。它们会变得焦躁不安。如果焦躁不安到了极点，它们最终会逃之夭夭。刚才发生的就是这么回事。”

莱文转过身，怒冲冲地瞪着索恩。“这都是你的错。假如你没有出去，没有到处……”

“理查德，”哈丁打断他的话说，“我们需要汽油，否则我们就别想离开这里。难道你不想离开这里吗？”

莱文一声不吭，但依然满脸愠色。

“呃，”索恩说道，“小棚屋里一滴汽油也没有。”

“嘿，大家快看，”萨拉说道，“看看谁来了！”

阿比倚在凯利身上走过来。他换上了商店里那的一条游泳裤和一件T恤衫。T恤衫上印的是："国际遗传技术公司生物工程实验室"，下面一行是"我们创造未来"。

阿比两眼乌青，面颊红肿，额头上的那道伤口已经被哈丁包扎好了。他的两臂和双腿伤痕累累，但是能行走，而且还挤出一丝变形的微笑。

索恩连忙问："你感觉怎么样，孩子？"

阿比说："你知道我现在最需要的是什么？"

"什么？"索恩追问道。

"健怡可乐，"阿比说，"和许多阿司匹林。"

萨拉弯下腰凑近马尔科姆。他在轻声哼哼，睁开两眼后，他问道："阿比怎么样了？"

"他会没事的。"

"他需要吗啡吗？"马尔科姆问。

"我想不需要吧。"

"这就好。"马尔科姆说罢，伸出手臂，挽起袖子。

索恩把微波炉里那个窝清理出去，加热了一些炖牛肉罐头。他找到一盒餐盘，餐盘上有万圣节装饰图案——南瓜和蝙蝠。他用小勺将热好的牛肉放到盘子里。两个孩子狼吞虎咽地吃起来。

他递给萨拉一盘，然后转向莱文："你吃吗？"

莱文看着窗外说："不吃。"

索恩耸了耸肩。

阿比走过来，手上端着盘子问:“还有吗？”

“当然有。”索恩说着把自己的盘子送给了阿比。

莱文走到马尔科姆身边坐下。“呃，我们至少有一件事是对的，”莱文说，“这座孤岛是一个真正的失落的世界，一个原始的、从未被破坏的生态。我们从一开始就是对的。”

马尔科姆看着他抬起头说:“你是在开玩笑吧？那些死雷龙怎么解释？”

“我一直在思考这个问题，”莱文说，“显然是迅猛龙把它们杀死，然后又……”

“又怎么样？”马尔科姆抢过话头，“然后把它们拖回自己的窝附近？这些雷龙重达数百吨，理查德，一百只迅猛龙也拖不动它们。不对，不对。”他叹了口气，“这些尸体一定是顺着河漂到转弯处，然后被冲上岸的。迅猛龙在这里筑窝，因为这里食物来源方便——有死雷龙。”

“嗯，有可能……”

“可是为什么有这么多死雷龙呢，理查德？为什么没有一只长到成年的呢？而且这座荒岛上为什么会有这么多食肉动物呢？”

“这个嘛，我们当然还需要更多的资料……”莱文说。

“不，我们不需要了，”马尔科姆说道，“难道你没仔细检查过实验室吗？我们已经知道答案了。”

“答案是什么？”莱文有些恼怒地问。

“感染性蛋白质。”马尔科姆说着把眼睛闭起来。

莱文皱起眉头:“什么是感染性蛋白质？”

马尔科姆叹了口气。

“伊恩，”莱文又问，“什么是感染性蛋白质？”

“走开。”马尔科姆说着挥了挥手。

阿比蜷缩在角落里，几乎睡着了。索恩卷起一件T恤衫，垫在孩子的头下面。阿比喃喃地说着什么，脸上露出了微笑。

不出片刻，他便打起了呼噜。

索恩站起身，走到站在窗口的萨拉身边。外面天色渐亮，树木上方泛出了浅蓝色。

“现在还有多少时间？”她问道。

索恩看看手表：“可能还有一小时。”

她开始来回踱步。“我们必须要有汽油，”她说道，“有了汽油，我才能把吉普车开到直升机降落点去。”

“可是这儿没有汽油。”索恩说。

“肯定有，就在某个地方。”她继续来回走动，“你在油泵那边找……”

“找的，都是空的。”

“实验室里面会不会有？”

“我想不会有。”

“其他地方呢？拖车里会有吗？”

索恩摇摇头说：“那是辆被动式拖车。另外那辆拖车里有一台备用发电机，还有几只油桶，但是它已经坠到悬崖下面去了。”

“说不定拖车坠崖时油箱还没破裂。我们还有摩托车，也许我们可以到那里去找……”

“萨拉。”他打断她的话。

“值得一试。”

“萨拉……”

莱文趴在窗户上轻声叫道：“注意！有不速之客来了。”

慈母

晨光熹微，一批恐龙钻出树丛，径直朝吉普车走去。一共有六只，是体形硕大的鸭嘴龙。它们呈棕色，高达十五英尺，吻部弯曲。

“是慈母龙，”莱文说，“没想到这里会有。”

“它们在干什么？”

六个庞然大物把吉普车团团围住，随即开始撕扯。其中一只撕掉了帆布顶篷，另一只在拱车保险杠，拱得吉普车前后直晃。

“我真不明白，”莱文说道，“它们是鸭嘴龙，是食草动物，居然有这种攻击行为，简直太不可思议了。”

“哦哟。”索恩叫起来。他们看见慈母龙将吉普车掀翻了。那车猛地向侧面倒下。一只慈母龙抬起后腿，踏在侧板上，踩得吉普车外壳瘪了下去。

吉普车翻倒时，有两个白色聚苯乙烯泡沫塑料盒滚落到地上。慈母龙把注意力都集中到盒子上了。它们咬着泡沫塑料，弄得满地都是白色块状物。它们忙碌起来，有些狂乱。

“是吃的东西吗？”莱文问道，“是恐龙喜欢的猫薄荷？是什么？”

这时，一个盒子的盖子被掀开，他们看见里面是一只破了壳的大蛋。从里面钻出来的是一个皱巴巴的肉团。慈母龙放慢了动作，既谨慎又轻柔，嘴里还发出叽叽咕咕的声音。它们的庞大身躯挡住了他们的视线。

接着响起了尖细的吱吱声。

“你开玩笑吧。”莱文说。

在地上，一个小生命正在不住地乱动。它的身体呈浅棕色，近似于白色。它试图站起身，立刻又跌倒在地。它不足一英尺长，颈项间有一道道肉褶。不久，第二个小生命也滚落到它的身旁。

哈丁长叹了一口气。

一只慈母龙慢慢低下硕大的头，用宽阔的扁嘴轻轻地叼那幼崽。它一直张着大嘴，缓缓抬起头来。幼崽安静地卧在成年兽的舌头上，在那个大脑袋抬升时，小脑袋在东张西望。

第二只幼崽也被衔起来。成年龙在原地徘徊了一会儿，仿佛不知道还有什么事情要做。接着，它们大声吼着撤离了。

留在它们身后的是一辆被踩得一塌糊涂的汽车。

索恩说："我想汽油已不是什么问题了。"

“我想也是。”萨拉说。

索恩看着已成为一堆废铁的吉普车，无可奈何地摇头说："这比迎面撞车还要糟糕。好像是被打夯机夯的。它在设计时并没有想到要经受这么大的重压。"

莱文哼了一声说："底特律的工程师不会想到，一只五吨重的动物会站在汽车上。”

“你知道吗？”索恩接过话头，“我倒很想看看我们自己那辆车在这种压力下会怎么样。”

“你是说我们的汽车加固了？”

“是的，”索恩颇为自豪地说，“我们造车的时候，确实考虑到抗重压的问题，抗巨大的重压。通过电脑程序来设计，另外加上那些蜂窝式镶板，全部……”

“等一等，”哈丁忽然转身离开窗口问，“你们在谈论什么？”

“另外那辆汽车。”索恩回答。

“哪辆汽车？”

“我们带来的那辆，”他说道，“探险者。”

“一点不错！”她突然兴奋地叫起来，“还有另外一辆车！我都全忘了！探险者！”

“不过，现在它已经成为历史了，”索恩坦言相告，“我昨天晚上返回拖车时，汽车抛了锚。是我越过一个水坑的时候，汽车发生了短路。”

“真的？说不定还能……”

“不可能，”索恩摇摇头说，“那样的短路会烧坏发动机的。那是一辆电动车，全完了。”

“我感到奇怪。你居然没在汽车上安装断路器。”

“嗯，我们以前从来不在汽车上装断路器，不过在这种最新款式上……”他的嗓门低了下去，然后摇了摇头，“我无法相信。”

“那辆车上有断路器？”

“是的，是埃迪装上去的，是在最后时刻装的。”

“这么说那辆车仍然能行驶？”

“是的，如果把断路器复位，说不定还能开。”

“汽车在哪里？”她的话还没说完，人已经跑向摩托车了。

“我把车停在从山脊路通往隐蔽所的小路上了。可是萨拉……”

“这是我们唯一的机会。”她说着戴上头盔式对讲机，调整面颊上的麦克风。她将摩托车推至商店门口说：“随时呼叫我。我要去给我们找辆车来。”

他们从窗户里看着她，只见她跨上摩托车，迎着黎明前的曙光向小山方向驶去。

莱文目送着她渐渐远去：“你认为她能行吗？”

索恩只是摇头，没有说话。

对讲机咔嗒响了：“博士。”

索恩拿起对讲机说：“是我，萨拉。”

“我现在正在上山。我看见……一共有六只。”

“迅猛龙吗？”

“是的。它们，呃……听着，我要闯另外一条路。我看见了一条……”

对讲机咔嗒响了一下。

“萨拉！”她切断了通话。

“像是兽道……这儿……我想最好……”

“萨拉，”索恩喊叫着，“你说话断断续续的。”

“选这条路，你就……祝我好运吧。”

对讲机里传来摩托车的嗡嗡声。接着他们听见另外一个声音，可能是动物的嚎叫声，也可能是静电干扰声。索恩向前躬身，把对讲机紧贴在耳朵上。突然，对讲机又咔嗒响了一下，随即便无声无息了。他喊道："萨拉！"

对方没有回答。

"说不定她关机了。"莱文说道。

索恩摇摇头头，继续呼叫："萨拉！"

没有回音。"萨拉！你听见没有？"

他们等待着。

没有回答。

"见鬼！"索恩说了一声。

时间过得慢极了。莱文站在窗口，凝视着窗外。凯利在一个角落里打鼾，阿比躺在马尔科姆身旁酣睡。马尔科姆在没腔没调地哼着。

索恩坐在房间中间的地上，身子靠着收银台。不了一会儿，他就举起对讲机呼叫萨拉，但是始终听不到回答。他试遍了所有六个频道，都没有收到回话。

最终，他停止了呼叫。

对讲机又噼啪响了起来。"……这些该死的东西，怎么也弄不好。"接着嘟哝了一声，"弄不清什么……东西……真见鬼。"

在商店的另一侧，莱文坐起身来。

索恩伸手抓起对讲机："萨拉！萨拉！"

“终于通了，”她的声音噼里啪啦的，“你死到哪儿去了，博士？”

“你没事吧？”

“我当然没事了。”

“你的对讲机有些毛病。你的信号时断时有。”

“是吗？我该怎么办？”

“拧下电池盒盖看看，说不定是盖子松了。”

“不，我是说该怎么修车。”

索恩一时没听明白：“什么？”

“我到了汽车这里，博士。我在这里。该怎么修啊？”

莱文瞥了一眼手表，提醒他说：“离直升机抵达还剩下二十分钟。你知道，她可能还来得及。”

道奇森

道奇森苏醒过来了。他躺在水泥小棚屋的地板上，感到阵阵疼痛、身体僵硬。他挣扎着站起身来，向窗外望去。他看见淡蓝色的天空中映出道道霞光。他打开棚屋的门走到外面。

他感到口干舌燥，腰酸腿痛。他迈开脚步走进密密的树林。清晨时分，周围的丛林寂然无声。他现在需要水，此刻水比任何东西都重要。他听见左侧稍远处有小溪的潺潺流水声。他加快脚步，向那个方向走去。

透过树木的间隙，他看见天越来越亮。他知道马尔科姆那些人还在岛上，他们一定有撤离这个岛的计划。如果他们能走掉，他也能。

他登上一个缓坡，看见下面的山谷中有一条涓涓流淌的小溪，溪水清澈见底。他急忙向下走，心想不知溪水是否遭到了污染。他认为现在也管不了那么多了。就要到达小溪的时候，他被一根藤蔓似的东西绊倒了。他倒在地，嘴里不干不净地骂起来。

他爬起身来，回头看了看。这时他看清了将他绊倒在地的不是什么藤蔓。

这是一只草绿色背包的背带。

道奇森用力拉了拉背带，从密密的树叶里拽出了整个背包。这个背包已经被撕烂，上面还有结干了的血迹。由于他这么一拽，包里的物品噼里啪啦地掉进了蕨类植物丛中。苍蝇在四周嗡嗡乱飞。他看见了一架照相机、一个盛食物的金属盒以及一个塑料矿泉水瓶。他马上在附近的蕨类植物丛中搜寻起来，但是没有找到什么有用的东西，只有几块软了的硬糖。

道奇森把瓶子里的水喝了，突然感到腹中饥饿难忍。他啪地打开金属盒，希望能找到些好吃的。但是盒子里面装的不是食物，而是一个用泡沫塑料包着的东西。

泡沫塑料包着的居然是一部对讲机。

他打开对讲机。电量指示灯还很亮。他从一个频道拨至另一个频道，听见了嘶嘶的静电声。

一个男人的声音："萨拉，我是索恩。萨拉！"

接着是一个女人的声音："博士，你听见我的话吗？我说，我现在就在汽车旁边。"

道奇森听见后，脸上浮出了微笑。

原来还有一辆汽车。

在商店里，索恩把对讲机紧贴着耳朵："好极了！"他喊道，"萨拉吗？仔细听着，坐上汽车，完全照我告诉你的去做。"

"好的，好的。"她回答说，"可是你先告诉我，莱文在那里吗？"

"他在这里。"

对讲机又咔嗒响了一下。她说道："问问他，一种身高约六英尺、头长得圆圆的绿色恐龙，有没有危险。”

莱文点点头说：“告诉她，有危险。那叫肿头龙。”

“他说有，”索恩急忙说，“它们是肿头龙之类的怪物，你一定要当心。为什么？”

“因为大约有五十只，全都聚集在汽车周围。”

探险者

探险者停在一条树木掩映的道路中间，车后边是个洼坑。昨天晚上那里毫无疑问是个大水坑，现在它已经成了一个泥坑，因为十余头肿头龙正东倒西歪地坐在里面，有的在溅水，有的在饮水，有的则在坑边打滚。这些就是她在数分钟前看见的那群头长得圆圆的绿恐龙。她一时不知如何是好，因为它们不仅聚集在泥坑附近，还分散在汽车的前面和两侧。

她忐忑不安地观察着这群肿头龙。哈丁曾在野外与野生动物打过很长时间的交道，但是通常都是她非常熟悉的动物。根据长期野外工作的经验，她知道该接近到什么程度以及接近它们的时机。如果这是一群角马，她会从容不迫地径直走上前去。如果这是一群美洲野牛，她会谨慎小心，但是仍然会走过去。倘若这是一群非洲野牛，她绝不会靠近它们。

她把麦克风拉到面颊旁，然后问道："还有多少时间？"

"二十分钟。"

"那么我还是走过去吧，行不行？"她问道。

沉默了片刻后，对讲机又响了。

“莱文说，我们谁也不了解这些动物，萨拉。”

“好极了。”

“莱文说，连它们的一具骨架也未曾找到过，所以人们根本无法想象它们的行为，只是它们可能具有攻击性。”

“太好了。”她回应说。

她在仔细观察汽车附近的情况以及那些低垂的树木。那地方很暗，在晨曦中显得很平静，悄然无声。

对讲机又响了：“莱文说，你可以试着慢慢地走过去，看看它们是不是让你过去，但是步子一定不能快，不能有任何突然的动作。”

她看着这些动物，心想：它们的脑袋长得这么圆肯定是有道理的。

“不，谢谢了，”她说道，“我要试试别的办法。”

“什么？”

商店里，莱文问道：“她刚才说什么了？”

“她说她要试试别的办法。”

“什么办法？”莱文又问。

他走到窗前，向外望去。天空越来越亮了。他紧锁双眉，心里暗自思忖：会出现某种不利的后果。这种后果他内心深处很清楚，但是没有去细想。

天亮之后的后果。

还有领地。

领地。

莱文再度仰望天空，想把各种线索联系起来。黎明来临了，又会有什么不同呢？他摇摇头，暂时不去想它了。

“把断路器复位需要多长时间？”

“只要一两分钟就行。”索恩回答。

“那也许还能来得及。”莱文说。

从对讲机上发出静电的嘶嘶声，他们听见哈丁说：“好的，我到了汽车上方。”

“你在哪里？”

“我在汽车上方，”她说，“在一棵大树上。”

哈丁顺着树枝向外攀去，离树干越来越远。她感到自己的体重把树枝压弯了。树枝似乎柔韧性很强。她已到了离车顶大约十英尺的位置，而且越来越低了。那群恐龙几乎没有抬头看她，但却显得焦躁不安。坐在泥水里的恐龙爬起来，开始不安地乱转。她看见它们的尾巴正不安地前后摆动。

她继续向外攀缘，树枝垂得更低。由于昨晚下过雨，树枝很滑。她想移动到对准汽车顶部的位置。她觉得已经到了相当不错的位置。

突然间，一只肿头龙猛然冲向她正在攀缘的这棵树。它的撞击出乎意料的猛烈，整棵树摇动起来。她所在的树枝忽上忽下地摆动起来。她拼命抓紧树枝。

哦，该死的！她心中暗自诅咒。

她向上荡悠着，继而又荡悠下来。忽然，她两手一滑，划过湿漉漉的树叶和树皮直往下掉。在最后的一刹那，她知道自己根本就落不到汽车顶上。她还没再往下想，她就重重地摔在泥地上，恰好落在肿头龙群旁边。

对讲机噼啪响着。“萨拉！”索恩在呼叫。

没有回答。

“她究竟在干什么？”莱文开始紧张地踱起步来，“真希望能看见她在干什么。”

在房间的一角，凯利站起身来，用手揉揉眼睛：“你们为什么不使用电视呢？”

索恩忙问：“什么电视？”

凯利指着现金出纳机说：“这是台电脑。”

“真的？”

“是啊，我想是的。”

凯利坐到现金出纳机前的转椅上，打了个哈欠。出纳机看上去像一个无源终端，也就是说，该机与外界也许没有联系，但是不管怎么说也要试一下。她按下电源开关，没有任何反应。她来回按了好几次，依然毫无反应。

她懒洋洋地转动双腿，无意间踢到工作台下的一根电线。她俯下身去，看见电源插头没有插上，于是她插上了电源。

显示屏亮起来，屏面上出现了一个单词：

登录：

她知道，若要继续操作，她要输入一个口令。阿比曾有过一个口令。她扭头看见他还在酣睡，不想把他叫醒。她记得他已经把口令写在纸上，装进了衣袋，也许那张纸还在他的衣服口袋里。她走过房间，找到那些沾满泥浆的湿衣服，逐个口袋翻找。

她找到了他的钱夹、他家的门钥匙，以及其他物品。最后，她终于在他的裤子后插袋里发现了那张纸片。纸片已经潮湿，上面还沾上了泥，墨迹已经模糊，但是她仍能辨出他的笔迹：

VIG/&*849/

凯利拿着纸片，回到电脑旁。她一丝不苟地输入了所有字符，然后按下回车键。屏幕上先是一片空白，接着出现一个新的界面，她感到非常惊讶，因为这与她原先在拖车里看见的界面完全不同。

国际遗传技术公司

B场地网络服务

她进入了系统，但觉得整个是另一个系统。她想也许这不是无线网，她一定是登录了实验室系统网。这上面的图表更多，因为这个终端是有线连接的，说不定它与外面的视频监控是连在一起的。

在房间的另一侧，莱文探问道：“凯利，怎么样了？”

“我正在弄。”她回答。

她小心翼翼地敲击着键盘，屏幕上很快出现一行行的图标。

她知道自己看到的是图形界面，但是她不明白这些图标代表什么，而且上面也没有解释。使用该系统的人或许都接受过培训，所以能明白各个图标的含义。但是她不懂。她想进入视频系统，然而从图标上看不出哪个与视频有关。她来回移动光标，不知如何是好。

她认为必须试一下。她选择了左下侧的菱形图标，在上面点击了一下：

“哦嗬！”她失声惊叫起来。

莱文朝这边看过来。“怎么了？”

“没事，”她说，“很好。”她快速点击画面的页眉部分，返回刚才的画面。这一次她点击了一个三角图标。

屏幕画面又变了：

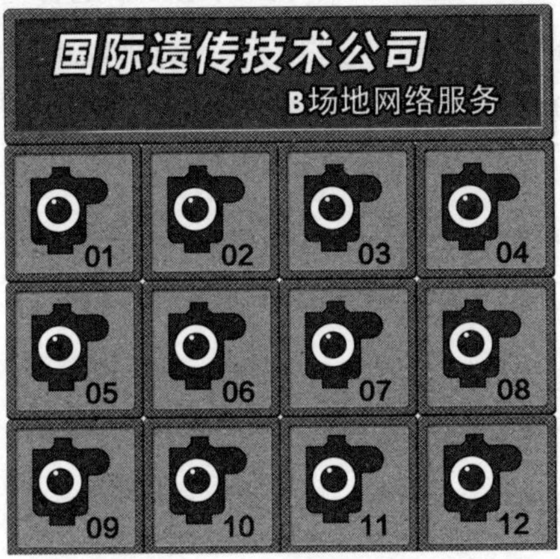

就是它，她心中暗喜。图标突然消失，屏幕上出现实际视频图像。出纳机的小显示屏上图像很小，但是这已进入她所熟悉的领域。她快速移动鼠标器，开始进行图像操作。

“你们要找什么？”她问道。

“探险者号。”索恩说。

她用鼠标点击屏幕，放大图像。

“找到了。”她说道。

莱文问：“你真找到了？”他的语气中含有几分惊讶。

凯利看着他，回答道：“是的。我找到了。”

两个男人走过来，站在她身后看着屏幕。他们看见了停放在一条林间小路上的探险者，还看见数量众多的肿头龙正围着汽车转。它们正在啃咬轮胎的前挡泥板。

但是他们没有看见萨拉。

“她在哪儿？”索恩问道。

萨拉·哈丁此刻正趴在汽车底下的泥水里。她摔落下来后就爬到了汽车底下——这是唯一可去的地方，她看见四周都是不断移动的肿头龙的腿。她呼叫：“博士，你在吗？博士，博士！”这个该死的对讲机又不管用了。肿头龙跺着脚，喷着鼻息，想把她从车下面弄出来。

这时，她想起索恩曾说过要拧紧电池盒盖之类的话。她伸手摸到背后的电池盒，将盒盖拧紧。

她的耳机里立刻传来了静电的噼啪声响。

“博士。”她呼叫。

“你在哪儿呀？”索恩问。

“我在汽车底下。”

“什么？你已经试过了吗？”

“试过什么？”

“试发动，发动汽车。”

“没有，”她说道，“我没有试，我摔下来了。”

“好吧，既然你在车底下，你可以检查一下电流断路器。”索恩说。

“电流断路器在车底盘上吗？”

“有一部分，从前车轮向上看。”

她扭动身体，在泥水里朝前滑：“好，我在找。”

“在前保险杠后面有一个小盒子，靠近左侧。”

“我看见了。”

“你能打开吗？”

“我想没问题。”她向前爬去拉住盒盖，取了下来，她看见三个黑色开关，“我看见三个开关，都是向上的。”

“向上的？”

“指向汽车的前方。”

“唔，”索恩说，“这不可能啊。你把上面的标志读一下？”

“好的。上面是‘15VV’，还有‘O2R’。”

“好的，”他说道，“就是这个原因。”

“什么？”

“盒子跳闸了，把所有开关都往反方向打。你身上干吗？”

“不干，博士。我浑身都湿透了，正躺在泥水里呢。”

“那么，就用你的衬衣袖子或别的什么吧。”

哈丁向前挪了挪身体，靠近了前保险杠，离得最近的那些肿头龙喷着鼻息，撞击保险杠，它们把脖子低下来，想把头伸进来咬她。她说了一句：“它们的气息太难闻了。”

“再说一遍？”

“没什么。”她把开关逐一复位，听见上面的汽车里传来的嗡嗡声，“好，我成功了。汽车里有声音了。”

“太好了。”索恩称赞道。

“我现在该怎么办？”

“什么也干不了，你还是等着吧。”

她趴在泥水里，看着肿头龙的脚。它们还是那样脚步沉重地围着她转。

"还剩下多少时间？"她问道。

"大约十分钟。"

她说："哦，我被困在车下面了，博士。"

"我知道。"

她看了看肿头龙，见它们全都聚拢在汽车四周，好像发生了什么事情，它们似乎更活跃、更激动了。它们不停地跺脚，不安地用鼻子嗅。它们为什么会如此激动？她感到纳闷。突然间，它们全都呼啦啦地跑开了。它们沿车头方向，顺着山路一路奔去。她移动了一下身体，看着它们渐渐远去。

一片宁静。

"博士？"她呼叫。

"是我。"

"它们为什么离开？"

"待在车下面别动。"索恩叫道。

"博士？"

"别说话。"对方的对讲机啪地关掉了。

她等待着，不知道发生了什么事。她听出索恩的声音有些紧张，她不知道是什么原因。这时，她听见了一阵轻微的脚步声。她扭过头，看见一双脚站在驾驶座的门旁边。

一双沾满泥浆的皮靴。

男人的皮靴。

哈丁皱起双眉，她认出了这双皮靴。她认出了这条卡其布裤子，虽然裤子上沾满了泥浆。

这个人是道奇森。

那双皮靴转过来正对着车门。她听见门把咔嗒扭动的声音。

道奇森就要坐进汽车了。

哈丁当机立断，迅速作出反应。她哼了一声，身体向侧面一滚，伸手抓住那两只脚踝猛地用力一拽。

道奇森惊叫一声，仰面朝天跌倒在地。他翻了个身，气得脸色铁青，怒不可遏。

他看见了哈丁，阴沉着脸说："活见鬼了，我以为在船上已经把你干掉了呢。"

哈丁气得涨红了脸，从车底下向外爬。她刚爬了一半，道奇森就赶紧站了起来。就在这时，她感到大地开始颤抖，她立刻明白是怎么回事了。她看见道奇森扭过头，接着立刻卧倒在地，手忙脚乱地爬到车底下，想和她挤在一起。

她在泥水中转过身，循着车身侧目望去。她看见一只霸王龙正沿着山路朝他们走来。它每走一步，大地都随之颤动一下。道奇森爬到车底中间部分，离她更近了。她没有理会他。她看见那双张开利爪的大脚渐渐走近汽车，然后停下。那双大脚每只都不下三英尺长。她听见霸王龙在咆哮。

她看着道奇森。他双目圆睁，眼神里充满恐惧。霸王龙在汽车旁停下，两只大脚在不停地动。她听见霸王龙正在上方嗅寻着。接着，它又咆哮一声，头低下来，下颌触到了地面上，她看不见它的眼睛，只能看见下颌。霸王龙又嗅闻起来，这一次时间很长，不紧不慢。

它能嗅到他们的气味。

她身旁的道奇森不由自主地抖起来，但是哈丁异常平静。她知道应该怎么办。她迅速变换姿势，蜷缩身子，头部和肩部紧抵汽车后轮。道奇森转过脸看着她，就在这时，她的皮靴蹬住他的小腿，把它们从汽车底下蹬了出去。

道奇森惊恐万分，拼命挣扎，想把腿缩回。但是她处于有利位置。他的靴子一寸寸地进入清晨冷冷的光线中，接着他的小腿也滑了出去。她使尽全部力气，一边哼，一边蹬住不放。道奇森声嘶力竭地尖叫：“你他妈的干什么呀？”

她听见霸王龙咆哮了一声。她看见它那双大脚在移动。

道奇森连声大喊：“住手！你疯了吗？快住手！”

但是哈丁没有住手。她的皮靴蹬着他的肩膀，再次用力一蹬。道奇森挣扎了一会儿，接着身体滑了出去。她看见霸王龙用嘴叼住他的腿，把他从汽车底下往外拖。

道奇森双手抓住她的皮靴，紧紧抓住不放，想把她一并带出去。她将另一只脚对准他的脸，使劲一踢。他松开了双手，滑动着离开了她。

她看见他被吓得面如死灰，嘴张得老大，一句话也说不出来。她看见他在被拖走的过程中，手指紧抠着烂泥地，在地上留下道道凹痕。紧接着，他的身体被拖了出去。一切又显得特别宁静。她看见道奇森扭过身体背朝下，眼睛望着天。她看见落在他身上的霸王龙的影子。她看见它低下那硕大的头，张开血盆大口。当它衔住他身体的时候，她听见道奇森发出凄厉的尖叫声。他被提了起来。

道奇森感到自己在不断上升，到了距地面约二十英尺的高度。他一直不停地惨叫着。他知道霸王龙随时会猛地把嘴合上。那他就会一命呜呼了。但是它的大嘴一直没有合上。道奇森感到肋间阵阵刺痛，但是巨嘴依然没有合上。

道奇森惨叫不已，他觉得自己此刻正被带进丛林。高高的枝条抽打着他的面颊。霸王龙呼出的热气喷遍了他的全身，唾液滴落在他的身体上。他觉得自己快要吓昏了。

但是那张巨嘴始终没有合上。

商店里，他们目不转睛地看着小小的显示屏，目睹了道奇森被霸王龙的巨嘴叼走的情景。他们从对讲机中听见他那细弱无力的惨叫声。

“你们看见了吧？”马尔科姆说道，“真的有一个上帝啊！”

莱文紧皱双眉。“霸王龙没咬死他。”他用手指着屏幕说，“看，这儿。你们能看见他的手在摆动。霸王龙为什么不咬死他呢？”

萨拉·哈丁一直等到惨叫声渐渐消失，才从汽车底下爬出来，站在晨光中。她打开车门，坐到方向盘后面。车钥匙仍然插在点火器上。她用泥乎乎的手捏住钥匙转了一下。

汽车发出了一阵嘎嚓嚓的声音，接着是轻微的嗡嗡声。仪表盘上的所有指示灯全部亮起。接着是一片寂静。这车还能开吗？她转动方向盘，发现它运动自如。车的动力转向系统没有问题。

“博士！”

“是我，萨拉。”

“汽车还能开。我马上就回来。”

“好的，”他说道，“快点。”

她挂上挡，感到变速箱开始工作。这辆车的噪音极低，或者说几乎没有噪音。正因为如此，她才能听见从远处传来的直升机微弱的隆隆声。

白天

她在遮天蔽日的树林中朝工人住宅区疾驶。她听见直升机的声音越来越响，接着飞临上空，但茂密的枝叶挡住了她的视线。她摇下了车窗，侧耳倾听。它似乎飞到她的右侧，正向南飞去。

对讲机咔嗒响了：“萨拉。”

“是我，博士。”

“听着，我们与直升机联系不上。”

“好的。”她说道，她知道该怎么办，“降落地点在哪里？”

“向南大约一英里，那里有一片开阔地。走山脊路。”

她驱车来到了岔路口，看见山脊路通往右侧。“好的，”她说道，“我这就去。”

“告诉他们等等我们，”索恩叮嘱说，“然后你再回来接我们。”

“大家都好吗？”她问道。

“大家都很好。”索恩回答道。

她沿着山脊路疾驰而去，听见直升机的声音发生了变化。她意识到直升机一定是在降落，旋翼仍然在旋转，发出低沉的呼呼声，这说明直升机驾驶员并不想关闭引擎。

山路向左侧拐去。直升机的隆隆声现在已大为减弱。她加快速度向前疾驶，歪歪斜斜地快速通过转弯路段。由于前一天夜里刚下过雨，路面仍很湿。她的车后没有扬尘。现在没有任何办法能告诉别人她在这里。

“博士，他们能等多久？”

“我不知道，”索恩在对讲机上回答，“你能看见直升机吗？”

“还不能。”她说道。

莱文看着窗外。他透过树木注视着黎明的天空。红色的朝霞已经消退，天空呈现明亮的蔚蓝色。白天终于来临了。

白天……

他前后综合起来一想，不禁打了个寒噤。他走到对面的窗前，看着外面的网球场。他凝视着食肉牛龙昨天夜间隐身藏匿的地点，它们现在已经不见踪影了。

这正是他所害怕的。

“这不大妙啊。”他忧心忡忡地说。

“现在快到八点钟了。”索恩看了一下手表说。

“她要用多长时间？”莱文问道。

“我不知道，三四分钟吧。”

“然后就返回？”莱文又问道。

“又要五分钟。”

“我希望我们能坚持那么久。”他面露愁容，皱起了双眉。

“怎么啦，”索恩说道，“我们不是很好嘛。”

“再过几分钟，”莱文解释道，“阳光就会直射到我们的外面。”

“那怎么了？”索恩反问道。

对讲机响了起来。“博士，”萨拉喊叫着，“我看见了，我看见直升机了。”

萨拉拐过最后一道弯，看见了她左侧不远处的直升机降落场。直升机停在那里，旋翼仍在旋转。她看见前面又出现了一个岔路。有一条狭窄的小路通向左边，沿山坡而下，穿过树林，然后蜿蜒伸入开阔地。她驾车冲下山坡，故意走之字形路线，以强迫汽车减速行驶。她现在又进入了丛林，处于遮天蔽日的林木下。路面变平坦了。她涉水越过一条狭窄的小溪，疾速向前驶去。

正前方的树冠天篷出现一个豁口，再往前便是阳光照射的开阔地。她已经看见直升机了。它的旋翼转动加快——它就要飞走了！她看见飞行员端坐在透明的圆罩座舱里面，头上戴着护目镜。飞行员看了看手表，朝副驾驶摇了摇头，然后开始离地升空。

萨拉拼命按喇叭，发疯似的向前疾驶，但是她知道他们听不见。她驾着车颠簸摇晃着向前猛冲。索恩在呼叫：“怎么回事？萨拉！出了什么事？”

她驱车疾驶，上半身探出车窗外，大声喊：“等一等！等一等！”可是直升机已经升空，迅速爬高后，很快就从她的视野中消失了，它的隆隆声也随之远去。当她的汽车冲出丛林驶入开阔地的时候，她看见直升机已经飞远，逐渐消失在岛边缘那道山脊的背后。

直升机飞走了。

“我们要保持冷静。”在小商店里来回踱步的莱文说，“告诉她马上回来，我们都要保持冷静。”他似乎是在自言自语。他从一面墙走到另一面墙，用拳头砰砰地重击厚厚的板条。他沮丧地摇着头说：“告诉她赶快回来。你认为她能在五分钟内赶回来吗？”

“是的，”索恩回答说，“为什么？怎么回事，理查德？”

莱文伸手指向窗外。“白天了，”他说道，“白天我们就会被困在这里的。”

“我们整个夜里不是也被困在这里了吗？”索恩不以为然地说，“我们现在不是挺好的吗？”

“但白天可就不一样了。”莱文说道。

“为什么？”

“因为在夜晚，”他解释说，“这里是那些皮肤会变色的食肉牛龙的领地，其他动物不会贸然闯入。我们昨天晚上在这里根本就没有看见任何其他动物。可是一旦到了白天，它们就无法藏身了。它们不能藏在空地里，也不能直接暴露在阳光之中，所以它们要离开。这时候，这里就不再是它们的领地了。”

“这意味着什么呢？”

莱文转过脸看了坐在电脑前的凯利一眼。他欲言又止，最后说道：“请相信我。我们必须马上离开此地。”

“可是去哪儿呢？”

坐在电脑前的凯利听见了索恩和莱文博士之间的交谈。她手里拿着阿比写了口令的那页纸，心里感到忐忑不安。莱文博士说话的方式更使她心烦意乱。她希望萨拉现在能回来，倘若萨拉在这里，她会感觉好多了。

凯利不想考虑她们目前的处境。直升机到来之前，她一直非常镇定，情绪比较好。可是直升机来了，又飞走了。她还注意到，索恩和莱文都没有说直升机什么时候还能回来。或许他们知道一些事情，譬如说直升机不会回来了。

莱文博士刚才说他们必须离开这个商店。索恩则问莱文博士他想去哪里。莱文说："我巴不得马上离开这个小岛，但是我不知道我们怎么才走得了。所以我认为我们应该想办法回到拖车里去，那是目前最安全的地方。"

返回拖车里去，凯利心里一愣。她和萨拉曾经去那里接回马尔科姆，她可不想再回拖车里去。

她想回家。

凯利紧张不安地把那页潮湿的纸抹平，将它放在身旁的台子上。莱文博士走过来。"别瞎玩了，"他说，"看看你能不能找到萨拉。"

"我想回家。"凯利脱口而出。

莱文叹了口气。"我知道，凯利。"他安慰她说，"我们都想回家。"说罢他很快转身离开了，神情显得很紧张。

凯利将那页纸拿起，翻了过来，然后把它推到键盘下面，以防再次用到它。她这么做的时候，眼睛被写在另一面上的东西吸引住了。

她又把那张纸片抽出来。

她看见上面写着：

B场地说明

东翼	西翼	装卸场地
实验室	装配间	入口
界外	主中心	地热汽轮机
便利店	工人住宅区	地热中心
加油站	游泳池 / 网球场	高尔夫击球区
经理住房	小道	输油管线
一号安全点	二号安全点	供热管缆
河码头	船库	太阳能一号
沼泽路	滨河路	山脊路
山景路	峭壁路	圈养场地

她立刻明白是怎么回事；这是莱文公寓里的屏幕上显示过的内容，是阿比从电脑里恢复档案的那个晚上抄下来的。仿佛是一百万年前的事了，恍如隔世啊。然而实际上这才仅仅是……什么？两天前的事。

她还记得阿比恢复这些资料后是多么自豪，她还记得他们当时煞费苦心要弄懂这张表的情形。现在看来，这些名称都有其含义。它们都是真实的地方：实验室、工人住宅区、便利店、加油站……

她凝神注视着这张表。

真的吗，她暗自思忖。

“索恩博士，”她喊道，“我想你最好来看看这个。”

索恩看见她手指着的地方。“你认为是真的吗？”他问道。

“上面是这么写的：船库。”

“你能找得到吗，凯利？”

“你是说在视频上找到它？”她双肩一耸，“我可以试试。”

“试试吧。”索恩鼓励她说。他朝莱文看了一眼，看见他在房间的另一侧，又在用拳头砸墙了。他拿起对讲机。

“萨拉，我是博士。”

对讲机响了一下。“博士吗？现在我必须停一会儿。”

“为什么？”索恩问道。

萨拉·哈丁被阻在山脊路上了。她看见那只霸王龙就在前方五十码处，正沿着山路渐渐远去。她能看见它的嘴里仍然叼着道奇森。道奇森居然还活着他的身体在动。她觉得能听见他在惨叫。

她感到惊讶的是，她竟然对他的境况无动于衷。她漠然地看着那霸王龙离开山路，走下山坡，消失在丛林之中。

她发动了汽车，小心翼翼地向前驶去。

在电脑控制台前，凯利迅速在一个个画面中搜索，最后终于找到了她要找的：一个木船坞，建在一个大棚或船库里，另一端通到外面。船库里面看上去井然有序，没有长多少藤蔓类或蕨类植物。她看见一只汽艇拴在那里，艇体不断轻轻地与船坞碰擦。她看见船库的一侧有三只大油桶。船库后面有一片开阔的水面，还有阳光，看上去像一条河。

“你怎么看？”她问索恩。

“我认为值得一试，”他从她背后看着屏幕说，“但是它在哪儿呢？你能找到地图吗？”

“可能吧。”她答道，随后快速击键，回到了那个有复杂图标的主界面。

阿比醒了。他打着哈欠走过来，看看她在干什么。“好漂亮的画面，是你登录进去的吗？”

“是的，”她回答说，“是我。可是我弄不大明白。”

莱文仍在来回踱步，眼睛始终盯着窗外。“现在还好，”他说，“但是外面天很快就大亮了，你们难道不懂吗？我们要找到一个离开这里的办法。这幢房子是单墙结构，在热带地区还可以，不过其实就是个棚屋。”

“没问题的。”索恩不以为然地说。

“大概只能扛住三分钟。我是说，看看这个。”莱文说着走到门口，用手指敲了敲门，“这扇门只能……”

他的话音未落，那门就受到了猛烈的撞击，门锁周围的木头顿时裂成碎片，大门哐啷一声被撞开。莱文被抛向旁边，重重地摔在地上。

商店门口站着一只发出嘶嘶声的迅猛龙。

出路

坐在电脑控制台前的凯利吓得目瞪口呆。她看见索恩从侧面冲过去，用尽全身的力量把大门猛地一推。大门在迅猛龙眼前哐当一声关上了，把它吓得连忙向后退。大门关闭时夹住了它一只前爪。索恩扑上去紧紧抵住大门。迅猛龙依旧在外头咆哮着猛撞大门。

“快来帮我！”索恩高声叫道。

莱文迅速从地上爬起来，跑上前，把自己的重量也加了上去。

“我告诉过你的！”莱文喊起来。

突然间，商店周围布满了迅猛龙。它们咆哮着扑在窗户上，使窗上的铁栅杆向内凹进，几乎就要碰撞到玻璃了。它们猛烈撞击着木墙，撞倒了货架，使瓶瓶罐罐乒乒乓乓地掉了一地。有几处墙壁上的木板开始断裂。

莱文回头看着凯利喊道:“找一条出去的路！”

凯利瞪着眼睛，忘记了电脑。

“好了，凯利，”阿比鼓励她说，“集中精力。”

她转向屏幕，一时之下不知所措。她用鼠标器点击左侧的十字图形。没有任何反应。她点击左上角的圆圈图案。突然，更多的图标纷纷出现，占满了整个屏幕。

“别担心，一定会有图标说明的，”阿比说，“我们只要知道什么……”

凯利根本没在听。她不断击键，不断移动光标，想找出要找的东西，找一个帮助窗口之类的界面。找点东西。什么都行。

突然，整个画面开始扭曲变形。

“你怎么搞的！”阿比惊恐地叫起来。

凯利直冒冷汗:“我不知道。”她急忙把手从键盘上移开。

“更糟糕了。”阿比抱怨起来，“你把它弄得更糟了。”

屏幕上的画面在继续坍缩。他们眼睁睁地看着那些图标在移动、在变形。

“快点，孩子们！”莱文高声喊道。

“我们在找呢！”凯利回答。

阿比说:“它正在变成一个立方体。”

索恩把那个玻璃壁面的大电冰箱推过去顶住大门。那只迅猛龙撞击着冰箱的金属外壳，震得里面的罐头咔啦啦直响。

“枪在什么地方？”莱文同道。

“萨拉的车里有三支。”

“好极了。”窗户上的铁栅有些已经凹得非常厉害，把玻璃都挤压碎了。右侧墙上的木头开裂，出现了一些大口子。

“我们必须离开这儿！”莱文冲着凯利大喊，“我们必须要找到出路！”他转身跑去看商店后面的两个卫生间，但很快又跑了回来。“后面也有！”

事态发展太快了，就在他们四周。

凯利看见屏幕上出现一个旋转的立方体，在不断地翻滚。凯利不知道怎么把它停住。

“快点，凯利，”阿比用红肿的眼睛看着她说，“你能行的。集中精力，加油！”

房间里的每个人都在叫喊。凯利盯着那个立方体，感到一筹莫展。她已经不知道自己要干什么了；她不知道自己为什么会在这里；她不知道这里的一切还有什么意义。为什么萨拉不在这里？

阿比站在她身旁催促说：“加油，一次点一个图标，凯利。你能行的。加油，坚持，集中精力。”

但是她无法集中精力。屏幕上的图标旋转速度太快，她怎么也点不准。要处理所有的图形，必须要有平衡处理器。她呆呆地看着屏幕。她发觉自己一下子想到了许多事情——都是一些不请自来的想法。

工作台下面的导线。

硬接线。

许许多多图像。

萨拉在拖车里跟她谈话。

“快点，凯利。你现在必须要做的事：找到出口。”

在拖车里，萨拉曾对她说过：**人们告诉你的大部分事情都是错的。**

“这很重要，凯利。”阿比喊起来。他站在她身旁感到浑身哆嗦起来。她知道他把注意力集中在电脑上，是借以控制情绪，借以……

墙壁上的裂缝更宽了，一块八英寸宽的木板向内断裂开，一只迅猛龙探进头来，咆哮着，张开大嘴。

她还在想工作台底下的导线，她的脚曾经踢到过工作台底下的导线。

工作台底下的导线。

阿比嚷起来：“这很重要。”

就在这时，一个想法涌进她的脑海。

“不，”她反驳道，“这不重要。”说罢，她离开座椅，钻到工作台下面察看。

“你在干什么呀？”阿比大声喊起来。

可是凯利已经找到了答案。她看见计算机上的一根电缆从一个精巧的小洞通往地板下面。她看见木地板上有一道缝隙，就用手去抠那块地板，用力向上扳。突然，那块木板被她掀了起来。她向下看了看，里面一团漆黑。

没错。

这儿有一个检修水电线路用的狭小通道，不，准确地说，是一个地下通道。

她高声喊道：“找到了！”

电冰箱向前倒在地上，几只迅猛龙从前门冲进来。其他的则撞坏墙壁冲进来，把商品陈列橱撞翻在地。大批迅猛龙冲了进来，它们咆哮着四处搜寻，发现了阿比那捆湿衣服后便猛扑上去，愤怒地撕成了碎片。

它们很快四处寻找。

可是里面的人全都不见了。

脱险

凯利手里拿着一只手电筒，在前面领路。他们沿着潮湿的水泥壁鱼贯向前。此刻，他们已进入截面为四平方英尺的地下通道。他们的左侧是一排扁平的电缆线金属架；自来水管道和煤气管道是顺着天花板铺设的。地道里散发着一股霉味。她听见了老鼠的吱吱叫声。

他们来到一个三岔道口，她分别向两条通道看了看。右面的通道又长又直，向着黑暗深处延伸，她猜测这条路大概是通往实验室的；左面的通道短得多，可以看见其尽头的台阶。

她向左走去。

她沿着一条水泥竖井向上爬，然后推开头顶上方一个木制暗道活门。她发觉自己进了一个存放杂物的房屋里，里面堆放着电缆和生了锈的管子。阳光透过破损的窗户照进来。其他人也陆续爬上来聚集在她身旁。

她向窗外望去，看见萨拉·哈丁正冲下山坡向他们疾速驶来。

哈丁开着探险者沿河边疾驶。凯利坐在她旁边的前排座位上。她们看见前方竖着的一块标明船库方向的木制路牌。

“原来你是从那些图里找到的线索啊，凯利？”哈丁赞扬道。

凯利点点头说：“我只是突然意识到，屏幕上出现什么并不重要，重要的是有许多资料正在进行处理，数以百万计的像素在旋转，这意味着必定有一条电缆。如果有电缆，那么就一定要有容纳电缆的空间。这个空间要大得能让工人进去进行维修，我也就想到了这些。”

“所以你就检查工作台底下了。”

“是的。”她回答。

“太好了，”哈丁说，“我认为这些人要感谢你的救命之恩。”

“不必了。”凯利耸耸肩说。

萨拉看了她一眼说：“在你的一生中，别人会想方设法窃取你的成就，你自己可不要拱手相让啊。”

河边的道路泥泞不堪，长满了各种植物。她们听见远处恐龙的吼叫声，是从她们身后传来的。哈丁驾车绕过一棵倒伏的大树，而后他们就看见了前方的船库。

“哦嗬，”莱文嚷嚷起来，“我有一种不好的感觉。”

从外表看上去，船库已成废墟，密布着蔓藤植物，有几处的房顶也坍陷了。

哈丁把探险者停在一道两扇对开的宽门前。那门上挂了一把生锈的大锁，大家都没有说话。他们陆续下车，趟过没脚的泥浆向前走。

“你们真的以为这里有船？”阿比满腹疑虑地问。

马尔科姆依靠在哈丁身上，索恩用力去推那扇门，腐烂的木料发出吱吱嘎嘎的响声，随即便裂开了，那把挂锁掉到地上。

哈丁说：“喂，扶住他。”她把马尔科姆的手臂搭在索恩肩上，接着用脚在大门上踢出一个人能钻进去的洞，率先钻了进去，隐没在黑暗之中。凯利急忙跟着她钻了进去。

“你们看见什么了？”莱文边问边去扯掉断裂的木料，使洞口变大一些。一只受了打扰的蜘蛛匆匆跑过木板，逃得不见了踪影。

“这里有一条船，太好了。”哈丁欢叫起来，“看上去很好。”

莱文把头伸进洞里。

“哎呀，”他说道，“我们终于要离开这里了。”

下场

路易斯·道奇森摔下去了。

他从霸王龙的血盆大口中掉下去，在空中翻滚了几下，重重地落在一个泥垒的斜坡上。他差一点摔得背过气去。他头朝下猛撞在地上，一时头晕目眩，等他好不容易睁开双眼，看见的是一个干燥的土坡。他闻到一股酸腐臭味，接着听见一个使他不寒而栗的声音：一声刺耳的尖叫。

他用手肘撑起身子，发觉自己落在霸王龙的窝里。四周都是干泥堆成的土坡。

窝里有三只幼崽，其中一只的腿上裹了一个铝护套。三只幼崽踉跄着朝他这边挪过来，兴奋地尖叫着。

道奇森赶紧爬起身来，一时束手无策。另一只成年霸王龙站在离窝较远处，心满意足地喷着响鼻，呜呜叫着。将他掳来的那只霸王龙就在他头顶上方。

道奇森看见幼崽在朝他这边挪动。他看见它们长着绒毛的长脖子和长满利齿的嘴。他转身想跑，在他身旁的那只成年龙立即低下头来，把他撞翻在地。然后它昂起头来，看他有什么反应。

它在静静地看着。

这究竟是怎么了？道奇森大惑不解。他又小心翼翼地站起身来，可是再次被撞倒在地。三只幼崽不停地吱吱叫着，离他更近了。他看见它们身上沾满了碎肉屑和排泄物。他能闻到这些气味。他连忙趴在地上，想爬着逃离。

有什么东西衔住了他的腿，把他死死地拖住。他回头一看，那只霸王龙正用嘴叼着他的腿。这个庞然大物先是轻轻地叼着，不一会儿，就断然咬下去。只听咔嚓一声，他的骨头被咬断了。

道奇森疼得惨叫。他再也无法动弹，除了惨叫什么也干不成了。三只幼崽迫不及待地蹒跚着来到他跟前。刚开始，它们还谨慎地保持着一段距离，头猛地伸过来，赶快咬上一口。后来，由于道奇森并不躲闪，一只幼崽就跳到他的腿上，开始撕咬正在流血的伤口。第二只幼崽跳上他的大腿根部，张开锋利的尖嘴，猛地啄向他的腰部。

第三只幼崽缓缓挪到了他的右脸旁边，一口咬住他的面颊。道奇森大声号叫起来。他亲眼看见这只幼崽在撕咬他脸上的肉，鲜血顺着它的尖嘴向下滴。接着它猛地向后昂起头，大口吞下那块面颊肉。然后它又侧过头来，再次张开利嘴，咬住了道奇森的脖子。

第七章

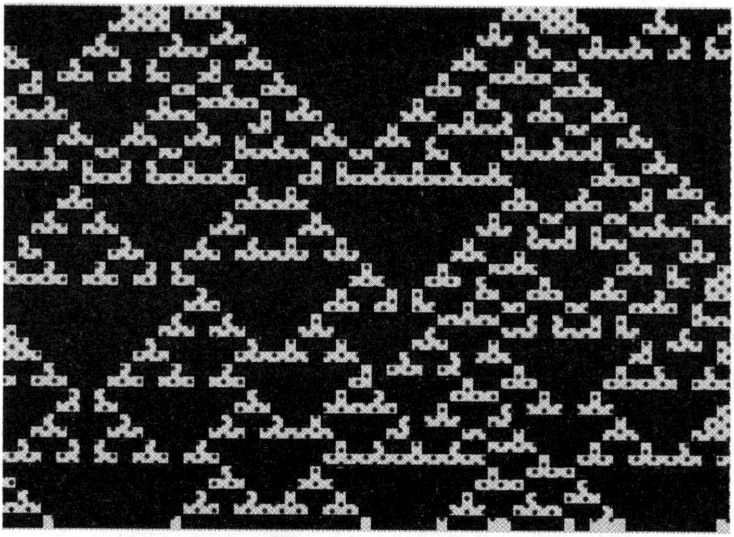

在消除了危害性因素之后，可以重新获得部分稳定。生存部分是由机遇决定的。

——伊恩·马尔科姆

离岛

小船将丛林抛在了后面，驶进黑暗之中。索恩驾着小船，穿过湍急的水流，引擎的震动声在岩洞壁上回荡。他们的左侧是一道飞流直下的瀑布，水帘上映出一束亮光。

他们瞬间冲出黑暗，穿过陡峭的崖壁之间那段波涛汹涌的水面，进入茫茫大海。

凯利发出了一声欢叫，张开双臂去搂阿比。他咧着嘴笑了，但因疼痛而向后退缩。

莱文回过头看着小岛说："我必须承认，我从来没想到我们还能逃出来。不过我们的摄像机还在原位，上行卫星通联还在工作，我想我们还能继续收集资料，最终我们会得到恐龙灭绝的答案。"

萨拉·哈丁看着他说："我们也许能找到，也许找不到。"

"为什么不能？这里是一个完美的失落的世界。"

她以怀疑的目光看着他："根本就不是那回事，"她说道，"食肉动物太多了，还记得吗？"

"嗯，看上去是那样，但是我们不知道……"

“理查德，”她接过话头，“伊恩和我检查过档案，他们在那个岛上犯了一个错误，是在许多年前，当时实验室仍在生产。”

“什么错误？”

“他们生产出了恐龙幼崽，但是他们不知道该喂它们什么。他们曾给它们喂过羊奶。这很好，羊奶的过敏反应很低。但是随着这些食肉动物不断长大，他们给它们改喂一种特别的含动物蛋白质的原汁。这种原汁是从磨碎的羊身上提取的。”

莱文依旧不以为然。“是吗？那有什么错？”

“在动物园里，从来都不用羊肉汁，”她解释说，“因为那会有使它们染上传染病的危险。”

“传染病，”莱文低声重复道，“哪一种传染病？”

“感染性蛋白质。”坐在小船另一端的马尔科姆说道。

“感染性蛋白质，”哈丁继续解释道，“是已知的最简单的染病成分，甚至比病毒还要简单得多。它们只是蛋白质碎片。它们结构太简单，甚至无法侵入人畜体内——它们必须通过被摄取的途径。但是一旦被吃下去，它们便引起疾病：羊身上的羊瘙痒症、疯牛病以及库鲁病，这是人身上一种致命的中枢神经疾病。而恐龙则因为食用了一批变质的羊蛋白质汁，患上了一种称为DX的感染性蛋白质疾病。实验室曾与这种病斗争了多年，想将其根治。”

“你是说他们失败了？”

“起初，他们好像是把这个问题解决了。恐龙群又兴旺起来。可是后来又发生了意外。这种疾病开始蔓延。感染性蛋白质通过粪便排泄出来，所以很可能是……”

“通过粪便排泄出来？”莱文有点紧张地说，“始秀颚龙吃下了这些排泄物……”

“是的，始秀颚龙全都被感染了。始秀颚龙是食腐动物，它们将这种疾病传播到动物死尸上。其他食腐动物也被感染。最终，所有的迅猛龙都被感染了。迅猛龙转而袭击健康的动物，可是不一定每次都能得手。只要被咬上一口，那个动物便感染了。于是，这种传染病又一点点地扩散到了全岛。这就是岛上动物夭折的原因。而这种迅速相继死亡的现象，就可以解释为什么岛上的食肉动物数量远远高出我们的预料。”

莱文明显感到紧张了。“你们知道，”他大声说，“一只始秀颚龙咬过我。”

“我并不担心，”哈丁说，“这可能会引发一次轻度脑炎，但是通常不过是一阵头痛而已。我们会送你到圣何塞去看病的。”

莱文身上开始冒汗。他用手擦了擦前额说：“实际上，我感到浑身不舒服。”

“要一周后才会发作的，理查德，”她说道，“我敢肯定你会没事的。”

莱文颓丧地坐回座位上。

“但问题是，”她继续说道，“我不相信这座小岛能帮助你完整地解释动物灭绝的原因。”

马尔科姆回头凝视着灰暗的悬崖。过了一会儿他说：“也许应该是这样，因为动物灭绝问题历来是一个大谜团。在这个星球上，曾经发生过五次大的动物灭绝现象，并不都是因为有小行星的撞击。大家都对导致大批恐龙死亡的白垩纪很感兴趣，但是在侏罗纪和三叠纪末期也曾有过大规模的灭绝。这些灭绝异常剧烈，但是与二叠纪的灭绝根本无法相比，因为那次灭绝毁灭了这个星球上全部生命的百分之八十。无论是海洋里的还是陆地上的，全都包括在内。谁也不知道发生那次大灾难的原因。但是我不知道我们是否会是下次灭绝的起因。”

“怎么会呢？”凯利问道。

“人类非常具有破坏性，”马尔科姆说，“我有时想，我们是一种祸患，会把地球上弄得干干净净。我们的破坏手段非常高明，有时候我觉得，这也许是我们的职责，或许每隔几亿万年，就有某些动物繁衍出来去战斗，去消灭世界上的其他动物，以便让进化过渡到下一个阶段。”

凯利直摇头，起身离开了马尔科姆，径直走到船头，与索恩并排坐在一起。

“他说的你都听见了吧？”索恩问道，“他说的话我不会太当真。那只是理论。人类不得不去编造这些理论，但是事实上理论只是幻想，而且在不断地变化。美国刚建国的时候，人们相信一种称为燃素的东西。你知道这是什么吗？不知道？好吧，那没关系，因为这毕竟是不存在的东西。他们还相信四种体液决定人的行为，而且还认为地球只有数千年的历史。现在我们相信，地球已经有四十亿年的历史了。我们相信光子和电子，我们认为人类的行为是由自我和自尊之类的东西来决定的。我们认为这些信条比较科学、比较完美。”

“难道不是吗？”

索恩耸了耸肩：“它们只是一些幻想，不是真的。你见过自尊吗？你能给我拿一个来放在盘子里吗？光子又怎样？你能拿一个光子来给我看看吗？”

凯利摇了摇头：“不能，可是……”

“你绝不可能办到，因为不管人们多么认真地看待它们，其实它们并不存在。”索恩侃侃而谈道。

“从现在起再过一百年，人们会回过头来嘲笑我们。他们会说：‘你们知道人们以前相信什么吗？他们相信光子和电子。你们能想象出那么傻的东西来吗？’他们一定会捧腹大笑，因为到那个时候，会出现更新颖、更美好的幻想。”

索恩摇了摇头继续说：“与此同时，你感觉到小船的行进路线吗？那是大海，那才是真的。你闻到空气中的咸味吗？你感到照在你皮肤上的阳光吗？这一切都是真的。你看到我们大家在一起吗？这是真的。生活是美好的。人活在这个世界上，能看见太阳，能呼吸空气，这是我们的福气。除此以外就没有什么真的东西了。现在，看一下罗盘，告诉我南面在哪里。我想驶往科尔特斯港。该是我们大家回家的时候了。”

鸣 谢

这部小说完全是虚构的，但在创作过程中，我引用了许多不同科研领域的研究成果。我要特别感谢约翰·亚历山大、马克·博古斯基、埃德温·科尔伯特、约翰·康韦、菲利普·柯里、彼得·多德森、奈尔斯·艾尔德雷奇、斯蒂芬·杰伊·古尔德、唐纳德·格里芬、约翰·霍兰德、约翰·霍纳、弗雷德·霍伊尔、斯图尔特·考夫曼、克里斯托弗·兰顿、恩斯特·迈尔、玛丽·米奇利、约翰·奥斯特罗姆、诺曼·帕卡德、戴维·劳普、杰弗里·尚克、曼弗雷德·施罗德、乔治·盖洛德·辛普森、布鲁斯·韦伯、约翰·惠勒和戴维·魏斯汉佩尔。

需要说明的只有一点：这部小说中的观点是我的，不是他们的，因而要提醒读者的是，自达尔文的学说问世一个半世纪以来，关于进化论的几乎所有观点都一直处于尖锐的争论与激烈的辩论之中。